ÉRASE UNA VEZ...
MUCHOS CUENTOS

JUAN SIN MIEDO/BAMBI/**HANSEL Y GRETEL**/ARTURO Y EL MAGO MERLÍN/**BLANCANIEVES Y LOS SIETE ENANITOS**/CAPERUCITA ROJA/**EL FLAUTISTA DE HAMELIN**/EL SASTRECILLO VALIENTE/**LA GALLINA DE LOS HUEVOS DE ORO**/LOS MÚSICOS DE BREMEN/**LOS TRES CERDITOS**/EL PASTOR MENTIROSO/**EL MAGO DE OZ**... Y MUCHOS MÁS

astria

ÉRASE UNA VEZ... MUCHOS CUENTOS
JUAN SIN MIEDO/BAMBI/HANSEL Y GRETEL/ARTURO Y EL MAGO MERLÍN/BLANCANIEVES Y LOS SIETE ENANITOS/CAPERUCITA ROJA/EL FLAUTISTA DE HAMELIN/EL SASTRECILLO VALIENTE/LA GALLINA DE LOS HUEVOS DE ORO/LOS MÚSICOS DE BREMEN/LOS TRES CERDITOS/EL PASTOR MENTIROSO/EL MAGO DE OZ... Y MUCHOS MÁS

©Astria Ediciones
Diseño de portada: Andrea Rodríguez—Mariana Turcios
Supervisión Editorial: Óscar Flores López
Administración: Tesla Rodas y Jessica Cordero
Director Ejecutivo: José Azcona Bocock

Primera edición
Tegucigalpa, Honduras—Julio de 2025

TE CUENTO UNA COSA...

¿Sabés una cosa muy curiosa?

Los cuentos que vas a leer en este libro... ¡no tienen autor! Es decir, nadie sabe quién los inventó. Nadie firmó con su nombre. Nadie dijo: "este cuento es mío". Porque estos cuentos son tan antiguos, tan viajados, tan contados, que se volvieron de todos.

Alguien, hace muchísimo tiempo, los narró al calor del fuego, en una cabaña, en un castillo o en medio del bosque. Y después otra persona los volvió a contar, y otra más, y otra... cambiando algunas partes, agregando un lobo por aquí, una princesa por allá, un ogro, una gallina que pone huevos de oro, un dragón dormilón o una bruja de nariz torcida. Así, los cuentos se pasaron de boca en boca, de abuelos a nietos, de madres a hijas, de maestros a alumnos, de un país a otro... ¡y llegaron hasta vos!

Por eso se les llama "cuentos anónimos". Porque no son de uno solo: son de todos. Son de la humanidad.

Es verdad que algunos nombres famosos ayudaron a escribirlos y conservarlos para que no se perdieran: los hermanos Grimm, monsieur Perrault, Andersen, Basile... Ellos no los inventaron, pero los escucharon, los copiaron, los adornaron... y gracias a ellos los podés leer ahora, sin que se borren del mundo.

Hay un cuento en este libro que sí tiene autor conocido. ¿Querés saber cuál es?

Se llama El mago de Oz, y lo escribió un señor llamado L. Frank Baum hace más de cien años. A ese sí lo imaginó todo él solito: el espantapájaros que quiere un cerebro, el hombre de hojalata que quiere un corazón, el león que quiere ser valiente, y una niña llamada Dorothy que quiere volver a casa. ¡Pero su cuento es tan especial que ya parece uno de los cuentos mágicos de siempre!

Así que ahora, vos tenés este libro en tus manos. Tal vez lo leás a solas. O tal vez lo compartas con alguien que querés. O lo les con tu papá o mamá en las noches. O con tus abuelos.Lo importante es que recordés esto: cada vez que se cuenta un cuento, el mundo se vuelve más bonito. Y quién sabe... Tal vez un día vos también inventés un cuento. Y otro lo cuente. Y otro lo escuche. Y otro lo lea en un libro como este, sin saber que lo pensaste vos...

JUAN SIN MIEDO

Érase un padre que tenía dos hijos, el mayor de los cuales era listo y despierto, muy despabilado y capaz de salir con bien de todas las cosas. El menor, en cambio, era un verdadero zoquete, incapaz de comprender ni aprender nada, y cuando la gente lo veía, no podía por menos de exclamar: «¡Este sí que va a ser la cruz de su padre!». Para todas las faenas había que acudir al mayor; no obstante, cuando se trataba de salir, ya anochecido, a buscar alguna cosa, y había que pasar por las cercanías del cementerio o de otro lugar tenebroso y lúgubre, el mozo solía resistirse:

—No, padre, no puedo ir. ¡Me da mucho miedo!

Pues, en efecto, era miedoso.

En las veladas, cuando, reunidos todos en torno a la lumbre, alguien contaba uno de esos cuentos que ponen carne de gallina, los oyentes solían exclamar: «¡Oh, qué miedo!». El hijo menor, sentado en un rincón, escuchaba aquellas exclamaciones sin acertar a comprender su significado.

—Siempre están diciendo: «¡Tengo miedo! ¡Tengo miedo!». Pues yo no lo tengo. Debe ser alguna habilidad de la que yo no entiendo nada.

Un buen día le dijo su padre:

—Oye, tú, del rincón: Ya eres mayor y robusto. Es hora de que aprendas también alguna cosa con que ganarte el pan. Mira cómo tu hermano se esfuerza; en cambio, contigo todo es inútil, como si machacaras hierro frío.

—Tienes razón, padre —respondió el muchacho—. Yo también tengo ganas de aprender algo. Si no te parece mal, me gustaría aprender a tener miedo; de esto no sé ni pizca.

El mayor se echó a reír al escuchar aquellas palabras, y pensó para sí: «¡Santo Dios, y qué bobo es mi hermano! En su vida saldrá de él nada bueno. Pronto se ve por dónde tira cada uno». El padre se limitó a suspirar y a responderle:

—Día vendrá en que sepas lo que es el miedo, pero con esto no vas a ganarte el sustento.

A los pocos días tuvieron la visita del sacristán. Le contó el padre su apuro, cómo su hijo menor era un inútil; ni sabía nada, ni era capaz de aprender nada.

—Sólo le diré que una vez que le pregunté cómo pensaba ganarse la vida, me dijo que quería aprender a tener miedo.

—Si no es más que eso —repuso el sacristán—, puede aprenderlo en mi casa. Deje que venga conmigo. Yo se lo desbastaré de tal forma, que no habrá más que ver.

Se avino el padre, pensando: «Le servirá para despabilarse». Así, pues, se lo llevó consigo y le señaló la tarea de tocar las campanas. A los dos o tres días lo despertó hacia medianoche y lo mandó subir al campanario a tocar la campana. «Vas a aprender lo que es el miedo», pensó el hombre mientras se retiraba sigilosamente.

Estando el muchacho en la torre, al volverse para coger la cuerda de la campana vio una forma blanca que permanecía inmóvil en la escalera, frente al hueco del muro.

—¿Quién está ahí? —gritó el mozo. Pero la figura no se movió ni respondió.

—Contesta —insistió el muchacho— o lárgate; nada tienes que hacer aquí a medianoche. Pero el sacristán seguía inmóvil, para que el otro lo tomase por un fantasma.

El chico le gritó por segunda vez:

—¿Qué buscas ahí? Habla si eres persona cabal, o te arrojaré escaleras abajo. El sacristán pensó: «No llegará a tanto», y continuó impertérrito, como una estatua de piedra. Por tercera vez le advirtió el muchacho, y viendo que sus palabras no surtían efecto, arremetió contra el espectro y de un empujón lo echó escaleras abajo, con tal fuerza que, mal de su grado, saltó de una vez diez escalones y fue a desplomarse contra una esquina, donde quedó maltrecho. El mozo, terminado el toque de campana, volvió a su cuarto, se acostó sin decir palabra y se quedó dormido.

La mujer del sacristán estuvo durante largo rato aguardando la vuelta de su marido; pero viendo que tardaba demasiado, fue a despertar, ya muy inquieta, al ayudante, y le preguntó:

—¿Dónde está mi marido? Subió al campanario antes que tú.

—En el campanario no estaba —respondió el muchacho—. Pero había alguien frente al hueco del muro, y como se empeñó en no responder ni marcharse, he supuesto que era un ladrón y lo he arrojado escaleras abajo. Vaya a ver, no fuera el caso que se tratase de él. De veras que lo sentiría.

La mujer se precipitó a la escalera y encontró a su marido tendido en el rincón, quejándose y con una pierna rota.

Lo bajó como pudo y corrió luego a la casa del padre del mozo, hecha un mar de lágrimas:

—Su hijo —se lamentó— ha causado una gran desgracia, ha echado a mi marido escaleras abajo, y le ha roto una pierna. ¡Llévese enseguida de mi casa a esta calamidad!

Corrió el padre, muy asustado, a casa del sacristán, y puso a su hijo de vuelta y media:

—¡Eres una mala persona! ¿Qué maneras son esas? Ni que tuvieses el diablo en el cuerpo.

—Soy inocente, padre —contestó el muchacho—. Le digo la verdad. Él estaba allí a medianoche, como si llevara malas intenciones. Yo no sabía quién era, y por tres veces le advertí que hablase o se marchase.

—¡Ay! —exclamó el padre—. ¡Sólo disgustos me causas! Vete de mi presencia, no quiero volver a verte.

—Bueno, padre, así lo haré; aguarda sólo a que sea de día, y me marcharé a aprender lo que es el miedo; al menos así sabré algo que me servirá para ganarme el sustento.

—Aprende lo que quieras —dijo el padre—; lo mismo me da. Ahí tienes cincuenta monedas; márchate a correr mundo y no digas a nadie de dónde eres ni quién es tu padre, pues eres mi mayor vergüenza.

—Sí, padre, como quieras. Si sólo me pides eso, fácil me será obedecerte.

Al apuntar el día, embolsó el muchacho sus cincuenta monedas y se fue por la carretera. Mientras andaba, iba diciéndose:

«¡Si por lo menos tuviera miedo! ¡Si por lo menos tuviera miedo!». En esto acertó a pasar un hombre que oyó lo que el mozo murmuraba, y cuando hubieron andado un buen trecho y llegaron a la vista de la horca, le dijo:

—Mira, en aquel árbol hay siete que se han casado con la hija del cordelero, y ahora están aprendiendo a volar. Siéntate debajo y aguarda a que llegue la noche. Verás cómo aprendes lo que es el miedo.

—Si no es más que eso —respondió el muchacho—, la cosa no tendrá dificultad; pero si realmente aprendo qué cosa es el miedo, te daré mis cincuenta monedas. Vuelve a buscarme por la mañana.

Y se encaminó al patíbulo, donde esperó, sentado, la llegada de la noche. Como arreciara el frío, encendió fuego; pero hacia medianoche empezó a soplar un viento tan helado, que ni la hoguera le servía de gran cosa. Y como el ímpetu del viento hacía chocar entre sí los cuerpos de los ahorcados, pensó el mozo: «Si tú, junto al fuego, estás helándote, ¡cómo deben pasarlo esos que patalean ahí arriba!».

Y como era compasivo de natural, arrimó la escalera y fue desatando los cadáveres, uno tras otro, y bajándolos al suelo. Sopló luego el fuego para avivarlo, y dispuso los cuerpos en torno al fuego para que se calentasen; pero los muertos permanecían inmóviles, y las llamas prendieron en sus ropas. Al verlo, el muchacho les advirtió:

—Si no tienen cuidado, los volveré a colgar.

Pero los ajusticiados nada respondieron, y sus andrajos siguieron quemándose. Se irritó entonces el mozo:

—Puesto que se empeñan en no tener cuidado, nada puedo hacer por ustedes; no quiero quemarme yo también.

Y los colgó nuevamente, uno tras otro; hecho lo cual, volvió a sentarse al lado de la hoguera y se quedó dormido.

A la mañana siguiente se presentó el hombre, dispuesto a cobrar las cincuenta monedas.

—¿Qué, ya sabes ahora lo que es el miedo?

—No —replicó el mozo—. ¿Cómo iba a saberlo? Esos de ahí arriba ni siquiera han abierto la boca, y fueron tan tontos que dejaron que se quemasen los harapos que llevan.

Vio el hombre que por aquella vez no embolsaría las monedas, y se alejó murmurando:

—En mi vida me he topado con un tipo como este.

Siguió también el mozo su camino, siempre expresando en voz alta su idea fija: «¡Si por lo menos supiese lo que es el miedo! ¡Si por lo menos supiese lo que es el miedo!». Lo escuchó un carretero que iba tras él, y le preguntó:

—¿Quién eres?

—No lo sé —respondió el joven.

—¿De dónde vienes? —siguió inquiriendo el otro.

—No lo sé.

—¿Quién es tu padre?

—No puedo decirlo.

—¿Y qué demonios estás refunfuñando entre dientes?

—¡Oh! —respondió el muchacho—, quisiera saber lo que es el miedo, pero nadie puede enseñármelo.

—Basta de tonterías —replicó el carretero—. Te vienes conmigo y te buscaré alojamiento.

Lo acompañó el mozo, y, al anochecer, llegaron a una hospedería. Al entrar en la sala repitió el mozo en voz alta:

—¡Si al menos supiera lo que es el miedo!

Oyéndolo el posadero, se echó a reír, y dijo:

—Si de verdad lo quieres, tendrás aquí buena ocasión para enterarte.

—¡Cállate, por Dios! —exclamó la patrona—. Más de un temerario lo ha pagado ya con la vida. ¡Sería una pena que esos hermosos ojos no volviesen a ver la luz del día!

Pero el muchacho replicó:

—Por costoso que sea, quisiera saber lo que es el miedo; para esto me marché de casa.

Y estuvo importunando al posadero, hasta que este se decidió a contarle que, a poca distancia de allí, se levantaba un castillo encantado, donde, con toda seguridad, aprendería a conocer el miedo si estaba dispuesto a pasar tres noches en él. Le dijo que el Rey había prometido casar a su hija, que era la doncella más hermosa que alumbrara el sol, con el hombre que a ello se atreviese. Además, había en el castillo valiosos tesoros, capaces de enriquecer al más pobre, que estaban guardados por espíritus malos, y podrían recuperarse al desvanecerse el maleficio. Muchos lo habían intentado ya, pero ninguno había escapado con vida de la empresa.

A la mañana siguiente, el joven se presentó al Rey y le dijo que, si se le autorizaba, él se comprometía a pasarse tres noches en vela en el castillo encantado.

Lo miró el Rey, y como su aspecto le resultara simpático, le dijo:

—Puedes pedir tres cosas para llevarte al castillo, pero deben ser cosas inanimadas.

A lo que contestó el muchacho:

—Deme entonces fuego, un torno y un banco de carpintero con su cuchilla.

El Rey hizo llevar aquellos objetos al castillo. Al anochecer subió a él el muchacho, encendió en un aposento un buen fuego, colocó al lado el banco de carpintero con la cuchilla y se sentó sobre el torno.

—¡Ah! ¡Si por lo menos aquí tuviera miedo! —suspiró—. Pero me temo que tampoco aquí me enseñarán lo que es.

Hacia medianoche quiso avivar el fuego, y mientras lo soplaba oyó de pronto unas voces, procedentes de una esquina, que gritaban:

—¡Au, miau! ¡Qué frío hace!

—¡Tontos! —exclamó él—. ¿Por qué gritan? Si tienen frío, acérquense al fuego a calentarse.

Apenas hubo pronunciado estas palabras, llegaron de un enorme brinco dos grandes gatos negros que, sentándose uno a cada lado, clavaron en él una mirada ardiente y feroz. Al cabo de un rato, cuando ya se hubieron calentado, dijeron:

Compañero, ¿qué te parece si echamos una partida de naipes?

—¿Por qué no? —respondió él—. Pero antes muéstrenme las patas.

Los animales sacaron las garras.

—¡Ah! —exclamó el muchacho—. ¡Vaya uñas largas! Primero se las cortaré.

Y, agarrándolos por el cuello, los levantó y los sujetó por las patas al banco de carpintero.

—He adivinado sus intenciones —dijo— y se me han pasado las ganas de jugar a las cartas.

Acto seguido los mató de un golpe y los arrojó al estanque que había al pie del castillo.

Despachados ya aquellos dos y cuando se disponía a instalarse de nuevo junto al fuego, de todos los rincones y esquinas empezaron a salir gatos y perros negros, en número cada vez mayor, hasta el punto de que ya no sabía él dónde meterse. Aullando lúgubremente, pisotearon el fuego, intentando esparcirlo y apagarlo. El mozo estuvo un rato contemplando tranquilamente aquel espectáculo hasta que, al fin, se amoscó y, empuñando la cuchilla y gritando: «¡Fuera de aquí, chusma asquerosa!», arremetió contra el ejército de alimañas. Parte de los animales escapó corriendo, el resto los mató, y arrojó sus cuerpos al estanque. De vuelta al aposento, reunió las brasas aún encendidas, las sopló para reanimar el fuego y se sentó nuevamente a calentarse. Y estando así sentado, le vino el sueño, con una gran pesadez en los ojos. Miró a su alrededor, y descubrió en una esquina una espaciosa cama. «A punto vienes», dijo, y se acostó en ella sin pensarlo más.

Pero apenas había cerrado los ojos cuando el lecho se puso en movimiento, como si quisiera recorrer todo el castillo. «¡Tanto mejor!», se dijo el mozo. Y la cama seguía rodando y moviéndose, como tirada por seis caballos, cruzando umbrales y subiendo y bajando escaleras. De repente, ¡hop!, un vuelco, y queda la cama patas arriba, y su ocupante debajo como si se le hubiese venido una montaña encima.

Lanzando al aire mantas y almohadas, salió de aquel revoltijo, y, exclamando: «¡Que pasee quien tenga ganas!», volvió a la vera del fuego y se quedó dormido hasta la madrugada.

A la mañana siguiente se presentó el Rey, y, al verlo tendido en el suelo, creyó que los fantasmas lo habían matado.

—¡Lástima, tan guapo mozo! —dijo.

Lo escuchó el muchacho e, incorporándose, exclamó:

—¡No están aún tan mal las cosas!

El Rey, admirado y contento, le preguntó qué tal había pasado la noche.

—¡Muy bien! —respondió el interpelado—. He pasado una, también pasaré las dos que quedan.

Al entrar en la posada, el hostelero se quedó mirándolo como quien ve visiones.

—Jamás pensé volver a verte vivo —le dijo—. Supongo que ahora sabrás lo que es el miedo.

—No —replicó el muchacho—. Todo es inútil. ¡Ya no sé qué hacer!

Al llegar la segunda noche, se encaminó de nuevo al castillo y, sentándose junto al fuego, volvió a la vieja canción: «¡Si siquiera supiese lo que es el miedo!». Antes de medianoche se oyó un estrépito. Quedó al principio, luego más fuerte; siguió un momento de silencio, y, al fin, emitiendo un agudísimo alarido, bajó por la chimenea la mitad de un hombre y fue a caer a sus pies.

—¡Caramba! —exclamó el joven—. Aquí falta una mitad. ¡Hay que tirar más!

Volvió a oírse el estruendo, y, entre un alboroto de gritos y aullidos, cayó la otra mitad del hombre.

—Aguarda —exclamó el muchacho—. Voy a avivarte el fuego.

Cuando, ya listo, se volvió a mirar a su alrededor, las dos mitades se habían soldado, y un hombre horrible estaba sentado en su sitio.

—¡Eh, amigo, que este no es el trato! —dijo—. El banco es mío.

El hombre quería echarlo, pero el mozo, empeñado en no ceder, lo apartó de un empujón y se instaló en su asiento.

Bajaron entonces por la chimenea nuevos hombres, uno tras otro, llevando nueve tibias y dos calaveras, y, después de colocarlas en la posición debida, comenzaron a jugar a bolos. Al muchacho le entraron ganas de participar en el juego y les preguntó:

—¡Hola!, ¿puedo jugar yo también?

—Sí, si tienes dinero.

—Dinero tengo —respondió él—. Pero sus bolos no son bien redondos.

Y, cogiendo las calaveras, las puso en el torno y las modeló debidamente.

—Ahora rodarán mejor —dijo—. ¡Así da gusto!

Jugó y perdió algunos florines; pero al dar las doce, todo desapareció de su vista. Se tendió y durmió tranquilamente. A la mañana siguiente se presentó de nuevo el Rey, curioso por saber lo ocurrido.

—¿Cómo lo has pasado esta vez? —le preguntó.

—Estuve jugando a los bolos y perdí unas cuantas monedas.

—¿Y no sentiste miedo?

—¡Qué va! —replicó el chico—. Me he divertido mucho. ¡Ah, si pudiese saber lo que es el miedo!

La tercera noche, sentado nuevamente en su banco, suspiraba mohíno y malhumorado: «¡Por qué no puedo sentir miedo!».

Era ya bastante tarde cuando entraron seis hombres fornidos llevando un ataúd. Dijo él entonces:

—Ahí debe de venir mi primito, el que murió hace unos días.

Y, haciendo una seña con el dedo, lo llamó:

—¡Ven, primito, ven aquí!

Los hombres depositaron el féretro en el suelo. El mozo se les acercó y levantó la tapa: contenía un cuerpo muerto. Le tocó la cara, que estaba fría como hielo.

—Aguarda —dijo—, voy a calentarte un poquito.

Y, volviéndose al fuego a calentarse la mano, la aplicó seguidamente en el rostro del cadáver; pero este seguía frío. Lo sacó entonces del ataúd, se sentó junto al fuego con el muerto sobre su regazo, y se puso a frotarle los brazos para reanimar la circulación. Como tampoco eso sirviera de nada, se le ocurrió que metiéndolo en la cama podría calentarlo mejor. Lo acostó, pues, lo arropó bien y se echó a su lado. Al cabo de un rato, el muerto empezó a calentarse y a moverse. Dijo entonces el mozo:

—¡Ves, primito, cómo te he hecho entrar en calor!

Pero el muerto se incorporó, gritando:

—¡Te voy a estrangular!

—¿Esas tenemos? —exclamó el muchacho—. ¿Así me lo agradeces? Pues te volverás a tu ataúd.

Y, levantándolo, lo metió en la caja y cerró la tapa. En esto entraron de nuevo los seis hombres y se lo llevaron.

—No hay manera de sentir miedo —se dijo—. Está visto que no me enteraré de lo que es, aunque pasara aquí toda la vida.

Apareció luego otro hombre, más alto que los anteriores, y de terrible aspecto; pero era viejo y llevaba una larga barba blanca.

—¡Ah, bribonzuelo —exclamó—; pronto sabrás lo que es miedo, pues vas a morir!

—¡Calma, calma! —replicó el mozo—. Yo también tengo algo que decir en este asunto.

—Deja que te agarre —dijo el ogro.

—Poquito a poco. Lo ves muy fácil. Soy tan fuerte como tú, o más.

—Eso lo veremos —replicó el viejo—. Si lo eres, te dejaré marchar. Ven conmigo, que haremos la prueba.

Y, a través de tenebrosos corredores, lo condujo a una fragua. Allí empuñó un hacha, y de un hachazo clavó en el suelo uno de los yunques.

—Yo puedo hacer más —dijo el muchacho, dirigiéndose al otro yunque. El viejo, colgante la blanca barba, se colocó a su lado para verlo bien. Cogió el mozo el hacha, y de un hachazo partió el yunque, aprisionando de paso la barba del viejo.

—Ahora te tengo en mis manos —le dijo—; tú eres quien va a morir.

Y, agarrando una barra de hierro, la emprendió con el viejo hasta que este, gimoteando, le suplicó que no le pegara más; en cambio, le daría grandes riquezas. El chico desclavó el hacha y lo soltó. Entonces el hombre lo acompañó nuevamente al palacio, y en una de las bodegas le mostró tres arcas llenas de oro:

—Una de ellas es para los pobres; la otra, para el Rey, y la tercera, para ti.

Dieron en aquel momento las doce, y el trasgo desapareció, quedando el muchacho sumido en tinieblas.

—De algún modo saldré de aquí —se dijo.

Y, moviéndose a tientas, al cabo de un rato dio con un camino que lo condujo a su aposento, donde se echó a dormir junto al fuego.

A la mañana siguiente compareció de nuevo el Rey y le dijo:

—Bien, supongo que ahora sabrás ya lo que es el miedo.

—No —replicó el muchacho—. ¿Qué es? Estuvo aquí mi primo muerto, y después vino un hombre barbudo, el cual me mostró los tesoros que hay en los sótanos; pero de lo que sea el miedo, nadie me ha dicho una palabra.

Dijo entonces el Rey:

—Has desencantado el palacio y te casarás con mi hija.

—Todo eso está muy bien —repuso él—. Pero yo sigo sin saber lo que es el miedo.

Sacaron el oro y se celebró la boda. Pero el joven príncipe, a pesar de que quería mucho a su esposa y se sentía muy satisfecho, no cesaba de suspirar: «¡Si al menos supiese lo que es el miedo!».

Al fin, aquella cantinela acabó por irritar a la princesa. Su camarera le dijo:

—Yo lo arreglaré. Voy a enseñarle lo que es el miedo.

Se dirigió al riachuelo que cruzaba el jardín y mandó que le llenaran un barreño de agua con muchos pececillos. Por la noche, mientras el joven dormía, su esposa, instruida por la camarera, le quitó bruscamente las ropas y le echó encima el cubo de agua fría con los peces, los cuales se pusieron a coletear sobre el cuerpo del muchacho. Este despertó de súbito y echó a gritar:

—¡Ah, qué miedo, qué miedo, mujercita mía! ¡Ahora sí que sé lo que es el miedo!

BAMBI

Había llegado la primavera. El bosque estaba muy lindo. Los animalitos despertaban del largo invierno y esperaban todos un feliz acontecimiento.

—¡Ha nacido el cervatillo! ¡El príncipe del bosque ha nacido! —anunciaba el conejito Tambor mientras corría de un lado a otro.

Todos los animalitos fueron a visitar al pequeño ciervo, a quien su mamá puso el nombre de Bambi. El cervatillo se estiró e intentó levantarse. Sus patas largas y delgadas lo hicieron caer una y otra vez. Finalmente, consiguió mantenerse en pie.

Tambor se convirtió en un maestro para el pequeño. Con él aprendió muchas cosas mientras jugaban en el bosque.

Pasó el verano y llegó el tan temido invierno. Al despertar una mañana, Bambi descubrió que todo el bosque estaba cubierto de nieve. Era muy divertido tratar de andar sobre ella. Pero también descubrió que el invierno era muy triste, pues apenas había comida.

Cierto día vio cómo corría un grupo de ciervos mayores. Se quedó admirado al ver al que iba delante de todos. Era más grande y fuerte que los demás: era el gran príncipe del bosque.

Aquel día la mamá de Bambi se mostraba inquieta. Olfateaba el ambiente, tratando de descubrir qué ocurría. De pronto, oyó un disparo y dijo a Bambi que corriera sin parar. Bambi corrió y corrió hasta lo más espeso del bosque. Cuando se volvió para buscar a su mamá, vio que ya no venía. El pobre Bambi lloró mucho.

—Debes ser valiente, porque tu mamá ya no volverá. Vamos, sígueme —le dijo el gran príncipe del bosque.

Bambi había crecido mucho cuando llegó la primavera. Cierto día, mientras bebía agua en el estanque, vio reflejada en el agua a una cierva detrás de él. Era bella y ágil, y pronto se hicieron amigos.

Una mañana, Bambi se despertó asustado. Desde lo alto de la montaña vio un campamento de cazadores. Corrió hacia allá y encontró a su amiga rodeada de perros. Bambi la ayudó a escapar y ya no se separaron más.

Cuando llegó la primavera, Falina —que así se llamaba la cierva— tuvo dos crías. Eran los hijos de Bambi, que, con el tiempo, llegó a ser el gran príncipe del bosque.

Si por el bosque has de pasear, no hagas a los animales ninguna maldad.

HANSEL Y GRETEL

Hansel y Gretel vivían con su padre, un pobre leñador, y su cruel madrastra, muy cerca de un espeso bosque. Vivían con muchísima escasez, y como ya no les alcanzaba para poder comer los cuatro, deberían plantearse el problema y tratar de darle una buena solución.

Una noche, creyendo que los niños estaban dormidos, la cruel madrastra dijo al leñador:

—No hay bastante comida para todos: mañana llevaremos a los niños a la parte más espesa del bosque y los dejaremos allí. Ellos no podrán encontrar el camino a casa y así nos desprenderemos de esa carga.

Al principio, el padre se opuso rotundamente a tener en cuenta la cruel idea de la malvada mujer.

—¿Cómo vamos a abandonar a mis hijos a la suerte de Dios? Quizás sean atacados por los animales del bosque —gritó enojado.

—De cualquier manera, así moriremos todos de hambre —dijo la madrastra, y no descansó hasta convencer al débil hombre de llevar adelante el malévolo plan que se había trazado.

Mientras tanto, los niños, que en realidad no estaban dormidos, escucharon toda la conversación. Gretel lloraba amargamente, pero Hansel la consolaba.

—No llores, querida hermanita —decía él—, yo tengo una idea para encontrar el camino de regreso a casa.

A la mañana siguiente, cuando salieron para el bosque, la madrastra les dio a cada uno de los niños un pedazo de pan.

—No deben comer este pan antes del almuerzo —les dijo—. Eso es todo lo que tendrán para el día.

El dominado y débil padre y la madrastra los acompañaron a adentrarse en el bosque. Cuando penetraron en la espesura, los niños se quedaron atrás, y Hansel, haciendo migas de su pan, las fue dejando caer con disimulo para tener señales que les permitieran luego regresar a casa.

Los padres los llevaron muy adentro del bosque y les dijeron:

—Quédense aquí hasta que vengamos a buscarlos.

Hansel y Gretel hicieron lo que sus padres habían ordenado, pues creyeron que cambiarían de opinión y volverían por ellos. Pero cuando se acercaba la noche y los niños vieron que sus padres no aparecían, trataron de encontrar el camino de regreso. Desgraciadamente, los pájaros se habían comido las migas que marcaban el camino. Toda la noche anduvieron por el bosque con mucho temor, observando el brillo de los ojos de las fieras, y a cada paso se perdían más en aquella espesura.

Al amanecer, casi muertos de miedo y de hambre, los niños vieron un pájaro blanco que volaba frente a ellos y que, para animarlos a seguir adelante, les aleteaba en señal amistosa. Siguiendo el vuelo de aquel pájaro encontraron una casita construida toda de panes, dulces, bombones y otras confituras muy sabrosas.

Los niños, con un apetito terrible, corrieron hasta la rara casita, pero antes de que pudieran dar un mordisco a los riquísimos dulces, una bruja los detuvo.

La casa estaba hecha para atraer a los niños, y cuando estos se encontraban en su poder, la bruja los mataba y los cocinaba para comérselos.

Como Hansel estaba muy delgadito, la bruja lo encerró en una jaula y allí lo alimentaba con ricos y sustanciosos manjares para engordarlo. Mientras tanto, Gretel tenía que hacer los trabajos más pesados y sólo tenía cáscaras de cangrejos para comer.

Un día, la bruja decidió que Hansel estaba ya listo para ser comido y ordenó a Gretel que preparara una enorme cacerola de agua para cocinarlo.

—Primero —dijo la bruja—, vamos a ver el horno que yo prendí para hacer pan. Entra tú primero, Gretel, y fíjate si está bien caliente como para hornear.

En realidad, la bruja pensaba cerrar la puerta del horno una vez que Gretel estuviera dentro, para cocinarla a ella también. Pero Gretel hizo como que no entendía lo que la bruja decía.

—Yo no sé. ¿Cómo entro? —preguntó Gretel.

—Tonta —dijo la bruja—, mira cómo se hace —y la bruja metió la cabeza dentro del horno.

Rápidamente, Gretel la empujó dentro del horno y cerró la puerta.

Gretel puso en libertad a Hansel. Antes de irse, los dos niños se llenaron los bolsillos de perlas y piedras preciosas del tesoro de la bruja.

Los niños huyeron del bosque hasta llegar a orillas de un inmenso lago que parecía imposible de atravesar. Por fin, un hermoso cisne blanco se compadeció de ellos y les ofreció pasarlos a la otra orilla. Con gran alegría, los niños encontraron a su padre allí. Este había sufrido mucho durante la ausencia de los niños y los había buscado por todas partes, e incluso les contó acerca de la muerte de la cruel madrastra.

Dejando caer los tesoros a los pies de su padre, los niños se arrojaron en sus brazos. Así, juntos olvidaron todos los malos momentos que habían pasado y supieron que lo más importante en la vida es estar junto a los seres a quienes se ama, y siguieron viviendo felices y ricos para siempre.

SIMBAD EL MARINO

Hace muchos, muchísimos años, en la ciudad de Bagdad vivía un joven llamado Simbad. Era muy pobre y, para ganarse la vida, se veía obligado a transportar pesados fardos, por lo que se le conocía como Simbad el Cargador.

—¡Pobre de mí! —se lamentaba—. ¡Qué triste suerte la mía!

Quiso el destino que sus quejas fueran oídas por el dueño de una hermosa casa, el cual ordenó a un criado que hiciera entrar al joven. A través de maravillosos patios llenos de flores, Simbad el Cargador fue conducido hasta una sala de grandes dimensiones.

En la sala estaba dispuesta una mesa llena de las más exóticas viandas y los más deliciosos vinos. En torno a ella había sentadas varias personas, entre las que destacaba un anciano, que habló de la siguiente manera:

—Me llamo Simbad el Marino. No creas que mi vida ha sido fácil. Para que lo comprendas, te voy a contar mis aventuras… Aunque mi padre me dejó al morir una fortuna considerable, fue tanto lo que derroché que, al fin, me vi pobre y miserable. Entonces vendí lo poco que me quedaba y me embarqué con unos mercaderes. Navegamos durante semanas, hasta llegar a una isla. Al bajar a tierra, el suelo tembló de repente y salimos todos proyectados: en realidad, la isla era una enorme ballena. Como no pude subir hasta el barco, me dejé arrastrar por las corrientes agarrado a una tabla hasta llegar a una playa plagada de palmeras. Una vez en tierra firme, tomé el primer barco que zarpó de vuelta a Bagdad…

Llegado a este punto, Simbad el Marino interrumpió su relato. Le dio al muchacho 100 monedas de oro y le rogó que volviera al día siguiente. Así lo hizo Simbad, y el anciano prosiguió con sus andanzas…

—Volví a zarpar. Un día que habíamos desembarcado, me quedé dormido y, cuando desperté, el barco se había marchado sin mí. Llegué hasta un profundo valle sembrado de diamantes. Llené un saco con todos los que pude coger, me até un trozo de carne a la espalda y aguardé hasta que un águila me eligiera como alimento para llevar a su nido, sacándome así de aquel lugar.

Terminado el relato, Simbad el Marino volvió a darle al joven 100 monedas de oro, con el ruego de que volviera al día siguiente…

—Hubiera podido quedarme en Bagdad disfrutando de la fortuna conseguida, pero me aburría y volví a embarcarme. Todo fue bien hasta que nos sorprendió una gran tormenta y el barco naufragó. Fuimos arrojados a una isla habitada por unos enanos terribles, que nos cogieron prisioneros. Los enanos nos condujeron hasta un gigante que tenía un solo ojo y que comía carne humana. Al llegar la noche, aprovechando la oscuridad, le clavamos una estaca ardiente en su único ojo y escapamos de aquel espantoso lugar. De vuelta a Bagdad, el aburrimiento volvió a hacer presa en mí. Pero esto te lo contaré mañana…

Y con estas palabras, Simbad el Marino entregó al joven 100 piezas de oro.

—Inicié un nuevo viaje, pero por obra del destino mi barco volvió a naufragar. Esta vez fuimos a dar a una isla llena de antropófagos. Me ofrecieron a la hija del rey, con quien me casé, pero al poco tiempo ésta murió. Había una costumbre en el reino: que el marido debía ser enterrado con la esposa. Por suerte, en el último momento, logré escaparme y regresé a Bagdad cargado de joyas…

Y así, día tras día, Simbad el Marino fue narrando las fantásticas aventuras de sus viajes, tras lo cual ofrecía siempre 100 monedas de oro a Simbad el Cargador. De este modo, el muchacho supo cómo el afán de aventuras de Simbad el Marino le había llevado muchas veces a enriquecerse, para luego perder de nuevo su fortuna.

El anciano Simbad le contó que, en el último de sus viajes, había sido vendido como esclavo a un traficante de marfil. Su misión consistía en cazar elefantes. Un día, huyendo de un elefante furioso, Simbad se subió a un árbol. El elefante agarró el tronco con su poderosa trompa y sacudió el árbol de tal modo que Simbad fue a caer sobre el lomo del animal. Éste le condujo entonces hasta un cementerio de elefantes; allí había marfil suficiente como para no tener que matar más elefantes.

Simbad así lo comprendió y, presentándose ante su amo, le explicó dónde podría encontrar gran número de colmillos. En agradecimiento, el mercader le concedió la libertad y le hizo muchos y valiosos regalos.

—Regresé a Bagdad y ya no he vuelto a embarcarme —continuó hablando el anciano—. Como verás, han sido muchos los avatares de mi vida. Y si ahora gozo de todos los placeres, también antes he conocido todos los padecimientos.

Cuando terminó de hablar, el anciano le pidió a Simbad el Cargador que aceptara quedarse a vivir con él. El joven Simbad aceptó encantado, y ya nunca más tuvo que soportar el peso de ningún fardo.

ARTURO Y EL MAGO MERLÍN

Érase una vez, en un reino llamado Britania, hace varios siglos, nació el príncipe Arturo, hijo del rey Uther. Su madre había muerto poco después del parto; por eso, el rey entregó al bebé al fiel mago Merlín, con el fin de que lo educara. Merlín decidió llevar a Arturo al castillo de un caballero que tenía un pequeño hijo llamado Kay.

Por la seguridad del príncipe, el mago ocultó la identidad de su protegido. Cada día, el leal Merlín enseñaba al pequeño Arturo todas las ciencias y, con sus dotes de gran mago, le explicaba los inventos del futuro y muchas fórmulas mágicas más.

Pasaron los años y el rey Uther murió sin dejar descendencia conocida, así que los caballeros fueron en busca de Merlín:

—Hemos de elegir al nuevo rey —dijeron. Y el mago, haciendo aparecer una espada clavada a un yunque de hierro, les dijo:

—Esta es la espada Excalibur. ¡Quien logre sacarla será el rey!

Los caballeros probaron uno a uno, pero, a pesar de todo su empeño, no lograron moverla.

Arturo y Kay, que eran ya dos vigorosos mozos, iban a participar en un torneo de la ciudad. Al acudir al evento, Arturo reparó en que había olvidado la espada de Kay en la posada. Corrió allí, pero el local ya estaba cerrado. Arturo se desesperó. Sin su espada, Kay estaría eliminado del torneo. Descubrió así la espada Excalibur.

Tiró de ella y un rayo de luz cayó sobre él, extrayéndola con toda facilidad. Kay vio el sello de la Excalibur y se lo contó a su padre, quien ordenó a Arturo que la devolviera, y así volvió a clavarla en el yunque. Los nobles intentaron sacarla de nuevo, pero fue inútil.

Hasta que Arturo de nuevo tomó la empuñadura, volvió a caer un rayo de luz, y la extrajo sin el menor esfuerzo.

Todos admitieron que aquel joven, sin título alguno, debía ser el rey de Britania; y desfilaron ante él, jurándole fidelidad.

Merlín, feliz y humilde por su accionar, se retiró a su morada. Pero no pasó mucho tiempo cuando un grupo de traidores se levantó en armas contra el joven monarca. Merlín intervino, confesando que Arturo era el único hijo del rey Uther; pero los desleales siguieron en guerra hasta que, al fin, fueron derrotados, gracias al valor de Arturo y a la magia de Merlín.

Para evitar que la traición se repitiera, Arturo creó la gran mesa redonda, integrada por los caballeros leales al reino. Se casó con la princesa Ginebra y vivieron años de dicha y prosperidad.

—Ya puedes reinar sin mis consejos —le dijo Merlín en su despedida—, y sigue siendo un rey justo, que la historia te premiará.

ALADINO

Aladino es un joven muy humilde que, junto con su inseparable mono Abú, se dedica a robar o engañar a la gente de Agrabah para poder sobrevivir, soñando con ser algún día alguien importante.

Un día, Aladino se encuentra con Jasmín, la preciosa hija del sultán, y se enamora perdidamente de ella. El problema es que las leyes obligan a Jasmín a casarse con un príncipe antes de su próximo cumpleaños.

Inesperadamente, la suerte de Aladino cambia cuando un hechicero llamado Jafar le propone conseguir todas las riquezas que se pueda imaginar a cambio de que él le consiga una vieja lámpara de las profundidades de la Cueva de las Maravillas, donde reside un divertido genio.

Cuando Aladino le da la lámpara a Jafar, él lo traiciona y hace que se quede atrapado en la cueva. Pero Abú le quita la lámpara a Jafar y consiguen sacar al genio, que los ayuda a escapar de la peligrosa cueva. El genio le dice que puede pedir tres deseos por haber frotado la lámpara, y Aladino utiliza su primer deseo para convertirse en príncipe y poder casarse con Jasmín.

Aladino llega al palacio del sultán con un gran desfile y pide la mano de la princesa Jasmín. El sultán acepta encantado, pero esto hace enojar a Jafar, ya que él quería casarse con la princesa para poder convertirse en un poderoso sultán.

Entonces Jafar logra quitarle la lámpara a Aladino y utiliza su primer deseo para convertirse en sultán, pero como no logra que le obedezca, pide al genio un segundo deseo: convertirse en el más poderoso hechicero del mundo, logrando así que el sultán lo obedezca y acepte el casamiento entre Jafar y Jasmín.

Aladino no pierde la esperanza y pelea con Jafar para recuperar el amor de la princesa. Pero a Jafar le queda aún un último deseo, y pide al genio que lo convierta en el genio más poderoso para poder derrotar a Aladino. Lo que no sabía es que, al convertirse en genio, deberá estar encerrado en una lámpara.

De esta forma, Aladino coge la lámpara con Jafar en su interior y la lanza muy lejos para que nadie la encuentre jamás. Y así es como Aladino y Jasmín logran casarse y ser muy felices durante el resto de sus vidas.

ALÍ BABÁ Y LOS CUARENTA LADRONES

Había una vez un señor que se llamaba Alí Babá y que tenía un hermano que se llamaba Kassim. Alí Babá era honesto, trabajador, bueno, leñador y pobre. Kassim era deshonesto, haragán, malo, usurero y rico. Alí Babá tenía una esposa, una hermosa criada que se llamaba Luz de la Noche, varios hijos fuertes y tres mulas. Kassim tenía una esposa y muy mala memoria, pues nunca se acordaba de visitar a sus parientes, ni siquiera para preguntarles si se encontraban bien o si necesitaban algo. En realidad, no los visitaba para que no le salieran pidiendo algo.

Un día en que Alí Babá estaba en el bosque cortando leña, oyó un ruido que se acercaba y que se parecía al ruido que hacen cuarenta caballos cuando galopan. Se asustó, pero como era curioso, trepó a un árbol.

Espiando, vio que eran, efectivamente, cuarenta caballos. Sobre cada caballo venía un ladrón, y cada ladrón tenía una bolsa llena de monedas de oro, vasos de oro, collares de oro y más de mil rubíes, zafiros, ágatas y perlas. Delante de todos iba el jefe de los ladrones.

Los ladrones pasaron debajo de Alí Babá y sofrenaron frente a una gran roca que tenía, más o menos, una cuadra de alto y que era completamente lisa. Entonces el jefe de los ladrones gritó a la roca:

—¡Sésamo: ábrete!

Se oyó un trueno y la roca, como si fuera un sésamo, se abrió por el medio, mientras Alí Babá casi se cae del árbol por la emoción. Los ladrones entraron por la abertura de la roca con caballos y todo, y una vez que estuvieron dentro, el jefe gritó:

—¡Sésamo: ciérrate!

Y la roca se cerró.

—Es indudable —pensó Alí Babá sin bajar del árbol— que esa roca completamente lisa es mágica y que las palabras pronunciadas por el jefe de los ladrones tienen el poder de abrirla. Pero más indudable todavía es que dentro de esa extraña roca tienen esos ladrones su escondite secreto donde guardan todo lo que roban.

Y enseguida se oyó otra vez un gran trueno y la roca se abrió. Los ladrones salieron y el jefe gritó:

—¡Sésamo: ciérrate!

La roca se cerró y los ladrones se alejaron a todo galope, seguramente para ir a robar en algún lado. Cuando se perdieron de vista, Alí Babá bajó del árbol.

—Yo también entraré en esa roca —pensó—. El asunto será ver si otra persona, pronunciando las palabras mágicas, puede abrirla.

Entonces, con todas las fuerzas que tenía, gritó:

—¡Sésamo: ábrete!

Y la roca se abrió.

Después de tardar lo que se tarda en parpadear, se lanzó por la puerta mágica y entró. Y, una vez dentro, se encontró con el tesoro más grande del mundo.

—¡Sésamo: ciérrate! —dijo después.

La roca se cerró con Alí Babá dentro y él, con toda tranquilidad, se ocupó de meter en una bolsa una buena cantidad de monedas de oro y rubíes. No demasiado: lo suficiente como para asegurarse la comida de un año y tres meses.

Después dijo:

—¡Sésamo: ábrete!

La roca se abrió y Alí Babá salió con la bolsa al hombro.

Dijo:

—¡Sésamo: ciérrate!

Y la roca se cerró, y él volvió a su casa, cantando de alegría.

Pero cuando su esposa lo vio entrar con la bolsa, se puso a llorar.

—¿A quién le robaste eso? —gimió la mujer.

Y siguió llorando. Pero cuando Alí Babá le contó la verdadera historia, la mujer se puso a bailar con él.

—Nadie debe enterarse de que tenemos este tesoro —dijo Alí Babá—, porque si alguien se entera querrá saber de dónde lo sacamos, y si le decimos de dónde lo sacamos querrá ir también él a esa roca mágica, y si va puede ser que los ladrones lo descubran, y si lo descubren terminarán por descubrirnos a nosotros. Y si nos descubren a nosotros, nos cortarán la cabeza. Enterremos todo esto.

—Antes contemos cuántas monedas y piedras preciosas hay —dijo la mujer de Alí Babá.

—¿Y terminar dentro de diez años? ¡Nunca! —le contestó Alí Babá.

—Entonces pesaré todo esto. Así sabré, al menos aproximadamente, cuánto tenemos y cuánto podremos gastar —dijo la mujer.

Y agregó:

—Pediré prestada una balanza.

Desgraciadamente, la mujer de Alí Babá tuvo la mala idea de ir a la casa de Kassim y pedir prestada la balanza. Kassim no estaba en ese momento, pero sí su esposa.

—¿Y para qué quieres la balanza? —le preguntó la mujer de Kassim a la mujer de Alí Babá.

—Para pesar unos granos —contestó la mujer de Alí Babá.

—¡Qué raro! —pensó la mujer de Kassim—. Éstos no tienen ni para caerse muertos y ahora quieren una balanza para pesar granos. Eso sólo lo hacen los dueños de los grandes graneros o los ricos comerciantes que venden granos.

—¿Y qué clase de granos vas a pesar? —le preguntó la mujer de Kassim después de pensar lo que pensó.

—Pues... granos —le contestó la mujer de Alí Babá.

—Voy a prestarte la balanza —le dijo la mujer de Kassim.

Pero antes de prestársela, y con todo disimulo, la mujer de Kassim untó con grasa la base de la balanza.

"Algunos granos se pegarán en la grasa, y así descubriré qué estuvieron pesando realmente", pensó la mujer de Kassim.

Alí Babá y su mujer pesaron todas las monedas y las piedras preciosas. Después devolvieron la balanza. Pero un rubí había quedado pegado a la grasa.

—De manera que éstos son los granos que estuvieron pesando —masculló la mujer de Kassim—. Se lo mostraré a mi marido.

Y cuando Kassim vio el rubí, casi se muere del disgusto.

Y él, que nunca se acordaba de visitar a Alí Babá, fue corriendo a buscarlo. Sin saludar a nadie, entró en la casa de su hermano en el mismo momento en que estaban por enterrar el tesoro.

—¡Sinvergüenzas! —gritó—. Ustedes siempre fueron unos pobres gatos. Díganme de dónde sacaron ese maravilloso tesoro si no quieren que los denuncie a la policía.

Y se puso a patalear de rabia. Alí Babá, resignado, comprendió que lo mejor sería contarle la verdad.

—Mañana mismo iré hasta esa roca y me traeré todo a mi casa —dijo Kassim cuando terminaron de explicarle.

A la mañana siguiente, Kassim estaba frente a la roca dispuesto a pronunciar las palabras mágicas.

Había llevado 12 mulas y 24 bolsas; tanto era lo que pensaba sacar.

—¿Qué era lo que tenía que decir? —se preguntó Kassim—. Ah, sí, ahora recuerdo…

Y muy emocionado exclamó:

—¡Sésamo: ábrete!

La roca se abrió y Kassim entró. Después dijo:

—¡Sésamo: ciérrate!

Y la roca se cerró con él dentro.

Una hora estuvo Kassim parado frente a las montañas de monedas de oro y de piedras preciosas.

—Aunque tenga que venir todos los días —pensó—, no dejaré la más mínima cosa de valor que haya aquí. Me lo voy a llevar todo a mi casa.

Y se puso a morder las monedas para ver si eran falsas. Después empezó a elegir entre las piedras preciosas.

—Aunque me las llevaré todas, es mejor que empiece por las más grandes, no vaya a ser que, por h o por b, mañana no pueda venir y me quede sin las mejores.

La elección le llevó unas cinco horas. Pero en ningún momento se sintió cansado.

—Es el trabajo más hermoso que hice en mi vida. Gracias al tonto de mi hermano, me he convertido en el hombre más rico del mundo.

Y cuando cargó las 24 bolsas, se dispuso a partir.

—¿Qué era lo que tenía que decir? —se preguntó—. Ah, sí, ahora recuerdo…

Y muy emocionado dijo:

—¡Alpiste: ábrete!

Pero la roca ni se movió.

—¡Alpiste: ábrete! —repitió Kassim.

Pero la roca no obedeció.

—Por Dios —dijo Kassim—, olvidé el nombre de la semilla. ¿Por qué no lo habré anotado en un papelito?

Y, desesperado, empezó a pronunciar el nombre de todas las semillas que recordaba:

—Cebada: ábrete; —Maíz: ábrete; —Garbanzo: ábrete.

Al final, totalmente asustado, ya no sabía qué decir:

—Zanahoria: ábrete; —Coliflor: ábrete; —Calabaza: ábrete.

Hasta que la roca se abrió. Pero no por Kassim, sino por los cuarenta ladrones que regresaban. Y cuando vieron a Kassim, le cortaron la cabeza.

—¿Cómo habrá entrado aquí? —preguntó uno de los ladrones.

—Ya lo averiguaremos —dijo el jefe—. Ahora salgamos a robar otra vez.

Y se fueron a robar, después de dejar bien cerrada la roca.

Pero Alí Babá estaba preocupado porque Kassim no regresaba. Entonces fue a buscarlo a la roca.

Dijo: —¡Sésamo: ábrete!, y cuando entró vio a Kassim muerto. Llorando, se lo llevó a su casa para darle sepultura. Pero había un problema: ¿qué diría a los vecinos? Si contaba que Kassim había sido muerto por los ladrones, se descubriría el secreto, y eso, ya lo sabemos, no convenía.

—Digamos que murió de muerte natural —dijo Luz de la Noche.

—¿Cómo vamos a decir eso? Nadie se muere sin cabeza —dijo Alí Babá.

—Yo lo resolveré —dijo Luz de la Noche, y fue a buscar a un zapatero.

Camina que camina, llegó a la casa del zapatero.

—Zapatero —le dijo—, voy a vendarte los ojos y te llevaré a mi casa.

—Eso nunca —le contestó el zapatero—. Si voy, iré con los ojos bien libres.

—No —repuso Luz de la Noche. Y le dio una moneda de oro.

—¿Y para qué quieres vendarme los ojos? —preguntó el zapatero.

—Para que no veas adónde te llevo y no puedas decir a nadie dónde queda mi casa —dijo Luz de la Noche, y le dio otra moneda de oro.

—¿Y qué tengo que hacer en tu casa? —preguntó el zapatero.

—Coser a un muerto —le explicó Luz de la Noche.

—Ah, no —dijo el zapatero—, eso sí que no —y tendió la mano para que Luz de la Noche le diera otra moneda.

—Está bien —dijo el zapatero después de recibir la moneda—, vamos a tu casa.

Y fueron. El zapatero cosió la cabeza del muerto, uniéndola. Y todo lo hizo con los ojos vendados. Finalmente volvió a su casa acompañado por Luz de la Noche y allí se quitó la venda.

—No cuentes a nadie lo que hiciste —le advirtió Luz de la Noche.

Y se fue contenta, porque con su plan ya estaba todo resuelto. De manera que, cuando los vecinos fueron informados de que Kassim había muerto, nadie sospechó nada.

Y eso fue lo que pasó con Kassim, el malo, el haragán, el de mala memoria. Pero resulta que los ladrones volvieron a la roca y vieron que Kassim no estaba. Ninguno de los ladrones era muy inteligente que digamos, pero el jefe dijo:

—Si el muerto no está, quiere decir que alguien se lo llevó.

—Y si alguien se lo llevó, quiere decir que alguien salió de aquí llevándoselo —dijo otro ladrón.

—Pero si alguien salió de aquí llevándoselo, quiere decir que primero entró alguien que después se lo llevó —dijo el jefe de los ladrones.

—¿Pero cómo va a entrar alguien si para entrar tiene que pronunciar las palabras mágicas secretas, que por ser secretas nadie conoce? —dijo otro ladrón.

Después de cavilar hasta el anochecer, el jefe dijo:

—Quiere decir que si alguien salió llevándose a ese muerto, quiere decir que antes de salir entró, porque nadie puede salir de ningún lado si antes no entra. Quiere decir que el que entró pronunció las palabras secretas.

—¿Y eso qué quiere decir? —preguntaron los otros 39 ladrones.

—¡Quiere decir que alguien descubrió el secreto! —contestó el jefe.

—¿Y eso qué quiere decir? —preguntaron los 39.

—¡Que hay que cortarle la cabeza!

—¡Muy bien! ¡Cortémosela ahora mismo!

Y ya salían a cortarle la cabeza cuando el jefe dijo:

—Primero tenemos que saber quién es el que descubrió nuestro secreto. Uno de ustedes debe ir al pueblo y averiguarlo.

—Yo iré —dijo el ladrón número 39. (El número 40 era el jefe).

Cuando el ladrón número 39 llegó al pueblo, pasó frente al taller de un zapatero y entró. Dio la casualidad de que era el zapatero que ya sabemos.

—Zapatero —dijo el ladrón número 39—, estoy buscando a un muerto que se murió hace poco. ¿No lo viste?

—¿Uno sin cabeza? —preguntó el zapatero.

—El mismo —dijo el ladrón número 39.

—No, no lo vi —dijo el zapatero.

—De mí no se ríe ningún zapatero —dijo el ladrón—. Bien sabes de quién hablo.

—Sí que sé, pero juro que no lo vi.

Y el zapatero le contó todo.

—Qué lástima —se lamentó el 39—, yo quería recompensarte con esta linda bolsita.

Y le mostró una bolsita llena de moneditas de oro.

—Un momento —dijo el zapatero—, yo no vi nada, pero debes saber que los ciegos tienen muy desarrollados sus otros sentidos. Cuando me vendaron los ojos, súbitamente se me desarrolló el sentido del olfato. Creo que por el olor podría reconocer la casa a la que me llevaron.

Y agregó:

—Véndame los ojos y sígueme. Me guiaré por mi nariz.

Así se hizo. Con su nariz al frente, fue el zapatero oliendo todo. Detrás de él iba el ladrón número 39. Hasta que se pararon frente a una casa.

—Es ésta —dijo el zapatero—. La reconozco por el olor de la leña que sale de ella.

—Muy bien —respondió el ladrón número 39—. Haré una marca en la puerta para que pueda guiar a mis compañeros hasta aquí y cumplir nuestra venganza amparados por la oscuridad de la noche.

Y el ladrón hizo una cruz en la puerta. Después, ladrón y zapatero se fueron, cada cual por su camino. Pero Luz de la Noche había visto todo. Entonces salió a la calle y marcó la puerta de todas las casas con una cruz igual a la que había hecho el ladrón. Después se fue a dormir muy tranquila.

—Jefe —dijo el ladrón número 39 cuando volvió a la guarida secreta—, con ayuda de un zapatero descubrí la casa del que sabe nuestro secreto y ahora puedo conducirlos hasta ese lugar.

—¿Aun en la oscuridad de la noche? ¿No te equivocarás de casa? —preguntó el jefe.

—No. Porque marqué la puerta con una cruz.

—Vamos —dijeron todos.

Y, blandiendo sus alfanjes, se lanzaron a todo galope.

—Ésta es la casa —dijo el ladrón número 39 cuando llegaron a la primera puerta del pueblo.

—¿Cuál? —preguntó el jefe.

—La que tiene la cruz en la puerta.

—¡Todas tienen una cruz! ¿Cuántas puertas marcaste?

El ladrón número 39 casi se desmaya. Pero no tuvo tiempo, porque el jefe, enfurecido, le cortó la cabeza. Y, sin pérdida de tiempo, ordenó el regreso. No querían levantar sospechas.

—Alguien tiene que volver al pueblo, hablar con ese zapatero y tratar de dar con la casa.

—Iré yo —dijo el ladrón número 38.

Y fue.

Y encontró la casa del zapatero. Y el zapatero se hizo vendar los ojos. Y le señaló la casa. Y el ladrón número 38 hizo una cruz en la puerta, pero de color rojo y tan chiquita que apenas se veía. Después, zapatero y ladrón se fueron, cada cual por su camino.

Pero Luz de la Noche vio todo y repitió la estratagema anterior: en todas las puertas de la vecindad marcó una cruz roja, igual a la que había hecho el bandido.

—Jefe, ya encontré la casa y puedo guiarlos ahora mismo —dijo el ladrón número 38 cuando volvió a la roca mágica.

—¿No te confundirás? —dijo el jefe.

—No, porque hice una cruz muy pequeña, que solo yo sé cuál es.

Y los treinta y nueve ladrones salieron a todo galope.

—Ésta es la casa —dijo el ladrón número 38 cuando llegaron a la primera puerta del pueblo.

—¿Cuál? —preguntó el jefe.

—La que tiene esa pequeña cruz colorada en la puerta.

—Todas tienen una pequeña cruz colorada en la puerta —dijo el jefe de los bandidos.

Y le cortó la cabeza.

Después el jefe dijo:

—Mañana hablaré yo con ese zapatero.

Y ordenó el regreso. Al día siguiente, el jefe de los ladrones buscó al zapatero. Y lo encontró. Y el zapatero se hizo vendar los ojos. Y lo guió. Y le mostró la casa. Pero el jefe no hizo ninguna cruz en la puerta ni otra señal. Lo que hizo fue quedarse durante diez minutos mirando bien la casa.

—Ahora soy capaz de reconocerla entre diez mil casas parecidas.

Y fue en busca de sus muchachos.

—Ladrones —les dijo—, para entrar en la casa del que descubrió nuestro secreto y cortarle la cabeza sin ningún problema, me disfrazaré de vendedor de aceite. En cada caballo cargaré dos tinas de aceite sin aceite. Cada uno de ustedes se esconderá en una tina, y cuando yo dé la orden, ustedes saldrán de la tina y mataremos al que descubrió nuestro secreto y a todos los que salgan a defenderlo.

—Muy bien —dijeron los ladrones.

Los caballos fueron cargados con las tinas y cada ladrón se metió en una de ellas. El jefe se disfrazó de vendedor de aceite y después tapó las tinas.

Esa tarde, los 38 ladrones entraron en el pueblo. Todos los que los vieron entrar pensaban que se trataba de un vendedor que traía 37 tinas de aceite.

Llegaron a la casa de Alí Babá y el jefe de los ladrones pidió permiso para pasar.

—¿Quién eres? —preguntó Alí Babá.

—Un pacífico vendedor de aceite —dijo el jefe de los bandidos—. Lo único que te pido es albergue, para mí y para mis caballos.

—Adelante, pacífico vendedor —dijo Alí Babá.

Y les dio albergue. Y también comida, y dulces y licores. Pero el jefe de los ladrones lo único que quería era que llegara la noche para matar a Alí Babá y a toda su familia.

Y la noche llegó.

Pero resulta que hubo que encender las lámparas.

—Nos hemos quedado sin una gota de aceite —dijo Luz de la Noche—, y no puedo encender las lámparas. Por suerte hay en casa un vendedor de aceites; sacaré un poco de esas grandes tinas que él tiene.

Luz de la Noche tomó un pesado cucharón de cobre y fue hasta la primera tina y levantó la tapa. El ladrón que estaba adentro creyó que era su jefe que venía a buscarlo para lanzarse al ataque, y asomó la cabeza.

—¡Qué aceite más raro! —exclamó Luz de la Noche, y le dio con el cucharón en la cabeza.

El ladrón no se levantó más.

Luz de la Noche fue hasta la segunda tina y levantó la tapa, y otro ladrón asomó la cabeza, creyendo que era su jefe.

—Un aceite con turbantes —dijo Luz de la Noche.

Y le dio con el cucharón. El ladrón no se levantó más. Tina por tina recorrió Luz de la Noche, y en todas le pasó lo mismo. A ella y al que estaba adentro. Enojadísima, fue a buscar al vendedor de aceite, y blandiendo el cucharón le dijo:

—Es una vergüenza. No encontré ni una miserable gota de aceite en ninguna de sus tinas. ¿Con qué enciendo ahora mis lámparas?

Y le dio con el cucharón en la cabeza.

El jefe de los ladrones cayó redondo.

—¿Por qué tratas así a mis huéspedes? —preguntó Alí Babá.

Entonces Luz de la Noche quitó el disfraz al jefe de la banda y todo quedó aclarado. Como es de imaginar, los ladrones recibieron su merecido.

Y eso fue lo que pasó con ellos.

En cuanto a Alí Babá, dicen que al día siguiente fue a buscar algunas monedas de oro a la roca, y que cuando llegó no encontró nada: la roca había desaparecido, con tesoro y todo.

Pero ésta es una versión que ha comenzado a circular en estos días, y no se ha podido demostrar.

BLANCANIEVE SY ROJAFLOR

Una pobre viuda vivía en una pequeña choza solitaria, ante la cual había un jardín con dos rosales: uno, de rosas blancas, y el otro, de rosas encarnadas. La mujer tenía dos hijitas que se parecían a los dos rosales, y se llamaban Blancanieve y Rojaflor. Eran tan buenas y piadosas, tan hacendosas y diligentes, que no se hallarían otras iguales en todo el mundo; sólo que Blancanieve era más apacible y dulce que su hermana. A Rojaflor le gustaba correr y saltar por campos y prados, buscar flores y cazar pajarillos, mientras Blancanieve prefería estar en casa, al lado de su madre, ayudándola en sus quehaceres o leyéndose en voz alta cuando no había otra ocupación a que atender. Las dos niñas se querían tanto, que salían cogidas de la mano, y cuando Blancanieve decía:

—Jamás nos separaremos.

Contestaba Rojaflor:

—No, mientras vivamos.

Y la madre añadía:

—Lo que es de una, ha de ser de la otra.

Con frecuencia salían las dos al bosque, a recoger fresas u otros frutos silvestres. Nunca les hizo daño ningún animal; antes, al contrario, se les acercaban confiados. La liebre acudía a comer una hoja de col de sus manos; el corzo pacía a su lado, el ciervo saltaba alegremente en torno, y las aves, posadas en las ramas, gorjeaban para ellas.

Jamás les ocurrió el menor percance. Cuando les sorprendía la noche en el bosque, se tumbaban juntas a dormir sobre el musgo hasta la mañana; su madre lo sabía y no se inquietaba por ello. Una vez que habían dormido en el bosque, al despertarlas la aurora vieron a un hermoso niño, con un brillante vestidito blanco, sentado junto a ellas. Se levantó y les dirigió una cariñosa mirada; luego, sin decir palabra, se adentró en la selva. Miraron las niñas a su alrededor y vieron que habían dormido junto a un precipicio, en el que sin duda se habrían despeñado si, en la oscuridad, hubiesen dado un paso más. Su madre les dijo que seguramente se trataría del ángel que guarda a los niños buenos.

Blancanieve y Rojaflor tenían la choza de su madre tan limpia y aseada, que era una gloria verla. En verano, Rojaflor cuidaba de la casa, y todas las mañanas, antes de que se despertase su madre, le ponía un ramo de flores frente a la cama; y siempre había una rosa de cada rosal. En invierno, Blancanieve encendía el fuego y suspendía el caldero de las llares; y el caldero, que era de latón, relucía como oro puro, de limpio y bruñido que estaba. Al anochecer, cuando nevaba, decía la madre:

—Blancanieve, echa el cerrojo.

Y se sentaban las tres junto al fuego, y la madre se ponía los lentes y leía de un gran libro. Las niñas escuchaban, hilando laboriosamente; a su lado, en el suelo, yacía un corderillo, y detrás, posada en una percha, una palomita blanca dormía con la cabeza bajo el ala.

Durante una velada en que se hallaban las tres así reunidas, llamaron a la puerta.

—Abre, Rojaflor; será algún caminante que busca refugio —dijo la madre.

Corrió Rojaflor a descorrer el cerrojo, pensando que sería un pobre; pero era un oso, el cual asomó por la puerta su gorda cabezota negra. La niña dejó escapar un grito y retrocedió de un salto; el corderillo se puso a balar, y la palomita a batir de alas, mientras Blancanieve se escondía detrás de la cama de su madre.

Pero el oso rompió a hablar:

—No teman, no les haré ningún daño. Estoy medio helado y sólo deseo calentarme un poquitín.

—¡Pobre oso! —exclamó la madre—. Échate junto al fuego y ten cuidado de no quemarte la piel.

Y luego, elevando la voz:

—Blancanieve, Rojaflor, salgan, que el oso no les hará ningún mal; lleva buenas intenciones.

Las niñas se acercaron, y luego lo hicieron también, paso a paso, el corderillo y la palomita, pasado ya el susto.

Dijo el oso:

—Niñas, sacúdanme la nieve que llevo en la piel.

Y ellas trajeron la escoba y lo barrieron, dejándolo limpio, mientras él, tendido al lado del fuego, gruñía de satisfacción.

Al poco rato las niñas se habían familiarizado con el animal y le hacían mil diabluras: le tiraban del pelo, apoyaban los piececitos en su espalda, lo zarandeaban de un lado para otro, le pegaban con una vara de avellano… Y si él gruñía, se echaban a reír. El oso se sometía complaciente a sus juegos, y si alguna vez sus amiguitas pasaban un poco de la medida, exclamaba:

—Déjenme vivir, Rositas; si me martirizan, es a su novio a quien matan.

Al ser la hora de acostarse, y cuando todos se fueron a la cama, la madre dijo al oso:

—Puedes quedarte en el hogar, así estarás resguardado del frío y del mal tiempo.

Al asomar el nuevo día, las niñas le abrieron la puerta, y el animal se alejó trotando por la nieve y desapareció en el bosque. A partir de entonces volvió todas las noches a la misma hora; se echaba junto al fuego y dejaba a las niñas divertirse con él cuanto querían; y llegaron a acostumbrarse a él de tal manera, que ya no cerraban la puerta hasta que había entrado su negro amigo.

Cuando vino la primavera y todo reverdecía, dijo el oso a Blancanieve:

—Ahora tengo que marcharme y no volveré en todo el verano.

—¿Adónde vas, querido oso? —le preguntó Blancanieve.

—Al bosque, a guardar mis tesoros y protegerlos de los malvados enanos. En invierno, cuando la tierra está helada, no pueden salir de sus cuevas ni abrirse camino hasta arriba, pero ahora que el sol ha deshelado el suelo y lo ha calentado, subirán a buscar y a robar. Y lo que una vez cae en sus manos y va a parar a sus madrigueras, no es fácil que vuelva a salir a la luz.

Blancanieve sintió una gran tristeza por la despedida de su amigo. Cuando le abrió la puerta, el oso se enganchó en el pestillo y se desgarró un poco la piel, y a Blancanieve le pareció distinguir un brillo de oro, aunque no estaba segura. El oso se alejó rápidamente y desapareció entre los árboles.

Algún tiempo después, la madre envió a las niñas al bosque a buscar leña. Encontraron un gran árbol derribado, y, cerca del tronco, en medio de la hierba, vieron algo que saltaba de un lado a otro, sin que pudiesen distinguir de qué se trataba. Al acercarse descubrieron un enanillo de rostro arrugado y marchito, con una larguísima barba, blanca como la nieve, cuyo extremo se le había cogido en una hendidura del árbol; por esto, el hombrecillo saltaba como un perrito sujeto a una cuerda, sin poder soltarse.

Clavando en las niñas sus ojitos rojos y encendidos, les gritó:

—¿Qué hacen ahí paradas? ¿No pueden venir a ayudarme?

—¿Qué te ha pasado, enanito? —preguntó Rojaflor.

—¡Tonta curiosa! —replicó el enano—. Quise partir el tronco en leña menuda para mi cocina. Los tizones grandes nos queman la comida, pues nuestros platos son pequeños y comemos mucho menos que ustedes, que son gente grandota y glotona. Ya tenía la cuña hincada, y todo hubiera ido a las mil maravillas, pero esta maldita madera es demasiado lisa; la cuña saltó cuando menos lo pensaba, y el tronco se cerró, y me quedó la hermosa barba cogida, sin poder sacarla; y ahora estoy aprisionado. ¡Sí, ya pueden reírse, tontas, caras de cera! ¡Uf, y qué feas son!

Por más que las niñas se esforzaron, no hubo medio de desasir la barba; tan sólidamente cogida estaba.

—Iré a buscar gente —dijo Rojaflor.

—¡Bobaliconas! —gruñó el enano con voz gangosa—. ¿Para qué quieren más gente? A mí me sobra con ustedes dos. ¿No se les ocurre nada mejor?

—No te impacientes —dijo Blancanieve—, ya encontraré un remedio.

Y sacando las tijeritas del bolsillo, cortó el extremo de la barba. Tan pronto como el enano se vio libre, agarró un saco lleno de oro, que había dejado entre las raíces del árbol, y, cargándoselo a la espalda, gruñó:

—¡Qué gentezuela más torpe! ¡Cortar un trozo de mi hermosa barba! ¡Que se los pague el diablo!

Y se alejó sin volverse a mirar a las niñas.

Poco tiempo después, las dos hermanas quisieron preparar un plato de pescado. Salieron, pues, de pesca, y al llegar cerca del río vieron una criatura semejante a un saltamontes, que avanzaba a saltitos hacia el agua, como queriendo meterse en ella. Al aproximarse, reconocieron al enano de marras.

—¿Adónde vas? —le preguntó Rojaflor—. Supongo que no querrás echarte al agua, ¿verdad?

—¡No soy tan imbécil! —gritó el enano—. ¿No ven que ese maldito pez me arrastra al río?

Era el caso que el hombrecillo había estado pescando, pero con tan mala suerte que el viento le había enredado el sedal en la barba, y, al picar un pez gordo, la débil criatura no tuvo fuerzas suficientes para sacarlo; por el contrario, era el pez el que se llevaba al enanillo al agua.

El hombrecito se agarraba a las hierbas y juncos, pero sus esfuerzos no servían de gran cosa; tenía que seguir los movimientos del pez, con peligro inminente de verse precipitado en el río. Las muchachas llegaron muy oportunamente; lo sujetaron e intentaron soltarle la barba, pero en vano: barba e hilo estaban sólidamente enredados. No hubo más remedio que acudir nuevamente a las tijeras y cortar otro trocito de barba. Al verlo, el enanillo les gritó:

—¡Estúpidas! ¿Qué manera es esa de desfigurar a uno? ¿No bastaba con haberme despuntado la barba, sino que ahora me cortan otro gran trozo? ¿Cómo me presento a los míos? ¡Ojalá tuvieran que echar a correr sin suelas en los zapatos!

Y, cogiendo un saco de perlas que yacía entre los juncos, se marchó sin decir más, desapareciendo detrás de una piedra.

Otro día, la madre envió a las dos hermanitas a la ciudad a comprar hilo, agujas, cordones y cintas. El camino cruzaba por un erial, en el que, de trecho en trecho, había grandes rocas dispersas.

De pronto, vieron una gran ave que describía amplios círculos encima de sus cabezas, descendiendo cada vez más, hasta que se posó en lo alto de una de las peñas, e inmediatamente oyeron un penetrante grito de angustia. Corrieron allí y vieron con espanto que el águila había hecho presa en su viejo conocido, el enano, y se aprestaba a llevárselo. Las compasivas criaturas sujetaron con todas sus fuerzas al hombrecillo y no cejaron hasta que el águila soltó a su víctima. Cuando el enano se hubo repuesto del susto, gritó con su voz gangosa:

—¿No podían tratarme con más cuidado? ¡Me han desgarrado la chaquetita y ahora está toda rota y agujereada, torpes más que torpes!

Y, cargando con un saquito de piedras preciosas, se metió en su cueva, entre las rocas.

Las niñas, acostumbradas a su ingratitud, prosiguieron su camino e hicieron sus recados en la ciudad. De regreso, al pasar de nuevo por el erial, sorprendieron al enano, que había esparcido, en un lugar desbrozado, las piedras preciosas de su saco, seguro de que a una hora tan avanzada nadie pasaría por allí. El sol poniente proyectaba sus rayos sobre las brillantes piedras, que refulgían y centelleaban como soles; y sus colores eran tan vivos que las pequeñas se quedaron boquiabiertas, contemplándolas.

—¡A qué se paran, con sus caras de babiecas! —gritó el enano, y su rostro ceniciento se volvió rojo de ira.

Y ya se disponía a seguir con sus improperios cuando se oyó un fuerte gruñido y apareció un oso negro, que venía del bosque. Aterrorizado, el hombrecillo trató de emprender la fuga, pero el oso lo alcanzó antes de que pudiese meterse en su escondrijo. Entonces se puso a suplicar, angustiado:

—Querido señor oso, perdóneme la vida y le daré todo mi tesoro; fíjese en todas esas piedras preciosas que están en el suelo. No me mate. ¿De qué le servirá una criatura tan pequeña y flacucha como yo? ¡Ni me sentirían entre los dientes! Mejor es que se coma a esas dos malditas muchachas; ellas sí serán un buen bocado, gorditas como tiernas codornices. Cómaselas y buen provecho le hagan.

El oso, sin hacer caso de sus palabras, propinó al malvado hombrecillo un zarpazo de su poderosa pata y lo dejó muerto en el acto.

Las muchachas habían echado a correr, pero el oso las llamó:

—¡Blancanieve, Rojaflor, no teman; espérenme, que voy con ustedes!

Ellas reconocieron entonces su voz y se detuvieron, y, cuando el oso las hubo alcanzado, de pronto se desprendió su espesa piel y quedó transformado en un hermoso joven, vestido de brocado de oro:

—Soy un príncipe —manifestó—, y ese malvado enano me había encantado, robándome mis tesoros y condenándome a errar por el bosque en figura de oso salvaje, hasta que me redimiera con su muerte. Ahora ha recibido el castigo que merecía.

Blancanieve se casó con él, y Rojaflor con su hermano, y se repartieron las inmensas riquezas que el enano había acumulado en su cueva. La anciana madre vivió aún muchos años tranquila y feliz, al lado de sus hijas. Se llevó consigo los dos rosales que, plantados delante de su ventana, siguieron dando todos los años sus hermosísimas rosas, blancas y rojas.

BLANCANIEVES Y LOS SIETE ENANITOS

Había una vez una niña muy bonita, una pequeña princesa que tenía un cutis blanco como la nieve, labios y mejillas rojos como la sangre y cabellos negros como el azabache. Su nombre era Blancanieves.

A medida que crecía la princesa, su belleza aumentaba día tras día, hasta que su madrastra, la reina, se puso muy celosa. Llegó un día en que la malvada madrastra no pudo tolerar más su presencia y ordenó a un cazador que la llevara al bosque y la matara. Como ella era tan joven y bella, el cazador se apiadó de la niña y le aconsejó que buscara un escondite en el bosque.

Blancanieves corrió tan lejos como se lo permitieron sus piernas, tropezando con rocas y troncos de árboles que la lastimaban. Por fin, cuando ya caía la noche, encontró una casita y entró para descansar.

Todo en aquella casa era pequeño, pero más lindo y limpio de lo que se pueda imaginar. Cerca de la chimenea estaba puesta una mesita con siete platos muy pequeñitos, siete tacitas de barro, y al otro lado de la habitación se alineaban siete camitas muy ordenadas. La princesa, cansada, se echó sobre tres de las camitas y se quedó profundamente dormida.

Cuando llegó la noche, los dueños de la casita regresaron. Eran siete enanitos, que todos los días salían para trabajar en las minas de oro, muy lejos, en el corazón de las montañas.

—¡Caramba, qué bella niña! —exclamaron sorprendidos—. ¿Y cómo llegó hasta aquí?

Se acercaron para admirarla, cuidando de no despertarla. Por la mañana, Blancanieves sintió miedo al despertarse y ver a los siete enanitos que la rodeaban. Ellos la interrogaron tan suavemente que ella se tranquilizó y les contó su triste historia.

—Si quieres cocinar, coser y lavar para nosotros —dijeron los enanitos—, puedes quedarte aquí y te cuidaremos siempre.

Blancanieves aceptó contenta. Vivía muy alegre con los enanitos, preparándoles la comida y cuidando de la casita. Todas las mañanas se paraba en la puerta y los despedía con la mano cuando los enanitos salían para su trabajo.

Pero ellos le advirtieron:

—Cuídate. Tu madrastra puede saber que vives aquí y tratará de hacerte daño.

La madrastra, que de veras era una bruja, y consultaba a su espejo mágico para ver si existía alguien más bella que ella, descubrió que Blancanieves vivía en casa de los siete enanitos. Se puso furiosa y decidió matarla ella misma. Disfrazada de vieja, la malvada reina preparó una manzana con veneno, cruzó las siete montañas y llegó a casa de los enanitos.

Blancanieves, que sentía una gran soledad durante el día, pensó que aquella viejita no podía ser peligrosa. La invitó a entrar y aceptó agradecida la manzana, al parecer deliciosa, que la bruja le ofreció. Pero, con el primer mordisco que dio a la fruta, Blancanieves cayó como muerta.

Aquella noche, cuando los siete enanitos llegaron a la casita, encontraron a Blancanieves en el suelo. No respiraba ni se movía. Los enanitos lloraron amargamente porque la querían con delirio. Por tres días velaron su cuerpo, que seguía conservando su belleza: cutis blanco como la nieve, mejillas y labios rojos como la sangre, y cabellos negros como el azabache.

—No podemos poner su cuerpo bajo tierra —dijeron los enanitos.

Hicieron un ataúd de cristal, y colocándola allí, la llevaron a la cima de una montaña. Todos los días los enanitos iban a velarla.

Un día, el príncipe, que paseaba en su gran caballo blanco, vio a la bella niña en su caja de cristal y pudo escuchar la historia de labios de los enanitos. Se enamoró de Blancanieves y logró que los enanitos le permitieran llevar el cuerpo al palacio, donde prometió adorarla siempre. Pero cuando movió la caja de cristal, tropezó, y el pedazo de manzana que había comido Blancanieves se desprendió de su garganta. Ella despertó de su largo sueño y se sentó. Hubo gran regocijo, y los enanitos bailaron alegres mientras Blancanieves aceptaba ir al palacio y casarse con el príncipe.

CAPERUCITA ROJA

Había una vez una niña muy bonita. Su madre le había hecho una capa roja, y la muchachita la llevaba tan a menudo que todo el mundo la llamaba Caperucita Roja.

Un día, su madre le pidió que llevase unos pasteles a su abuela, que vivía al otro lado del bosque, recomendándole que no se entretuviese por el camino, pues cruzar el bosque era muy peligroso, ya que siempre andaba acechando por allí el lobo.

Caperucita Roja recogió la cesta con los pasteles y se puso en camino. La niña tenía que atravesar el bosque para llegar a casa de la abuelita, pero no le daba miedo porque allí siempre se encontraba con muchos amigos: los pajaritos, las ardillas…

De repente, vio al lobo, que era enorme, delante de ella.

—¿Adónde vas, niña? —le preguntó el lobo con su voz ronca.

—A casa de mi abuelita —le dijo Caperucita.

"No está lejos", pensó el lobo para sí, dándose media vuelta.

Caperucita puso su cesta en la hierba y se entretuvo cogiendo flores: "El lobo se ha ido", pensó, "no tengo nada que temer. La abuela se pondrá muy contenta cuando le lleve un hermoso ramo de flores, además de los pasteles".

Mientras tanto, el lobo se fue a casa de la abuelita, llamó suavemente a la puerta, y la anciana le abrió pensando que era Caperucita. Un cazador que pasaba por allí había observado la llegada del lobo.

El lobo devoró a la abuelita y se puso el gorro rosa de la desdichada, se metió en la cama y cerró los ojos. No tuvo que esperar mucho, pues Caperucita Roja llegó enseguida, toda contenta.

La niña se acercó a la cama y vio que su abuela estaba muy cambiada.

—Abuelita, abuelita, ¡qué ojos más grandes tienes!

—Son para verte mejor —dijo el lobo tratando de imitar la voz de la abuela.

—Abuelita, abuelita, ¡qué orejas más grandes tienes!

—Son para oírte mejor —siguió diciendo el lobo.

—Abuelita, abuelita, ¡qué dientes más grandes tienes!

—Son para… ¡comerte mejooooor! —y, diciendo esto, el lobo malvado se abalanzó sobre la niñita y la devoró, lo mismo que había hecho con la abuelita.

Mientras tanto, el cazador se había quedado preocupado y, creyendo adivinar las malas intenciones del lobo, decidió echar un vistazo a ver si todo iba bien en la casa de la abuelita. Pidió ayuda a un segador y los dos juntos llegaron al lugar. Vieron la puerta de la casa abierta y al lobo tumbado en la cama, dormido de tan harto que estaba.

El cazador sacó su cuchillo y rajó el vientre del lobo. La abuelita y Caperucita estaban allí, ¡vivas!

Para castigar al lobo malo, el cazador le llenó el vientre de piedras y luego lo volvió a cerrar. Cuando el lobo despertó de su pesado sueño, sintió muchísima sed y se dirigió a un estanque próximo para beber. Como las piedras pesaban mucho, cayó en el estanque de cabeza y se ahogó.

En cuanto a Caperucita y su abuela, no sufrieron más que un gran susto, pero Caperucita Roja había aprendido la lección. Prometió a su abuelita no hablar con ningún desconocido que se encontrara en el camino. De ahora en adelante, seguiría las juiciosas recomendaciones de su abuelita y de su mamá.

EL ACERTIJO

Érase una vez el hijo de un rey, a quien entraron deseos de correr mundo, y se partió sin más compañía que la de un fiel criado. Llegó un día a un extenso bosque, y al anochecer, no encontrando ningún albergue, no sabía dónde pasar la noche. Vio entonces a una muchacha que se dirigía a una casita y, al acercarse, se dio cuenta de que era joven y hermosa. Se dirigió a ella y le dijo:

—Mi buena niña, ¿no nos acogerías por una noche en la casita, a mí y a mi criado?

—De buen grado lo haría —dijo la muchacha con voz triste—; pero no se los aconsejo. Mejor es que busquen otro alojamiento.

—¿Por qué? —preguntó el príncipe.

—Mi madrastra tiene malas tretas y odia a los forasteros —contestó la niña, suspirando.

Bien se dio cuenta el príncipe de que aquella era la casa de una bruja; pero como no era posible seguir andando en la noche cerrada y, por otra parte, no era miedoso, entró. La vieja, que estaba sentada en un sillón junto al fuego, miró a los viajeros con sus ojos rojizos:

—¡Buenas noches! —señaló con voz gangosa, que quería ser amable—. Siéntense a descansar.

Y sopló los carbones, en los que se cocía algo en un puchero.

La hija advirtió a los dos hombres que no comiesen ni bebiesen nada, pues la vieja estaba confeccionando brebajes nocivos. Ellos durmieron apaciblemente hasta la madrugada, y cuando se dispusieron a reemprender la ruta, estando ya el príncipe montado en su caballo, dijo la vieja:

—Aguarda un momento, que tomarás un trago como despedida.

Mientras entraba a buscar la bebida, el príncipe se alejó a toda prisa, y cuando volvió a salir la bruja con la bebida, sólo halló al criado, que se había entretenido arreglando la silla.

—¡Lleva esto a tu señor! —le dijo.

Pero en el mismo momento se rompió la vasija y el veneno salpicó al caballo; tan virulento era, que el animal se desplomó muerto, como herido por un rayo. El criado echó a correr para dar cuenta a su amo de lo sucedido; pero, no queriendo perder la silla, volvió a buscarla. Al llegar junto al cadáver del caballo, encontró que un cuervo lo estaba devorando.

«¿Quién sabe si cazaré hoy algo mejor?», se dijo el criado; mató, pues, al cuervo y se lo metió en el zurrón.

Durante toda la jornada estuvieron errando por el bosque, sin encontrar la salida. Al anochecer dieron con una hospedería y entraron en ella. El criado dio el cuervo al posadero, a fin de que se lo guisara para cenar. Pero resultó que había ido a parar a una guarida de ladrones, y ya entrada la noche se presentaron doce bandidos que concibieron el propósito de asesinar y robar a los forasteros. Sin embargo, antes de llevarlo a la práctica, se sentaron a la mesa, junto con el posadero y la bruja, y se comieron una sopa hecha con la carne del cuervo. Pero apenas hubieron tomado un par de cucharadas, cayeron todos muertos, pues el cuervo estaba contaminado con el veneno del caballo.

Ya no quedó en la casa sino la hija del posadero, que era una buena muchacha, inocente por completo de los crímenes de aquellos hombres. Abrió a los forasteros todas las puertas y les mostró los tesoros acumulados. Pero el príncipe le dijo que podía quedarse con todo, pues él nada quería de aquello, y siguió su camino con su criado.

Después de vagar mucho tiempo sin rumbo fijo, llegaron a una ciudad donde residía una orgullosa princesa, hija del rey, que había mandado pregonar su decisión de casarse con el hombre que fuera capaz de plantearle un acertijo que ella no supiera descifrar, con la condición de que, si lo adivinaba, el pretendiente sería decapitado. Tenía tres días de tiempo para resolverlo; pero era tan inteligente, que siempre lo había resuelto antes de aquel plazo. Eran ya nueve los pretendientes que habían sucumbido de aquel modo, cuando llegó el príncipe y, deslumbrado por su belleza, quiso poner en juego su vida. Se presentó a la doncella y le planteó su enigma:

—¿Qué es —le dijo— una cosa que no mató a ninguno y, sin embargo, mató a doce?

En vano la princesa daba mil y mil vueltas a la cabeza, pero no acertaba a resolver el acertijo. Consultó su libro de enigmas, pero no encontró nada; había terminado sus recursos. No sabiendo ya qué hacer, mandó a su doncella que se introdujese a escondidas en el dormitorio del príncipe y se pusiera al acecho, pensando que tal vez hablaría en sueños y revelaría la respuesta del enigma. Pero el criado, que era muy listo, se metió en la cama en vez de su señor, y cuando se acercó la doncella, arrebatándole de un tirón el manto en que venía envuelta, la echó del aposento a palos. A la segunda noche, la princesa envió a su camarera a ver si tenía mejor suerte. Pero el criado le quitó también el manto y la echó a palos.

Creyó entonces el príncipe que la tercera noche estaría seguro, y se acostó en el lecho. Pero fue la propia princesa la que acudió, envuelta en una capa de color gris, y se sentó a su lado. Cuando creyó que dormía y soñaba, se puso a hablarle en voz queda, con la esperanza de que respondería en sueños, como muchos hacen. Pero él estaba despierto y lo oía todo perfectamente.

Preguntó ella:

—Uno mató a ninguno, ¿qué es esto?

Respondió él:

—Un cuervo que comió de un caballo envenenado y murió a su vez.

Siguió ella preguntando:

—Y mató, sin embargo, a doce, ¿qué es esto?

—Son doce bandidos, que se comieron el cuervo y murieron envenenados.

Sabiendo ya lo que quería, la princesa trató de escabullirse, pero el príncipe la sujetó por la capa, que ella hubo de abandonar. A la mañana, la hija del rey anunció que había descifrado el enigma y, mandando venir a los doce jueces, dio la solución ante ellos. Pero el joven solicitó ser escuchado y dijo:

—Durante la noche la princesa se deslizó hasta mi lecho y me lo preguntó; sin esto, nunca habría acertado.

Dijeron los jueces:

—Danos una prueba.

Entonces el criado entró con los tres mantos, y cuando los jueces vieron el gris que solía llevar la princesa, fallaron la sentencia siguiente:

—Que este manto se borde en oro y plata; será el de la boda de ustedes.

EL DIABLO Y SU ABUELA

Hubo una gran guerra para la cual el rey había reclutado muchas tropas. Pero como les pagaba muy poco, no podían vivir de ella, y tres hombres se concertaron para desertar.

Dijo el uno a los otros:

—Si nos cogen, nos ahorcarán. ¿Cómo lo haremos?

Respondió el segundo:

—¿Ven aquel gran campo de trigo? Si nos ocultamos en él, nadie nos encontrará. El ejército no puede entrar allí, y mañana se marcha.

Metiéronse, pues, en el trigo; pero la tropa no se marchó, contra lo previsto, sino que continuó acampada por aquellos alrededores. Los desertores permanecieron ocultos durante dos días con sus noches; pero, al cabo, se sintieron a punto de morir de hambre. Y si salían, su muerte era segura.

Dijéronse entonces:

—¡De qué nos ha servido desertar, si también habremos de morir aquí miserablemente!

En esto llegó, volando por los aires y escupiendo fuego, un dragón que se posó junto a ellos y les preguntó por qué se habían ocultado allí.

Respondieron ellos:

—Somos soldados, y hemos desertado por lo escaso de la paga. Pero si continuamos aquí, moriremos de hambre; y si salimos, nos ahorcarán.

—Si están dispuestos a servirme por espacio de siete años —dijo el dragón—, los conduciré a través del ejército de manera que no sean vistos por nadie.

—No tenemos otra alternativa. Fuerza será que aceptemos —respondieron; y entonces el dragón los cogió con sus garras y, elevándolos en el aire, por encima del ejército, fue a depositarlos en el suelo, a gran distancia. Pero aquel dragón era el diablo en persona. Díjoles un latiguillo y les dijo:

—Háganlo restallar, y caerá tanto dinero como pidan. Podrán vivir como grandes señores, sostener caballos e ir en coche. Pero cuando hayan pasado los siete años, serán míos.

Y, sacando un libro y abriéndolo, los obligó a firmar en él.

—De todos modos —les dijo—, antes les plantearé un acertijo, y si son capaces de descifrarlo, quedarán libres, y ya ningún poder tendré sobre ustedes.

El dragón se alejó volando, y ellos, haciendo restallar el látigo, enseguida tuvieron dinero en abundancia. Encargaron lujosos vestidos y se fueron a correr mundo. En todas partes vivían en buena paz y alegría, tenían caballos y coches, comían y bebían, pero sin hacer nunca nada malo. Pasó el tiempo rápidamente, y cuando ya los siete años llegaban a su fin, dos de ellos empezaron a sentirse angustiados y temerosos. El tercero, en cambio, se lo tomaba a broma, diciendo:

—No teman, hermanos; yo no soy tonto y adivinaré el acertijo.

Salieron al campo y se sentaron, aquellos dos, siempre tan tristes y cariacontecidos. Llegó entonces una vieja y les preguntó el motivo de su tristeza.

—¡Bah! ¿Para qué contárselo? Tampoco podrá arreglar nada.

—¿Quién sabe? —respondió la vieja—. ¡Ea, cuéntenme su apuro!

Dijéronle entonces que habían sido criados del diablo por espacio de casi siete años, recibiendo de él dinero a chorros; mas para ello habían debido firmar que le pertenecían y se le entregarían si, transcurridos los siete años, no lograban descifrar un enigma que él les propondría.

Dijo entonces la vieja:

—Si quieren que los ayude, uno de ustedes debe irse al bosque. Llegará a un muro de rocas derruido, que tiene el aspecto de una casita. Que entre allí y hallará el remedio.

Los dos pesimistas pensaron: «Esto no nos ha de salvar», y siguieron sentados. Pero el tercero, siempre animoso, se puso en camino, bosque adentro, hasta que llegó a la choza de piedras. En su interior había una mujer más vieja que Matusalén, que era la abuela del diablo, y le preguntó de dónde venía y qué quería. Explicóle el joven todo lo que le había ocurrido, y, como le fue simpático a la vieja, esta se compadeció de él y le dijo que estaba dispuesta a ayudarlo. Apartando una gran piedra que cerraba la entrada de una bodega:

—Escóndete aquí —le ordenó—; podrás oír todo lo que hablemos; tú permaneces quieto, sin moverte ni chistar. Cuando llegue el dragón, le preguntaré por el enigma y me lo dirá todo. Fíjate tú en sus respuestas.

A las doce de la noche llegó el dragón volando y pidió la cena. La abuela puso la mesa y sirvió las viandas y bebidas, procurando satisfacerlo. Sentóse ella también, y comieron y bebieron juntos. Durante la conversación, la abuela le preguntó cómo había pasado el día y cuántas almas había conquistado.

—Hoy he tenido mala pata —respondió el diablo—; pero hay tres soldados que no se me escaparán.

—¡Ah, tres soldados! —replicó la vieja—. Esos no son tontos, aún se te pueden escapar.

Pero el diablo dijo, irónico:

—Son míos. Les plantearé un acertijo que jamás serán capaces de descifrar.

—¿Y qué acertijo es? —preguntó ella.

—Te lo diré. En el Mar del Norte hay un caballo marino muerto, que será su asado; y el costillaje de una ballena será su cuchara de plata; y un viejo casco de caballo hueco será su copa de vino.

Cuando el diablo se acostó, quitó la abuela la piedra, dejando salir al soldado.

—¿Tomaste buena nota de todo?

—Sí —respondió él—. Sé lo bastante, y ya saldré de apuros.

Y marchó por la ventana y fue a reunirse con sus amigos por un camino distinto, a toda prisa. Contóles cómo el diablo había sido engañado por su abuela y cómo había oído, de sus propios labios, la solución del acertijo. Pusiéronse los tres más contentos que unas pascuas y, haciendo restallar el látigo, acumularon tanto dinero que se les saltaba por el suelo. En el momento en que terminaban los siete años, presentóse el diablo con su libro y, mostrándoles sus firmas, les dijo:

—Voy a llevarlos al infierno conmigo, donde se celebrará un banquete. Si son capaces de adivinar el asado que se les servirá, quedarán libres, y, además, podrán quedarse con el látigo.

Respondió el primer soldado:

—En el Mar del Norte hay un caballo marino muerto. Ese será el asado.

Irritóse el diablo y, refunfuñando, «¡jum, jum!», preguntó al segundo:

—¿Y cuál será vuestra cuchara?

—El costillaje de una ballena, esa será nuestra cuchara de plata.

Torció el diablo el gesto y, volviendo a refunfuñar «¡jum, jum, jum!», dirigiéndose al tercero:

—¿Saben también cuál ha de ser vuestra copa de vino?

—Un viejo casco de caballo, esa será nuestra copa de vino.

Al oír esto, el diablo soltó una palabrota y salió a escape, perdido todo poder sobre ellos. Los soldados se quedaron con el látigo, con el cual tuvieron el dinero a manos llenas, y vivieron felices el resto de sus días.

EL FÉRETRO DE CRISTAL

Nadie diga que un pobre sastre no puede llegar lejos ni alcanzar altos honores. Basta para ello que acierte con la oportunidad y, esto es lo principal, que tenga suerte.

Un oficialillo gentil e ingenioso de esta clase, se marchó un día a correr mundo. Llegó a un gran bosque, para él desconocido, y se extravió en su espesura. Cerró la noche y no tuvo más remedio que buscarse un cobijo en aquella espantosa soledad. Cierto que habría podido encontrar un mullido lecho en el blando musgo; pero el miedo a las fieras no lo dejaba tranquilo y, al fin, se decidió a trepar a un árbol para pasar en él la noche. Escogió un alto roble y subió hasta la copa, dando gracias a Dios por llevar encima su plancha, ya que, de otro modo, el viento, que soplaba entre las copas de los árboles, se lo habría llevado volando.

Pasó varias horas en completa oscuridad, entre temblores y zozobras, hasta que, al fin, vio a poca distancia el brillo de una luz. Suponiendo que se trataba de una casa que le ofrecería un refugio mejor que el de las ramas de un árbol, bajó cautelosamente y se encaminó hacia el lugar de donde venía la luz. Se encontró con una cabaña construida de cañas y juncos trenzados. Llamó animosamente, se abrió la puerta y al resplandor de la lámpara vio a un viejecito de canos cabellos que llevaba un vestido hecho de retales de diversos colores.

—¿Quién eres y qué quieres? —le preguntó el vejete con voz estridente.

—Soy un pobre sastre —respondió él— a quien ha sorprendido la noche en el bosque. Le ruego encarecidamente que me dé alojamiento en su choza hasta mañana.

—¡Sigue tu camino! —replicó el viejo de mal talante—. No quiero tratos con vagabundos. Búscate acomodo en otra parte.

Y se disponía a cerrar la puerta; pero el sastre lo agarró por el borde del vestido y le suplicó con tanta vehemencia, que, al fin, el hombrecillo, que en el fondo no era tan malo como parecía, se ablandó y lo acogió en la choza; le dio de comer y le preparó un buen lecho en un rincón.

No necesitó el cansado sastre que lo mecieran y durmió con un dulce sueño hasta muy entrada la mañana; y sabe Dios a qué hora se habría despertado de no haber sido por un gran alboroto de gritos y mugidos que resonó de repente a través de las endebles paredes de la choza. Sintiendo nacer en su alma un inesperado valor, se levantó de un salto, se vistió a toda prisa y salió fuera. Allí vio, muy cerca de la cabaña, que un enorme toro negro y un magnífico ciervo se hallaban enzarzados en furiosa pelea. Se acometían mutuamente con tal fiereza que el suelo retemblaba con su pataleo y vibraba el aire con sus gritos. Durante largo rato estuvo indecisa la victoria, hasta que, al fin, el ciervo hundió la cornamenta en el cuerpo de su adversario, éste se desplomó con un horrible rugido y fue rematado por el ciervo a cornadas.

El sastre, que había asistido, asombrado, a la batalla, permanecía aún inmóvil cuando el ciervo, corriendo a grandes saltos hacia él, sin darle tiempo de huir, lo ahorquilló con su poderosa cornamenta.

No pudo el hombre entregarse a largas reflexiones, pues el animal, en desenfrenada carrera, lo llevaba campo a través, por montes y valles, prados y bosques. Agarrándose firmemente a los extremos de la cuerna se abandonó al destino. Tenía la impresión de estar volando. Al fin se detuvo el ciervo ante un muro de roca y depositó suavemente al sastre en el suelo. Éste, más muerto que vivo, recobró sus sentidos al cabo de mucho rato. Cuando estaba ya, hasta cierto punto, en sus cabales, vio que el ciervo embestía con gran furia contra una puerta que había en la roca y que se abrió bruscamente. Por el hueco salieron grandes llamaradas, seguidas de un denso vapor que ocultó el ciervo a sus ojos. No sabía el hombre qué hacer ni adónde dirigirse para escapar de aquellas soledades y hallarse de nuevo entre los hombres. Estaba indeciso y atemorizado cuando oyó una voz que salía de la roca y le decía:

—Entra sin temor, no sufrirás daño alguno.

El sastre vaciló unos momentos, hasta que, impulsado por una fuerza misteriosa, avanzó, obedeciendo el dictado de la voz. A través de una puerta de hierro llegó a una espaciosa sala, cuyo techo, paredes y suelo eran de sillares brillantemente pulimentados, en cada uno de los cuales estaba grabado un signo indescifrable. Lo contempló todo con muda admiración, y ya se disponía a salir cuando se oyó nuevamente la voz misteriosa:

—Ponte sobre la piedra que hay en el centro de la sala; te espera una gran dicha.

Tanto se había envalentonado nuestro hombre, que ya no vaciló en seguir las instrucciones de la voz. La piedra empezó a ceder bajo sus pies y fue hundiéndose lentamente tierra adentro. Cuando se detuvo, el sastre miró a su alrededor y vio que se encontraba en otra sala, de dimensiones iguales a la primera; pero en ella había más cosas dignas de ser consideradas y admiradas. En las paredes había huecos a modo de nichos que contenían vasijas de transparente cristal, llenas de esencias de color o de un humo azulado. En el suelo, colocadas frente a frente, se veían dos grandes urnas de cristal, que en seguida atrajeron su atención. Al acercarse a una de ellas pudo contemplar en su interior un hermoso edificio, semejante a un palacio, rodeado de cuadras, graneros y otras dependencias. Todo era en miniatura, pero sutil y delicadamente labrado, como obra de un hábil artífice.

Seguramente habría continuado sumido en la contemplación de aquella magnificencia, de no haberse dejado oír de nuevo la voz, invitándolo a volverse y mirar la otra urna de cristal.

¡Cuál sería su asombro al ver en ella a una muchacha de divina belleza! Parecía dormida, y su larguísima cabellera rubia la envolvía como un precioso manto. Tenía cerrados los ojos, pero el color sonrosado de su rostro y una cinta que se movía al compás de su respiración no permitía dudar de que vivía. Contemplaba el sastre a la hermosa doncella de palpitante corazón, cuando de pronto abrió ella los ojos y, al distinguir al mozo, prorrumpió en un grito de alegría:

—¡Santo cielo! ¡Ha llegado la hora de mi liberación! ¡De prisa, de prisa, ayúdame a salir de esta cárcel! Si descorres el cerrojo de este féretro de cristal, quedaré desencantada.

Obedeció el sastre sin titubear; levantó ella la tapa de cristal, salió del féretro y corrió a un ángulo de la sala, donde se cubrió con un amplio manto. Sentándose luego sobre una piedra, llamó a su lado al joven y, después de besarlo en señal de amistad, le dijo:

—¡Libertador mío, por quien tanto tiempo estuve suspirando! El bondadoso cielo te ha enviado para poner término a mis sufrimientos. El mismo día en que ellos terminan, empieza tu dicha. Tú eres el esposo que me ha destinado el cielo. Querido de mí y rebosante de todos los terrenales bienes, vivirás colmado de alegrías hasta que suene la hora de tu muerte. Siéntate, y escucha el relato de mis desventuras.

«Soy hija de un opulento conde. Mis padres murieron siendo yo aún muy niña, y en su testamento me confiaron a la tutela de mi hermano mayor, quien cuidó de mi educación. Nos queríamos tiernamente, y marchábamos tan acordes en todos nuestros pensamientos e inclinaciones, que tomamos la resolución de no casarnos jamás y vivir juntos hasta el término de nuestros días. Nunca faltaban visitantes en nuestra casa: vecinos y forasteros acudían a menudo y a todos les dábamos espléndida hospitalidad.»

»Un anochecer llegó a caballo, a nuestro castillo, un extranjero que nos pidió alojamiento para la noche, pues no podía ya seguir hasta el próximo pueblo. Atendimos su ruego con la cortesía del caso, y durante la cena nos entretuvo con su charla y sus relatos. Mi hermano se sintió tan a gusto en su compañía que le rogó se quedase con nosotros un par de días, a lo cual accedió él después de oponer algunos reparos. Nos levantamos de la mesa ya muy avanzada la noche, asignamos una habitación al forastero, y yo, sintiéndome cansada, me fui a pedir descanso a las blandas plumas. Empezaba a adormecerme cuando me desvelaron los acordes de una música delicada y melodiosa.

No sabiendo de dónde venía, quise llamar a mi doncella, que dormía en una habitación contigua. Pero con gran asombro me di cuenta de que, como si oprimiera mi pecho una horrible pesadilla, estaba privada de la voz y no conseguía emitir el menor sonido. Al mismo tiempo, a la luz de la lámpara, vi entrar al extranjero en mi aposento, pese a estar cerrado sólidamente con doble puerta. Acercándoseme, me dijo que, valiéndose de la virtud mágica de que estaba dotado, había producido aquella hermosa música para mantenerme despierta, y ahora venía, sin que fuesen obstáculo las cerraduras, a ofrecerme su corazón y su mano.

»Pero mi repugnancia por sus artes diabólicas era tan grande que ni me digné contestarle. Permaneció él un rato inmóvil, de pie, sin duda esperando una respuesta favorable; pero al ver que yo persistía en mi silencio, me declaró, airado, que hallaría el medio de vengarse y castigar mi soberbia, después de lo cual volvió a salir de la estancia.

»Pasé la noche agitadísima, sin poder conciliar el sueño hasta la madrugada. Al despertarme, corrí en busca de mi hermano para contarle lo sucedido; pero no lo encontré en su habitación. Su criado me dijo que, al apuntar el día, había salido de caza con el forastero.

»Agitada por sombríos presentimientos me vestí a toda prisa, mandé ensillar mi jaca y, seguida de un criado, me dirigí al galope hacia el bosque. El caballo de mi criado tropezó y se rompió una pata, por lo que el hombre no pudo acompañarme mientras yo proseguía mi ruta sin detenerme. A los pocos minutos vi al forastero, que se dirigía hacia mí conduciendo un hermoso ciervo atado de una cuerda. Sintiendo en mi pecho una ira irrefrenable, saqué una pistola y la disparé contra el monstruo; pero la bala rebotó en su pecho y fue a herir la cabeza de mi jaca. Caí al suelo y el extranjero murmuró unas palabras que me dejaron sin sentido.

»Al volver en mí, me encontré en esta fosa subterránea, encerrada en este ataúd de cristal. Volvió a presentarse el brujo y me comunicó que mi hermano estaba transformado en ciervo; mi palacio reducido a miniatura con todas sus dependencias y recluido en esta arca de cristal, y mis gentes convertidas en humo y aprisionadas en frascos de vidrio. Si yo accedía a sus pretensiones, le sería facilísimo volverlo todo a su estado primitivo. No tenía más que abrir los frascos y las urnas, y todo recobraría su condición y forma naturales. Yo no le respondí, como la vez anterior, y entonces él desapareció, dejándome en mi prisión, donde quedé sumida en profundo sueño. Entre las visiones que pasaron por mi alma hubo una, consoladora: la de un joven que venía a rescatarme. Y hoy, al abrir los ojos, te he visto, y así se ha trocado el sueño en realidad. Ayúdame ahora a efectuar las demás cosas que sucedieron en mi sueño: lo primero es colocar sobre aquella gran losa el arca de cristal que contiene mi palacio».

No bien gravitó sobre la piedra el peso del arca, empezó a elevarse, arrastrando a la doncella y al mozo, y por la abertura del techo llegó a la superior, desde la cual les fue fácil salir al aire libre. Allí la muchacha abrió la tapa y fue maravilloso presenciar cómo se agrandaban rápidamente el palacio, las casas y las dependencias, hasta alcanzar sus dimensiones naturales. Volviendo luego a la bóveda subterránea, cargaron sobre la piedra los frascos llenos de esencias y vapores, y en cuanto la doncella los hubo destapado, salieron de ellos el humo azul, transformándose en personas vivientes, en quienes la condesita reconoció a sus criados y servidores.

Y su alegría llegó al colmo cuando el hermano, que, siendo ciervo, había dado muerte al brujo en figura de toro, se les presentó viniendo del bosque. Aquel mismo día la doncella, cumpliendo su promesa, dio al venturoso sastre su mano ante el altar.

EL FIEL JUAN

Érase una vez un anciano Rey que se sintió enfermo y pensó: «Sin duda es mi lecho de muerte este en el que yazgo». Y ordenó:

—Que venga mi fiel Juan.

Era este su criado favorito, y lo llamaban así porque durante toda su vida había sido fiel a su señor. Cuando estuvo al pie de la cama, le dijo el Rey:

—Mi fidelísimo Juan, presiento que se acerca mi fin, y solo hay una cosa que me atormenta: mi hijo. Es muy joven todavía y no siempre sabe gobernarse con tino. Si no me prometes que lo instruirás en todo lo que necesita saber y que velarás por él como un padre, no podré cerrar los ojos tranquilo.

—Le prometo que nunca lo abandonaré, nunca —le respondió el fiel Juan—; lo serviré con toda fidelidad, aunque haya de costarme la vida.

Dijo entonces el anciano Rey:

—Así muero tranquilo y en paz. —Y prosiguió—: Cuando yo haya muerto, enséñale todo el palacio, todos los aposentos, los salones, los soterrados y los

tesoros guardados en ellos. Pero guárdate de mostrarle la última cámara de la galería larga, donde se halla el retrato de la princesa del Tejado de Oro, pues si lo viera, se enamoraría perdidamente de ella, perdería el sentido y por su causa se expondría a grandes peligros; así que guárdalo de ello.

Y cuando el fiel Juan hubo renovado la promesa a su Rey, enmudeció este y, reclinando la cabeza en la almohada, murió.

Llevado ya a la sepultura el cuerpo del anciano Rey, el fiel Juan dio cuenta a su joven señor de lo que prometiera a su padre en su lecho de muerte, y añadió:

—Lo cumpliré puntualmente y te guardaré fidelidad como se la guardé a él, aunque me hubiera de costar la vida.

Se celebraron las exequias, pasó el período de luto y entonces el fiel Juan dijo al Rey:

—Es hora de que veas tu herencia; voy a mostrarte el palacio de tu padre.

Y lo acompañó por todo el palacio, arriba y abajo, y le hizo ver todos los tesoros y los magníficos aposentos; solo dejó de abrir el que guardaba el peligroso retrato. Este se hallaba colocado de tal modo que se veía con solo abrir la puerta, y era de una perfección tal que parecía vivir y respirar. En el mundo entero no podía encontrarse nada más hermoso ni más delicado.

Pero al joven Rey no se le escapó que el fiel Juan pasaba muchas veces por delante de esta puerta sin abrirla, y, al fin, le preguntó:

—¿Por qué no la abres nunca?

—Es que en esta pieza hay algo que te causaría espanto —le respondió el criado. Mas el Rey le replicó:

—He visto todo el palacio y quiero también saber lo que hay ahí dentro —y dirigiéndose a la puerta, trató de forzarla.

El fiel Juan lo retuvo y le dijo:

—Prometí a tu padre, antes de morir, que no verías lo que hay en este cuarto; nos podría traer grandes desgracias, a ti y a mí.

—Al contrario —replicó el joven Rey—. Si no entro, mi perdición es segura. No descansaré ni de día ni de noche hasta que lo haya contemplado con mis propios ojos. No me muevo de aquí hasta que me abras esta puerta.

Entonces comprendió el fiel Juan que no había otro remedio, y con el corazón en un puño y muchos suspiros sacó la llave del gran manojo. Cuando tuvo la puerta abierta, entró primero con intención de tapar el cuadro, para que el Rey no lo viera. Pero, ¿de qué le sirvió? El Rey, poniéndose de puntillas, miró por encima de su hombro, y al ver el retrato de la doncella, resplandeciente de oro y piedras preciosas, cayó al suelo sin sentido. Lo levantó el fiel Juan y lo llevó a su cama, pensando con gran angustia:

«El mal está hecho. ¡Dios mío!, ¿qué pasará ahora?». Y le dio vino para reanimarlo. Vuelto en sí el Rey, sus primeras palabras fueron:

—¡Ay!, ¿de quién es este retrato tan hermoso?

—Es la princesa del Tejado de Oro —le respondió el fiel criado. Y el Rey:

—Es tan grande mi amor por ella, que si todas las hojas de los árboles fuesen lenguas, no bastarían para expresarlo. Mi vida pondré en juego para alcanzarla, y tú, mi leal Juan, debes ayudarme a conseguirlo.

El fiel criado estuvo cavilando largo tiempo sobre la manera de emprender el negocio, pues solo el llegar a presencia de la princesa era ya muy difícil. Finalmente, se le ocurrió un medio, y dijo a su señor:

—Todo lo que tiene a su alrededor es de oro: mesas, sillas, fuentes, vasos, tazas y todo el ajuar de la casa. En tu tesoro hay cinco toneladas de oro. Manda que den una a los orfebres del reino y que con ella fabriquen toda clase de vasos y utensilios, toda suerte de aves, alimañas y animales fabulosos; esto le gustará; con ello nos pondremos en camino, a probar fortuna.

El Rey hizo venir a todos los orfebres del país, los cuales trabajaron sin descanso hasta terminar aquellos preciosos objetos. Luego fue cargado todo en un barco, y el fiel Juan y el Rey se vistieron de mercaderes para no ser conocidos de nadie. Luego se hicieron a la mar, y navegaron hasta arribar a la ciudad donde vivía la princesa del Tejado de Oro. El fiel Juan pidió al Rey que permaneciese a bordo y aguardase su vuelta:

—A lo mejor vuelvo con la princesa —dijo—. Procurarás, pues, que todo esté bien dispuesto y ordenado, los objetos de oro a la vista y el barco bien empavesado.

Se llenó el cinto de toda clase de objetos preciosos, desembarcó y se encaminó al palacio real. Al entrar en el patio vio junto al pozo a una hermosa muchacha ocupada en llenar de agua dos cubos de oro. Al volverse para llevarse el agua que reflejaba los destellos del oro, vio al extranjero y le preguntó quién era. Le respondió este:

—Soy un mercader —y, abriendo su cinturón, le mostró lo que contenía.

—¡Oh, qué lindo! —exclamó ella, y, dejando los cubos en el suelo, se puso a examinar las joyas una por una. Luego dijo:

—Es necesario que la princesa lo vea; le gustan tanto las cosas de oro, que, sin duda, te las comprará todas.

Y, cogiendo al hombre de la mano, lo condujo al interior del palacio, pues era la camarera principal. Cuando la hija del Rey vio aquellas maravillas, se puso muy contenta y exclamó:

—Está tan primorosamente trabajado que te lo compro todo.

A lo que respondió el fiel Juan:

—Yo no soy sino el criado de un rico mercader. No es nada lo que traigo aquí en comparación con lo que mi amo tiene en el barco: lo más bello y precioso que jamás se haya hecho en oro.

Le pidió ella que se lo llevaran a palacio, pero él contestó:

—Hay tantísimas cosas que precisarían muchos días y más salas de las que su palacio tiene.

Estas palabras solo sirvieron para estimular la curiosidad de la princesa, la cual dijo al fin:

—Acompáñame al barco, quiero ir yo misma a ver los tesoros de tu amo.

El fiel Juan, muy contento, la condujo entonces al barco, y cuando el Rey la vio, le pareció que su hermosura era todavía mayor que la del retrato, y el corazón empezó a latirle con tal violencia que lo sentía a punto de estallar. Subió la princesa a bordo y el Rey la acompañó al interior de la nave; pero el fiel Juan se quedó junto al piloto y le dio orden de zarpar:

—¡Despliega todas las velas, para que el barco vuele más veloz que un pájaro!

Entretanto, el Rey mostraba a la princesa la vajilla de oro, pieza por pieza: fuentes, vasos y tazas, así como las aves y los animales silvestres y prodigiosos. Transcurrieron muchas horas así, y la princesa, absorta y arrobada, no se dio cuenta de que el barco se había hecho a la mar. Cuando ya lo hubo contemplado todo, dio las gracias al mercader y se dispuso a regresar a palacio, pero al subir a cubierta vio que estaba muy lejos de tierra y que el buque navegaba a toda vela:

—¡Ay de mí! —exclamó—. ¡Me han traicionado, me han raptado! ¡Estoy en manos de un mercader! ¡Mil veces morir!

Pero el Rey, tomándole la mano, le dijo:

—Yo no soy un comerciante, sino un Rey, y de nacimiento no menos ilustre que el tuyo. Si te he raptado con un ardid, ha sido por el inmenso amor que te tengo. Es tan grande que la primera vez que vi tu retrato caí al suelo sin sentido.

Estas palabras apaciguaron a la princesa, y como ya sentía afecto por el Rey, aceptó de buen grado ser su esposa.

Ocurrió, empero, mientras se hallaban aún en alta mar, que el fiel Juan, sentado en la proa del barco tocando un instrumento musical, vio en el aire tres cuervos que llegaban volando. Dejó entonces de tocar y se puso a escuchar su conversación, pues entendía su lenguaje.

Dijo uno:

—¡Fíjate! Se lleva a su casa a la princesa del Tejado de Oro.

—Sí —respondió el segundo—. Pero aún no es suya.

Y el tercero:

—¿Cómo que no es suya? Si va con él en el barco.

Volviendo a tomar la palabra el primero, dijo:

—¡Qué importa! En cuanto desembarquen, se le acercará al trote un caballo pardo, y él querrá montarlo; pero si lo hace, volarán ambos por los aires, y nunca más volverá el Rey a ver a su princesa.

Dijo el segundo:

—¿Y no hay ningún remedio?

—Sí, lo hay: si otro se adelanta a montarlo y, con una pistola que va en el arzón del animal, lo mata de un tiro. Solo de ese modo puede salvarse el Rey; pero, ¿quién va a saberlo? Y si alguien lo supiera y lo revelara, quedaría convertido en piedra desde las puntas de los pies hasta las rodillas.

Habló entonces el segundo:

—Todavía sé más. Aunque maten el caballo, tampoco tendrá el Rey a su novia. Cuando entren juntos en palacio, encontrarán en una bandeja una camisa de boda, que parecerá tejida de oro y plata, pero que en realidad será de azufre y pez. Si el Rey se la pone, se consumirá y quemará hasta la médula de los huesos.

Preguntó el tercero:

—¿Y no hay ningún remedio?

—Sí, lo hay —contestó el otro—. Si alguien coge la camisa con guantes y la arroja al fuego, el Rey se salvará. ¡Pero eso de qué sirve! Si alguno lo sabe y lo dice al Rey, quedará convertido en piedra desde las rodillas hasta el corazón.

Intervino entonces el tercero:

—Pues yo sé más todavía. Aunque se queme la camisa, tampoco el Rey tendrá a su novia. Cuando, terminada la boda, empiece la danza y la joven Reina salga a bailar, palidecerá de repente y caerá como muerta. Si no acude nadie a levantarla enseguida y no le sorbe del pecho derecho tres gotas de sangre y las vuelve a escupir inmediatamente, la Reina morirá. Pero quien lo sepa y lo diga quedará convertido en estatua de piedra, desde la punta de los pies a la coronilla.

Después de haber hablado así, los cuervos remontaron el vuelo, y el fiel Juan, que lo había oído y comprendido todo, permaneció desde entonces triste y taciturno; pues si callaba, haría desgraciado a su señor, y si hablaba, lo pagaría con su propia vida. Finalmente se dijo para sus adentros: «Salvaré a mi señor, aunque yo me pierda».

Al desembarcar sucedió lo que predijera el cuervo. Un magnífico alazán se acercó al trote:

—¡Ea! —exclamó el Rey—. Este caballo me llevará a palacio.

Y se disponía a montarlo cuando el fiel Juan, anticipándose, se subió en él de un salto y, sacando la pistola del arzón, abatió al animal de un tiro. Los servidores del Rey, que tenían ojeriza al fiel Juan, prorrumpieron en gritos:

—¡Qué escándalo! ¡Matar a un animal tan hermoso que debía conducir al Rey a palacio!

Pero el monarca dijo:

—Cállense y déjenlo hacer. Es mi fiel Juan. Él sabrá por qué lo hace.

Al llegar al palacio y entrar en la sala, puesta en una bandeja apareció la camisa de boda, resplandeciente como si fuese tejida de oro y plata. El joven Rey iba ya a cogerla, pero el fiel Juan, apartándolo y cogiendo la prenda con manos enguantadas, la arrojó rápidamente al fuego y estuvo vigilando hasta que la vio consumida. Los demás servidores volvieron a desatarse en murmuraciones:

—¡Fíjense, ahora ha quemado la camisa de boda del Rey!

Pero este dijo:

—¡Quién sabe por qué lo hace! Déjenlo, que es mi fiel Juan.

Se celebró la boda y empezó el baile. La novia salió a bailar; el fiel Juan no la perdía de vista, mirándola a la cara. De repente palideció y cayó al suelo como muerta. Juan se lanzó sobre ella, la cogió en brazos y la llevó a una habitación; la depositó sobre una cama y, arrodillándose, sorbió de su pecho derecho tres gotas de sangre y las escupió seguidamente. Al instante recobró la Reina el aliento y se repuso; pero el Rey, que había presenciado la escena y desconocía los motivos que inducían al fiel Juan a obrar de aquel modo, gritó lleno de cólera:

—¡Enciérrenlo en un calabozo!

Al día siguiente el leal criado fue condenado a morir y conducido a la horca. Cuando ya había subido la escalera, levantó la voz y dijo:

—A todos los que han de morir se les concede la gracia de hablar antes de ser ejecutados. ¿No se me concederá también a mí este derecho?

—Sí —dijo el Rey—. Te lo concedo.

Entonces el fiel Juan habló de esta manera:

—He sido condenado injustamente, pues siempre te he sido fiel.

Y explicó el coloquio de los cuervos que había oído en alta mar y cómo tuvo que hacer aquellas cosas para salvar a su señor. Entonces exclamó el Rey:

—¡Oh, mi fidelísimo Juan! ¡Gracias, gracias! ¡Bájenlo!

Pero al pronunciar la última palabra, el leal criado había caído sin vida, convertido en estatua de piedra.

El Rey y la Reina se afligieron en su corazón.

—¡Ay de mí! —se lamentaba el Rey—. ¡Qué mal he pagado su gran fidelidad!

Y, mandando levantar la estatua de piedra, la hizo colocar en su alcoba, al lado de su lecho. Cada vez que la miraba, no podía contener las lágrimas y decía:

—¡Ay, ojalá pudiese devolverte la vida, mi fidelísimo Juan!

Transcurrió algún tiempo y la Reina dio a luz dos hijos gemelos, que crecieron y eran la alegría de sus padres. Un día en que la Reina estaba en la iglesia y los dos niños se habían quedado jugando con su padre, miró este con tristeza la estatua de piedra y suspiró:

—¡Ay, mi fiel Juan, si pudiese devolverte la vida!

Y he aquí que la estatua comenzó a hablar, diciendo:

—Sí, puedes devolverme la vida, si para ello sacrificas lo que más quieres.

A lo que respondió el Rey:

—¡Por ti sacrificaría cuanto tengo en el mundo!

—Siendo así —prosiguió la piedra—, corta con tu propia mano la cabeza a tus hijos y úntame con su sangre. ¡Solo de este modo volveré a vivir!

Tembló el Rey al oír que tenía que dar muerte a sus queridos hijitos; pero al recordar la gran fidelidad de Juan, que había muerto por él, desenvainó la espada y cortó la cabeza a los dos niños. Y en cuanto hubo rociado la estatua con su sangre, se animó la piedra y el fiel Juan reapareció ante él, vivo y sano, y dijo al Rey:

—Tu abnegación no quedará sin recompensa —y, cogiendo las cabezas de los niños, las aplicó debidamente sobre sus cuerpecitos y untó las heridas con su sangre. En el acto quedaron los niños lozanos y llenos de vida, saltando y jugando como si nada hubiese ocurrido.

El Rey estaba lleno de contento. Cuando oyó venir a la Reina, ocultó a Juan y a los niños en un gran armario. Al entrar ella, le dijo:

—¿Has rezado en la iglesia?

—Sí —respondió su esposa—, pero constantemente estuve pensando en el fiel Juan, que sacrificó su vida por nosotros.

Dijo entonces el Rey:

—Mi querida esposa, podemos devolverle la vida, pero ello nos costará sacrificar a nuestros dos hijitos.

Palideció la Reina y sintió una terrible angustia en el corazón; sin embargo, dijo:

—Se lo debemos, por su grandísima lealtad.

El Rey, contento al ver que su esposa pensaba como él, corrió al armario y, abriéndolo, hizo salir a sus dos hijos y a Juan, diciendo:

—¡Loado sea Dios; está salvado y hemos recuperado también a nuestros hijitos!

Y le contó todo lo sucedido. Y desde entonces vivieron juntos y felices hasta la muerte.

EL FLAUTISTA DE HAMELIN

Había una vez…

…Una pequeña ciudad al norte de Alemania, llamada Hamelín. Su paisaje era placentero y su belleza era exaltada por las riberas de un río ancho y profundo que surcaba por allí. Y sus habitantes se enorgullecían de vivir en un lugar tan apacible y pintoresco.

Pero… un día, la ciudad se vio atacada por una terrible plaga: ¡Hamelín estaba lleno de ratas!

Había tantas y tantas que se atrevían a desafiar a los perros, perseguían a los gatos, sus enemigos de toda la vida; se subían a las cunas para morder a los niños allí dormidos y hasta robaban enteros los quesos de las despensas para luego comérselos, sin dejar una miguita. ¡Ah!, y además… metían los hocicos en todas las comidas, husmeaban en los cucharones de los guisos que estaban preparando los cocineros, roían las ropas domingueras de la gente, practicaban agujeros en los costales de harina y en los barriles de sardinas saladas, y hasta pretendían trepar por las anchas faldas de las charlatanas mujeres reunidas en la plaza, ahogando las voces de las pobres asustadas con sus agudos y desafinados chillidos.

¡La vida en Hamelín se estaba tornando insoportable!

…Pero llegó un día en que el pueblo se hartó de esta situación. Y todos, en masa, fueron a congregarse frente al Ayuntamiento.

¡Qué exaltados estaban todos!

No hubo manera de calmar los ánimos de los allí reunidos.

—¡Abajo el alcalde! —gritaban unos.

—¡Ese hombre es un pelele! —decían otros.

—¡Que los del Ayuntamiento nos den una solución! —exigían los de más allá.

Con las mujeres la cosa era peor.

—Pero, ¿qué se creen? —vociferaban—. ¡Busquen el modo de librarnos de la plaga de las ratas! ¡O hallan el remedio de terminar con esta situación o los arrastraremos por las calles! ¡Así lo haremos, como hay Dios!

Al oír tales amenazas, el alcalde y los concejales quedaron consternados y temblando de miedo.

¿Qué hacer?

Una larga hora estuvieron sentados en el salón de la alcaldía discurriendo en la forma de lograr atacar a las ratas. Se sentían tan preocupados, que no encontraban ideas para lograr una buena solución contra la plaga.

Por fin, el alcalde se puso de pie para exclamar:

—¡Lo que yo daría por una buena ratonera!

Apenas se hubo extinguido el eco de la última palabra, cuando todos los reunidos oyeron algo inesperado. En la puerta del Concejo Municipal sonaba un ligero repiqueteo.

—¡Dios nos ampare! —gritó el alcalde, lleno de pánico—. Parece que se oye el roer de una rata. ¿Me habrán oído?

Los ediles no respondieron, pero el repiqueteo siguió oyéndose.

—¡Pase adelante el que llama! —vociferó el alcalde, con voz temblorosa y dominando su terror.

Y entonces entró en la sala el más extraño personaje que se puedan imaginar.

Llevaba una rara capa que le cubría del cuello a los pies y que estaba formada por recuadros negros, rojos y amarillos. Su portador era un hombre alto, delgado y con agudos ojos azules, pequeños como cabezas de alfiler. El pelo le caía lacio y era de un amarillo claro, en contraste con la piel del rostro, que aparecía tostada, ennegrecida por las inclemencias del tiempo. Su cara era lisa, sin bigotes ni barbas; sus labios se contraían en una sonrisa que dirigía a unos y otros, como si se hallara entre grandes amigos.

Alcalde y concejales le contemplaron boquiabiertos, pasmados ante su alta figura y cautivados, a la vez, por su estrambótico atractivo.

El desconocido avanzó con gran simpatía y dijo:

—Perdonen, señores, que me haya atrevido a interrumpir su importante reunión, pero es que he venido a ayudarlos. Yo soy capaz, mediante un encanto secreto que poseo, de atraer hacia mi persona a todos los seres que viven bajo el sol. Lo mismo da si se arrastran sobre el suelo, que si nadan en el agua, que si vuelan por el aire o corren sobre la tierra. Todos ellos me siguen, como ustedes no pueden imaginárselo. Principalmente, uso de mi poder mágico con los animales que más daño hacen en los pueblos, ya sean topos o sapos, víboras o lagartijas. Las gentes me conocen como el Flautista Mágico.

En tanto lo escuchaban, el alcalde y los concejales se dieron cuenta de que en torno al cuello lucía una corbata roja con rayas amarillas, de la que pendía una flauta. También observaron que los dedos del extraño visitante se movían inquietos, al compás de sus palabras, como si sintieran impaciencia por alcanzar y tañer el instrumento que colgaba sobre sus raras vestiduras.

El flautista continuó hablando así: —Tengan en cuenta, sin embargo, que soy hombre pobre. Por eso cobro por mi trabajo. El año pasado libré a los habitantes de una aldea inglesa de una monstruosa invasión de murciélagos, y a una ciudad asiática le saqué una plaga de mosquitos que los mantenía a todos enloquecidos por las picaduras. Ahora bien, si los libro de la preocupación que los molesta, ¿me darían un millar de florines?

—¿Un millar de florines? ¡Cincuenta millares! —respondieron a una el asombrado alcalde y el concejo entero.

Poco después bajaba el flautista por la calle principal de Hamelín. Llevaba una fina sonrisa en sus labios, pues estaba seguro del gran poder que dormía en el alma de su mágico instrumento.

De pronto se paró. Tomó la flauta y se puso a soplarla, al mismo tiempo que guiñaba sus ojos de color azul verdoso. Chispeaban como cuando se espolvorea sal sobre una llama.

Arrancó tres vivísimas notas de la flauta.

Al momento se oyó un rumor. Pareció a todas las gentes de Hamelín como si lo hubiese producido todo un ejército que despertase a un tiempo. Luego el murmullo se transformó en ruido y, finalmente, este creció hasta convertirse en algo estruendoso.

¿Y saben lo que pasaba? Pues que de todas las casas empezaron a salir ratas. Salían a torrentes. Lo mismo las ratas grandes que los ratones chiquitos; igual los roedores flacuchos que los gordinflones. Padres, madres, tías y primos ratoniles, con sus tiesas colas y sus punzantes bigotes. Familias enteras de tales bichos se lanzaron en pos del flautista, sin reparar en charcos ni hoyos.

Y el flautista seguía tocando sin cesar, mientras recorría calle tras calle. Y en pos iba todo el ejército ratonil danzando sin poder contenerse. Y así bailando, bailando, llegaron las ratas al río, en donde fueron cayendo todas, ahogándose por completo.

Solo una rata logró escapar. Era una rata muy fuerte que nadó contra la corriente y pudo llegar a la otra orilla. Corriendo sin parar fue a llevar la triste nueva de lo sucedido a su país natal, Ratilandia.

Una vez allí, contó lo que había sucedido.

—Igual les hubiera sucedido a todas ustedes. En cuanto llegaron a mis oídos las primeras notas de aquella flauta, no pude resistir el deseo de seguir su música. Era como si ofreciesen todas las golosinas que encandilan a una rata. Imaginaba tener al alcance todos los mejores bocados; me parecía una voz que me invitaba a comer a dos carrillos, a roer cuanto quería, a pasarme noche y día en eterno banquete, y que me incitaba dulcemente, diciéndome: "¡Anda, atrévete!". Cuando recuperé la noción de la realidad, estaba en el río y a punto de ahogarme como las demás. ¡Gracias a mi fortaleza me he salvado!

Esto asustó mucho a las ratas, que se apresuraron a esconderse en sus agujeros. Y, desde luego, no volvieron más a Hamelín.

¡Había que ver a las gentes de Hamelín!

Cuando comprobaron que se habían librado de la plaga que tanto les había molestado, echaron al vuelo las campanas de todas las iglesias, hasta el punto de hacer retemblar los campanarios.

El alcalde, que ya no temía que le arrastraran, parecía un jefe dando órdenes a los vecinos:

—¡Vamos! ¡Busquen palos y ramas! ¡Hurguen en los nidos de las ratas y cierren luego las entradas! ¡Llamen a carpinteros y albañiles y procuren entre todos que no quede el menor rastro de las ratas!

Así estaba hablando el alcalde, muy ufano y satisfecho. Hasta que, de pronto, al volver la cabeza, se encontró cara a cara con el flautista mágico, cuya arrogante y extraña figura se destacaba en la plaza-mercado de Hamelín.

El flautista interrumpió sus órdenes al decirle:

—Creo, señor alcalde, que ha llegado el momento de darme mis mil florines.

¡Mil florines! ¡Qué se pensaba! ¡Mil florines!

El alcalde miró hoscamente al tipo extravagante que se los pedía. Y lo mismo hicieron sus compañeros de corporación, que le habían estado rodeando mientras mandoteaba.

¿Quién pensaba en pagar a semejante vagabundo de la capa coloreada?

—¿Mil florines…? —dijo el alcalde—. ¿Por qué?

—Por haber ahogado las ratas —respondió el flautista.

—¿Que tú has ahogado las ratas? —exclamó con fingido asombro la primera autoridad de Hamelín, haciendo un guiño a sus concejales—. Ten muy en cuenta que nosotros trabajamos siempre a la orilla del río, y allí hemos visto, con nuestros propios ojos, cómo se ahogaba aquella plaga. Y, según creo, lo que está bien muerto no vuelve a la vida. No vamos a regatearte un trago de vino para celebrar lo ocurrido y también te daremos algún dinero para rellenar tu bolsa. Pero eso de los mil florines, como te puedes figurar, lo dijimos en broma. Además, con la plaga hemos sufrido muchas pérdidas… ¡Mil florines! ¡Vamos, vamos…! Toma cincuenta.

El flautista, a medida que iba escuchando las palabras del alcalde, iba poniendo un rostro muy serio. No le gustaba que lo engañaran con palabras más o menos melosas y menos que se cambiase el sentido de las cosas.

—¡No diga más tonterías, alcalde! —exclamó—. No me gusta discutir. Hizo un pacto conmigo, ¡cúmplalo!

—¿Yo? ¿Yo, un pacto contigo? —dijo el alcalde, fingiendo sorpresa y actuando sin ningún remordimiento, pese a que había engañado y estafado al flautista.

Sus compañeros de corporación declararon también que tal cosa no era cierta.

El flautista advirtió muy serio:

—¡Cuidado! No sigan excitando mi cólera porque darán lugar a que toque mi flauta de modo muy diferente.

Tales palabras enfurecieron al alcalde.

—¿Cómo se entiende? —bramó—. ¿Piensas que voy a tolerar tus amenazas? ¿Que voy a consentir en ser tratado peor que un cocinero? ¿Te olvidas que soy el alcalde de Hamelín? ¿Qué te has creído?

El hombre quería ocultar su falta de formalidad a fuerza de gritos, como siempre ocurre con los que obran de este modo.

Así que siguió vociferando:

—¡A mí no me insulta ningún vago como tú, aunque tenga una flauta mágica y unos ropajes como los que tú luces!

—¡Se arrepentirán!

—¿Aún sigues amenazando, pícaro vagabundo? —aulló el alcalde, mostrando el puño a su interlocutor—. ¡Haz lo que te parezca, y sopla la flauta hasta que revientes!

El flautista dio media vuelta y se marchó de la plaza.

Empezó a andar por una calle abajo y entonces se llevó a los labios la larga y bruñida caña de su instrumento, del que sacó tres notas. Tres notas tan dulces, tan melodiosas, como jamás músico alguno, ni el más hábil, había conseguido hacer sonar. Eran arrebatadoras, encandilaban al que las oía.

Se despertó un murmullo en Hamelín. Un susurro que pronto pareció un alboroto y que era producido por alegres grupos que se precipitaban hacia el flautista, atropellándose en su apresuramiento.

Numerosos piececitos corrían batiendo el suelo, menudos zuecos repiqueteaban sobre las losas, muchas manitas palmoteaban y el bullicio iba en aumento. Y como pollos en un gran gallinero, cuando ven llegar al que les trae su ración de cebada, así salieron corriendo de casas y palacios, todos los niños, todos los muchachos y las jovencitas que los habitaban, con sus rosadas mejillas y sus rizos de oro, sus chispeantes ojitos y sus dientecitos semejantes a perlas. Iban tropezando y saltando, corriendo gozosamente tras del maravilloso músico, al que acompañaban con su vocerío y sus carcajadas.

El alcalde enmudeció de asombro y los concejales también.

Quedaron inmóviles como tarugos, sin saber qué hacer ante lo que estaban viendo. Es más, se sentían incapaces de dar un solo paso ni de lanzar el menor grito que impidiese aquella escapatoria de los niños.

No se les ocurrió otra cosa que seguir con la mirada, es decir, contemplar con muda estupidez la gozosa multitud que se iba en pos del flautista.

Sin embargo, el alcalde salió de su pasmo y lo mismo les pasó a los concejales cuando vieron que el mágico músico se internaba por la calle Alta, camino del río.

¡Precisamente por la calle donde vivían sus propios hijos e hijas!

Por fortuna, el flautista no parecía querer ahogar a los niños. En vez de ir hacia el río, se encaminó hacia el sur, dirigiendo sus pasos hacia la alta montaña, que se alzaba próxima. Tras él siguió, cada vez más presurosa, la menuda tropa.

Semejante ruta hizo que la esperanza levantara los oprimidos pechos de los padres.

—¡Nunca podrá cruzar esa intrincada cumbre! —se dijeron las personas mayores—. Además, el cansancio le hará soltar la flauta y nuestros hijos dejarán de seguirlo.

Mas he aquí que, apenas empezó el flautista a subir la falda de la montaña, las tierras se agrietaron y se abrió un ancho y maravilloso portalón. Pareció como si alguna potente y misteriosa mano hubiese excavado repentinamente una enorme gruta.

Por allí penetró el flautista, seguido de la turba de chiquillos. Y así que el último de ellos hubo entrado, la fantástica puerta desapareció en un abrir y cerrar de ojos, quedando la montaña igual que como estaba.

Solo quedó fuera uno de los niños. Era cojo y no pudo acompañar a los otros en sus bailes y corridas.

A él acudieron el alcalde, los concejales y los vecinos, cuando se les pasó el susto ante lo ocurrido.

Y lo hallaron triste y cariacontecido.

Como le reprocharon que no se sintiera contento por haberse salvado de la suerte de sus compañeros, replicó:

—¿Contento? ¡Al contrario! Me he perdido todas las cosas bonitas con que ahora se estarán recreando. También a mí me las prometió el flautista con su música, si le seguía; pero no pude.

—¿Y qué les prometía? —preguntó su padre, curioso.

—Dijo que nos llevaría a todos a una tierra feliz, cerca de esta ciudad, donde abundan los manantiales cristalinos y se multiplican los árboles frutales, donde las flores se colorean con matices más bellos, y todo es extraño y nunca visto. Allí los gorriones brillan con colores más hermosos que los de nuestros pavos reales; los perros corren más que los gamos de por aquí. Y las abejas no tienen aguijón, por lo que no hay miedo de que nos hieran al arrebatarles la miel. Hasta los caballos son extraordinarios: nacen con alas de águila.

—Entonces, si tanto te cautivaba, ¿por qué no lo seguiste?

—No pude, por mi pierna enferma —se dolió el niño—. Cesó la música y me quedé inmóvil. Cuando me di cuenta de que esto me pasaba, vi que los demás habían desaparecido por la colina, dejándome solo contra mi deseo.

¡Pobre ciudad de Hamelín! ¡Cara pagaba su avaricia!

El alcalde mandó gentes a todas partes con orden de ofrecer al flautista plata y oro con qué rellenar sus bolsillos, a cambio de que volviese trayendo a los niños.

Cuando se convencieron de que perdían el tiempo y de que el flautista y los niños habían partido para siempre, ¡cuánto dolor experimentaron las gentes! ¡Cuántas lamentaciones y lágrimas! ¡Y todo por no cumplir con el pacto establecido!

Para que todos recordasen lo sucedido, el lugar donde vieron desaparecer a los niños lo titularon Calle del Flautista Mágico. Además, el alcalde ordenó que todo aquel que se atreviese a tocar en Hamelín una flauta o un tamboril, perdiera su ocupación para siempre. Prohibió, también, a cualquier hostería o mesón que en tal calle se instalase, profanar con fiestas o algazaras la solemnidad del sitio.

Luego fue grabada la historia en una columna y la pintaron también en el gran ventanal de la iglesia para que todo el mundo la conociese y recordase cómo se habían perdido aquellos niños de Hamelín.

EL GATO CON BOTAS

Érase una vez un molinero que tenía tres hijos, su molino, un asno y un gato. Los hijos tenían que moler, el asno tenía que llevar el grano y acarrear la harina, y el gato tenía que cazar ratones. Cuando el molinero murió, los tres hijos se repartieron la herencia. El mayor heredó el molino, el segundo el asno y el tercero el gato, pues era lo único que quedaba.

Entonces se puso muy triste y se dijo a sí mismo:

«Yo soy el que ha salido peor parado. Mi hermano mayor puede moler y mi segundo hermano puede montar en su asno, pero ¿qué voy a hacer yo con el gato? Si me hago un par de guantes con su piel, ya no me quedará nada.»

—Escucha —empezó a decir el gato, que lo había entendido todo—, no debes matarme sólo por sacar de mi piel un par de guantes malos. Encarga que me hagan un par de botas para que pueda salir a que la gente me vea, y pronto obtendrás ayuda.

El hijo del molinero se asombró de que el gato hablara de aquella manera, pero como justo en ese momento pasaba por allí el zapatero, lo llamó y le dijo que entrara y le tomara medidas al gato para confeccionarle un par de botas. Cuando estuvieron listas, el gato se las calzó, tomó un saco y llenó el fondo de grano, pero en la boca le puso una cuerda para poder cerrarlo, y luego se lo echó a la espalda y salió por la puerta andando sobre dos patas como si fuera una persona.

Por aquellos tiempos reinaba en el país un rey al que le gustaba mucho comer perdices, pero había tal miseria que era imposible conseguir ninguna. El bosque entero estaba lleno de ellas, pero eran tan huidizas que ningún cazador podía capturarlas. Eso lo sabía el gato y se propuso que él haría mejor las cosas. Cuando llegó al bosque abrió el saco, esparció por dentro el grano y la cuerda la colocó sobre la hierba, metiendo el cabo en un seto. Allí se escondió él mismo y se puso a rondar y a acechar. Pronto llegaron corriendo las perdices, encontraron el grano y se fueron metiendo en el saco una detrás de otra. Cuando ya había una buena cantidad dentro, el gato tiró de la cuerda, cerró el saco corriendo hacia allí y les retorció el pescuezo. Luego se echó el saco a la espalda y se fue derecho al palacio del rey.

La guardia gritó:

—¡Alto! ¿Adónde vas?

—A ver al rey —respondió sin más el gato.

—¿Estás loco? ¡Un gato a ver al rey!

—Dejen que vaya —dijo otro—, que el rey a menudo se aburre y quizás el gato lo complazca con sus gruñidos y ronroneos.

Cuando el gato llegó ante el rey, le hizo una reverencia y dijo:

—Mi señor, el conde —aquí dijo un nombre muy largo y distinguido— presenta sus respetos a su señor el rey y le envía aquí unas perdices que acaba de cazar con lazo.

El rey se maravilló de aquellas gordísimas perdices. No cabía en sí de alegría y ordenó que metieran en el saco del gato todo el oro de su tesoro que éste pudiera cargar.

—Llévaselo a tu señor y dale, además, muchísimas gracias por su regalo.

El pobre hijo del molinero, sin embargo, estaba en casa sentado junto a la ventana con la cabeza apoyada en la mano, pensando que ahora se había gastado lo último que le quedaba en las botas del gato y dudando que éste fuera capaz de darle algo de importancia a cambio. Entonces entró el gato, se descargó de la espalda el saco, lo desató y esparció el oro delante del molinero.

—Aquí tienes algo a cambio de las botas, y el rey te envía sus saludos y te da muchas gracias.

El molinero se puso muy contento por aquella riqueza, sin comprender todavía muy bien cómo había ido a parar allí. Pero el gato se lo contó todo mientras se quitaba las botas y luego le dijo:

—Ahora ya tienes suficiente dinero, sí, pero esto no termina aquí. Mañana me pondré otra vez mis botas y te harás aún más rico. Al rey le he dicho también que tú eras un conde.

Al día siguiente, tal como había dicho, el gato, bien calzado, salió otra vez de caza y le llevó al rey buenas piezas.

Así ocurrió todos los días, y todos los días el gato llevaba oro a casa y el rey llegó a apreciarlo tanto que podía entrar y salir y andar por palacio a su antojo.

Una vez estaba el gato en la cocina del rey calentándose junto al fogón, cuando llegó el cochero maldiciendo:

—¡Que se vayan al diablo el rey y la princesa! ¡Quería ir a la taberna a beber y a jugar a las cartas, y ahora resulta que tengo que llevarles de paseo al lago!

Cuando el gato oyó esto, se fue furtivamente a casa y le dijo a su amo:

—Si quieres convertirte en conde y ser rico, sal conmigo y vente al lago y báñate.

El molinero no supo qué contestar, pero siguió al gato. Fue con él, se desnudó por completo y se tiró al agua. El gato, por su parte, tomó la ropa, se la llevó de allí y la escondió. Apenas terminó de hacerlo, llegó el rey y el gato empezó a lamentarse con gran pesar:

—¡Ay, clementísimo rey! ¡Mi señor se estaba bañando aquí en el lago y ha venido un ladrón que le ha robado la ropa que tenía en la orilla, y ahora el señor conde está en el agua y no puede salir, y como siga mucho tiempo ahí, se resfriará y morirá!

Al oír aquello, el rey dio la voz de alto y uno de sus siervos tuvo que regresar a toda prisa a buscar ropas del rey. El señor conde se puso las lujosísimas ropas del rey y, como ya de por sí el rey le tenía afecto por las perdices que creía haber recibido de él, tuvo que sentarse a su lado en la carroza. La princesa tampoco se enfadó por ello, pues el conde era joven y bello y le gustaba bastante.

El gato, por su parte, se había adelantado y llegó a un gran prado donde había más de cien personas recogiendo heno.

—Eh, ¿de quién es este prado? —preguntó el gato.

—Del gran mago.

—Escuchen: el rey pasará pronto por aquí. Cuando pregunte de quién es este prado, contesten que del conde. Si no lo hacen, morirán todos.

A continuación el gato siguió su camino y llegó a un trigal tan grande que nadie podía abarcarlo con la vista. Allí había más de doscientas personas segando.

—Eh, gente, ¿de quién es este grano?

—Del mago.

—Escuchen: el rey va a pasar ahora por aquí. Cuando pregunte de quién es este grano, contesten que del conde. Si no lo hacen, morirán todos.

Finalmente el gato llegó a un magnífico bosque. Allí había más de trescientas personas talando los grandes robles y haciendo leña.

—Eh, gente, ¿de quién es este bosque?

—Del mago.

—Escuchen: el rey va a pasar ahora por aquí. Cuando pregunte de quién es este bosque, contesten que del conde. Si no lo hacen así, morirán todos.

El gato continuó aún más adelante y toda la gente lo siguió con la mirada, y como tenía un aspecto tan asombroso y andaba por ahí con botas como si fuera una persona, todos se asustaban de él.

Pronto llegó al palacio del mago, entró con descaro y se presentó ante él. El mago lo miró con desprecio y le preguntó qué quería. El gato hizo una reverencia y dijo:

—He oído decir que puedes transformarte a tu antojo en cualquier animal. Si es en un perro, un zorro o también un lobo, puedo creérmelo, pero en un elefante me parece totalmente imposible, y por eso he venido, para convencerme por mí mismo.

El mago dijo, orgulloso:

—Eso para mí es una minucia.

Y en un instante se transformó en un elefante.

—Eso es mucho, pero ¿puedes transformarte también en un león?

—Eso tampoco es nada para mí —dijo el mago, que se convirtió en un león delante del gato.

El gato se hizo el sorprendido y exclamó:

—¡Es increíble, inaudito! ¡Eso no me lo hubiera imaginado yo ni en sueños! Pero aún más que todo eso sería si pudieras transformarte también en un animal tan pequeño como un ratón. Seguro que tú puedes hacer más cosas que cualquier otro mago del mundo, pero eso sí que será imposible para ti.

El mago, al oír aquellas dulces palabras, se puso muy amable y dijo:

—Oh, sí, querido gatito, eso también puedo hacerlo.

Y, dicho y hecho, se puso a dar saltos por la habitación convertido en ratón. El gato lo persiguió, lo atrapó de un salto y se lo comió.

El rey, por su parte, seguía paseando con el conde y la princesa y llegó al gran prado.

—¿De quién es este heno? —preguntó el rey.

—¡Del señor conde! —exclamaron todos, tal como el gato les había ordenado.

—Ahí tienes un buen pedazo de tierra, señor conde —dijo.

Después llegaron al gran trigal.

—Eh, gente, ¿de quién es este grano?

—Del señor conde.

—¡Vaya, señor conde, grandes y bonitas tierras tienes!

A continuación llegaron al bosque.

—Eh, gente, ¿de quién es este bosque?

—Del señor conde.

El rey se quedó aún más asombrado y dijo:

—Tienes que ser un hombre rico, señor conde. Yo no creo que tenga un bosque tan magnífico como este.

Al fin llegaron al palacio. El gato estaba arriba, en la escalera, y cuando la carroza se detuvo, bajó corriendo de un salto, abrió las puertas y dijo:

—Señor rey, ha llegado al palacio de mi señor, el señor conde, a quien este honor le hará feliz para todos los días de su vida.

El rey se apeó y se maravilló del magnífico edificio, que era casi más grande y más hermoso que su propio palacio. El conde, por su parte, condujo a la princesa escaleras arriba hacia el salón, que deslumbraba por completo de oro y piedras preciosas.

Entonces la princesa le fue prometida en matrimonio al conde, y cuando el rey murió, se convirtió en rey. Y el gato con botas, por su parte, en primer ministro.

EL SASTRECILLO VALIENTE

No hace mucho tiempo que existía un humilde sastrecillo que se ganaba la vida trabajando con sus hilos y su costura, sentado sobre su mesa, junto a la ventana; risueño y de buen humor, se había puesto a coser a todo trapo. En esto pasó por la calle una campesina que gritaba:

—¡Rica mermeladaaaa… barataaaa! ¡Rica mermeladaaa, barataaa!

Este pregón sonó a gloria en sus oídos. Asomando el sastrecito su fina cabeza por la ventana, llamó:

—¡Eh, mi amiga! ¡Sube, que aquí te aliviaremos de tu mercancía!

Subió la campesina los tres tramos de escalera con su pesada cesta a cuestas, y el sastrecito le hizo abrir todos y cada uno de sus pomos. Los inspeccionó uno por uno, acercándoles la nariz y, por fin, dijo:

—Esta mermelada no me parece mala; así que pásame cuatro onzas, muchacha, y si te pasas del cuarto de libra, no vamos a pelearnos por eso.

La mujer, que esperaba una mejor venta, se marchó malhumorada y refunfuñando.

—¡Vaya! —exclamó el sastrecito, frotándose las manos—. ¡Que Dios me bendiga esta mermelada y me dé salud y fuerza!

Y, sacando el pan del armario, cortó una gran rebanada y la untó a su gusto. «Parece que no sabrá mal», se dijo. «Pero antes de probarla, terminaré esta chaqueta.»

Dejó el pan sobre la mesa y reanudó la costura; y tan contento estaba, que las puntadas le salían cada vez más largas.

Mientras tanto, el dulce aroma que se desprendía del pan subía hasta donde estaban las moscas sentadas en gran número y estas, sintiéndose atraídas por el olor, bajaron en verdaderas legiones.

—¡Eh, quién las invitó a ustedes! —dijo el sastrecito, tratando de espantar a tan indeseables huéspedes. Pero las moscas, que no entendían su idioma, lejos de hacerle caso, volvían a la carga en bandadas cada vez más numerosas.

Por fin el sastrecito perdió la paciencia, sacó un pedazo de paño del hueco que había bajo su mesa y, exclamando: «¡Esperen, que yo mismo voy a servirles!», descargó sin misericordia un gran golpe sobre ellas, y otro y otro. Al retirar el paño y contarlas, vio que por lo menos había aniquilado a veinte.

«¡De lo que soy capaz!», se dijo, admirado de su propia audacia. «La ciudad entera tendrá que enterarse de esto» y, de prisa y corriendo, el sastrecito se cortó un cinturón a su medida, lo cosió y luego le bordó en grandes letras el siguiente letrero: SIETE DE UN GOLPE.

«¡Qué digo la ciudad!», añadió. «¡El mundo entero se enterará de esto!»

Y de puro contento, el corazón le temblaba como el rabo al corderito.

Luego se ciñó el cinturón y se dispuso a salir por el mundo, convencido de que su taller era demasiado pequeño para su valentía. Antes de marcharse, estuvo rebuscando por toda la casa a ver si encontraba algo que le sirviera para el viaje; pero solo encontró un queso viejo que se guardó en el bolsillo. Frente a la puerta vio un pájaro que se había enredado en un matorral, y también se lo guardó en el bolsillo para que acompañara al queso. Luego se puso animosamente en camino, y como era ágil y ligero de pies, no se cansaba nunca.

El camino lo llevó por una montaña arriba. Cuando llegó a lo más alto, se encontró con un gigante que estaba allí sentado, mirando pacíficamente el paisaje. El sastrecito se le acercó animoso y le dijo:

—¡Buenos días, camarada! ¿Qué, contemplando el ancho mundo? Por él me voy yo, precisamente, a correr fortuna. ¿Te decides a venir conmigo?

El gigante lo miró con desprecio y dijo:

—¡Quítate de mi vista, monigote, miserable criatura!

—¿Ah, sí? —contestó el sastrecito, y, desabrochándose la chaqueta, le enseñó el cinturón—. ¡Aquí puedes leer qué clase de hombre soy!

El gigante leyó: SIETE DE UN GOLPE, y, pensando que se tratara de hombres derribados por el sastre, empezó a tenerle un poco de respeto. De todos modos, decidió ponerlo a prueba. Agarró una piedra y la exprimió hasta sacarle unas gotas de agua.

—¡A ver si lo haces —dijo—, ya que eres tan fuerte!

—¿Nada más que eso? —contestó el sastrecito—. ¡Es un juego de niños!

Y metiendo la mano en el bolsillo, sacó el queso y lo apretó hasta sacarle todo el jugo.

—¿Qué me dices? Un poquito mejor, ¿no te parece?

El gigante no supo qué contestar, y apenas podía creer que hiciera tal cosa aquel hombrecito. Tomando entonces otra piedra, la arrojó tan alto que la vista apenas podía seguirla.

—Anda, pedazo de hombre, a ver si haces algo parecido.

—Un buen tiro —dijo el sastre—, aunque la piedra volvió a caer a tierra. Ahora verás —y sacando al pájaro del bolsillo, lo arrojó al aire.

El pájaro, encantado con su libertad, alzó rápido el vuelo y se perdió de vista.

—¿Qué te pareció este tiro, camarada? —preguntó el sastrecito.

—Tirar, sabes —admitió el gigante—. Ahora veremos si puedes soportar alguna carga digna de este nombre —y llevando al sastrecito hasta un inmenso roble que estaba derribado en el suelo, le dijo—: Ya que te las das de forzudo, ayúdame a sacar este árbol del bosque.

—Con gusto —respondió el sastrecito—. Tú cárgate el tronco al hombro y yo me encargaré del ramaje, que es lo más pesado.

En cuanto estuvo el tronco en su puesto, el sastrecito se acomodó sobre una rama, de modo que el gigante, que no podía volverse, tuvo que cargar también con él, además de todo el peso del árbol. El sastrecito iba de lo más contento allí detrás, silbando aquella tonadilla que dice: «A caballo salieron los tres sastres», como si la tarea de cargar árboles fuese un juego de niños.

El gigante, después de arrastrar un buen trecho la pesada carga, no pudo más y gritó:

—¡Eh, tú! ¡Cuidado, que tengo que soltar el árbol!

El sastre saltó ágilmente al suelo, sujetó el roble con los dos brazos, como si lo hubiese sostenido así todo el tiempo, y dijo:

—¡Un grandullón como tú y ni siquiera eres capaz de cargar un árbol!

Siguieron andando y, al pasar junto a un cerezo, el gigante, echando mano a la copa, donde colgaban las frutas maduras, inclinó el árbol hacia abajo y lo puso en manos del sastre, invitándolo a comer las cerezas. Pero el hombrecito era demasiado débil para sujetar el árbol, y en cuanto lo soltó el gigante, volvió la copa a su primera posición, arrastrando consigo al sastrecito por los aires. Cayó al suelo sin hacerse daño, y el gigante le dijo:

—¿Qué es eso? ¿No tienes fuerza para sujetar este tallito enclenque?

—No es que me falte fuerza —respondió el sastrecito—. ¿Crees que semejante minucia es para un hombre que mató a siete de un golpe? Es que salté por encima del árbol, porque hay unos cazadores allá abajo disparando contra los matorrales. ¡Haz tú lo mismo, si puedes!

El gigante lo intentó, pero se quedó colgando entre las ramas; de modo que también esta vez el sastrecito se llevó la victoria. Dijo entonces el gigante:

—Ya que eres tan valiente, ven conmigo a nuestra casa y pasa la noche con nosotros.

El sastrecito aceptó la invitación y lo siguió. Cuando llegaron a la caverna, encontraron a varios gigantes sentados junto al fuego: cada uno tenía en la mano un cordero asado y se lo estaba comiendo. El sastrecito miró a su alrededor y pensó: «Esto es mucho más espacioso que mi taller.»

El gigante le enseñó una cama y lo invitó a acostarse y dormir. La cama, sin embargo, era demasiado grande para el hombrecito; así que, en vez de acomodarse en ella, se acurrucó en un rincón. A medianoche, creyendo el gigante que su invitado estaría profundamente dormido, se levantó y, empuñando una enorme barra de hierro, descargó un formidable golpe sobre la cama. Luego volvió a acostarse, en la certeza de que había despachado para siempre a tan impertinente grillo. A la madrugada, los gigantes, sin acordarse ya del sastrecito, se disponían a marcharse al bosque cuando, de pronto, lo vieron tan alegre y tranquilo como de costumbre. Aquello fue más de lo que podían soportar, y pensando que iba a matarlos a todos, salieron corriendo, cada uno por su lado.

El sastrecito prosiguió su camino, siempre con su puntiaguda nariz por delante. Tras mucho caminar, llegó al jardín de un palacio real, y como se sentía muy cansado, se echó a dormir sobre la hierba. Mientras estaba así durmiendo, se le acercaron varios cortesanos, lo examinaron por todas partes y leyeron la inscripción: SIETE DE UN GOLPE.

—¡Ah! —exclamaron—. ¿Qué hace aquí tan terrible hombre de guerra, ahora que estamos en paz? Sin duda, será algún poderoso caballero.

Y corrieron a dar la noticia al rey, diciéndole que en su opinión sería un hombre extremadamente valioso en caso de guerra y que en modo alguno debía perder la oportunidad de ponerlo a su servicio. Al rey le complació el consejo, y envió a uno de sus nobles para que le hiciese una oferta tan pronto despertara. El emisario permaneció en guardia junto al durmiente, y cuando vio que este se estiraba y abría los ojos, le comunicó la proposición del rey.

—Justamente he venido con ese propósito —contestó entonces el sastrecito—. Estoy dispuesto a servir al rey —así que lo recibieron honrosamente y le prepararon toda una residencia para él solo.

Pero los soldados del rey lo miraban con malos ojos y, en realidad, deseaban tenerlo a mil millas de distancia.

—¿En qué parará todo esto? —comentaban entre sí—. Si nos peleamos con él y la emprende con nosotros, a cada golpe derribará a siete. No hay aquí quien pueda enfrentársele.

Tomaron, pues, la decisión de presentarse al rey y pedirle que los licenciase del ejército.

—No estamos preparados —le dijeron— para luchar al lado de un hombre capaz de matar a siete de un golpe.

El rey se disgustó mucho cuando vio que por culpa de uno iba a perder tan fieles servidores: ya se lamentaba hasta de haber visto al sastrecito y de muy buena gana se habría deshecho de él. Pero no se atrevía a despedirlo, por miedo a que acabara con él y todos los suyos, y luego se instalara en el trono. Estuvo pensándolo por horas y horas y, al fin, encontró una solución.

Mandó decir al sastrecito que, siendo tan poderoso hombre de armas como era, tenía una oferta que hacerle. En un bosque del país vivían dos gigantes que causaban enormes daños con sus robos, asesinatos, incendios y otras atrocidades; nadie podía acercárseles sin correr peligro de muerte. Si el sastrecito lograba vencer y exterminar a estos gigantes, recibiría la mano de su hija y la mitad del reino como recompensa. Además, cien soldados de caballería lo auxiliarían en la empresa.

«¡No está mal para un hombre como tú!» se dijo el sastrecito. «Que a uno le ofrezcan una bella princesa y la mitad de un reino es cosa que no sucede todos los días.» Así que contestó:

—Claro que acepto. Acabaré muy pronto con los dos gigantes. Y no me hacen falta los cien jinetes. El que derriba a siete de un golpe no tiene por qué asustarse con dos.

Así, pues, el sastrecito se puso en camino, seguido por cien jinetes. Cuando llegó a las afueras del bosque, dijo a sus seguidores:

—Esperen aquí. Yo solo acabaré con los gigantes.

Y de un salto se internó en el bosque, donde empezó a buscar a diestro y siniestro. Al cabo de un rato descubrió a los dos gigantes. Estaban durmiendo al pie de un árbol y roncaban tan fuerte, que las ramas se balanceaban arriba y abajo. El sastrecito, ni corto ni perezoso, eligió especialmente dos grandes piedras que guardó en los bolsillos y trepó al árbol. A medio camino se deslizó por una rama hasta situarse justo encima de los durmientes y, acto seguido, hizo muy buena puntería (pues no podía fallar, pues de lo contrario estaría perdido).

Los gigantes, al recibir cada uno un fuerte golpe con la piedra, despertaron echándose entre ellos las culpas de los golpes. Uno dio un empujón a su compañero y le dijo:

—¿Por qué me pegas?

—Estás soñando —respondió el otro—. Yo no te he pegado.

Se volvieron a dormir, y entonces el sastrecito le tiró una piedra al segundo.

—¿Qué significa esto? —gruñó el gigante—. ¿Por qué me tiras piedras?

—Yo no te he tirado nada —gruñó el primero.

Discutieron todavía un rato; pero como los dos estaban cansados, dejaron las cosas como estaban y cerraron otra vez los ojos. El sastrecito volvió a las andadas. Escogiendo la más grande de sus piedras, la tiró con toda su fuerza al pecho del primer gigante.

—¡Esto ya es demasiado! —vociferó furioso. Y, saltando como un loco, arremetió contra su compañero y lo empujó con tal fuerza contra el árbol, que lo hizo estremecerse hasta la copa. El segundo gigante le pagó con la misma moneda, y los dos se enfurecieron tanto que arrancaron de cuajo dos árboles enteros y estuvieron aporreándose el uno al otro hasta que los dos cayeron muertos. Entonces bajó del árbol el sastrecito.

«Suerte que no arrancaron el árbol en que yo estaba», se dijo, «pues habría tenido que saltar a otro como una ardilla. Menos mal que nosotros los sastres somos livianos.»

Y, desenvainando la espada, dio un par de tajos a cada uno en el pecho. Enseguida se presentó donde estaban los caballeros y les dijo:

—Se acabaron los gigantes, aunque debo confesar que la faena fue dura. Se pusieron a arrancar árboles para defenderse. ¡Venirle con tronquitos a un hombre como yo, que mata a siete de un golpe!

—¿Y no estás herido? —preguntaron los jinetes.

—No piensen tal cosa —dijo el sastrecito—. Ni siquiera despeinado.

Los jinetes no podían creerlo. Se internaron con él en el bosque y allí encontraron a los dos gigantes flotando en su propia sangre y, a su alrededor, los árboles arrancados de cuajo.

El sastrecito se presentó al rey para pedirle la recompensa ofrecida; pero el rey se hizo el remolón y maquinó otra manera de deshacerse del héroe.

—Antes de que recibas la mano de mi hija y la mitad de mi reino —le dijo—, tendrás que llevar a cabo una nueva hazaña. Por el bosque corre un unicornio que hace grandes destrozos, y debes capturarlo primero.

—Menos temo yo a un unicornio que a dos gigantes —respondió el sastrecito—. Siete de un golpe: esa es mi especialidad.

Y se internó en el bosque con un hacha y una cuerda, después de haber rogado a sus seguidores que lo aguardasen afuera.

No tuvo que buscar mucho. El unicornio se presentó de pronto y lo embistió ferozmente, decidido a ensartarlo de una vez con su único cuerno.

—Poco a poco; la cosa no es tan fácil como piensas —dijo el sastrecito.

Plantándose muy quieto delante de un árbol, esperó a que el unicornio estuviese cerca y, entonces, saltó ágilmente detrás del árbol. Como el unicornio había embestido con fuerza, el cuerno se clavó en el tronco tan profundamente, que por más que hizo no pudo sacarlo, y quedó prisionero.

«¡Ya cayó el pajarito!», dijo el sastre, saliendo de detrás del árbol. Ató la cuerda al cuello de la bestia, cortó el cuerno de un hachazo y llevó su presa al rey.

Pero este aún no quiso entregarle el premio ofrecido y le exigió un tercer trabajo. Antes de que la boda se celebrase, el sastrecito tendría que cazar un feroz jabalí que rondaba por el bosque causando enormes daños. Para ello contaría con la ayuda de los cazadores.

—¡No faltaba más! —dijo el sastrecito—. ¡Si es un juego de niños!

Dejó a los cazadores a la entrada del bosque, con gran alegría de ellos, pues de tal modo los había recibido el feroz jabalí en otras ocasiones, que no les quedaban ganas de enfrentarse con él de nuevo.

Tan pronto vio al sastrecito, el jabalí lo acometió con los agudos colmillos de su boca espumeante, y ya estaba a punto de derribarlo, cuando el héroe huyó a todo correr, se precipitó dentro de una capilla que se levantaba por aquellas cercanías, subió de un salto a la ventana del fondo y, de otro salto, estuvo enseguida afuera. El jabalí se abalanzó tras él en la capilla; pero ya el sastrecito había dado la vuelta y le cerraba la puerta de un golpe, con lo que la enfurecida bestia quedó prisionera, pues era demasiado torpe y pesada para saltar a su vez por la ventana. El sastrecito se apresuró a llamar a los cazadores, para que la contemplasen con sus propios ojos.

El rey tuvo ahora que cumplir su promesa y le dio la mano de su hija y la mitad del reino, agregándole: «Ya eres mi heredero al trono».

Se celebró la boda con gran esplendor, y allí fue que se convirtió en todo un rey el sastrecito valiente.

EL HUESO CANTOR

Había una vez gran alarma en un país por causa de un jabalí que asolaba los campos, destruía el ganado y despanzurraba a las personas a colmillazos. El Rey prometió una gran recompensa a quien librase al país de aquel azote; pero la fiera era tan corpulenta y forzuda que nadie se atrevía a acercarse al bosque donde tenía su morada. Finalmente, el Rey hizo salir a un pregonero diciendo que otorgaría por esposa a su única hija a aquel que capturase o diese muerte a la alimaña.

Vivían a la sazón dos hermanos en aquel reino, hijos de un hombre pobre, que se ofrecieron a intentar la empresa. El mayor, astuto y listo, lo hizo por soberbia; el menor, que era ingenuo y tonto, movido por su buen corazón. Dijo el Rey:

—Para estar seguros de encontrar el animal, entrarán en el bosque por los extremos opuestos.

El mayor entró por el lado de Poniente, y el menor por el de Levante. Al poco rato de avanzar este, se le acercó un hombrecillo que llevaba en la mano una lanza corta, y le dijo:

—Te doy este venablo porque tu corazón es inocente y bondadoso. Con él puedes enfrentarte sin temor con el salvaje jabalí; no te hará daño alguno.

El mozo dio las gracias al hombrecillo y, echándose el arma al hombro, siguió su camino sin miedo. Poco después avistó a la fiera, que corría furiosa contra él; pero el joven le presentó la jabalina, y el animal, en su rabia loca, embistió ciegamente y se atravesó el corazón con el arma. El muchacho se cargó la fiera a la espalda y se volvió para presentarla al Rey.

Al salir del bosque por el lado opuesto, se detuvo en la entrada de una casa donde había mucha gente que se divertía bailando y empinando el codo. Allí estaba también su hermano mayor; había pensado que el jabalí no iba a escapársele, y que primero podría tomarse unos traguitos. Al ver a su hermano menor que salía del bosque con el jabalí a cuestas, su envidioso y perverso corazón no le dejó ya un instante en reposo.

—Ven, hermano —le dijo, llamándolo—, descansarás un poco y te reanimarás con un vaso de vino. El pequeño, que no pensaba mal, entró y le contó su encuentro con el hombrecillo que le había dado la jabalina para matar el jabalí. El mayor lo retuvo hasta el anochecer, y entonces partieron los dos juntos. Al llegar, ya oscurecido, a un puente que cruzaba el río, el mayor hizo que el otro pasara delante, y cuando estuvo en la mitad, le asestó a traición un fuerte golpe y lo mató. Lo enterró bajo el puente y, cargando con el jabalí, lo llevó al Rey, afirmando que lo había cazado y muerto, hazaña por la cual obtuvo la mano de la princesa. Al extrañarse la gente de que no regresara el hermano, dijo:

—Seguramente que el animal lo habrá despedazado —y todo el mundo lo creyó así.

Pero como a Dios nada le queda oculto, también aquella negra fechoría hubo de salir a la luz. Unos años más tarde, un pastor que conducía su rebaño por el puente vio abajo, entre la arena, un huesecillo blanco como la nieve, y pensó que con él podría fabricarse una boquilla para su cuerno. Así lo hizo, y al probar el instrumento con la nueva pieza, el huesecillo se puso a cantar, con gran asombro del pastor:

—Ay, amable pastorcillo,
que tocas con mi huesecillo.
Mi hermano me ha matado
y bajo este puente enterrado.
El jabalí se llevaba
y la princesa me robaba.

—¡Vaya un cuerno prodigioso, que canta solo! —señaló dijo el pastor—. Voy a llevarlo al Señor Rey.

No bien hubo llegado a presencia del Rey, el cuerno volvió a entonar su canción. El Rey, comprendiendo el sentido, mandó excavar la tierra debajo del puente y apareció el esqueleto entero del asesinado. El mal hermano no pudo negar el hecho. Lo cosieron en un saco y lo echaron al río para que muriera ahogado. Los huesos del muerto fueron depositados en el cementerio, en una hermosa sepultura, y allí reposan en santa paz.

LA BELLA DURMIENTE

Érase una vez una reina que dio a luz a una niña muy hermosa. Al bautismo invitó a todas las hadas de su reino, pero se olvidó, desgraciadamente, de invitar a la más malvada. A pesar de ello, esta hada maligna se presentó igualmente al castillo y, al pasar por delante de la cuna de la pequeña, dijo despechada: "¡A los dieciséis años te pincharás con un huso* y morirás!" Un hada buena que había cerca, al oír el maleficio, pronunció un encantamiento a fin de mitigar la terrible condena: al pincharse, en vez de morir, la muchacha permanecería dormida durante cien años y sólo el beso de un joven príncipe la despertaría de su profundo sueño.

Pasaron los años y la princesita se convirtió en la muchacha más hermosa del reino. El rey había ordenado quemar todos los husos del castillo para que la princesa no pudiera pincharse con ninguno. No obstante, el día que cumplía los dieciséis años, la princesa acudió a un lugar del castillo que todos creían deshabitado, y donde una vieja sirvienta, desconocedora de la prohibición del rey, estaba hilando. Por curiosidad, la muchacha le pidió a la mujer que le dejara probar. "No es fácil hilar la lana", le dijo la sirvienta. "Mas si tienes paciencia, te enseñaré." La maldición del hada malvada estaba a punto de concretarse. La princesa se pinchó con un huso y cayó fulminada al suelo como muerta.

Médicos y magos fueron llamados a consulta. Sin embargo, ninguno logró vencer el maleficio. El hada buena, sabedora de lo ocurrido, corrió a palacio para consolar a su amiga la reina. La encontró llorando junto a la cama llena de flores donde estaba tendida la princesa. "¡No morirá! ¡Puedes estar segura!" la consoló, "Sólo que por cien años ella dormirá." La reina, hecha un mar de lágrimas, exclamó: "¡Oh, si yo pudiera dormir!" Entonces, el hada buena pensó: "Si con un encantamiento se durmieran todos, la princesa, al despertar, encontraría a todos sus seres queridos a su entorno." La varita dorada del hada se alzó y trazó en el aire una espiral mágica. Al instante todos los habitantes del castillo se durmieron. "¡Duerman tranquilos! Volveré dentro de cien años para el despertar", dijo el hada, echando un último vistazo al castillo, ahora inmerso en un profundo sueño.

En el castillo todo había enmudecido, nada se movía con vida. Péndulos y relojes repiquetearon hasta que su cuerda se acabó. El tiempo parecía haberse detenido realmente. Alrededor del castillo, sumergido en el sueño, empezó a crecer, como por encanto, un extraño y frondoso bosque con plantas trepadoras que lo rodeaban como una barrera impenetrable. En el transcurso del tiempo, el castillo quedó oculto con la maleza y fue olvidado de todo el mundo.

Pero al término del siglo, un príncipe, que perseguía a un jabalí, llegó hasta sus alrededores. El animal herido, para salvarse de su perseguidor, no halló mejor escondite que la espesura de los zarzales que rodeaban el castillo. El príncipe descendió de su caballo y, con su espada, intentó abrirse camino. Avanzaba lentamente porque la maraña era muy densa. Descorazonado, estaba a punto de retroceder cuando, al apartar una rama, vio…

Siguió avanzando hasta llegar al castillo. El puente levadizo estaba bajado. Llevando al caballo sujeto por las riendas, entró, y cuando vio a todos los habitantes tendidos en las escaleras, en los pasillos, en el patio, pensó con horror que estaban muertos. Luego se tranquilizó al comprobar que sólo estaban dormidos. "¡Despierten! ¡Despierten!", chilló una y otra vez, pero en vano. Cada vez más extrañado, se adentró en el castillo hasta llegar a la habitación donde dormía la princesa. Durante mucho rato contempló aquel rostro sereno, lleno de paz y belleza; sintió nacer en su corazón el amor que siempre había esperado en vano. Emocionado, se acercó a ella, tomó la mano de la muchacha y delicadamente la besó…

Con aquel beso, de pronto la muchacha se desperezó y abrió los ojos, despertando del larguísimo sueño. Al ver frente a sí al príncipe, murmuró:

—¡Por fin has llegado! En mis sueños acariciaba este momento tanto tiempo esperado.

El encantamiento se había roto. La princesa se levantó y tendió su mano al príncipe. En aquel momento todo el castillo despertó. Todos se levantaron, mirándose sorprendidos y diciéndose qué era lo que había sucedido. Al darse cuenta, corrieron locos de alegría junto a la princesa, más hermosa y feliz que nunca. Al cabo de unos días, el castillo, hasta entonces inmerso en el silencio, se llenó de cantos, de música y de alegres risas con motivo de la boda.

LA BOLA DE CRISTAL

Vivía en otros tiempos una hechicera que tenía tres hijos, los cuales se amaban como buenos hermanos; pero la vieja no se fiaba de ellos, temiendo que quisieran arrebatarle su poder. Por eso transformó al mayor en águila, que anidó en la cima de una rocosa montaña, y sólo alguna que otra vez se le veía describiendo amplios círculos en la inmensidad del cielo. Al segundo lo convirtió en ballena, condenándolo a vivir en el seno del mar, y sólo de vez en cuando asomaba a la superficie, proyectando a gran altura un poderoso chorro de agua. Uno y otro recobraban su figura humana por espacio de dos horas cada día. El tercer hijo, temiendo verse también convertido en alimaña, oso o lobo, por ejemplo, huyó secretamente.

Se había enterado de que en el castillo del Sol de Oro residía una princesa encantada que aguardaba la hora de su liberación; pero quien intentase la empresa exponía su vida, y ya veintitrés jóvenes habían sucumbido tristemente. Sólo otro podía probar suerte, y nadie más después de él. Y como era un mozo de corazón intrépido, decidió ir en busca del castillo del Sol de Oro.

Llevaba ya mucho tiempo en camino, sin lograr dar con el castillo, cuando se encontró extraviado en un inmenso bosque. De pronto descubrió a lo lejos a dos gigantes que le hacían señas con la mano, y cuando se hubo acercado le dijeron:

—Estamos disputando acerca de quién de los dos ha de quedarse con este sombrero, y, puesto que somos igual de fuertes, ninguno puede vencer al otro. Como ustedes, los hombrecillos, son más listos que nosotros, hemos pensado que tú decidas.

—¿Cómo es posible que peleen por un viejo sombrero? —exclamó el joven.

—Es que tú ignoras sus virtudes. Es un sombrero milagroso, pues todo aquel que se lo pone, en un instante será transportado a cualquier lugar que desee.

—Venga el sombrero —dijo el mozo—. Me adelantaré un trecho con él, y, cuando llame, echen a correr. Lo daré al primero que me alcance.

Y calándose el sombrero, se alejó. Pero, llena su mente de la princesa, se olvidó en seguida de los gigantes. Suspirando desde el fondo del pecho, exclamó:

—¡Ah, si pudiese encontrarme en el castillo del Sol de Oro! —y no bien habían salido estas palabras de sus labios, se halló en la cima de una alta montaña, ante la puerta del alcázar.

Entró y recorrió todos los salones, encontrando a la princesa en el último. Pero, ¡qué susto se llevó al verla! Tenía la cara de color ceniciento, llena de arrugas; los ojos turbios y el cabello rojo.

—¿Es usted la princesa cuya belleza ensalza el mundo entero?

—¡Ay! —respondió ella—, ésta que contemplas no es mi figura propia. Los ojos humanos sólo pueden verme en esta horrible apariencia; mas para que sepas cómo soy en realidad, mira en este espejo, que no yerra y refleja mi imagen verdadera.

Y puso en su mano un espejo, en el cual vio el joven la figura de la doncella más hermosa del mundo entero; y de sus ojos fluían amargas lágrimas que rodaban por sus mejillas. Le dijo entonces:

—¿Cómo puedes ser redimida? Yo no retrocedo ante ningún peligro.

—Quien se apodere de la bola de cristal y la presente al brujo, quebrará su poder y me restituirá mi figura original. ¡Ay! —añadió—, muchos han pagado con la vida el intento, y viéndote tan joven me duele ver que te expongas a tan gran peligro por mí.

—Nada me detendrá —replicó él—, pero dime qué debo hacer.

—Vas a saberlo todo —dijo la princesa—: Si desciendes la montaña en cuya cima estamos, encontrarás al pie, junto a una fuente, un salvaje bisonte, con el cual habrás de luchar. Si logras darle muerte, se levantará de él un pájaro de fuego, que lleva en el cuerpo un huevo ardiente, y este huevo tiene por yema una bola de cristal. Pero el pájaro no soltará el huevo a menos de ser forzado a ello, y si cae al suelo se encenderá y quemará cuanto haya a su alrededor, disolviéndose él junto con la bola de cristal, y entonces todas tus fatigas habrán sido inútiles.

Bajó el mozo a la fuente y en seguida oyó los resoplidos y feroces bramidos del bisonte. Tras larga lucha consiguió traspasarlo con su espada, y el monstruo cayó sin vida. En el mismo instante se desprendió de su cuerpo el ave de fuego y emprendió el vuelo; pero el águila, o sea, el hermano del joven, que acudió volando entre las nubes, se lanzó en su persecución, empujándola hacia el mar y acosándola a picotazos, hasta que la otra, incapaz de seguir resistiendo, soltó el huevo. Pero éste no fue a caer al mar, sino en la cabaña de un pescador situada en la orilla, donde en seguida empezó a humear y a despedir llamas. Se elevaron entonces gigantescas olas que, inundando la choza, extinguieron el fuego. Habían sido provocadas por el hermano, transformado en ballena, y una vez el incendio estuvo apagado, nuestro doncel corrió a buscar el huevo, y tuvo la suerte de encontrarlo. No se había derretido aún, pero, por la acción del agua fría, la cáscara se había roto. Así el mozo pudo extraer, indemne, la bola de cristal.

Al presentarse con ella al brujo y mostrársela, dijo éste:

—Mi poder ha quedado destruido y desde este momento tú eres rey del castillo del Sol de Oro. Puedes también desencantar a tus hermanos, devolviéndoles su figura humana.

Corrió el joven al encuentro de la princesa y, al entrar en su aposento, la vio en todo el esplendor de su belleza y, rebosantes de alegría, los dos intercambiaron sus anillos.

LA CENICIENTA

Hace muchos años, en un lejano país, había una preciosa muchacha de ojos verdes y rubia melena.

Además de bella, era una joven tierna que trataba a todo el mundo con amabilidad y siempre tenía una sonrisa en los labios.

Vivía con su madrastra, una mujer déspota y mandona que tenía dos hijas tan engreídas como insoportables. Feas y desgarbadas, despreciaban a la dulce muchachita porque no soportaban que fuera más hermosa que ellas.

La trataban como a una criada. Mientras las señoronas dormían en cómodas camas con dosel, ella lo hacía en una humilde buhardilla. Tampoco comía los mismos manjares y tenía que conformarse con las sobras. Por si fuera poco, debía realizar los trabajos más duros del hogar: lavar los platos, hacer la colada, fregar los suelos y limpiar la chimenea. La pobrecilla siempre estaba sucia y llena de ceniza, así que todos la llamaban Cenicienta.

Un día, llegó a la casa una carta proveniente de palacio. En ella se decía que Alberto, el hijo del rey, iba a celebrar esa noche una fiesta de gala a la que estaban invitadas todas las mujeres casaderas del reino. El príncipe buscaba esposa y esperaba conocerla en el baile.

¡Las hermanastras de Cenicienta se volvieron locas de contento! Se precipitaron a sus habitaciones para elegir pomposos vestidos y las joyas más estrafalarias que tenían para poder impresionarle. Las dos suspiraban por el guapo heredero y se pusieron a discutir acaloradamente sobre quién de ellas sería la afortunada.

—¡Está claro que me elegirá a mí! Soy más esbelta e inteligente. Además… ¡Mira qué bien me sienta este vestido! —dijo la mayor dejando ver sus dientes de conejo mientras se apretaba las cintas del corsé tan fuerte que casi no podía respirar.

—¡Ni lo sueñes! ¡Tú no eres tan simpática como yo! Además, sé de buena tinta que al príncipe le gustan las mujeres de ojos grandes y mirada penetrante —contestó la menor de las hermanas mientras se pintaba los ojos, saltones como los de un sapo.

Cenicienta las miraba medio escondida y soñaba con acudir a ese maravilloso baile. Como un sabueso, la madrastra apareció entre las sombras y le dejó claro que sólo era para señoritas distinguidas.

—¡Ni se te ocurra aparecer por allí, Cenicienta! Con esos andrajos no puedes presentarte en palacio. Tú dedícate a barrer y fregar, que es para lo que sirves.

La pobre Cenicienta subió al cuartucho donde dormía y lloró amargamente. A través de la ventana vio salir a las tres mujeres emperifolladas para dirigirse a la gran fiesta, mientras ella se quedaba sola con el corazón roto.

—¡Qué desdichada soy! ¿Por qué me tratan tan mal? —repetía sin consuelo.

De repente, la estancia se iluminó. A través de las lágrimas vio a una mujer de mediana edad y cara de bonachona que empezó a hablarle con voz aterciopelada.

—Querida… ¿Por qué lloras? Tú no mereces estar triste.

—¡Soy muy desgraciada! Mi madrastra no me ha permitido ir al baile de palacio. No sé por qué se portan tan mal conmigo. Pero… ¿Quién eres?

—Soy tu hada madrina y vengo a ayudarte, mi niña. Si hay alguien que tiene que asistir a ese baile, eres tú. Ahora, confía en mí. Acompáñame al jardín.

Salieron de la casa y el hada madrina cogió una calabaza que había tirada sobre la hierba. La tocó con su varita y por arte de magia se transformó en una lujosa carroza de ruedas doradas, tirada por dos esbeltos caballos blancos. Después, rozó con la varita a un ratón que correteaba entre sus pies y lo convirtió en un flaco y servicial cochero.

—¿Qué te parece, Cenicienta?… ¡Ya tienes quién te lleve al baile!

—¡Oh, qué maravilla, madrina! —exclamó la joven—. Pero con estos harapos no puedo presentarme en un lugar tan elegante.

Cenicienta estaba a punto de llorar otra vez viendo lo rotas que estaban sus zapatillas y los trapos que tenía por vestido.

—¡Uy, no te preocupes, cariño! Lo tengo todo previsto.

Con otro toque mágico transformó su desastrosa ropa en un precioso vestido de gala. Sus desgastadas zapatillas se convirtieron en unos delicados y hermosos zapatitos de cristal. Su melena quedó recogida en un lindo moño adornado con una diadema de brillantes que dejaba al descubierto su largo cuello. ¡Estaba radiante! Cenicienta se quedó maravillada y empezó a dar vueltas de felicidad.

—¡Oh, qué preciosidad de vestido! ¡Y el collar, los zapatos y los pendientes…! ¡Dime que esto no es un sueño!

—Claro que no, mi niña. Hoy será tu gran noche. Ve al baile y disfruta mucho, pero recuerda que tienes que regresar antes de que las campanadas del reloj den las doce, porque a esa hora se romperá el hechizo y todo volverá a ser como antes. ¡Ahora date prisa que se hace tarde!

—¡Gracias, muchas gracias, hada madrina! ¡Gracias!

Cenicienta prometió estar de vuelta antes de medianoche y partió hacia palacio.

Cuando entró en el salón donde estaban los invitados, todos se apartaron para dejarla pasar, pues nunca habían visto a una dama tan bella y refinada. El príncipe acudió a besarle la mano y se quedó prendado inmediatamente. Desde ese momento, no tuvo ojos para ninguna otra mujer.

Su madrastra y sus hermanastras no la reconocieron, pues estaban acostumbradas a verla siempre harapienta y cubierta de ceniza. Cenicienta bailó y bailó con el apuesto príncipe toda la noche. Estaba tan embelesada que le pilló por sorpresa el sonido de la primera campanada del reloj de la torre marcando las doce.

—¡He de irme! —susurró al príncipe mientras echaba a correr hacia la carroza que le esperaba en la puerta.

—¡Espera!… ¡Me gustaría volver a verte! —gritó Alberto.

Pero Cenicienta ya se había alejado cuando sonó la última campanada. En su escapada, perdió uno de los zapatitos de cristal y el príncipe lo recogió con cuidado. Después regresó al salón, dio por finalizado el baile y se pasó toda la noche suspirando de amor.

Al día siguiente, se levantó decidido a encontrar a la misteriosa muchacha de la que se había enamorado, pero no sabía ni siquiera cómo se llamaba. Llamó a un sirviente y le dio una orden muy clara:

—Quiero que recorras el reino y busques a la mujer que ayer perdió este zapato. ¡Ella será la futura princesa, con ella me casaré!

El hombre obedeció sin rechistar y fue casa por casa buscando a la dueña del delicado zapatito de cristal. Muchas jóvenes que pretendían al príncipe intentaron que su pie se ajustara a él, pero no hubo manera. ¡A ninguna le servía!

Por fin, se presentó en el hogar de Cenicienta. Las dos hermanastras bajaron cacareando como gallinas y le invitaron a pasar. Evidentemente, pusieron todo su empeño en calzarse el zapato, pero sus enormes y gordos pies no entraron en él ni de lejos. Cuando el sirviente ya se iba, Cenicienta apareció en el recibidor.

—¿Puedo probármelo yo, señor?

Las hermanastras, al verla, soltaron unas risotadas que más bien parecían rebuznos.

—¡Qué desfachatez! —gritó la hermanastra mayor.

—¿Para qué? ¡Si tú no fuiste al baile! —dijo la pequeña entre risitas.

Pero el lacayo tenía la orden de probárselo a todas, absolutamente todas, las mujeres del reino. Se arrodilló frente a Cenicienta y con una sonrisa, comprobó cómo el fino pie de la muchacha se deslizaba dentro de él con suavidad y encajaba como un guante.

¡La cara de la madre y las hijas era un poema! Se quedaron patidifusas y con una expresión tan bobalicona en la cara que parecían a punto de desmayarse. No podían creer que Cenicienta fuera la preciosa mujer que había enamorado al príncipe heredero.

—Señora —dijo el sirviente mirando a Cenicienta con alegría— el príncipe Alberto la espera. Venga conmigo, si es tan amable.

Con humildad, como siempre, Cenicienta se puso un sencillo abrigo de lana y partió hacia el palacio para reunirse con su amado.

Él la esperaba en la escalinata y fue corriendo a abrazarla. Poco después, celebraron la boda más bella que se recuerda y fueron muy felices toda la vida. Cenicienta se convirtió en una princesa muy querida y respetada por su pueblo.

LA DONCELLA SIN MANOS

A un molinero le iban mal las cosas, y cada día era más pobre; al fin, ya no le quedaban sino el molino y un gran manzano que había detrás. Un día se marchó al bosque a buscar leña, y he aquí que le salió al encuentro un hombre ya viejo, a quien jamás había visto, y le dijo:

—¿Por qué fatigarse partiendo leña? Yo te haré rico solo con que me prometas lo que está detrás del molino.

«¿Qué otra cosa puede ser sino el manzano?», pensó el molinero, y aceptó la condición del desconocido. Este le respondió con una risa burlona:

—Dentro de tres años volveré a buscar lo que es mío —y se marchó.

Al llegar el molinero a su casa, salió a recibirlo su mujer.

—Dime, ¿cómo es que tan de pronto nos hemos vuelto ricos? En un abrir y cerrar de ojos se han llenado todas las arcas y cajones, no sé cómo y sin que haya entrado nadie.

Respondió el molinero:

—He encontrado a un desconocido en el bosque y me ha prometido grandes tesoros. En cambio, yo le he prometido lo que hay detrás del molino. ¡El manzano bien vale todo eso!

—¿Qué has hecho, marido? —exclamó la mujer horrorizada—. Era el diablo, y no se refería al manzano, sino a nuestra hija, que estaba detrás del molino barriendo la era.

La hija del molinero era una muchacha muy linda y piadosa; durante aquellos tres años siguió viviendo en el temor de Dios y libre de pecado. Transcurrido que hubo el plazo y llegado el día en que el maligno debía llevársela, se lavó con todo cuidado y trazó con tiza un círculo a su alrededor. Se presentó el diablo de madrugada, pero no pudo acercársele y dijo muy colérico al molinero:

—Quita toda el agua, para que no pueda lavarse, pues de otro modo no tengo poder sobre ella.

El molinero, asustado, hizo lo que se le mandaba. A la mañana siguiente volvió el diablo, pero la muchacha había estado llorando con las manos en los ojos, por lo que estaban limpísimas. Así tampoco pudo acercársele el demonio, que dijo furioso al molinero:

—Córtale las manos, pues de otro modo no puedo llevármela.

—¡Cómo puedo cortar las manos a mi propia hija! —contestó el hombre horrorizado. Pero el otro le dijo con tono amenazador:

—Si no lo haces, eres mío, y me llevaré a ti.

El padre, espantado, prometió obedecer y dijo a su hija:

—Hija mía, si no te corto las dos manos me llevará el demonio, así se lo he prometido en mi desesperación. Ayúdame en mi desgracia y perdóname el mal que te hago.

—Padre mío —respondió ella—, haz conmigo lo que te plazca; soy tu hija.

Y, tendiendo las manos, se las dejó cortar. Vino el diablo por tercera vez, pero la doncella había estado llorando tantas horas con los muñones apretados contra los ojos, que los tenía limpísimos. Entonces el diablo tuvo que renunciar; había perdido todos sus derechos sobre ella.

Dijo el molinero a la muchacha:

—Por tu causa he recibido grandes beneficios; mientras viva, todos mis cuidados serán para ti.

Pero ella le respondió:

—No puedo seguir aquí; voy a marcharme. Personas compasivas habrá que me den lo que necesite.

Se hizo atar a la espalda los brazos amputados, y, al salir el sol, se puso en camino. Anduvo todo el día hasta que cerró la noche. Llegó entonces frente al jardín del Rey, y, a la luz de la luna, vio que sus árboles estaban llenos de hermosísimos frutos; pero no podía alcanzarlos, pues el jardín estaba rodeado de agua. Como no había cesado de caminar en todo el día, sin comer ni un solo bocado, sufría mucho de hambre y pensó: «¡Ojalá pudiera entrar a comer algunos de esos frutos! Si no, me moriré de hambre». Se arrodilló e invocó a Dios, y he aquí que de pronto apareció un ángel. Este cerró una esclusa, de manera que el foso quedó seco, y ella pudo cruzarlo a pie enjuto. Entró entonces la muchacha en el jardín, y el ángel con ella. Vio un peral cargado de hermosas peras, todas las cuales estaban contadas. Se acercó y comió una, cogiéndola del árbol directamente con la boca, para acallar el hambre, pero no más. El jardinero la estuvo observando; pero como el ángel seguía a su lado, no se atrevió a intervenir, pensando que la muchacha era un espíritu; y así se quedó callado, sin llamar ni dirigirle la palabra. Comido que hubo la pera, la muchacha, sintiendo el hambre satisfecha, fue a ocultarse entre la maleza.

El Rey, a quien pertenecía el jardín, se presentó a la mañana siguiente, y, al contar las peras y notar que faltaba una, preguntó al jardinero qué se había hecho de ella. Y respondió el jardinero:

—Anoche entró un espíritu que no tenía manos y se comió una directamente con la boca.

—¿Y cómo pudo el espíritu atravesar el agua? —dijo el Rey—. ¿Y adónde fue, después de comerse la pera?

—Bajó del cielo una figura, con un vestido blanco como la nieve, que cerró la esclusa y detuvo el agua, para que el espíritu pudiese cruzar el foso. Y como no podía ser sino un ángel, no me atreví a llamar ni a preguntar nada. Después de comerse la pera, el espíritu se retiró.

—Si las cosas han ocurrido como dices —declaró el Rey—, esta noche velaré contigo.

Cuando ya oscurecía el Rey se dirigió al jardín acompañado de un sacerdote, para que hablara al espíritu. Se sentaron los tres debajo del árbol, atentos a lo que ocurriera. A medianoche se presentó la doncella, viniendo del boscaje, y, acercándose al peral, se comió otra pera, alcanzándola directamente con la boca; a su lado se hallaba el ángel vestido de blanco. Salió entonces el sacerdote y preguntó:

—¿Vienes del mundo o vienes de Dios? ¿Eres espíritu o un ser humano?

A lo que respondió la muchacha:

—No soy espíritu sino una criatura humana, abandonada de todos menos de Dios.

Dijo entonces el Rey:

—Si te ha abandonado el mundo, yo no te dejaré.

Y se la llevó a su palacio, y, como la viera tan hermosa y piadosa, se enamoró de ella, mandó hacerle unas manos de plata y la tomó por esposa.

Al cabo de un año el Rey tuvo que partir para la guerra y encomendó a su madre la joven reina, diciéndole:

—Cuando sea la hora de dar a luz, atiéndela y cuídala bien, y envíame en seguida una carta.

Sucedió que la Reina tuvo un hijo, y la abuela se apresuró a comunicar al Rey la buena noticia. Pero el mensajero se detuvo a descansar en el camino, junto a un arroyo, y, extenuado de su larga marcha, se durmió. Acudió entonces el diablo, siempre dispuesto a dañar a la virtuosa Reina, y trocó la carta por otra, en la que ponía que la Reina había traído al mundo un monstruo. Cuando el Rey leyó la carta, se espantó y se entristeció sobremanera; pero escribió en contestación que cuidasen de la Reina hasta su regreso.

Volvió el mensajero con la respuesta y se quedó a descansar en el mismo lugar, durmiéndose también como a la ida. Vino el diablo nuevamente, y otra vez le cambió la carta del bolsillo, sustituyéndola por otra que contenía la orden de matar a la Reina y a su hijo. La abuela se horrorizó al recibir aquella misiva, y, no pudiendo prestar crédito a lo que leía, volvió a escribir al Rey; pero recibió una respuesta idéntica, ya que todas las veces el diablo cambió la carta que llevaba el mensajero. En la última le ordenaba incluso que, en testimonio de que había cumplido el mandato, guardase la lengua y los ojos de la Reina.

Pero la anciana madre, desolada de que hubiese de ser vertida una sangre tan inocente, mandó que por la noche trajesen un ciervo, al que sacó los ojos y cortó la lengua. Luego dijo a la Reina:

—No puedo resignarme a matarte, como ordena el Rey; pero no puedes seguir aquí. Márchate con tu hijo por el mundo, y no vuelvas jamás.

Le ató el niño a la espalda y la desgraciada mujer se marchó con los ojos anegados en lágrimas.

Llegado que hubo a un bosque muy grande y salvaje, se hincó de rodillas e invocó a Dios. Se le apareció el ángel del Señor y la condujo a una casita en la que podía leerse en un letrerito: «Aquí todo el mundo vive de balde». Salió de la casa una doncella, blanca como la nieve, que le dijo: «Bienvenida, Señora Reina», y la acompañó al interior.

Desatándole de la espalda a su hijito, se lo puso al pecho para que pudiese darle de mamar, y después lo tendió en una camita bien mullida. Le preguntó entonces la pobre madre:

—¿Cómo sabes que soy reina?

Y la blanca doncella le respondió:

—Soy un ángel que Dios ha enviado a la tierra para que cuide de ti y de tu hijo.

La joven vivió en aquella casa por espacio de siete años, bien cuidada y atendida, y su piedad era tanta que Dios, compadecido, hizo que volviesen a crecerle las manos.

Finalmente, el Rey, terminada la campaña, regresó a palacio, y su primer deseo fue ver a su esposa e hijo. Entonces la anciana reina prorrumpió a llorar, exclamando:

—¡Hombre malvado! ¿No me enviaste la orden de matar a aquellas dos almas inocentes? —y le mostró las dos cartas falsificadas por el diablo, añadiendo—: Hice lo que me mandaste —y le enseñó la lengua y los ojos.

El Rey prorrumpió a llorar con gran amargura y desconsuelo por el triste fin de su infeliz esposa y de su hijo, hasta que la abuela, apiadada, le dijo:

—Consuélate, que aún viven. De escondidas hice matar una cierva, y guardé estas partes como testimonio. En cuanto a tu esposa, le até el niño a la espalda y la envié a vagar por el mundo, haciéndole prometer que jamás volvería aquí, ya que tan enojado estabas con ella.

Dijo entonces el Rey:

—No cesaré de caminar mientras vea cielo sobre mi cabeza, sin comer ni beber, hasta que haya encontrado a mi esposa y a mi hijo, si es que no han muerto de hambre o de frío.

Estuvo el Rey vagando durante todos aquellos siete años, buscando en todos los riscos y grutas, sin encontrarla en ninguna parte, y ya pensaba que habría muerto de hambre. En todo aquel tiempo no comió ni bebió, pero Dios lo sostuvo. Por fin llegó a un gran bosque y en él descubrió la casita con el letrerito: «Aquí todo el mundo vive de balde». Salió la blanca doncella y, cogiéndolo de la mano, lo llevó al interior y le dijo:

—Bienvenido, Señor Rey —y le preguntó luego de dónde venía.

—Pronto hará siete años —respondió él— que ando errante en busca de mi esposa y de mi hijo; pero no los encuentro en parte alguna.

El ángel le ofreció comida y bebida, pero él las rehusó, pidiendo solo que lo dejasen descansar un poco. Se tendió a dormir y se cubrió la cara con un pañuelo.

Entonces el ángel entró en el aposento en que se hallaba la Reina con su hijito, al que solía llamar Dolorido, y le dijo:

—Sal ahí fuera con el niño, que ha llegado tu esposo.

Salió ella a la habitación en que el Rey descansaba, y el pañuelo se le cayó de la cara, por lo que dijo la Reina:

—Dolorido, recoge aquel pañuelo de tu padre y vuelve a cubrirle el rostro.

Obedeció el niño y le puso el lienzo sobre la cara; pero el Rey, que lo había oído en sueños, volvió a dejarlo caer adrede. El niño, impacientándose, exclamó:

—Madrecita, ¿cómo puedo tapar el rostro de mi padre, si no tengo padre ninguno en el mundo? En la oración he aprendido a decir: Padre nuestro que estás en los cielos; y tú me has dicho que mi padre estaba en el cielo, y era Dios Nuestro Señor. ¿Cómo quieres que conozca a este hombre tan salvaje? ¡No es mi padre!

Al oír el Rey estas palabras, se incorporó y le preguntó quién era. Entonces ella respondió:

—Soy tu esposa y este es Dolorido, tu hijo.

Pero al ver el Rey sus manos de carne, replicó:

—Mi esposa tenía las manos de plata.

—Dios misericordioso me devolvió las mías naturales —dijo ella; y el ángel salió fuera y volvió en seguida con las manos de plata. Entonces tuvo el Rey la certeza de que se hallaba ante su esposa y su hijo, y, besándolos a los dos, dijo, fuera de sí de alegría:

—¡Qué terrible peso se me ha caído del corazón!

El ángel del Señor les dio de comer por última vez a todos juntos, y luego los tres emprendieron el camino de palacio, para reunirse con la abuela. Hubo grandes fiestas y regocijos, y el Rey y la Reina celebraron una segunda boda y vivieron felices hasta el fin.

LA ESMERALDA ENCANTADA

Hace muchos, muchos años, hubo una vez un niño que solía jugar debajo de un gran pino cercano a su casa.

Después de cada lluvia, alrededor del árbol brotaban muchos hongos alineados en forma de círculo, que servían de asiento a un grupo de pequeños gnomos, tan chiquitos como muñequitos, pero capaces de hacer cosas maravillosas. Al poco tiempo de conocerse, el muchacho y los gnomos ya eran grandes amigos.

Francisco, que así se llamaba el niño, mantenía en secreto esa amistad, porque la gente no suele creer en los gnomos, pero se divertía mucho con ellos.

Pero llegó el invierno y el padre del muchacho decidió hacer leña ese pino. Francisco le rogó de todas formas que no cortara ese árbol, ya que era la morada de sus extraños amigos. El padre aceptó su pedido a condición de que Francisco se ocupara de conseguir la leña para la casa durante todo el invierno.

El chico pasó ese invierno trabajando muy duro, recorriendo la comarca y juntando leña para cumplir la promesa que salvaría al pino; y el padre cumplió la suya, porque así son los padres.

Llegada la primavera los gnomos se enteraron del sacrificio realizado por Francisco para salvar su viejo árbol y decidieron recompensarlo regalándole una cadena de oro con una gran esmeralda.

—Esta piedra —le dijeron— tiene poderes mágicos que te darán toda la felicidad; mientras la lleves en el cuello serás amado, conseguirás para ti todo lo que quieras y llegarás a ser inmensamente rico. Para el resto de los hombres sólo será una piedra; muy valiosa, pero sin esos poderes.

Muy pronto Francisco comprobó la verdad de esas palabras: tenía cuanto deseaba y todo lo que emprendía le salía bien sin ningún esfuerzo, aunque como no ambicionaba riquezas, poco uso le daba a su esmeralda encantada.

Pero ese verano hubo una gran sequía y el hambre se apoderó de hombres y animales, porque se perdieron todas las cosechas.

Francisco intentó solucionar esos males con su piedra encantada, pero todo fue en vano; sus poderes sólo actuaban para él, pero no para los demás. Podría salvarse del hambre y la miseria, pero nunca ayudar a sus semejantes.

Rápidamente corrió hasta la ciudad más cercana, vendió la piedra por la cual le dieron una fortuna, y volvió a su comarca con una enorme carreta cargada de alimentos, ropas y hasta grano para los animales. Para que nadie se enterara de que había sido él quien trajera todo eso, lo fue dejando frente a las casas de noche sin que lo vieran.

A la mañana siguiente todos encontraron los grandes paquetes frente a sus puertas y fue como un día de Reyes. Hubo alegría y alivio, aunque nadie sabía a quién darle las gracias.

Pero Francisco estaba preocupado porque tendría que confesar a sus amigos, los gnomos, que se había desprendido de la maravillosa piedra que le regalaran.

Lo hizo con un poco de miedo, pensando que se enojarían.

Pero los gnomos comprendieron que Francisco no necesitaba una piedra encantada para ser feliz, le bastaba con su propia bondad. Por eso le hicieron otro obsequio para que llevara en su cuello; esta vez le dieron un humilde pañuelo, ajustado con un pequeño anillo, hecho con un hueso de caracú.

Ese pañuelo —tan parecido al que usan los escuchas— le recordaría siempre que de nada valen las riquezas ni la propia felicidad cuando no se las puede compartir, que lo que se consigue sin esfuerzo carece de verdadero valor y que el amor al prójimo es la mayor alegría que alguien puede gozar, porque no hay felicidad más linda que dar felicidad.

LA GALLINA DE LOS HUEVOS DE ORO

Érase un labrador tan pobre, tan pobre, que ni siquiera poseía una vaca. Era el más pobre de la aldea. Y resulta que un día, trabajando en el campo y lamentándose de su suerte, apareció un enanito que le dijo:

—Buen hombre, he oído tus lamentaciones y voy a hacer que tu fortuna cambie. Toma esta gallina; es tan maravillosa que todos los días pone un huevo de oro.

El enanito desapareció sin más ni más y el labrador llevó la gallina a su corral. Al día siguiente, ¡oh sorpresa!, encontró un huevo de oro. Lo puso en una cestita y se fue con ella a la ciudad, donde vendió el huevo por un alto precio.

Al día siguiente, loco de alegría, encontró otro huevo de oro. ¡Por fin la fortuna había entrado a su casa! Todos los días tenía un nuevo huevo.

Fue así que, poco a poco, con el producto de la venta de los huevos, fue convirtiéndose en el hombre más rico de la comarca. Sin embargo, una insensata avaricia hizo presa su corazón y pensó:

"¿Por qué esperar a que cada día la gallina ponga un huevo? Mejor la mato y descubriré la mina de oro que lleva dentro".

Y así lo hizo, pero en el interior de la gallina no encontró ninguna mina. A causa de la avaricia tan desmedida que tuvo, este tonto aldeano malogró la fortuna que tenía.

¿Cuál es la moraleja? ¿Qué enseña a los niños la fábula infantil de La gallina de los huevos de oro? Es conveniente estar satisfecho con lo que se tiene y huir de la codicia

LA HABICHUELA MÁGICA

Periquín vivía con su madre, que era viuda, en una cabaña del bosque. Como con el tiempo fue empeorando la situación familiar, la madre determinó mandar a Periquín a la ciudad, para que allí intentase vender la única vaca que poseían. El niño se puso en camino, llevando atado con una cuerda al animal, y se encontró con un hombre que llevaba un saquito de habichuelas.

—Son maravillosas —explicó aquel hombre—. Si te gustan, te las daré a cambio de la vaca.

Así lo hizo Periquín, y volvió muy contento a su casa. Pero la viuda, disgustada al ver la necedad del muchacho, cogió las habichuelas y las arrojó a la calle. Después se puso a llorar.

Cuando se levantó Periquín al día siguiente, fue grande su sorpresa al ver que las habichuelas habían crecido tanto durante la noche, que las ramas se perdían de vista. Se puso Periquín a trepar por la planta, y sube que sube, llegó a un país desconocido. Entró en un castillo y vio a un malvado gigante que tenía una gallina que ponía un huevo de oro cada vez que él se lo mandaba. Esperó el niño a que el gigante se durmiera, y tomando la gallina, escapó con ella. Llegó a las ramas de las habichuelas, y descolgándose, tocó el suelo y entró en la cabaña.

La madre se puso muy contenta. Y así fueron vendiendo los huevos de oro, y con su producto vivieron tranquilos mucho tiempo, hasta que la gallina se murió y Periquín tuvo que trepar por la planta otra vez, dirigiéndose al castillo del gigante. Se escondió tras una cortina y pudo observar cómo el dueño del castillo iba contando monedas de oro que sacaba de un bolsón de cuero.

En cuanto se durmió el gigante, salió Periquín y, recogiendo el talego de oro, echó a correr hacia la planta gigantesca y bajó a su casa. Así la viuda y su hijo tuvieron dinero para ir viviendo mucho tiempo. Sin embargo, llegó un día en que el bolsón de cuero del dinero quedó completamente vacío.

Se trepó Periquín por tercera vez a las ramas de la planta, y fue escalándolas hasta llegar a la cima. Entonces vio al ogro guardar en un cajón una cajita que, cada vez que se levantaba la tapa, dejaba caer una moneda de oro. Cuando el gigante salió de la estancia, cogió el niño la cajita prodigiosa y se la guardó. Desde su escondite vio Periquín que el gigante se tumbaba en un sofá, y un arpa, ¡oh maravilla!, tocaba sola una delicada música, sin que mano alguna pulsara sus cuerdas. El gigante, mientras escuchaba aquella melodía, fue cayendo en el sueño poco a poco.

Apenas le vio así, Periquín cogió el arpa y echó a correr. Pero el arpa estaba encantada y, al ser tomada por Periquín, empezó a gritar:

—Eh, señor amo, despierte usted, ¡que me roban!

Despertóse sobresaltado el gigante y empezaron a llegar de nuevo desde la calle los gritos acusadores:

—Señor amo, ¡que me roban!

Viendo lo que ocurría, el gigante salió en persecución de Periquín. Resonaban a espaldas del niño pasos del gigante, cuando, ya cogido a las ramas, empezaba a bajar. Se daba mucha prisa, pero, al mirar hacia la altura, vio que también el gigante descendía hacia él.

No había tiempo que perder, y así que gritó Periquín a su madre, que estaba en casa preparando la comida:

—¡Madre, tráigame el hacha en seguida, que me persigue el gigante!

Acudió la madre con el hacha, y Periquín, de un certero golpe, cortó el tronco de la trágica habichuela. Al caer, el gigante se estrelló, pagando así sus fechorías, y Periquín y su madre vivieron felices con el producto de la cajita que, al abrirse, dejaba caer una moneda de oro.

LA MAMÁ CABRA Y LOS SIETE CABRITOS

En una bonita casita del bosque vivían siete cabritillos y su mamá. Un día la mamá cabra tuvo que irse de compras al pueblo y dijo a sus hijitos:

—Hijos míos, me voy a comprar al pueblo y cuando yo vuelva daremos un paseo por el campo. Les traeré exquisita comidita.

Y todos los cabritillos, felices, dijeron:

—¡Sí, mamá!

Antes de salir de casa, la mamá cabra les dijo:

—Mientras yo no llegue, no abran la puerta a nadie, ¿vale, hijitos?

Y los cabritillos, obedientes, dijeron:

—¡Sí, mamá!

Fuera de casa, detrás de un árbol, se escondía un temible lobo que observaba cómo la madre cabra salía con su bolso de casa, dejando a sus hijitos solitos dentro de la casa.

Minutos después de que la madre cabra saliera de casa, el lobo se acercó a la puerta y, dando algunos golpes —toc toc toc— a la puerta de la casa de los cabritillos, dijo:

—Soy mamá y les traigo buena comidita, ¿pueden abrirme la puerta?

Reconociendo la voz del lobo, los cabritillos gritaron:

—Nooo… tú no eres nuestra madre. ¡Eres el lobo!

Decepcionado, el lobo se fue y se acercó a una granja que había allí cerca, y se comió docenas y docenas de huevos para aclarar y suavizar la voz. Y volvió a la casa de los cabritillos —toc toc toc— y con voz suave dijo:

—Niños, soy mamá, ¿pueden abrirme la puerta?

No convencidos de que era su madre, los cabritillos le dijeron:

—Si eres nuestra madre, entonces enséñanos tu pata.

El lobo no dudó en enseñarles su pata negra y peluda por debajo de la puerta. Y los cabritillos dijeron:

—Nooo… tú no eres nuestra madre. ¡Eres el lobo!

Contrariado, el lobo se dirigió a la casa de un molinero y le pidió un saco de harina. Metió una patita en la harina para que se la blanqueara y se fue otra vez a la casa de los cabritillos —toc toc toc— y les dijo:

—Niños, soy mamá y les traigo comidita muy exquisita del pueblo. ¡Abran la puerta!

Los cabritillos volvieron a decirle:

—Si eres nuestra madre, entonces enséñanos tu pata.

El lobo enseñó la pata bien rebozada en harina por debajo de la puerta y los cabritillos dijeron:

—¡Esta vez sí que eres mamá! —y abrieron la puerta.

El lobo entró rápidamente en la casa y empezó a correr para alcanzar a los cabritillos. Los cabritillos salieron corriendo y se escondieron cada uno en un sitio distinto.

En ese momento pasaba por allí un cazador que, oyendo todo el ruido de voces, entró en la casa. Estaba a punto de matar al lobo cuando el animal salió corriendo asustado y con miedo, rogando al cazador que no lo matara y jurando que jamás volvería por aquellos lados. Al cabo de un rato llegó la mamá cabra y se encontró la puerta abierta y la casa vacía.

—Ay, ¡mis hijitos! Seguro que a todos se los ha llevado el lobo.

Fue entonces cuando todos los cabritillos, uno a uno, fueron saliendo de sus escondrijos para la alegría de la mamá cabra. El cazador le explicó todo lo que había ocurrido. Y entonces, como agradecimiento al cazador, la mamá cabra y sus cabritillos prepararon una gran fiesta donde pudieron comer la rica comidita que había comprado la mamá cabra en el mercado del pueblo.

LA RATITA PRESUMIDA

Érase una vez una ratita muy coqueta y presumida que un día, barriendo la puerta de su casa, se encontró una moneda de oro.

—¡Qué suerte la mía! —dijo la ratita, y se puso a pensar—: ¿En qué me gastaré la moneda? La gastaré, la gastaré… ¡En caramelos y gomitas! No, no… que harán daño a mis dientes. La gastaré, la gastaré… ya sé, la gastaré en ¡bizcochos y tartas muy ricas! No, no… que me darán dolor de tripa. La gastaré, la gastaré… ya sé, la gastaré en ¡un gran y hermoso lazo de color rojo!

Con su moneda de oro, la ratita se fue a comprar el lazo de color rojo y luego, sintiéndose muy guapa, se sentó delante de su casa para que la gente la mirara con su gran lazo.

Pronto se corrió la voz de que la ratita estaba muy hermosa y todos los animales solteros del pueblo se acercaron a la casa de la ratita para proponerle casamiento.

El primero que se acercó a la ratita fue el gallo. Vestido de traje y muy coqueto, luciendo una enorme cresta roja, dijo:

—Ratita, ratita, ¿te quieres casar conmigo?

La ratita le preguntó:

—¿Y qué me dirás por las noches?

Y el gallo dijo:

—Quiquiriquí —cantó el gallo con su imponente voz.

Y la ratita dijo:

—No, no, que me asustarás…

Y el gallo siguió su camino.

No tardó mucho y apareció el cerdo.

—Ratita, ratita, ¿te quieres casar conmigo?

La ratita le preguntó:

—¿Y qué me dirás por las noches?

—Oinc, oinc, oinc —gruñó el cerdo con orgullo.

Y la ratita dijo:

—No, no, que me asustarás…

Y el señor cerdo se marchó.

No tardó en aparecer el burro.

—Ratita, ratita, ¿te quieres casar conmigo?

La ratita le preguntó:

—¿Y qué me dirás por las noches?

—Ija, ija, ijaaaa —dijo el burro con fuerza.

Y la ratita dijo:

—No, no, que me asustarás…

Y el burro volvió a su casa por el mismo camino.

Luego, apareció el perro.

—Ratita, ratita, ¿te quieres casar conmigo?

La ratita le preguntó:

—¿Y qué me dirás por las noches?

—Guau, guau, guau —ladró el perro con mucha seguridad.

Y la ratita dijo:

—No, no, que me asustarás…

Y el perro bajó sus orejas y se marchó por las montañas.

No tardó mucho y apareció el señor gato.

—Ratita, ratita, ¿te quieres casar conmigo?

La ratita le preguntó:

—¿Y qué me dirás por las noches?

—Miau, miau, miauuu —ronroneó el gato con dulzura.

Y la ratita dijo:

—No, no, que me asustarás…

Y el gato se fue a buscar la cena por otros lados.

La ratita ya estaba cansada cuando, de repente, se acercó un fino ratón.

—Ratita, ratita, ¿te quieres casar conmigo?

La ratita le preguntó:

—¿Y qué me dirás por las noches?

—Pues me callaré y me dormiré, y soñaré contigo.

Y la ratita, sorprendida con el ratón, finalmente tomó una decisión:

—Pues contigo me casaré.

Y así fue como la ratita felizmente se casó con el ratón.

LA SERPIENTE BLANCA

Hace ya de esto mucho tiempo. He aquí que vivía un rey, famoso en todo el país por su sabiduría. Nada le era oculto; se habría dicho que por el aire le llegaban noticias de las cosas más recónditas y secretas. Tenía, empero, una singular costumbre. Cada mediodía, una vez retirada la mesa y cuando nadie se hallaba presente, un criado de confianza le servía un plato más. Estaba tapado, y nadie sabía lo que contenía, ni el mismo servidor, pues el Rey no lo descubría ni comía de él hasta encontrarse completamente solo.

Las cosas siguieron así durante mucho tiempo, cuando un día le picó al criado una curiosidad irresistible y se llevó la fuente a su habitación. Cerrado que hubo la puerta con todo cuidado, levantó la tapadera y vio que en la bandeja había una serpiente blanca. No pudo reprimir el antojo de probarla; cortó un pedacito y se lo llevó a la boca. Apenas lo hubo tocado con la lengua, oyó un extraño susurro de melódicas voces que venía de la ventana; al acercarse y prestar oído, observó que eran gorriones que hablaban entre sí, contándose mil cosas que vieran en campos y bosques. Al comer aquel pedacito de serpiente había recibido el don de entender el lenguaje de los animales.

Sucedió que aquel mismo día se extravió la sortija más hermosa de la Reina, y la sospecha recayó sobre el fiel servidor que tenía acceso a todas las habitaciones. El Rey le mandó comparecer a su presencia, y, en los términos más duros, lo amenazó con que, si para el día siguiente no lograba descubrir al ladrón, se le tendría por tal y sería ajusticiado. De nada sirvió al leal criado protestar de su inocencia; el Rey lo hizo salir sin retirar su amenaza.

Lleno de temor y congoja, bajó al patio, siempre cavilando la manera de salir del apuro, cuando observó tres patos que solazaban tranquilamente en el arroyo, alisándose las plumas con el pico y sosteniendo una animada conversación. El criado se detuvo a escucharlos. Se relataban dónde habían pasado la mañana y lo que habían encontrado para comer. Uno de ellos dijo malhumorado:

—Siento un peso en el estómago; con las prisas me he tragado una sortija que estaba al pie de la ventana de la Reina.

Sin pensarlo más, el criado lo agarró por el cuello, lo llevó a la cocina y dijo al cocinero:

—Mata este, que ya está bastante cebado.

—Dices verdad —asintió el cocinero, sopesándolo con la mano—; se ha dado buena maña en engordar y está pidiendo ya que lo pongan en el asador.

Le cortó el cuello y, al vaciarlo, apareció en su estómago el anillo de la Reina. Fácil le fue al criado probar al Rey su inocencia, y, queriendo este reparar su injusticia, ofreció a su servidor la gracia que él eligiera, prometiendo darle el cargo que más apeteciera en su Corte.

El criado declinó este honor y se limitó a pedir un caballo y dinero para el viaje, pues deseaba ver el mundo y pasarse un tiempo recorriéndolo. Otorgada su petición, se puso en camino y un buen día llegó junto a un estanque, donde observó tres peces que habían quedado aprisionados entre las cañas y pugnaban, jadeantes, por volver al agua. Digan lo que digan de que los peces son mudos, lo cierto es que el hombre entendió muy bien las quejas de aquellos animales, que se lamentaban de verse condenados a una muerte tan miserable. Siendo, como era, de corazón compasivo, se apeó y devolvió los tres peces al agua. Coleteando de alegría y asomando las cabezas, le dijeron:

—Nos acordaremos de que nos salvaste la vida, y ocasión tendremos de pagártelo.

Siguió el mozo cabalgando, y al cabo de un rato le pareció como si percibiera una voz procedente de la arena, a sus pies. Aguzando el oído, se dio cuenta de que era un rey de las hormigas que se quejaba:

—¡Si al menos esos hombres, con sus torpes animales, nos dejaran tranquilas! Este caballo estúpido, con sus pesados cascos, está aplastando sin compasión a mis gentes.

El jinete torció hacia un camino que seguía al lado, y el rey de las hormigas le gritó:

—¡Nos acordaremos y te lo pagaremos!

La ruta lo condujo a un bosque, y allí vio una pareja de cuervos que, al borde de su nido, arrojaban de él a sus hijos:

—¡Fuera de aquí, truhanes! —les gritaban—. No podemos seguir hartándolos; ya tienen edad para buscarse pitanza.

Los pobres pequeñuelos estaban en el suelo, agitando sus débiles alitas y lloriqueando:

—¡Infelices de nosotros, desvalidos, que hemos de buscarnos la comida y todavía no sabemos volar! ¿Qué vamos a hacer, sino morirnos de hambre?

Se apeó el mozo, mató al caballo de un sablazo y dejó su cuerpo para pasto de los pequeños cuervos, los cuales se lanzaron a saltos sobre la presa y, una vez hartos, dijeron a su bienhechor:

—¡Nos acordaremos y te lo pagaremos!

El criado hubo de proseguir su ruta a pie, y, al cabo de muchas horas, llegó a una gran ciudad. Las calles rebullían de gente, y se observaba una gran excitación; en esto apareció un pregonero montado a caballo, haciendo saber que la hija del rey buscaba esposo. Quien se atreviese a pretenderla debía, empero, realizar una difícil hazaña: si la cumplía, recibiría la mano de la princesa; pero si fracasaba, perdería la vida. Eran muchos los que lo habían intentado ya, mas perecieron en la empresa.

El joven vio a la princesa y quedó de tal modo deslumbrado por su hermosura, que, desafiando todo peligro, se presentó ante el Rey a pedir la mano de su hija. Lo condujeron mar adentro y en su presencia arrojaron al fondo un anillo. El Rey le mandó que recuperase la joya, y añadió:

—Si vuelves sin ella, serás precipitado al mar hasta que mueras ahogado.

Todos los presentes se compadecían del apuesto mozo, a quien dejaron solo en la playa. El joven se quedó allí, pensando en la manera de salir de su apuro. De pronto vio tres peces que se le acercaban juntos, y que no eran sino aquellos que él había salvado. El que venía en medio llevaba en la boca una concha, que depositó en la playa, a los pies del joven. Este la recogió para abrirla, y en su interior apareció el anillo de oro. Saltando de contento, corrió a llevarlo al rey, con la esperanza de que se le concediese la prometida recompensa.

Pero la soberbia princesa, al saber que su pretendiente era de linaje inferior, lo rechazó, exigiéndole la realización de un nuevo trabajo. Salió al jardín y esparció entre la hierba diez sacos llenos de mijo:

—Mañana, antes de que salga el sol, debes haberlo recogido todo, sin que falte un grano.

Se sentó el doncel en el jardín y se puso a cavilar sobre el modo de cumplir aquel mandato. Pero no se le ocurría nada, y se puso muy triste al pensar que a la mañana siguiente sería conducido al patíbulo. Pero cuando los primeros rayos del sol iluminaron el jardín… ¿Qué era aquello que veía? ¡Los diez estaban completamente llenos y bien alineados, sin que faltase un grano de mijo! Por la noche había acudido el rey de las hormigas con sus miles y miles de súbditos, y los agradecidos animalitos habían recogido el mijo con gran diligencia, y lo habían depositado en los sacos.

Bajó la princesa en persona al jardín y pudo ver con asombro que el joven había salido con bien de la prueba. Pero su corazón orgulloso no estaba aplacado aún, y dijo:

—Aunque haya realizado los dos trabajos, no será mi esposo hasta que me traiga una manzana del Árbol de la Vida.

El pretendiente ignoraba dónde crecía aquel árbol. Se puso en camino, dispuesto a no detenerse mientras lo sostuviesen las piernas, aunque no abrigaba esperanza alguna de encontrar lo que buscaba. Cuando hubo recorrido ya tres reinos, un atardecer llegó a un bosque y se tendió a dormir debajo de un árbol; de súbito, oyó un rumor entre las ramas, al tiempo que una manzana de oro le caía en la mano. Un instante después bajaron volando tres cuervos, que, posándose sobre sus rodillas, le dijeron:

—Somos aquellos cuervos pequeños que salvaste de morir de hambre. Cuando, ya crecidos, supimos que andabas en busca de la manzana de oro, cruzamos el mar volando y llegamos hasta el confín del mundo, donde crece el Árbol de la Vida, para traerte la fruta.

Loco de contento, reemprendió el mozo el camino de regreso para llevar la manzana de oro a la princesa, la cual no puso ya más dilaciones. Partieron la manzana de la vida y se la comieron juntos. Entonces se encendió en el corazón de la doncella un gran amor por su prometido, y vivieron felices hasta una edad muy avanzada.

LOS MÚSICOS DE BREMEN

Érase una vez un campesino que tenía un burro. El animalito había llevado sin descanso, durante muchos años, muchas bolsas pesadas hacia el molino. Pero sus fuerzas ahora se estaban terminando, de forma que cada vez podía cumplir menos con su trabajo. Su dueño pensó en deshacerse de él, pero el burro se dio cuenta antes y salió corriendo hacia la ciudad de Bremen. El burro pensó que allí podría convertirse en músico y ganarse la vida.

Cuando había recorrido un trecho, se encontró con un perro echado sobre el camino, que jadeaba como alguien que estuviera exhausto de tanto correr.

—Pero bueno, perrito, ¿por qué jadeas así? —preguntó el burro.

—Ay —dijo el perro—, porque soy viejo y cada día estoy más débil. Ya no puedo correr ni ladrar. Mi dueño me quería regalar y he tenido que huir. Pero ¿cómo voy a ganarme el pan ahora?

—¿Sabes qué? —dijo el burro—. Yo voy a Bremen y voy a hacerme músico allí. Ven conmigo y dedícate también a la música. Yo tocaré el laúd y tú el timbal.

El perro se quedó muy satisfecho y juntos siguieron adelante.

No pasó mucho tiempo cuando vieron a un gato en el camino, con una cara como si hubiera estado tres días bajo la lluvia.

—¿Qué te ha pasado, viejo bigotes? —dijo el burro.

—¿Quién puede enfrentar tantas desgracias? —respondió el gato—. Me estoy haciendo viejo, mis dientes se están desafilando y lo mejor que puedo hacer es estar junto al calor de la hoguera y no pensar en nada. ¡Ni pensar en andar cazando ratones! Por eso mi dueña ha querido librarse de mí. Prefiero irme antes que me maltrate, pero necesito un consejo: ¿adónde iré?

—Ven con nosotros a Bremen. Tú sabes mucho de serenatas en la noche y allí puedes hacerte músico.

El gato pensó que era una buena idea y se unió al grupo.

Los tres amigos pasaron junto a un gallinero, en el que había un gallo posado en la puerta, que gritaba con todas sus fuerzas.

—Tus chillidos dan pena en el corazón —dijo el burro—. ¿Qué te pasa?

—He anunciado buen tiempo —dijo el gallo—, y ven que he acertado; pero mañana vienen invitados a pasar el domingo y mi dueña le ha dicho a la cocinera que querría comerme en la sopa. Por eso canto mis desgracias a voz en grito, mientras todavía puedo.

—¡Pero vamos, cabeza roja! —dijo el burro—. Mejor te vienes con nosotros. Vamos hacia Bremen. Allí encontrarás, por todas partes, cosas bastante mejores que la muerte. Tienes una voz bonita y si hacemos música juntos nos irá muy bien.

Al gallo le gustó la propuesta y los cuatro siguieron andando juntos.

Les faltaba todavía un día de caminata para llegar a Bremen, cuando encontraron un bosque donde decidieron pasar la noche. El burro y el perro se acostaron bajo un gran árbol. El gato y el gallo se subieron a las ramas, pero el gallo después prefirió volar a lo alto de la copa, lo que para él era lo más seguro.

Antes de quedarse dormido, echó una mirada en las cuatro direcciones y a lo lejos le pareció ver arder una chispita. Entonces, les hizo saber a sus compañeros que debía de haber una casa no demasiado lejos, pues había una luz que brillaba.

El burro dijo:

—Tenemos que ir para allá porque este sitio que hemos encontrado es horrible.

El perro pensó que un par de huesos y un poco de carne le vendrían bastante bien. Así que se marcharon por el camino hacia la zona en la que estaba la luz y pronto vieron un destello claro que cada vez se hacía más grande, hasta que llegaron a una casa muy iluminada llena de ladrones.

El burro, que era el más alto, se acercó a la ventana y miró al interior.

—¿Qué ves, burrito? —gritó el gallo.

—¿Que qué veo? —respondió el burro—. Una mesa servida con buena comida y bebida y a unos ladrones que se sientan a ella y se la están pasando bien.

—Eso estaría como hecho para nosotros —dijo el gallo.

—¡Pero claro! ¡Ay, si estuviéramos ahí! —dijo el burro.

Los animales se pusieron a deliberar sobre qué tendrían que hacer para echar de allí a los ladrones. Finalmente encontraron un método. El burro debería apoyarse en la ventana con sus patas delanteras, el perro debería apoyarse sobre los lomos del burro, el gato debería subirse a la espalda del perro y, por fin, el gallo volaría hasta arriba del todo y se le pondría al gato en el lomo.

Cuando estuvo cada uno en su sitio, se dio la señal y comenzaron todos juntos a hacer música: el burro rebuznó, el perro ladró, el gato maulló y el gallo cantó; y a continuación, irrumpieron los cuatro por la ventana en la estancia haciendo temblar todos los cristales. Con el terrible griterío, los ladrones casi saltaron al techo. Pensaron que no podía ser otra cosa que un fantasma o monstruo que había entrado y corrieron aterrorizados al bosque.

Los cuatro compañeros se sentaron a la mesa, comieron con gusto lo que había quedado allí y comieron como si después debieran ayunar durante cuatro semanas.

Cuando acabaron los cuatro músicos, apagaron la luz y cada uno buscó un sitio en el que estar cómodo para dormir, según era su naturaleza. El burro se echó sobre el estiércol; el perro, detrás de la puerta; el gato, sobre la chimenea, cerca de las brasas calientes; y el gallo se puso sobre la viga. Como estaban cansados del largo viaje, pronto se quedaron dormidos.

Poco después de medianoche, los ladrones vieron desde lejos que en la casa ya no brillaba ninguna luz y todo parecía en calma. Así que el jefe del grupo dijo:

—No tendríamos que habernos asustado tan rápido —y ordenó que uno de los ladrones fuera a investigar la casa.

El enviado lo encontró todo en calma, fue a la cocina para encender una luz y vio los ojos refulgentes del gato y los confundió con carbones que quería avivar. Así que le tiró aceite para prender fuego. El gato, que no era amigo de bromas, le saltó a la cara y lo mordió y arañó. El ladrón se asustó tremendamente, corrió y quiso salir por la puerta de atrás, pero el perro, que estaba allí, dio un salto y le mordió la pierna. Tambaleándose, dolorido y lastimado, siguió corriendo hasta llegar al corral, junto al estercolero, donde dormía el burro, que asustado le dio una fuerte patada. El gallo, que se había despertado de sus sueños con el ruido y se había puesto muy contento, gritó desde la viga:

—¡Kikirikí!

El ladrón corrió de vuelta adonde estaba su capitán y le dijo:

—Ay, en la casa hay una bruja abominable que me ha silbado y me ha arañado la cara; y, delante de la puerta, hay un hombre con un cuchillo, que me ha dado una puñalada en la pierna. Y en el corral, hay un monstruo negro que me ha golpeado con un palo enorme de madera. Y arriba, sobre el tejado, hay un juez que grita: "¡Traédmelo aquí!". Así que he salido corriendo lo antes posible.

Después de eso, los ladrones no se atrevieron a volver a su casa y los cuatro músicos de Bremen se encontraron tan bien allí que no quisieron volver a salir.

Y colorín colorado, el último que contó esta historia, esta historia imponente, la boca tiene aún caliente.

LOS SIETE CUERVOS

Había una vez, hace ya mucho tiempo, un matrimonio que tenía siete hijos y ninguna hija. Esto era siempre motivo de pena para aquellas buenas gentes, porque les hubiera encantado tener una niña. Y con tanto fervor anhelaban su llegada, que por fin un día tuvieron la inmensa alegría de acunar una hijita entre sus brazos. La felicidad del buen matrimonio fue entonces completa, porque además de los siete hermanitos adoraban a la pequeña.

Pero, desdichadamente, la niña no parecía tener muy buena salud. Y a medida que pasaba el tiempo, desmejoraba cada vez más. Hasta que un día se puso tan mal, que los padres no dudaron de que su hijita se moría. Pensaron entonces que había que bautizarla, y para ello era preciso traer agua del pozo.

—Tomen sus baldes —dijo el padre a los siete niños—, vayan al pozo, y vuelvan cuanto antes.

Los muchachos obedecieron. Tomaron sus baldes y partieron corriendo. Estaban ansiosos por ayudar a su padre, y en su ansiedad cada uno quería ser el primero en hundir su balde en el pozo. Se lanzaron atropelladamente sobre el mismo, con tanto aturdimiento y tan mala fortuna que los baldes escaparon de sus manos y cayeron al fondo del pozo. Los muchachos quedaron desolados. Se miraban uno a otro, sin saber qué hacer ni qué decir.

—¡Dios mío! —exclamó uno de ellos, por fin—. ¿Qué le diremos ahora a papá? No podemos volver a casa sin el agua.

En su desesperación trataron de sacar los baldes del pozo, pero todo fue en vano. No pudieron lograrlo, y atemorizados al pensar en el enojo con que los recibiría su padre, se quedaron meditando, sentados junto al pozo.

—Si volvemos sin el agua —dijo uno de ellos—, nuestro padre se sentirá tan enojado que nos castigará duramente.

—Es muy cierto —añadió otro—. Y no le faltará razón.

—No debimos ser tan atolondrados… —suspiró un tercero.

—Nadie tiene la culpa —añadió el cuarto—. Si los baldes se han caído al pozo, ha sido solamente una desgracia.

—Sí —comentó el quinto—, pero papá y mamá están demasiado afligidos para que atiendan nuestras razones.

—Yo no me atrevería a volver a casa —se lamentó el sexto, casi a punto de llorar.

—Es inútil que nos lamentemos —concluyó el séptimo—. La cosa no tiene remedio. Todo lo que nos queda por hacer es ver de qué manera podemos salir de este embrollo.

Mientras tanto, en la casa, el padre se impacientaba ante la tardanza de los muchachos. Se asomaba a la ventana y miraba el camino tratando de descubrirlos. Pero el camino estaba desierto y los muchachos no volvían.

—¡Ah! —dijo el pobre hombre de pronto—. Seguramente que esos siete holgazanes se han quedado jugando. Es imposible, de otra manera, que tarden tanto en volver del pozo con el agua.

Y nuevamente volvía a pasearse, y otra vez se asomaba a la ventana para mirar al camino. Pero llegó un momento en que su desesperación por la tardanza de los muchachos fue tanta y tan grande, que sin poder contenerse exclamó:

—¡Perezosos! ¡Ojalá se convirtieran en siete cuervos!

No imaginó nunca lo que podía suceder. Apenas había dicho esas palabras, cuando sintió un aleteo sobre su cabeza; levantó los ojos, y con gran espanto vio contra el cielo azul siete cuervos negros que volaban sobre la casa.

Grande fue su desesperación y la de su mujer cuando comprendieron que aquellos siete cuervos eran sus siete hijos.

—¡Pobres niños! —decía el padre afligido, viendo que los cuervos, después de volar un rato sobre su cabeza, partían hacia el horizonte—. ¡Pobres niños! ¿Y qué será ahora de nosotros?

Pero el daño ya estaba hecho y no podía remediarse. La mujer trató de consolarse.

—Es inútil ya que pensemos en ellos —le dijo—. Quizá algún día vuelvan. Pero por ahora, pensemos en nuestra hijita que está aquí, y tratemos de salvarla.

El buen hombre comprendió que su mujer estaba en lo cierto. Y tantos cuidados prodigaron a la niña, que afortunadamente la pequeña no murió. Pasaron los años, y la niña que fuera tan delicada creció sana y fuerte.

El matrimonio vivía feliz con el cariño de su hija, pero el padre solía quedarse a veces pensativo mirando hacia el cielo, como si esperara algo; y un buen día le dijo su mujer:

—Oye, marido. Es preciso que la niña no sepa la historia de los siete cuervos; de modo que debemos cuidarnos mucho. Nada ganas con pasarte las horas junto a la ventana. Yo confío en que ellos volverán quizás algún día. Pero mientras tanto, olvidemos aquello.

El padre asintió. Y de este modo, como jamás le hablaron sus padres de los siete hermanos, la niña no supo nunca la triste historia.

Pero un día en que conversaba con una vecina, se le escapó a esta el secreto.

—¡Qué bonita eres! —dijo la mujer; y añadió atolondradamente—: Es lástima que tus hermanos que tanto te querían no estén aquí para verte.

La niña se quedó pensativa, y enseguida preguntó:

—¿Mis hermanos? Debes estar equivocada. Yo nunca he tenido hermanos. ¿De quién hablas?

La buena mujer comprendió que había hablado por demás y que su charlatanería iba a provocar un disgusto en casa de sus vecinos. Pero ya no había manera de retroceder. Ante las preguntas de la niña, se vio obligada a contarle la triste historia del encantamiento de sus hermanos, debido a la maldición de su padre cuando ella era apenas una niñita recién nacida.

Así fue cómo la pequeña supo que, un poco a causa suya, sus siete hermanos estaban ahora convertidos en siete cuervos. Entonces sintió tal aflicción que decidió hablar a sus padres. La pobre gente comprendió que ya no podía ocultarle la verdad.

—Es cierto todo lo que te ha dicho la vecina —dijo la madre, afligida—. Pero hace ya mucho tiempo, mucho tiempo, y nunca hemos vuelto a verlos.

Entonces dijo la niña:

—Pues yo he de ir a buscarlos. Soy culpable de que los pobrecitos estén ahora convertidos en siete cuervos, y es preciso que los encuentre para que puedan volver a casa.

—¡Pero no sabemos dónde están! —exclamaron los padres—. ¿Cómo harás para encontrarlos?

La niña se quedó un momento pensando. Sus padres tenían razón: sería muy difícil saber dónde habitaban ahora los siete cuervos encantados. Pero después de un instante, exclamó:

—No sé todavía cómo haré para encontrarlos. Preguntaré y preguntaré hasta dar con ellos. Y el día que eso suceda, volveré a casa con mis hermanitos.

Los padres, comprendiendo que la niña estaba decidida, no se opusieron a su partida. La mamá le preparó una cesta con merienda para el viaje, y entregándole su anillo de bodas como recuerdo, la despidió en el camino.

La niña echó a andar, y después de mucho caminar, sin hallar seña alguna de sus hermanos, llegó al fin del mundo. Ya no le quedaba otra cosa que hacer que lanzarse al espacio; y la niña, siempre en busca de los siete cuervos, llegó al sol.

—Aquí no vas a encontrar a nadie —le dijo el sol de mal modo—. Cualquiera que pretendiera quedarse más de un minuto, se moriría abrasado.

Y como el sol ardía y le quemaba los pies, la niñita huyó presurosa del ardiente astro.

Pensó que quizá estuvieran los cuervos en la luna, y hacia ella se encaminó.

—Aquí no vas a encontrar a nadie —le dijo la luna con indiferencia—. Cualquiera que pretendiera quedarse más de un minuto, se moriría congelado.

Y como allí hacía demasiado frío, temblorosa y helada volvió la niña a la Tierra y se puso a llorar. En ninguna parte podía encontrar a sus hermanitos. Pronto comprendió que nada ganaría con sus lágrimas, de modo que, secando sus ojos, se dispuso a emprender otra vez el camino. Pero ya no sabía adónde ir. Miró otra vez hacia el cielo, y creyó ver que las estrellas le hacían guiños amistosos. Llena de esperanza, volvió entonces hacia el cielo. Y las estrellas la recibieron con grandes muestras de alegría.

—¡Aquí está! —decían alborozadas—. ¡Aquí está la gentil niñita que ha recorrido el mundo en busca de sus hermanos! Vean qué buena y hermosa es.

Y una de ellas, la más luminosa de todas, aquella que llaman el Lucero del Alba, salió a su encuentro.

—Dulce niña —le dijo—. Has sido tan buena al recorrer todo el mundo en busca de tus siete hermanos, que mereces una recompensa. Tus hermanitos, los siete cuervos encantados, viven en la cumbre de una montaña de cristal, en un castillo. Pero jamás podrás entrar allí si no llevas para abrir la puerta este trocito de madera que te entrego.

La niña, llena de alborozo, le agradeció el obsequio. Y despidiéndose de las buenas estrellas, partió otra vez en busca de sus hermanos. Pronto alcanzó a ver la gran montaña de cristal, que brillaba en medio de la Tierra.

—Ahí está el castillo —se dijo la niña— y pronto estaré junto a mis hermanos.

Momentos después se hallaba frente a la puerta del castillo. Era aquella una puerta pesada y enorme, muy difícil de mover; pero, cosa rara, su cerradura era muy chiquita: del tamaño del trocito de madera que

Estrella del Alba entregara a la niña. La pequeña buscó la valiosa astilla en sus bolsillos, y con inmensa pena halló que la había perdido.

La pobre niña se echó a llorar. Toda su tarea quedaba perdida. ¿Qué haría ahora? Pronto comprendió, como antes, que llorando no conseguiría resolver su delicada situación; y otra vez secó sus ojos. Pensó un largo rato.

—Mi dedo índice —se dijo— tiene casi el mismo tamaño que el trocito de madera que me dio la buena estrella. Es posible que con él pueda abrir la puerta del castillo.

Probó a hacerlo; hizo rodar el dedito en la cerradura, y la puerta se abrió. ¡Qué alegría sintió la niña! Frente a ella apareció entonces un enano que la saludó con gran reverencia.

—Bienvenida seas a esta casa —le dijo—. ¿Qué deseas?

—Quiero ver a los siete cuervos —contestó la niña sin temor—. Las estrellas me han dicho que viven aquí.

—Es verdad —respondió el gentil enano—, pero en este momento mis amos han salido. Sin embargo, como no tardarán en volver, si quieres puedes pasar a esperarlos. Es posible que se alegren de verte, pero nunca reciben a nadie.

La niña no se hizo repetir la invitación y entró en el castillo. Cruzó el amplio vestíbulo, y el enano la condujo al comedor, donde se vio frente a una gran mesa puesta para siete cubiertos. Como después de su largo viaje la niña tenía hambre, dijo al enano:

—¿Podría servirme algo de lo que hay sobre la mesa? Estoy muy cansada y tengo hambre y sed.

—Sí —dijo el enano—. Come y bebe si quieres.

Y como la niña no quería privar a ninguno de los siete cuervos de su ración, probó nada más que un bocado de cada plato y bebió un sorbo de cada vaso.

Pero no advirtió que el anillo de bodas de su madre rodó de su dedo y cayó al fondo de uno de los vasos.

De pronto se sintió afuera un aleteo de pájaros y la niña se levantó presurosa.

—Escóndeme —dijo al enano—; no quisiera que tus amos, los siete cuervos, me vieran todavía.

El enano la hizo ocultar tras una cortina, y poco después se vio entrar por la ventana a los siete cuervos. Se posó cada uno junto a su plato, y comenzaron a comer. De pronto, uno de ellos exclamó:

—Parece como si alguien hubiera comido en mi plato y bebido en mi vaso.

—Pues, ¡y en el mío! —dijo otro.

—¡Y en el mío, y en el mío! —gritaban todos los cuervos a un tiempo, en medio de un agitado batir de alas.

Y cuando el último de ellos miró su vaso, advirtió que algo sonaba en el fondo del mismo. Miraron todos, y con gran sorpresa vieron en el vaso el anillo de bodas de su madre.

Primero se quedaron mudos de asombro. Pero en seguida comprendieron que aquello que parecía un milagro no tenía sino una explicación. Y dando grandes aleteos de alegría, comenzaron a gritar alborozados:

—¡Nuestra hermanita ha venido a buscarnos! ¡Nuestra hermanita ha venido a buscarnos!

Al oírles, salió la niña de su escondite y comenzó a besar a los cuervos. Y sucedió que, a medida que los besaba, los feos pájaros negros se fueron convirtiendo en apuestos jóvenes.

Los hermanos se abrazaron, locos de contento.

—No pueden darse una idea de lo feliz que me siento —dijo la pequeña—. Los he buscado tanto, que me parece imposible haberlos encontrado a todos sanos y salvos.

—Y nosotros, hermanita —dijeron ellos—, nunca sabremos cómo agradecerte lo que has hecho por encontrarnos.

—Ahora lo que debemos hacer es volver cuanto antes a casa. ¡Imagínense la alegría que sentirán al verlos papá y mamá!

Al recordar a sus padres, los jóvenes desearon vivamente volver al viejo hogar. Se despidieron del enano, y al cabo de un largo viaje llegaron los siete muchachos y la niña a la antigua casa, donde los padres los recibieron alborozados.

LOS TRES CERDITOS

Había una vez tres cerditos que eran hermanos y se fueron por el mundo a conseguir fortuna. El más grande les dijo a sus hermanos que sería bueno que se pusieran a construir sus propias casas para estar protegidos. A los otros dos les pareció una buena idea, y se pusieron manos a la obra, cada uno construyó su casita.

—La mía será de paja —dijo el más pequeño—, la paja es blanda y se puede sujetar con facilidad. Terminaré muy pronto y podré ir a jugar.

El hermano mediano decidió que su casa sería de madera:

—Puedo encontrar un montón de madera por los alrededores —explicó a sus hermanos—. Construiré mi casa en un santiamén con todos estos troncos y me iré también a jugar.

Cuando las tres casitas estuvieron terminadas, los cerditos cantaban y bailaban en la puerta, felices por haber acabado con el problema:

—¡Quién teme al Lobo Feroz, al Lobo, al Lobo!

—¡Quién teme al Lobo Feroz, al Lobo Feroz!

Detrás de un árbol grande apareció el lobo, rugiendo de hambre y gritando:

—¡Cerditos, me los voy a comer!

Cada uno se escondió en su casa, pensando que estaban a salvo, pero el Lobo Feroz se encaminó a la casita de paja del hermano pequeño y en la puerta aulló:

—¡Cerdito, ábreme la puerta!

—No, no, no, no te voy a abrir.

—Pues si no me abres... ¡Soplaré y soplaré y la casita derribaré!

Y sopló con todas sus fuerzas, sopló y sopló y la casita de paja se vino abajo.

El cerdito pequeño corrió lo más rápido que pudo y entró en la casa de madera del hermano mediano.

—¡Quién teme al Lobo Feroz, al Lobo, al Lobo!

—¡Quién teme al Lobo Feroz, al Lobo Feroz! —cantaban desde dentro los cerditos.

De nuevo el lobo, más enfurecido que antes al sentirse engañado, se colocó delante de la puerta y comenzó a soplar y soplar, gruñendo:

—¡Cerditos, abridme la puerta!

—No, no, no, no te vamos a abrir.

—Pues si no me abrís... ¡Soplaré y soplaré y la casita derribaré!

La madera crujió, y las paredes cayeron, y los dos cerditos corrieron a refugiarse en la casa de ladrillo de su hermano mayor.

—¡Quién teme al Lobo Feroz, al Lobo, al Lobo!

—¡Quién teme al Lobo Feroz, al Lobo Feroz! —cantaban desde dentro los cerditos.

El lobo estaba realmente enfadado y hambriento, y ahora deseaba comerse a los tres cerditos más que nunca, y frente a la puerta dijo:

—¡Cerditos, abridme la puerta!

—No, no, no, no te vamos a abrir.

—Pues si no me abrís... ¡Soplaré y soplaré y la casita derribaré!

Y se puso a soplar tan fuerte como el viento de invierno. Sopló y sopló, pero la casita de ladrillos era muy resistente y no conseguía derribarla.

Decidió trepar por la pared y entrar por la chimenea.

Se deslizó hacia abajo... y cayó en el caldero donde el cerdito mayor estaba hirviendo sopa de nabos. Escaldado y con el estómago vacío, salió huyendo hacia el lago. Los cerditos no lo volvieron a ver.

El mayor de ellos regañó a los otros dos por haber sido tan perezosos y poner en peligro sus propias vidas, y si algún día vais por el bosque y veis tres cerdos, sabréis que son los Tres Cerditos porque les gusta cantar:

—¡Quién teme al Lobo Feroz, al Lobo, al Lobo!

—¡Quién teme al Lobo Feroz, al Lobo Feroz!

LOS TRES ENANITOS DEL BOSQUE

Había una vez un hombre que había perdido a su mujer, y una mujer a quien se le había muerto el marido. El hombre tenía una hija, y la mujer, otra. Las muchachas se conocían y salían de paseo juntas; al regresar, solían pasar un rato en casa de la mujer. Un día, ella le dijo a la hija del viudo:

—Dile a tu padre que me gustaría casarme con él. Entonces, tú te lavarías todas las mañanas con leche y beberías vino; en cambio, mi hija se lavaría con agua, y agua solamente bebería.

Al volver a casa, la niña repitió a su padre lo que le había dicho la mujer. El hombre dijo:

—¿Qué debo hacer? El matrimonio es una dicha, pero también puede ser un tormento.

Al final, sin saber qué decisión tomar, se quitó un zapato y dijo:

—Toma este zapato, que tiene un agujero en la suela. Llévalo al desván, cuélgalo del clavo grande y échale agua dentro. Si retiene el agua, me casaré con la mujer; pero si el agua se sale, no me casaré.

La muchacha hizo lo que su padre le había indicado; pero el agua hinchó el cuero y cerró el agujero, y la bota quedó llena hasta el borde. La niña fue a contarle a su padre lo ocurrido. Él subió al desván, y al ver que su hija decía la verdad, fue a casa de la viuda para pedirle matrimonio. Y se celebró la boda.

A la mañana siguiente, cuando se levantaron las dos muchachas, la hija del hombre encontró preparada leche para lavarse y vino para beber, mientras que la otra solo tenía agua. Al día siguiente, ambas encontraron únicamente agua para lavarse y para beber. Y a la tercera mañana, la hija del hombre encontró agua, y la hija de la mujer, leche y vino. Así continuaron las cosas de ahí en adelante.

La mujer odiaba profundamente a su hijastra e ideaba todas las formas posibles para tratarla peor cada día. Además, sentía envidia de ella porque era hermosa y amable, mientras que su propia hija era fea y desagradable. Un día de invierno, cuando montes y valles estaban cubiertos de nieve, la mujer hizo un vestido de papel y, llamando a su hijastra, le dijo:

—Toma, ponte este vestido y ve al bosque a llenarme este cesto de fresas, que hoy me apetece comerlas.

—¡Santo Dios! —exclamó la muchacha—. Pero si en invierno no hay fresas; la tierra está helada y la nieve lo cubre todo. ¿Y por qué tengo que ir vestida de papel? Afuera hace un frío que corta el aliento; el viento se colará por el papel, y los espinos lo van a rasgar.

—¡Qué descarada! —exclamó la madrastra—. ¡Sal ahora mismo y no vuelvas si no traes el cesto lleno de fresas!

Y le dio un mendrugo de pan seco, diciéndole:

—Esto es todo lo que comerás hoy.

La malvada pensaba: «Se morirá de frío y de hambre, y no volveré a verla jamás».

La niña, obediente como siempre, se puso el vestido de papel y salió con la cestita. Hasta donde alcanzaba la vista, todo estaba cubierto de nieve; no se veía ni una brizna de hierba. Al llegar al bosque encontró una casita con tres enanitos que miraban por la ventana. Les dio los buenos días y llamó suavemente a la puerta. Ellos la invitaron a entrar, y la muchacha se sentó en un banco, junto al fuego, para calentarse y comer su mendrugo de pan. Los hombrecillos le pidieron:

—¡Danos un poco!

—Con mucho gusto —respondió ella—, y partiendo su pan, les ofreció la mitad.

Entonces los enanitos le preguntaron:

—¿Qué haces aquí en el bosque, con tanto frío y vestida así?

—¡Ay! —respondió—, tengo que llenar este cesto de fresas, y no puedo volver a casa hasta que lo consiga.

Cuando terminó de comer, los enanitos le dieron una escoba y le dijeron:

—Ve a barrer la nieve del patio trasero.

Al quedarse solos, los enanitos hablaron entre ellos:

—¿Qué podríamos regalarle, ya que es tan buena y generosa y compartió su pan con nosotros?

Dijo el primero:

—Yo haré que sea más bella cada día.

El segundo:

—Yo haré que caiga una moneda de oro de su boca cada vez que hable.

Y el tercero:

—Yo haré que un rey venga y la tome por esposa.

Mientras tanto, la muchacha barría la nieve detrás de la casa, como le habían pedido. Y, ¿qué creen que encontró? ¡Unas hermosas fresas maduras y rojas, que sobresalían entre la nieve! Muy feliz, llenó su cesto, agradeció a los enanitos y les estrechó la mano antes de regresar a su casa.

Al llegar, dijo «buenas noches» y de su boca cayeron dos monedas de oro. Luego empezó a contar lo que le había sucedido en el bosque, y a cada palabra le salían más monedas, hasta que el suelo se llenó de oro.

—¡Qué arrogancia! —exclamó la hermanastra—. ¡Tirar así el dinero!

Pero por dentro ardía de envidia, y quiso también ir al bosque a buscar fresas. Su madre se oponía:

—No, hijita, hace muy mal tiempo y podrías enfermarte.

Pero como no dejó de insistir, al final su madre cedió, le cosió un abrigo de pieles y, después de darle bollos con mantequilla y pasteles, la dejó marchar.

La muchacha fue al bosque, llegó a la misma casita y vio a los tres enanitos en la ventana. Pero no los saludó, ni les dirigió la palabra, y entró directamente en la casa. Se acomodó junto al fuego y empezó a comerse sus pasteles.

—Danos un poco —le pidieron los enanitos.

—No tengo suficiente ni para mí, ¿cómo voy a compartirlo con ustedes?

Cuando terminó de comer, los enanitos le dijeron:

—Ahí tienes una escoba. Ve a barrer la nieve del patio trasero.

—¡Bárranlo ustedes! —respondió—. ¡Yo no soy su criada!

Como no recibió ningún obsequio, salió malhumorada a buscar fresas, pero no encontró ninguna y volvió a casa enfadada. Al empezar a contarle a su madre lo que le había pasado, de su boca salió un sapo con cada palabra. Todos se apartaron de ella con asco.

Eso solo aumentó el odio de la madrastra, que ya no sabía qué hacer para deshacerse de la hija de su esposo, cuya belleza crecía cada día más.

Finalmente, cogió un caldero y lo puso al fuego para cocer lino. Una vez cocido, lo colgó del hombro de su hijastra, le dio un hacha y le ordenó que fuera al río helado, abriera un agujero en el hielo y aclarara el lino. La muchacha, obediente, se dirigió al río y se puso a golpear el hielo para hacer un agujero. En eso estaba cuando pasó por allí una espléndida carroza en la que viajaba el Rey. Este mandó detener el coche y preguntó:

—Hija mía, ¿quién eres y qué haces?

—Soy una pobre muchacha y estoy aclarando este lino —respondió ella.

El Rey, compadecido y viéndola tan hermosa, le dijo:

—¿Quieres venirte conmigo?

—¡Oh sí, con toda mi alma! —dijo ella, contenta de librarse de su madrastra y su hermanastra.

Subió, pues, a la carroza junto al Rey, y una vez en la Corte, se celebró la boda con gran pompa y esplendor, tal como los enanitos del bosque habían dispuesto para la muchacha.

Al año, la joven reina dio a luz un hijo, y la madrastra, que se había enterado de la suerte de la niña, se presentó en el palacio acompañada de su hija, con el pretexto de hacerle una visita.

Como el Rey había salido y nadie más estaba presente, la malvada mujer agarró a la Reina por la cabeza mientras su hija la sujetaba por los pies, y, sacándola de la cama, la arrojaron por la ventana al río que pasaba por debajo. Luego, la vieja metió a su horrible hija en la cama y la cubrió hasta la cabeza con las sábanas. Al regresar el Rey e intentar hablar con su esposa, la vieja lo detuvo:

—¡Silencio, silencio! Ahora no; está sudando mucho, déjela tranquila por hoy.

El Rey, sin sospechar nada, se retiró. Volvió al día siguiente y quiso hablar con su esposa. Al responder ella, de su boca salía un sapo a cada palabra, cuando antes lo que caían eran monedas de oro. Al preguntar el Rey qué significaba aquello, la madrastra dijo que se debía a lo mucho que había sudado y que pronto se le pasaría.

Esa noche, sin embargo, el pinche de cocina vio un pato que entraba nadando por el sumidero y decía:

—Rey, ¿qué estás haciendo? ¿Velas o estás durmiendo?

Y, como no recibía respuesta, continuaba:

—¿Y qué hace mi gente?

A lo que el pinche de cocina respondía:

—Duerme profundamente.

Siguió el pato preguntando:

—¿Y qué hace mi hijito?

Y el cocinero respondió:

—Está en su cuna dormidito.

Entonces, el pato tomó la figura de la Reina, subió a su habitación, le dio de mamar al niño, le arregló la camita y, recobrando su forma de pato, se marchó nuevamente nadando por el sumidero. Las dos noches siguientes volvió a presentarse el pato y, en la tercera, dijo al pinche de cocina:

—Ve a decirle al Rey que tome su espada, salga al umbral y la blanda tres veces sobre mi cabeza.

Así lo hizo el criado, y el Rey, saliendo armado con su espada, la blandió tres veces sobre aquel espíritu, y al tercer golpe apareció ante él su esposa, viva, hermosa y sana como antes.

El Rey sintió en su corazón una inmensa alegría, pero mantuvo a la Reina oculta en una habitación hasta el domingo, día del bautizo del niño. Ya celebrada la ceremonia, preguntó:

—¿Qué merece una persona que saca a otra de la cama y la arroja al agua?

—Pues, como mínimo —respondió la vieja—, que la metan en un tonel lleno de clavos puntiagudos y lo hagan rodar desde lo alto de un monte hasta el río.

—Tú misma has pronunciado tu sentencia —replicó el Rey.

Mandó entonces traer un tonel tal como ella había descrito, hizo meter en él a la vieja y a su hija, y, después de clavarle el fondo, lo soltaron por la ladera del monte, rodando y dando tumbos hasta el río.

EL PASTOR MENTIROSO

Érase una vez un pequeño pastor que se pasaba la mayor parte de su tiempo paseando y cuidando de sus ovejas en el campo de un pueblito. Todas las mañanas, muy tempranito, hacía siempre lo mismo. Salía a la pradera con su rebaño, y así pasaba su tiempo.

Muchas veces, mientras veía pastar a sus ovejas, él pensaba en las cosas que podía hacer para divertirse. Como muchas veces se aburría, un día, mientras descansaba debajo de un árbol, tuvo una idea. Decidió que pasaría un buen rato divirtiéndose a costa de la gente del pueblo que vivía por allí cerca. Se acercó y empezó a gritar:

—¡Socorro, el lobo! ¡Que viene el lobo!

La gente del pueblo cogió lo que tenía a mano, y se fue a auxiliar al pobre pastorcito que pedía auxilio, pero cuando llegaron allí descubrieron que todo había sido una broma pesada del pastor, que se deshacía en risas por el suelo. Los aldeanos se enfadaron y decidieron volver a sus casas. Cuando se habían ido, al pastor le hizo tanta gracia la broma que se puso a repetirla. Y cuando vio a la gente suficientemente lejos, volvió a gritar:

—¡Socorro, el lobo! ¡Que viene el lobo!

La gente, volviendo a oír, empezó a correr a toda prisa, pensando que esta vez sí que se había presentado el lobo feroz, y que realmente el pastor necesitaba de su ayuda. Pero al llegar donde estaba el pastor, se lo encontraron por los suelos, riéndose de ver cómo los aldeanos habían vuelto a auxiliarlo. Esta vez los aldeanos se enfadaron aún más, y se marcharon terriblemente molestos con la mala actitud del pastor, y se fueron enojados con aquella situación.

A la mañana siguiente, mientras el pastor pastaba con sus ovejas por el mismo lugar, aún se reía cuando recordaba lo que había ocurrido el día anterior, y no se sentía arrepentido de ninguna forma. Pero no se dio cuenta de que, esa misma mañana, se le acercaba un lobo. Cuando se dio media vuelta y lo vio, el miedo le invadió el cuerpo. Al ver que el animal se le acercaba más y más, empezó a gritar desesperadamente:

—¡Socorro, el lobo! ¡Que viene el lobo! ¡Que se va a devorar todas mis ovejas! ¡Auxilio!

Pero sus gritos fueron en vano. Ya era bastante tarde para convencer a los aldeanos de que lo que decía era verdad. Los aldeanos, habiendo aprendido de las mentiras del pastor, esta vez hicieron oídos sordos. ¿Y qué ocurrió? Pues que el pastor vio cómo el lobo se abalanzaba sobre sus ovejas mientras él intentaba pedir auxilio una y otra vez:

—¡Socorro, el lobo! ¡El lobo!

Pero los aldeanos siguieron sin hacerle caso, mientras el pastor vio cómo el lobo se comía unas cuantas ovejas y se llevaba otras tantas para la cena, sin poder hacer absolutamente nada. Y fue así que el pastor reconoció que había sido muy injusto con la gente del pueblo, y aunque ya era tarde, se arrepintió profundamente, y nunca más volvió a burlarse ni a mentir a la gente.

PULGARCITO

Había una vez un pobre campesino. Una noche se encontraba sentado, atizando el fuego, y su esposa hilaba sentada junto a él, a la vez que lamentaban el hallarse en un hogar sin niños.

—¡Qué triste es que no tengamos hijos! —dijo él—. En esta casa siempre hay silencio, mientras que en los demás hogares todo es alegría y bullicio de criaturas.

—¡Es verdad! —contestó la mujer suspirando—. Si por lo menos tuviéramos uno, aunque fuera muy pequeño y no mayor que el pulgar, seríamos felices y lo amaríamos con todo el corazón.

Y ocurrió que el deseo se cumplió.

Resultó que al poco tiempo la mujer se sintió enferma y, después de siete meses, trajo al mundo un niño bien proporcionado en todo, pero no más grande que un dedo pulgar.

—Es tal como lo habíamos deseado —dijo—. Va a ser nuestro querido hijo, nuestro pequeño.

Y debido a su tamaño lo llamaron Pulgarcito. No le escatimaban la comida, pero el niño no crecía y se quedó tal como era cuando nació. Sin embargo, tenía ojos muy vivos y pronto dio muestras de ser muy inteligente, logrando todo lo que se proponía.

Un día, el campesino se aprestaba a ir al bosque a cortar leña.

—Ojalá tuviera a alguien para conducir la carreta —dijo en voz baja.

—¡Oh, padre! —exclamó Pulgarcito— ¡yo me haré cargo! ¡Cuenta conmigo! La carreta llegará a tiempo al bosque.

El hombre se echó a reír y dijo:

—¿Cómo podría ser eso? Eres muy pequeño para conducir el caballo con las riendas.

—¡Eso no importa, padre! Tan pronto como mi madre lo enganche, yo me pondré en la oreja del caballo y le gritaré por dónde debe ir.

—¡Está bien! —contestó el padre—, probaremos una vez.

Cuando llegó la hora, la madre enganchó la carreta y colocó a Pulgarcito en la oreja del caballo, donde el pequeño se puso a gritarle por dónde debía ir, tan pronto con "¡Hejj!", como un "¡Arre!". Todo fue tan bien como con un conductor y la carreta fue derecho hasta el bosque.

Sucedió que, justo en el momento que rodeaba un matorral y que el pequeño iba gritando "¡Arre! ¡Arre!", dos extraños pasaban por ahí.

—¡Cómo es eso! —dijo uno— ¿Qué es lo que pasa? La carreta rueda, alguien conduce el caballo y, sin embargo, no se ve a nadie.

—Todo es muy extraño —asintió el otro—. Seguiremos la carreta para ver en dónde se para.

La carreta se internó en pleno bosque y llegó justo al sitio donde estaba la leña cortada. Cuando Pulgarcito divisó a su padre, le gritó:

—Ya ves, padre, ya llegué con la carreta. Ahora, bájame del caballo.

El padre tomó las riendas con la mano izquierda y con la derecha sacó a su hijo de la oreja del caballo, quien feliz se sentó sobre una brizna de hierba. Cuando los dos extraños divisaron a Pulgarcito, quedaron tan sorprendidos que no supieron qué decir. Uno y otro se escondieron y se dijeron entre ellos:

—Oye, ese pequeño valiente bien podría hacer nuestra fortuna si lo exhibimos en la ciudad a cambio de dinero. Debemos comprarlo.

Se dirigieron al campesino y le dijeron:

—Véndenos ese hombrecito; estará muy bien con nosotros.

—No —respondió el padre—, es mi hijo querido y no lo vendería por todo el oro del mundo.

Pero al oír esta propuesta, Pulgarcito se trepó por los pliegues de las ropas de su padre, se colocó sobre su hombro y le dijo al oído:

—Padre, véndeme; sabré cómo regresar a casa.

Entonces, el padre lo entregó a los dos hombres a cambio de una buena cantidad de dinero.

—¿En dónde quieres sentarte? —le preguntaron.

—¡Ah!, pónganme sobre el ala de su sombrero; ahí podré pasearme a lo largo y a lo ancho, disfrutando del paisaje y no me caeré.

Cumplieron su deseo, y cuando Pulgarcito se hubo despedido de su padre, se pusieron todos en camino. Viajaron hasta que anocheció y Pulgarcito dijo entonces:

—Bájenme al suelo, tengo necesidad.

—No, quédate ahí arriba —le contestó el que lo llevaba en su cabeza—. No me importa. Las aves también me dejan caer a menudo algo encima.

—No —respondió Pulgarcito—, sé lo que les conviene. Bájenme rápido.

El hombre tomó de su sombrero a Pulgarcito y lo posó en un campo al borde del camino. Por un momento dio saltitos entre los terrones de tierra y, de repente, enfiló hacia un agujero de ratón que había localizado.

—¡Buenas noches, señores, sigan sin mí! —les gritó en tono burlón.

Acudieron prontamente y rebuscaron con sus bastones en la madriguera del ratón, pero su esfuerzo fue inútil. Pulgarcito se introducía cada vez más profundo y, como la oscuridad no tardó en hacerse total, se vieron obligados a regresar, burlados y con la bolsa vacía. Cuando Pulgarcito se dio cuenta de que se habían marchado, salió de su escondite.

"Es peligroso atravesar estos campos de noche, cuando más peligros acechan", pensó, "se puede uno fácilmente caer o lastimar".

Felizmente, encontró una concha vacía de caracol.

—¡Gracias a Dios! —exclamó—, ahí dentro podré pasar la noche con tranquilidad; —y ahí se introdujo. Un momento después, cuando estaba a punto de dormirse, oyó pasar a dos hombres, uno de ellos decía:

—¿Cómo haremos para robarle al cura adinerado todo su oro y su dinero?

—¡Yo bien podría decírtelo! —se puso a gritar Pulgarcito.

—¿Qué es esto? —dijo uno de los espantados ladrones—, he oído hablar a alguien.

Pararon para escuchar y Pulgarcito insistió:

—Llévenme con ustedes, yo los ayudaré.

—¿En dónde estás?

—Busquen aquí, en el piso; fíjense de dónde viene la voz —contestó. Por fin los ladrones lo encontraron y lo alzaron.

—A ver, pequeño valiente, ¿cómo pretendes ayudarnos?

—¡Eh!, yo me deslizaré entre los barrotes de la ventana de la habitación del cura y les iré pasando todo cuanto quieran.

—¡Está bien! Veremos qué sabes hacer.

Cuando llegaron a la casa, Pulgarcito se deslizó en la habitación y se puso a gritar con todas sus fuerzas:

—¿Quieren todo lo que hay aquí?

Los ladrones se estremecieron y le dijeron:

—Baja la voz para no despertar a nadie.

Pero Pulgarcito hizo como si no entendiera y continuó gritando:

—¿Qué quieren? ¿Les hace falta todo lo que hay aquí?

La cocinera, quien dormía en la habitación de al lado, oyó estos gritos, se irguió en su cama y escuchó, pero los ladrones, asustados, se habían alejado un poco. Por fin recobraron el valor, diciéndose:

—Ese hombrecito quiere burlarse de nosotros.

Regresaron y le cuchichearon:

—Vamos, nada de bromas y pásanos alguna cosa.

Entonces, Pulgarcito se puso a gritar con todas sus fuerzas:

—Sí, quiero darles todo: introduzcan sus manos.

La cocinera, que ahora sí oyó perfectamente, saltó de su cama y se acercó ruidosamente a la puerta. Los ladrones, atemorizados, huyeron como si llevasen el diablo tras de sí, y la criada, que no distinguía nada, fue a encender una vela. Cuando volvió, Pulgarcito, sin ser descubierto, se había escondido en el granero. La sirvienta, después de haber inspeccionado en todos los rincones y no encontrar nada, acabó por volver a su cama y supuso que había soñado con ojos y orejas abiertos. Pulgarcito había trepado por la paja y en ella encontró un buen lugarcito para dormir. Quería descansar ahí hasta que amaneciera y después volver con sus padres, pero aún le faltaba ver otras cosas, antes de poder estar feliz en su hogar.

Como de costumbre, la criada se levantó al despuntar el día para darles de comer a los animales. Fue primero al granero, y de ahí tomó una brazada de paja, justamente de la pila en donde Pulgarcito estaba dormido. Dormía tan profundamente que no se dio cuenta de nada y no despertó hasta que estuvo en la boca de la vaca, que había tragado la paja.

—¡Dios mío! —exclamó—. ¿Cómo pude caer en este molino triturador?

Pronto comprendió en dónde se encontraba. Tuvo buen cuidado de no aventurarse entre los dientes, que lo hubieran aplastado; mas no pudo evitar resbalar hasta el estómago.

—He aquí una pequeña habitación a la que se omitió ponerle ventanas —se dijo—. Y no entra el sol y tampoco es fácil procurarse una luz.

Esta morada no le gustaba nada, y lo peor era que continuamente entraba más paja por la puerta y que el espacio iba reduciéndose más y más. Entonces, angustiado, decidió gritar con todas sus fuerzas:

—¡Ya no me envíen más paja! ¡Ya no me envíen más paja!

La criada estaba ordeñando a la vaca y cuando oyó hablar sin ver a nadie, reconoció que era la misma voz que había escuchado por la noche, y se sobresaltó tanto que resbaló de su taburete y derramó toda la leche.

Corrió a toda prisa donde se encontraba el amo y él gritó:

—¡Ay, Dios mío! ¡Señor cura, la vaca ha hablado!

—¡Está loca! —respondió el cura, quien se dirigió al establo a ver de qué se trataba.

Apenas cruzó el umbral cuando Pulgarcito se puso a gritar de nuevo:

—¡Ya no me envíen más paja! ¡Ya no me envíen más paja!

Ante esto, el mismo cura tuvo miedo, suponiendo que era obra del diablo, y ordenó que se matara a la vaca. Entonces se sacrificó a la vaca; solamente el estómago, donde estaba encerrado Pulgarcito, fue arrojado al estercolero. Pulgarcito intentó por todos los medios salir de ahí, pero en el instante en que empezaba a sacar la cabeza, le aconteció una nueva desgracia.

Un lobo hambriento, que acertó a pasar por ahí, se tragó el estómago de un solo bocado. Pulgarcito no perdió ánimo. "Quizá encuentre un medio de ponerme de acuerdo con el lobo", pensaba. Y, desde el fondo de su panza, se puso a gritarle:

—¡Querido lobo, yo sé de un festín que te vendría mucho mejor!

—¿Dónde hay que ir a buscarlo? —contestó el lobo.

—En tal y tal casa. No tienes más que entrar por la trampilla de la cocina y ahí encontrarás pastel, tocino, salchichas, tanto como tú desees comer.

Y le describió minuciosamente la casa de sus padres.

El lobo no necesitó que se lo dijeran dos veces. Por la noche entró por la trampilla de la cocina y, en la despensa, disfrutó todo con enorme placer. Cuando estuvo harto, quiso salir, pero había engordado tanto que ya no podía usar el mismo camino. Pulgarcito, que ya contaba con que eso pasaría, comenzó a hacer un enorme escándalo dentro del vientre del lobo.

—¡Te quieres estar quieto! —le dijo el lobo—. Vas a despertar a todo el mundo.

—¡Tanto peor para ti! —contestó el pequeño—. ¿No has disfrutado ya? Yo también quiero divertirme.

Y se puso de nuevo a gritar con todas sus fuerzas. A fuerza de gritar, despertó a su padre y a su madre, quienes corrieron hacia la habitación y miraron por las rendijas de la puerta. Cuando vieron al lobo, el hombre corrió a buscar el hacha y la mujer la hoz.

—Quédate detrás de mí —dijo el hombre cuando entraron en el cuarto—. Cuando le haya dado un golpe, si acaso no ha muerto, le pegarás con la hoz y le desgarrarás el cuerpo.

Cuando Pulgarcito oyó la voz de su padre, gritó:

—¡Querido padre, estoy aquí; aquí, en la barriga del lobo!

—¡Al fin! —dijo el padre—. ¡Ya ha aparecido nuestro querido hijo!

Le indicó a su mujer que soltara la hoz, por temor a lastimar a Pulgarcito. Entonces, se adelantó y le dio al lobo un golpe tan violento en la cabeza que éste cayó muerto. Después fueron a buscar un cuchillo y unas tijeras, le abrieron el vientre y sacaron al pequeño.

—¡Qué suerte! —dijo el padre—. ¡Qué preocupados estábamos por ti!

—¡Sí, padre, he vivido mil desventuras. ¡Por fin puedo respirar el aire libre!

—Pues, ¿dónde te metiste?

—¡Ay, padre!, he estado en la madriguera de un ratón, en el vientre de una vaca y dentro de la panza de un lobo. Ahora me quedaré al lado de ustedes.

—Y nosotros no te volveríamos a vender, aunque nos diesen todos los tesoros del mundo.

Abrazaron y besaron con mucha ternura a su querido Pulgarcito, le sirvieron de comer y de beber, y lo bañaron y le pusieron ropas nuevas, pues las que llevaba mostraban los rastros de las peripecias de su accidentado viaje.

LA BELLA Y LA BESTIA

Había una vez un mercader muy rico que tenía seis hijos, tres varones y tres mujeres; y como era hombre de muchos bienes y de vasta cultura, no reparaba en gastos para educarlos y los rodeó de toda suerte de maestros. Las tres hijas eran muy hermosas; pero la más joven despertaba tanta admiración, que de pequeña todos la apodaban "la bella niña", de modo que por fin se le quedó este nombre para envidia de sus hermanas.

No sólo era la menor mucho más bonita que las otras, sino también más bondadosa. Las dos hermanas mayores ostentaban con desprecio sus riquezas ante quienes tenían menos que ellas; se hacían las grandes damas y se negaban a que las visitasen las hijas de los demás mercaderes: únicamente las personas de mucho rango eran dignas de hacerles compañía. Se lo pasaban en todos los bailes, reuniones, comedias y paseos, y despreciaban a la menor porque empleaba gran parte de su tiempo en la lectura de buenos libros.

Las tres jóvenes, agraciadas y poseedoras de muchas riquezas, eran solicitadas en matrimonio por muchos mercaderes de la región, pero las dos mayores los despreciaban y rechazaban diciendo que sólo se casarían con un noble: por lo menos un duque o conde.

La Bella —pues así era como la conocían y llamaban todos a la menor— agradecía muy cortésmente el interés de cuantos querían tomarla por esposa, y los atendía con suma amabilidad y delicadeza; pero les alegaba que aún era muy joven y que deseaba pasar algunos años más en compañía de su padre.

De un solo golpe perdió el mercader todos sus bienes, y no le quedó más que una pequeña casa de campo a buena distancia de la ciudad.

Totalmente destrozado, lleno de pena su corazón, llorando hizo saber a sus hijos que era forzoso trasladarse a esta casa, donde para ganarse la vida tendrían que trabajar como campesinos.

Sus dos hijas mayores respondieron con la altivez que siempre demostraban en toda ocasión, que de ningún modo abandonarían la ciudad, pues no les faltaban enamorados que se sentirían felices de casarse con ellas, no obstante su fortuna perdida. En esto se engañaban las buenas señoritas: sus enamorados perdieron totalmente el interés en ellas en cuanto fueron pobres.

Puesto que debido a su soberbia nadie simpatizaba con ellas, las muchachas de los otros mercaderes y sus familias comentaban:

—No merecen que les tengamos compasión. Al contrario, nos alegramos de verles abatido el orgullo. ¡Que se hagan las grandes damas con las ovejas!

Pero, al mismo tiempo, todo el mundo decía:

—¡Qué pena, qué dolor nos da la desgracia de la Bella! ¡Esta sí que es una buena hija!

¡Con qué cortesía le habla a los pobres! ¡Es tan dulce, tan honesta!…

No faltaron caballeros dispuestos a casarse con ella, aunque no tuviese un centavo; mas la joven agradecía pero respondía que le era imposible abandonar a su padre en desgracia, y que lo seguiría a la campiña para consolarlo y ayudarlo en sus trabajos. La pobre Bella no dejaba de afligirse por la pérdida de su fortuna, pero se decía a sí misma:

—Nada obtendré por mucho que llore. Es preciso tratar de ser feliz en la pobreza.

No bien llegaron y se establecieron en la casa de campo, el mercader y sus tres hijos con ropajes de labriegos se dedicaron a preparar y labrar la tierra. La Bella se levantaba a las cuatro de la mañana y se ocupaba en limpiar la casa y preparar la comida de la familia. Al principio aquello le era un sacrificio agotador, porque no tenía costumbre de trabajar tan duramente; mas unos meses más adelante se fue sintiendo acostumbrada a este ritmo y comenzó a sentirse mejor y a disfrutar por sus afanes de una salud perfecta. Cuando terminaba sus quehaceres se ponía a leer, a tocar el clavicordio, o bien a cantar mientras hilaba o realizaba alguna otra labor. Sus dos hermanas, en cambio, se aburrían mortalmente; se levantaban a las diez de la mañana, paseaban el día entero y su única diversión era lamentarse de sus perdidas galas y visitas.

—Mira a nuestra hermana menor —se decían entre sí—, tiene un alma tan vulgar, y es tan estúpida, que se contenta con su miseria.

El buen labrador, el padre, en cambio, sabía que la Bella era trabajadora, constante, paciente y tesonera, y muy capaz de brillar en los salones, en cambio sus hermanas... Admiraba las virtudes de su hija menor, y sobre todo su paciencia, ya que las otras no se contentaban con que hiciese todo el trabajo de la casa, sino que además se burlaban de ella.

Hacía ya un año que la familia vivía en aquellas soledades cuando el mercader recibió una carta en la cual le anunciaban que cierto navío acababa de arribar, felizmente, con una carga de mercancías para él. Esta noticia trastornó por completo a sus dos hijas mayores, pues imaginaron que por fin podrían abandonar aquellos campos donde tanto se aburrían y además lo único que se les cruzaba por la cabeza era volver a la ociosa y fatua vida en las fiestas y teatros, mostrando riquezas; por lo que, no bien vieron a su padre ya dispuesto para salir, le pidieron que les trajera vestidos, chalinas, peinetas y toda suerte de bagatelas. La Bella no dijo una palabra, pensando para sí que todo el oro de las mercancías no iba a bastar para los encargos de sus hermanas.

—¿No vas tú a pedirme algo? —le preguntó su padre.

—Ya que tienes la bondad de pensar en mí —respondió ella—, te ruego que me traigas una rosa, pues por aquí no las he visto.

No era que la desease realmente, sino que no quería afear con su ejemplo la conducta de sus hermanas, las cuales habían dicho que si no pedía nada era sólo por darse importancia.

Partió, pues, el buen mercader; pero cuando llegó a la ciudad supo que había un pleito andando en torno a sus mercaderías, y luego de muchos trabajos y penas se halló tan pobre como antes. Y así emprendió nuevamente el camino hacia su vivienda. No tenía que recorrer más de treinta millas para llegar a su casa, y ya se regocijaba con el gusto de ver otra vez a sus hijas; pero erró el camino al atravesar un gran bosque, y se perdió dentro de él, en medio de una tormenta de viento y nieve que comenzó a desatarse.

Nevaba fuertemente; el viento era tan impetuoso que por dos veces lo derribó del caballo; y cuando cerró la noche llegó a temer que moriría de hambre o de frío; o que lo devorarían los lobos, a los que oía aullar muy cerca de sí. De repente, tendió la vista por entre dos largas hileras de árboles y vio una brillante luz a gran distancia.

Se encaminó hacia aquel sitio y al acercarse observó que la luz salía de un gran palacio todo iluminado. Se apresuró a refugiarse allí; pero su sorpresa fue considerable cuando no encontró a persona alguna en los patios. Su caballo, que lo seguía, entró en una vasta caballeriza que estaba abierta, y habiendo hallado heno y avena, el pobre animal, que se moría de hambre, se puso a comer ávidamente. Después de dejarlo atado, el mercader pasó al castillo, donde tampoco vio a nadie; y por fin llegó a una gran sala en que había un buen fuego y una mesa cargada de viandas con un solo cubierto. Quizás pecaría de atrevido, pero se dirigió hacia allí. La tentación fue muy grande, pues la lluvia y la nieve lo habían calado hasta los huesos; se arrimó al fuego para secarse, diciéndose a sí mismo: "El dueño de esta casa y sus sirvientes, que no tardarán en dejarse ver, sin duda me perdonarán la libertad que me he tomado."

Se quedó aún esperando un rato largo, observaba hacia los otros recintos para tratar de ubicar a algún habitante en la mansión, pero cuando sonaron once campanadas sin que se apareciese nadie, no pudo ya resistir el hambre, y apoderándose de un pollo se lo comió con dos bocados a pesar de sus temblores. Bebió también algunas copas de vino, y ya con nueva audacia abandonó la sala y recorrió varios espaciosos aposentos, magníficamente amueblados. En uno de ellos encontró una cama dispuesta, y como era pasada la medianoche, y se sentía rendido de cansancio, entumecido y aturdido de la aventura pasada hasta encontrar este cobijo, decidió cerrar la puerta y acostarse a dormir.

Eran las diez de la mañana cuando se levantó al día siguiente, y no fue pequeña su sorpresa al encontrarse un traje como hecho a su medida en vez de sus viejas y gastadas ropas.

"Sin duda", se dijo, "o no he despertado, o este palacio pertenece a un hada buena que se ha apiadado de mí."

Miró por la ventana y no vio el menor rastro de nieve, sino de un jardín cuyos floridos canteros encantaban la vista. Entró luego en la estancia donde cenara la víspera, y halló que sobre una mesita lo aguardaba una taza de chocolate.

—Le doy las gracias, señora hada —dijo en alta voz—, por haber tenido la bondad de albergarme en noche tan inhóspita y de pensar en mi desayuno.

El buen hombre, después de tomar el chocolate, salió en busca de su caballo, y al pasar por un sector lleno de rosas blancas recordó la petición de la Bella y cortó una para llevársela. En el mismo momento se escuchó un gran estruendo y vio que se dirigía hacia él una bestia tan horrenda, que le faltó poco para caer desmayado.

—¡Ah, ingrato! —le dijo la Bestia con voz terrible—. Yo te salvé la vida al recibirte y darte cobijo en mi palacio, y ahora, para mi pesadumbre, tú me arrebatas mis rosas, ¡a las que amo sobre todo cuanto hay en el mundo! Será preciso que mueras, a fin de reparar esta falta.

El mercader se arrojó a sus pies, juntó las manos y rogó a la Bestia:

—Monseñor, perdóname, pues no creía ofenderte al tomar una rosa; es para una de mis hijas, que me la había pedido.

—Yo no me llamo Monseñor —respondió el monstruo— sino la Bestia. No me gustan los halagos, y sí que los hombres digan lo que sienten; no esperes conmoverme con tus lisonjas. Mas tú me has dicho que tienes hijas; estoy dispuesto a perdonarte con la condición de que una de ellas venga a morir en lugar tuyo. No me repliques: parte de inmediato; y si tus hijas rehúsan morir por ti, júrame que regresarás dentro de tres meses.

No pensaba el buen hombre sacrificar una de sus hijas a tan horrendo monstruo, pero se dijo: "Al menos me queda el consuelo de darles un último abrazo." Juró, pues, que regresaría, y la Bestia le dijo que podía partir cuando quisiera.

—Pero no quiero que te marches con las manos vacías —añadió—. Vuelve a la estancia donde pasaste la noche: allí encontrarás un gran cofre en el que pondrás cuanto te plazca, y yo lo haré conducir a tu casa.

Dicho esto se retiró la Bestia, y el hombre se dijo:

"Si es preciso que muera, tendré al menos el consuelo de que mis hijas no pasen hambre."

Volvió, pues, a la estancia donde había dormido, y halló una gran cantidad de monedas de oro con las que llenó el cofre de que le hablara la Bestia; lo cerró, fue a las caballerizas en busca de su caballo y abandonó aquel palacio con una gran tristeza, pareja a la alegría con que entrara en él la noche antes en busca de albergue. Su caballo tomó por sí mismo una de las veredas que había en el bosque, y en unas pocas horas se halló de regreso en su pequeña granja.

Se juntaron sus hijas en torno suyo y, lejos de alegrarse con sus caricias, el pobre mercader se echó a llorar angustiado mirándolas. Traía en la mano el ramo de rosas que había cortado para la Bella, y al entregárselo le dijo:

—Bella, toma estas rosas, que bien caro costaron a tu desventurado padre.

Y enseguida contó a su familia la funesta aventura que acababa de sucederle. Al oírlo, sus dos hijas mayores dieron grandes alaridos y llenaron de injurias a la Bella, que no había derramado una lágrima.

—Miren a lo que conduce el orgullo de esta pequeña criatura —gritaban—. ¿Por qué no pidió adornos como nosotras? ¡Ah, no, la señorita tenía que ser distinta! Ella va a causar la muerte de nuestro padre, y sin embargo ni siquiera llora.

—Mi llanto sería inútil —respondió la Bella—. ¿Por qué voy a llorar a nuestro padre si no es necesario que muera? Puesto que el monstruo tiene a bien aceptar a una de sus hijas, yo me entregaré a su furia y me consideraré muy dichosa, pues habré tenido la oportunidad de salvar a mi padre y demostrarle a ustedes y a él mi ternura.

—No, hermana —dijeron sus tres hermanos—, tampoco es necesario que tú mueras; nosotros buscaremos a ese monstruo y lo mataremos o pereceremos bajo sus golpes.

—No hay que soñar, hijos míos —dijo el mercader—. El poderío de esa Bestia es tal que no tengo ninguna esperanza de matarla. Me conmueve el buen corazón de Bella, pero jamás la expondré a la muerte. Soy viejo, me queda poco tiempo de vida; sólo perderé unos cuantos años, de los que únicamente por ustedes siento desprenderme, mis hijos queridos.

—Te aseguro, padre mío —le dijo la Bella—, que no irás sin mí a ese palacio; tú no puedes impedirme que te siga. En parte fui responsable de tu desventura. Como soy joven, no le tengo gran apego a la vida, y prefiero que ese monstruo me devore a morirme de la pena y el remordimiento que me daría tu pérdida.

Por más que razonaron con ella no hubo forma de convencerla, y sus hermanas estaban encantadas, porque las virtudes de la joven les había inspirado siempre unos celos irresistibles. Al mercader lo abrumaba tanto el dolor de perder a su hija, que olvidó el cofre repleto de oro; pero al retirarse a su habitación para dormir su sorpresa fue enorme al encontrarlo junto a la cama. Decidió no decir una palabra a sus hijos de aquellas nuevas y grandes riquezas, ya que habrían querido retornar a la ciudad y él estaba resuelto a morir en el campo; pero reveló el secreto a la Bella, quien a su vez le confió que en su ausencia habían venido de visita algunos caballeros, y que dos de ellos amaban a sus hermanas. Le rogó que les permitiera casarse, pues era tan buena que las seguía queriendo y las perdonaba de todo corazón, a pesar del mal que le habían hecho.

El día en que partieron la Bella y su padre, las dos perversas muchachas se frotaron los ojos con cebolla para tener lágrimas con que llorarlos; sus hermanos, en cambio, lloraron de veras, como también el mercader, y en toda la casa la única que no lloró fue la Bella, pues no quería aumentar el dolor de los otros.

Echó a andar el caballo hacia el palacio, y al caer la tarde apareció éste todo iluminado como la primera vez. El caballo se fue por sí solo a la caballeriza, y el buen hombre y su hija pasaron al gran salón, donde encontraron una mesa magníficamente servida en la que había dos cubiertos. El mercader no tenía ánimo para probar bocado, pero la Bella, esforzándose por parecer tranquila, se sentó a la mesa y le sirvió, aunque pensaba para sí:

"La Bestia quiere que engorde antes de comerme, puesto que me recibe de modo tan espléndido."

En cuanto terminaron de cenar se escuchó un gran estruendo y el mercader, llorando, dijo a su pobre hija que se acercaba la Bestia. No pudo la Bella evitar un estremecimiento cuando vio su horrible figura, aunque procuró disimular su miedo, y al interrogarla el monstruo sobre si la habían obligado o si venía por su propia voluntad, ella le respondió que sí, temblando, que era decisión propia.

—Eres muy buena —dijo la Bestia—, y te lo agradezco mucho. Tú, buen hombre, partirás por la mañana y no sueñes jamás con regresar aquí. Nunca. Adiós, Bella.

—Adiós, señor —respondió la muchacha. Y enseguida se retiró la Bestia.

—¡Ah, hija mía —dijo el mercader, abrazando a la Bella— yo estoy casi muerto de espanto! Hazme caso y deja que me quede en tu sitio.

—No, padre mío —le respondió la Bella con firmeza—, tú partirás por la mañana.

Fueron después a acostarse, creyendo que no dormirían en toda la noche; mas sus ojos se cerraron apenas pusieron la cabeza en la almohada. Mientras dormía vio la Bella a una dama que le dijo:

—Tu buen corazón me hace muy feliz, Bella. No ha de quedar sin recompensa esta buena acción de arriesgar tu vida por salvar la de tu padre.

Le contó el sueño al buen hombre la Bella al despertarse; y aunque le sirvió un tanto de consuelo, no alcanzó a evitar que se lamentara con grandes sollozos al momento de separarse de su querida hija.

En cuanto se hubo marchado se dirigió la Bella a la gran sala y se echó a llorar; pero, como tenía sobrado coraje, resolvió no apesadumbrarse durante el poco tiempo que le quedase de vida, pues tenía el convencimiento de que el monstruo la devoraría aquella misma tarde. Mientras esperaba decidió recorrer el espléndido castillo, ya que a pesar de todo no podía evitar que su belleza la conmoviese. Su asombro fue aún mayor cuando halló escrito sobre una puerta:

Aposento de la Bella

La abrió precipitadamente y quedó deslumbrada por la magnificencia que allí reinaba; pero lo que más llamó su atención fue una bien provista biblioteca, un clavicordio y numerosos libros de música, lo que reunía todo lo que a ella le hacía la vida placentera.

—No quiere que esté triste —se dijo en voz baja, y añadió de inmediato—: para un solo día no me habría reunido tantas cosas.

Este pensamiento reanimó su valor, y poco después, revisando la biblioteca, encontró un libro en que aparecía la siguiente inscripción en letras de oro:

Disponga, ordene, aquí es usted la reina y señora.

—¡Ay de mí —suspiró ella—, nada deseo sino ver a mi pobre padre y saber qué está haciendo ahora!

Había dicho estas palabras para sí misma: ¡cuál no sería su asombro al volver los ojos a un gran espejo y ver allí su casa, adonde llegaba entonces su padre con el semblante lleno de tristeza! Las dos hermanas mayores acudieron a recibirlo, y a pesar de los aspavientos que hacían para aparecer afligidas, se les reflejaba en el rostro la satisfacción que sentían por la pérdida de su hermana, por haberse desprendido de la hermana que les hacía sombra con su belleza y bondad. Desapareció todo en un momento, y la Bella no pudo dejar de decirse que la Bestia era muy complaciente, y que nada tenía que temer de su parte.

Al mediodía halló la mesa servida, y mientras comía escuchó un exquisito concierto, aunque no vio a persona alguna. Esa tarde, cuando iba a sentarse a la mesa, oyó el estruendo que hacía la Bestia al acercarse, y no pudo evitar un estremecimiento.

—Bella —le dijo el monstruo—, ¿permitirías que te mirase mientras comes?

—Tú eres el dueño de esta casa —respondió la Bella, temblando.

—No —dijo la Bestia—, no hay aquí otra dueña que tú. Si te molestara no tendrías más que pedirme que me fuese, y me marcharía enseguida. Pero dime: ¿no es cierto que me encuentras muy feo?

—Así es —dijo la Bella—, pues no sé mentir; pero en cambio creo que eres muy bueno.

—Tienes razón —dijo el monstruo—, aun cuando yo no pueda juzgar mi fealdad, pues no soy más que una bestia.

—No se es una bestia —respondió la Bella— cuando uno admite que es incapaz de juzgar sobre algo. Los necios no lo admitirían.

—Come, pues —le dijo el monstruo—, y trata de pasarlo bien en tu casa, que todo cuanto hay aquí te pertenece, y me apenaría mucho que no estuvieses contenta.

—Eres muy bondadoso —respondió la Bella—. Te aseguro que tu buen corazón me hace feliz.

Cuando pienso en ello no me pareces tan feo.

—¡Oh, señora —dijo la Bestia—, tengo un buen corazón, pero no soy más que una bestia!

—Hay muchos hombres más bestiales que tú —dijo la Bella—, y mejor te quiero con tu figura que a otros que tienen figura de hombre y un corazón corrupto, ingrato, burlón y falso.

La Bella, que ya apenas le tenía miedo, comió con buen apetito; pero creyó morirse de pavor cuando el monstruo le dijo:

—Bella, ¿querrías ser mi esposa?

Largo rato permaneció la muchacha sin responderle, ya que temía despertar su cólera si rehusaba, y por último le dijo, estremeciéndose:

—No, Bestia.

Quiso suspirar al oírla el pobre monstruo, pero de su pecho no salió más que un silbido tan espantoso, que hizo retemblar el palacio entero;

sin embargo, la Bella se tranquilizó enseguida, pues la Bestia le dijo tristemente:

—Adiós, entonces, Bella —y salió de la sala volviéndose varias veces a mirarla por última vez. Al quedarse sola, la Bella sintió una gran compasión por esta pobre Bestia.

"¡Ah, qué pena —se dijo— que siendo tan bueno, sea tan feo!"

Tres apacibles meses pasó la Bella en el castillo. Todas las tardes la Bestia la visitaba, y la entretenía y observaba mientras comía, con su conversación llena de buen sentido, pero jamás de aquello que en el mundo llaman ingenio. Cada día la Bella encontraba en el monstruo nuevas bondades, y la costumbre de verlo la había habituado tanto a su fealdad, que lejos de temer el momento de su visita, miraba con frecuencia el reloj para ver si eran las nueve, ya que la Bestia jamás dejaba de presentarse a esa hora. Sólo había una cosa que la apenaba, y era que la Bestia, cotidianamente antes de retirarse, le preguntaba cada noche si quería ser su esposa, y cuando ella rehusaba parecía traspasado de dolor. Un día le dijo:

—Mucha pena me das, Bestia. Bien querría complacerte, pero soy demasiado sincera para permitirte creer que pudiese hacerlo nunca. Siempre he de ser tu amiga: trata de contentarte con esto.

—Forzoso me será —dijo la Bestia—. Sé que en justicia soy horrible, pero mi amor es grande. Entretanto, me siento feliz de que quieras permanecer aquí. Prométeme que no me abandonarás nunca.

La Bella enrojeció al escuchar estas palabras. Había visto en el espejo que su padre estaba enfermo de pesar por haberla perdido, y deseaba volverlo a ver.

—Yo podría prometerte —dijo a la Bestia— que no te abandonaré nunca, si no fuese porque tengo tantas ansias de ver a mi padre, que me moriré de dolor si me niegas ese gusto.

—Antes prefiero yo morirme —dijo el monstruo— que causarte el pesar más pequeño. Te enviaré a casa de tu padre, y mientras estés allí morirá tu Bestia de pena.

—¡Oh, no —respondió la Bella, llorando—, te quiero demasiado para tolerarlo! Prometo regresar dentro de ocho días. Me has hecho ver que mis hermanas están casadas y mis hermanos en el ejército. Mi padre se ha quedado solo. Permíteme que pase una semana en su compañía.

—Mañana estarás con él —dijo la Bestia—, pero acuérdate de tu promesa. Cuando quieras regresar no tienes más que poner tu sortija sobre la mesa a la hora del sueño. Adiós, Bella.

La Bestia suspiró, según su costumbre, al decir estas palabras, y la Bella se acostó con la tristeza de verlo tan apesadumbrado. Cuando despertó a la mañana siguiente se hallaba en casa de su padre. Sonó a poco una campanilla que estaba junto a la cama y apareció la sirvienta, quien dio un gran grito al verla. Acudió rápidamente a sus voces el buen padre, y creyó morir de alegría porque recobraba a su querida hija, con la cual estuvo abrazado más de un cuarto de hora.

Luego de estas primeras efusiones, la Bella recordó que no tenía ropas con que vestirse, pero la sirvienta le dijo que en la vecina habitación había encontrado un cofre lleno de magníficos vestidos con adornos de oro y diamantes. Agradecida a las atenciones de la Bestia, pidió la Bella que le trajesen el más modesto de aquellos vestidos y que guardasen los otros para regalárselos a sus hermanas; pero apenas había dado esta orden desapareció el cofre. Su padre comentó que sin duda la Bestia quería que conservase para sí los regalos, y al instante reapareció el cofre donde estuviera antes.

Se vistió la Bella, y entretanto avisaron a las hermanas, que acudieron en compañía de sus esposos. Las dos eran muy desdichadas en sus matrimonios, pues la primera se había casado con un gentilhombre tan hermoso como Cupido, pero que no pensaba sino en su propia figura, a la que dedicaba todos sus desvelos de la mañana a la noche, menospreciando la belleza de su esposa. La segunda, en cambio, tenía por marido a un hombre cuyo gran talento no servía más que para mortificar a todo el mundo, empezando por su esposa.

Cuando vieron a la Bella ataviada como una princesa, y más hermosa que la luz del día, las dos creyeron morir de dolor. Aunque la Bella les hizo mil caricias, no les pudo aplacar los celos, que se recrudecieron cuando les contó lo feliz que se sentía. Bajaron las dos al jardín para llorar allí a sus anchas.

—¿Por qué es tan dichosa esa pequeña criatura? ¿No somos nosotras más dignas de la felicidad que ella?

—Hermana —dijo la mayor—, se me ocurre una idea. Tratemos de retenerla aquí más de ocho días: esa estúpida Bestia pensará entonces que ha roto su palabra, y quizás la devore.

—Tienes razón, hermana mía —respondió la otra—. Y para conseguirlo la llenaremos de halagos.

Y tomada esta resolución, volvieron a subir y dieron a su hermana tantas pruebas de cariño, que la Bella lloraba de felicidad. Al concluirse el plazo comenzaron a arrancarse los cabellos y a dar tales muestras de aflicción por su partida, que les prometió quedarse otros ocho días.

Sin embargo, la Bella se reprochaba el pesar que así causaba a su pobre monstruo, a quien amaba de todo corazón, y se entristecía de no verlo. La décima noche que estuvo en casa de su padre, soñó que se hallaba en el jardín del castillo, y que veía cómo la Bestia, inerte sobre la hierba, a punto de morir, la reconvenía por sus ingratitudes. Despertó sobresaltada, con los ojos llenos de lágrimas.

"¿No soy yo bien perversa —se dijo—, pues le causo tanto pesar cuando de tal modo me quiere? ¿Tiene acaso la culpa de su fealdad y su falta de inteligencia? Su buen corazón importa más que todo lo otro. ¿Por qué no he de casarme con él? Seré mucho más feliz que mis hermanas con sus maridos. Ni la belleza ni la inteligencia hacen que una mujer viva contenta con su esposo, sino la bondad de carácter, la virtud y el deseo de agradar; y la Bestia posee todas estas cualidades. Aunque no amor, sí le tengo estimación y amistad. ¿Por qué he de ser la causa de su desdicha, si luego me reprocharía mi ingratitud toda la vida?"

Con estas palabras la Bella se levantó, puso su sortija sobre la mesa y volvió a acostarse. Apenas se tendió sobre la cama se quedó dormida, y al despertarse a la mañana siguiente vio con alegría que se hallaba en el castillo de la Bestia. Se vistió con todo esplendor por darle gusto, y creyó morir de impaciencia en espera de que fuesen las nueve de la noche; pero el monstruo no apareció al dar el reloj la hora. Creyó entonces que le habría causado la muerte, y exhalando profundos suspiros, a punto de desesperarse, recorrió la Bella el castillo entero, buscando inútilmente por todas partes. Recordó entonces su sueño y corrió por el jardín hacia el estanque junto al cual lo viera en sueños. Allí encontró a la pobre Bestia sobre la hierba, perdido el conocimiento, y pensó que había muerto. Sin el menor asomo de horror se dejó caer a su lado, y al sentir que aún le latía el corazón, tomó un poco de agua del estanque y le roció la cabeza. Abrió la Bestia los ojos y dijo a la Bella:

—Olvidaste tu promesa, y el dolor de haberte perdido me llevó a dejarme morir de hambre.

Pero ahora moriré contento, pues tuve la dicha de verte una vez más.

—No, mi Bestia querida, no vas a morirte —le dijo la Bella—, sino que vivirás para ser mi esposo. Desde este momento te prometo mi mano, y juro que no perteneceré a nadie sino a ti. ¡Ah, yo creía que sólo te tenía amistad, pero el dolor que he sentido me ha hecho ver que no podría vivir sin verte!

Apenas había pronunciado estas palabras la Bella vio que todo el palacio se iluminaba con luces resplandecientes: los fuegos artificiales, la música, todo era anuncio de una gran fiesta; pero ninguna de estas bellezas logró distraerla, y se volvió hacia su querido monstruo, cuyo peligro la hacía estremecerse. ¡Cuál no sería su sorpresa! La Bestia había desaparecido y en su lugar había un príncipe más hermoso que el Amor, que le daba las gracias por haber puesto fin a su encantamiento. Aunque este príncipe mereciese toda su atención, no pudo dejar de preguntarle dónde estaba la Bestia.

—Aquí, a tus pies —le dijo el príncipe—. Cierta maligna hada me ordenó permanecer bajo esa figura, privándome a la vez del uso de mi inteligencia, hasta que alguna bella joven consintiera en casarse conmigo. En todo el mundo tú sola has sido capaz de conmoverte con la bondad de mi corazón; ni aun ofreciéndote mi corona podría demostrarte la gratitud que te guardo y nunca podré pagar la deuda que he contraído contigo.

La Bella, agradablemente sorprendida, tendió su mano al hermoso príncipe para que se levantase. Se encaminaron después al castillo, y la joven creyó morir de dicha cuando encontró en el gran salón a su padre y a toda la familia, a quienes la hermosa dama que viera en sueños había traído hasta allí.

—Bella —le dijo esta dama, que era un hada poderosa—, ven a recibir el premio de tu buena elección: has preferido la virtud a la belleza y a la inteligencia, y por tanto mereces hallar todas estas cualidades reunidas en una sola persona. Vas a ser una gran reina: yo espero que tus virtudes no se desvanecerán en el trono. Y en cuanto a ustedes, señoras —agregó el hada, dirigiéndose a sus hermanas—, conozco sus corazones y toda la malicia que encierran. Conviértanse en estatuas, pero conserven la razón adentro de la piedra que va a envolverlas. Estarán a la puerta del palacio de la Bella, y no les pongo otra pena que la de ser testigos de su felicidad. No podrán volver a su primer estado hasta que reconozcan sus faltas; pero me temo mucho que no dejarán jamás de ser estatuas. Pues uno puede recobrarse del orgullo, la cólera, la gula y la pereza; pero es una especie de milagro que se corrija un corazón maligno y envidioso.

En este punto dio el hada un golpe en el suelo con una varita y transportó a cuantos estaban en la sala al reino del príncipe. Sus súbditos lo recibieron con júbilo, y a poco se celebraron sus bodas con la Bella, quien vivió junto a él muy largos años en una felicidad perfecta, pues estaba fundada en la virtud.

LA BRUJA BABA YAGA

Vivía en otros tiempos un comerciante con su mujer; un día ésta se murió, dejándole una hija. Al poco tiempo el viudo se casó con otra mujer, que, envidiosa de su hijastra, la maltrataba y buscaba el modo de librarse de ella.

Aprovechando la ocasión de que el padre tuvo que hacer un viaje, la madrastra le dijo a la muchacha:

—Ve a ver a mi hermana y pídele que te dé una aguja y un poco de hilo para que te cosas una camisa.

La hermana de la madrastra era una bruja, y como la muchacha era lista, decidió ir primero a pedir consejo a otra tía suya, hermana de su padre.

—Buenos días, tiíta.

—Muy buenos, sobrina querida. ¿A qué vienes?

—Mi madrastra me ha dicho que vaya a pedir a su hermana una aguja e hilo, para que me cosa una camisa.

—Acuérdate bien —le dijo entonces la tía— de que un álamo blanco querrá arañarte la cara: tú átale las ramas con una cinta. Las puertas de una cancela rechinarán y se cerrarán con estrépito para no dejarte pasar; tú úntale los goznes con aceite. Los perros te querrán despedazar; tírales un poco de pan. Un gato feroz estará encargado de arañarte y sacarte los ojos; dale un pedazo de jamón.

La chica se despidió, cogió un poco de pan, aceite y jamón y una cinta, se puso a andar en busca de la bruja y finalmente llegó.

Entró en la cabaña, en la cual estaba sentada la bruja Baba—Yaga sobre sus piernas huesosas, ocupada en tejer.

—Buenos días, tía.

—¿A qué vienes, sobrina?

—Mi madre me ha mandado que venga a pedirte una aguja e hilo para coserme una camisa.

—Está bien. En tanto que lo busco, siéntate y ponte a tejer.

Mientras la sobrina estaba tejiendo, la bruja salió de la habitación, llamó a su criada y le dijo:

—Date prisa, calienta el baño y lava bien a mi sobrina, porque me la voy a comer.

La pobre muchacha se quedó medio muerta de miedo, y cuando la bruja se marchó, dijo a la criada:

—No quemes mucha leña, querida; mejor es que eches agua al fuego y lleves el agua al baño con un colador.

Y diciéndole esto, le regaló un pañuelo.

Baba—Yaga, impaciente, se acercó a la ventana donde trabajaba la chica y le preguntó a ésta:

—¿Estás tejiendo, sobrinita?

—Sí, tiíta, estoy trabajando.

La bruja se alejó de la cabaña, y la muchacha, aprovechando aquel momento, le dio al gato un pedazo de jamón y le preguntó cómo podría escaparse de allí. El gato le dijo:

—Sobre la mesa hay una toalla y un peine: cógelos y echa a correr lo más de prisa que puedas, porque la bruja Baba—Yaga correrá tras de ti para cogerte; de cuando en cuando échate al suelo y arrima a él tu oreja; cuando oigas que está ya cerca, tira al suelo la toalla, que se transformará en un río muy ancho. Si la bruja se tira al agua y lo pasa a nado, tú habrás ganado delantera. Cuando oigas en el suelo que no está lejos de ti, tira el peine, que se transformará en un espeso bosque, a través del cual la bruja no podrá pasar.

La muchacha cogió la toalla y el peine y se puso a correr. Los perros quisieron despedazarla, pero les tiró un trozo de pan; las puertas de una cancela rechinaron y se cerraron de golpe, pero la muchacha untó los goznes con aceite, y las puertas se abrieron de par en par. Más allá, un álamo blanco quiso arañarle la cara; entonces ató las ramas con una cinta y pudo pasar.

El gato se sentó al telar y quiso tejer; pero no hacía más que enredar los hilos. La bruja, acercándose a la ventana, preguntó:

—¿Estás tejiendo, sobrinita? ¿Estás tejiendo, querida?

—Sí, tía, estoy tejiendo —respondió con voz ronca el gato.

Baba—Yaga entró en la cabaña, y viendo que la chica no estaba y que el gato la había engañado, se puso a pegarle, diciéndole:

—¡Ah viejo goloso! ¿Por qué has dejado escapar a mi sobrina? ¡Tu obligación era quitarle los ojos y arañarle la cara!

—Llevo mucho tiempo a tu servicio —dijo el gato— y todavía no me has dado ni siquiera un huesecito, y ella me ha dado un pedazo de jamón.

Baba—Yaga se enfadó con los perros, con la cancela, con el álamo y con la criada y se puso a pegar a todos.

Los perros le dijeron:

—Te hemos servido muchos años sin que tú nos hayas dado ni siquiera una corteza dura de pan quemado, y ella nos ha regalado con pan fresco.

La cancela dijo:

—Te he servido mucho tiempo sin que a pesar de mis chirridos me hayas engrasado con sebo, y ella me ha untado los goznes con aceite.

El álamo dijo:

—Te he servido mucho tiempo, sin que me hayas regalado ni siquiera un hilo, y ella me ha engalanado con una cinta.

La criada exclamó:

—Te he servido mucho tiempo, sin que me hayas dado ni siquiera un trapo, y ella me ha regalado un pañuelo.

Baba—Yaga se apresuró a sentarse en el mortero; arreándole con el mazo y barriendo con la escoba sus huellas, salió en persecución de la muchacha. Ésta arrimó su oído al suelo para escuchar y oyó acercarse a la bruja. Entonces tiró al suelo la toalla, y al instante se formó un río muy ancho.

Baba—Yaga llegó a la orilla, y viendo el obstáculo que se le interponía en su camino, rechinó los dientes de rabia, volvió a su cabaña, reunió a todos sus bueyes y los llevó al río: los animales bebieron toda el agua y la bruja continuó la persecución de la muchacha.

Ésta arrimó otra vez su oído al suelo y oyó que Baba—Yaga estaba ya muy cerca: tiró al suelo el peine y se transformó en un bosque espesísimo y frondoso.

La bruja se puso a roer los troncos de los árboles para abrirse paso; pero a pesar de todos sus esfuerzos no lo consiguió, y tuvo que volverse furiosa a su cabaña.

Entretanto, el comerciante volvió a casa y preguntó a su mujer.

—¿Dónde está mi hijita querida?

—Ha ido a ver a su tía —contestó la madrastra.

Al poco rato, con gran sorpresa de la madrastra, regresó la niña.

—¿Dónde has estado? —le preguntó el padre.

—¡Oh padre mío! Mi madre me ha mandado a casa de su hermana a pedirle una aguja con hilo para coserme una camisa, y resulta que la tía es la mismísima bruja Baba—Yaga, que quiso comerme.

—¿Cómo has podido escapar de ella, hijita? Entonces la niña le contó todo lo sucedido.

Cuando el comerciante se enteró de la maldad de su mujer, la echó de su casa y se quedó con su hija.

Los dos vivieron en paz muchos años felices.

EL GATO QUE CAMINABA SOLO

Sucedieron estos hechos que voy a contarte, oh, querido mío, cuando los animales domésticos eran salvajes. El Perro era salvaje, como lo eran también el Caballo, la Vaca, la Oveja y el Cerdo, tan salvajes como pueda imaginarse, y vagaban por la húmeda y salvaje espesura en compañía de sus salvajes parientes; pero el más salvaje de todos los animales salvajes era el Gato. El Gato caminaba solo y no le importaba estar aquí o allá.

También el Hombre era salvaje, claro está. Era terriblemente salvaje. No comenzó a domesticarse hasta que conoció a la Mujer y ella repudió su montaraz modo de vida. La Mujer escogió para dormir una bonita cueva sin humedades en lugar de un montón de hojas mojadas, y esparció arena limpia sobre el suelo, encendió un buen fuego de leña al fondo de la cueva y colgó una piel de Caballo Salvaje, con la cola hacia abajo, sobre la entrada; después dijo:

—Límpiate los pies antes de entrar; de ahora en adelante tendremos un hogar.

Esa noche, querido mío, comieron Cordero Salvaje asado sobre piedras calientes y sazonado con ajo y pimienta silvestres, y Pato Salvaje relleno de arroz silvestre, y alholva y cilantro silvestres, y tuétano de Buey Salvaje, y cerezas y granadillas silvestres. Luego, cuando el Hombre se durmió más feliz que un niño delante de la hoguera, la Mujer se sentó a cardar lana. Cogió un hueso del hombro de cordero, la gran paletilla plana, contempló los portentosos signos que había en él, arrojó más leña al fuego e hizo un conjuro, el primer Conjuro Cantado del mundo.

En la húmeda y salvaje espesura, los animales salvajes se congregaron en un lugar desde donde se alcanzaba a divisar desde muy lejos la luz del fuego y se preguntaron qué podría significar aquello.

Entonces Caballo Salvaje golpeó el suelo con la pezuña y dijo:

—Oh, amigos y enemigos míos, ¿por qué han hecho esa luz tan grande el Hombre y la Mujer en esa enorme cueva? ¿Cómo nos perjudicará a nosotros?

Perro Salvaje alzó el morro, olfateó el aroma del asado de cordero y dijo:

—Voy a ir allí, observaré todo y me enteraré de lo que sucede, y me quedaré, porque creo que es algo bueno. Acompáñame, Gato.

—¡Ni hablar! —replicó el Gato—. Soy el Gato que camina solo y a quien no le importa estar aquí o allá. No pienso acompañarte.

—Entonces nunca volveremos a ser amigos —apostilló Perro Salvaje, y se marchó trotando hacia la cueva.

Pero cuando el Perro se hubo alejado un corto trecho, el Gato se dijo a sí mismo:

—Si no me importa estar aquí o allá, ¿por qué no he de ir allí para observarlo todo y enterarme de lo que sucede y después marcharme?

De manera que siguió al Perro con mucho, muchísimo sigilo, y se escondió en un lugar desde donde podría oír todo lo que se dijera.

Cuando Perro Salvaje llegó a la boca de la cueva, levantó ligeramente la piel de Caballo con el morro y husmeó el maravilloso olor del cordero asado. La Mujer lo oyó, se rió y dijo:

—Aquí llega la primera criatura salvaje de la salvaje espesura. ¿Qué deseas?

—Oh, enemiga mía y esposa de mi enemigo, ¿qué es eso que tan buen aroma desprende en la salvaje espesura? —preguntó Perro Salvaje.

Entonces la Mujer cogió un hueso de cordero asado y se lo arrojó a Perro Salvaje diciendo:

—Criatura salvaje de la salvaje espesura, si ayudas a mi Hombre a cazar de día y a vigilar esta cueva de noche, te daré tantos huesos asados como quieras.

—¡Ah! —exclamó el Gato al oírla—, esta Mujer es muy sabia, pero no tan sabia como yo.

Perro Salvaje entró a rastras en la cueva, recostó la cabeza en el regazo de la Mujer y dijo:

—Oh, amiga mía y esposa de mi amigo, ayudaré a tu Hombre a cazar durante el día y de noche vigilaré vuestra cueva.

—¡Ah! —repitió el Gato, que seguía escuchando—, este Perro es un verdadero estúpido.

Y se alejó por la salvaje y húmeda espesura meneando la cola y andando sin otra compañía que su salvaje soledad. Pero no le contó nada a nadie.

Al despertar por la mañana, el Hombre exclamó:

—¿Qué hace aquí Perro Salvaje?

—Ya no se llama Perro Salvaje —lo corrigió la Mujer—, sino Primer Amigo, porque va a ser nuestro amigo por los siglos de los siglos. Llévalo contigo cuando salgas de caza.

La noche siguiente la Mujer cortó grandes brazadas de hierba fresca de los prados y las secó junto al fuego, de manera que olieran como heno recién segado; luego tomó asiento a la entrada de la cueva y trenzó una soga con una piel de caballo; después se quedó mirando el hueso de hombro de cordero, la enorme paletilla, e hizo un conjuro, el segundo Conjuro Cantado del mundo.

En la salvaje espesura, los animales salvajes se preguntaban qué le habría ocurrido a Perro Salvaje. Finalmente, Caballo Salvaje golpeó el suelo con la pezuña y dijo:

—Iré a ver por qué Perro Salvaje no ha regresado. Gato, acompáñame.

—¡Ni hablar! —respondió el Gato—. Soy el Gato que camina solo y a quien no le importa estar aquí o allá. No pienso acompañarte.

Sin embargo, siguió a Caballo Salvaje con mucho, muchísimo sigilo, y se escondió en un lugar desde donde podría oír todo lo que se dijera.

Cuando la Mujer oyó a Caballo Salvaje dando traspiés y tropezando con sus largas crines, se rio y dijo:

—Aquí llega la segunda criatura salvaje de la salvaje espesura. ¿Qué deseas?

—Oh, enemiga mía y esposa de mi enemigo —respondió Caballo Salvaje—, ¿dónde está Perro Salvaje?

La Mujer se rio, cogió la paletilla de cordero, la observó y dijo:

—Criatura salvaje de la salvaje espesura, no has venido buscando a Perro Salvaje, sino porque te ha atraído esta hierba tan rica.

Y dando traspiés y tropezando con sus largas crines, Caballo Salvaje dijo:

—Es cierto, dame de comer de esa hierba.

—Criatura salvaje de la salvaje espesura —repuso la Mujer—, inclina tu salvaje cabeza, ponte esto que te voy a dar y podrás comer esta maravillosa hierba tres veces al día.

—¡Ah! —exclamó el Gato al oírla—, esta Mujer es muy lista, pero no tan lista como yo.

Caballo Salvaje inclinó su salvaje cabeza y la Mujer le colocó la trenzada soga de piel en torno al cuello. Caballo Salvaje relinchó a los pies de la Mujer y dijo:

—Oh, dueña mía y esposa de mi dueño, seré tu servidor a cambio de esa hierba maravillosa.

—¡Ah! —repitió el Gato, que seguía escuchando—, ese Caballo es un verdadero estúpido.

Y se alejó por la salvaje y húmeda espesura meneando la cola y andando sin otra compañía que su salvaje soledad.

Cuando el Hombre y el Perro regresaron después de la caza, el Hombre preguntó:

—¿Qué está haciendo aquí Caballo Salvaje?

—Ya no se llama Caballo Salvaje —replicó la Mujer—, sino Primer Servidor, porque nos llevará a su grupa de un lado a otro por los siglos de los siglos. Llévalo contigo cuando vayas de caza.

Al día siguiente, manteniendo su salvaje cabeza enhiesta para que sus salvajes cuernos no se engancharan en los árboles silvestres, Vaca Salvaje se aproximó a la cueva, y el Gato la siguió y se escondió como lo había hecho en las ocasiones anteriores; y todo sucedió de la misma forma que las otras veces; y el Gato repitió las mismas cosas que había dicho antes, y cuando Vaca Salvaje prometió darle su leche a la Mujer día tras día a cambio de aquella hierba maravillosa, el Gato se alejó por la salvaje y húmeda espesura, caminando solo como era su costumbre.

Y cuando el Hombre, el Caballo y el Perro regresaron a casa después de cazar y el Hombre formuló las mismas preguntas que en las ocasiones anteriores, la Mujer dijo:

—Ya no se llama Vaca Salvaje, sino Donante de Cosas Buenas. Nos dará su leche blanca y tibia por los siglos de los siglos, y yo cuidaré de ella mientras ustedes tres salen de caza.

Al día siguiente, el Gato aguardó para ver si alguna otra criatura salvaje se dirigía a la cueva, pero como nadie se movió, el Gato fue allí solo, y vio a la Mujer ordeñando a la Vaca, y vio la luz del fuego en la cueva, y olió el aroma de la leche blanca y tibia.

—Oh, enemiga mía y esposa de mi enemigo —dijo el Gato—, ¿a dónde ha ido Vaca Salvaje?

La Mujer rio y respondió:

—Criatura salvaje de la salvaje espesura, regresa a los bosques de donde has venido, porque ya he trenzado mi cabello y he guardado la paletilla, y no nos hacen falta más amigos ni servidores en nuestra cueva.

—No soy un amigo ni un servidor —replicó el Gato—. Soy el Gato que camina solo y quiero entrar en tu cueva.

—¿Por qué no viniste con Primer Amigo la primera noche? —preguntó la Mujer.

—¿Ha estado contando chismes sobre mí Perro Salvaje? —inquirió el Gato, enfadado.

Entonces la Mujer se rio y respondió:

—Eres el Gato que camina solo y a quien no le importa estar aquí o allá. No eres un amigo ni un servidor. Tú mismo lo has dicho. Márchate y camina solo por cualquier lugar.

Fingiendo estar compungido, el Gato dijo:

—¿Nunca podré entrar en la cueva? ¿Nunca podré sentarme junto a la cálida lumbre? ¿Nunca podré beber la leche blanca y tibia? Eres muy sabia y muy hermosa. No deberías tratar con crueldad ni siquiera a un gato.

—Que era sabia no me era desconocido, pero hasta ahora no sabía que fuera hermosa. Por eso voy a hacer un trato contigo. Si alguna vez te digo una sola palabra de alabanza, podrás entrar en la cueva.

—¿Y si me dices dos palabras de alabanza? —preguntó el Gato.

—Nunca las diré —repuso la Mujer—, pero si te dijera dos palabras de alabanza, podrías sentarte en la cueva junto al fuego.

—¿Y si me dijeras tres palabras? —insistió el Gato.

—Nunca las diré —replicó la Mujer—, pero si llegara a decirlas, podrías beber leche blanca y tibia tres veces al día por los siglos de los siglos.

Entonces el Gato arqueó el lomo y dijo:

—Que la cortina de la entrada de la cueva y el fuego del rincón del fondo y los cántaros de leche que hay junto al fuego recuerden lo que ha dicho mi enemiga y esposa de mi enemigo.

Y se alejó a través de la salvaje y húmeda espesura meneando su salvaje rabo y andando sin más compañía que su propia y salvaje soledad.

Por la noche, cuando el Hombre, el Caballo y el Perro volvieron a casa después de la caza, la Mujer no les contó el trato que había hecho, pensando que tal vez no les parecería bien.

El Gato se fue lejos, muy lejos, y se escondió en la salvaje y húmeda espesura sin más compañía que su salvaje soledad durante largo tiempo, hasta que la Mujer se olvidó de él por completo. Solo el Murciélago, el pequeño Murciélago Cabezabajo que colgaba del techo de la cueva, sabía dónde se había escondido el Gato y todas las noches volaba hasta allí para transmitirle las últimas novedades.

Una noche el Murciélago dijo:

—Hay un Bebé en la cueva. Es una criatura recién nacida, rosada, rolliza y pequeña, y a la Mujer le gusta mucho.

—Ah —dijo el Gato, sin perderse una palabra—, ¿pero qué le gusta al Bebé?

—Al Bebé le gustan las cosas suaves que hacen cosquillas —respondió el Murciélago—. Le gustan las cosas cálidas a las que puede abrazarse para dormir. Le gusta que jueguen con él. Le gustan todas esas cosas.

—Ah —concluyó el Gato—, entonces ha llegado mi hora.

La noche siguiente, el Gato atravesó la salvaje y húmeda espesura y se ocultó muy cerca de la cueva a la espera de que amaneciera. Al alba, la Mujer se afanaba en cocinar y el Bebé no cesaba de llorar ni de interrumpirla; así que lo sacó fuera de la cueva y le dio un puñado de piedrecitas para que jugara con ellas. Pero el Bebé continuó llorando.

Entonces el Gato extendió su almohadillada pata y le dio unas palmaditas en la mejilla, y el Bebé hizo gorgoritos; luego el Gato se frotó contra sus rechonchas rodillas y le hizo cosquillas con el rabo bajo la regordeta barbilla. Y el Bebé rio; al oírlo, la Mujer sonrió.

Entonces el Murciélago, el pequeño Murciélago Cabezabajo que estaba colgado a la entrada de la cueva, dijo:

—Oh, anfitriona mía, esposa de mi anfitrión y madre de mi anfitrión, una criatura salvaje de la salvaje espesura está jugando con tu Bebé y lo tiene encantado.

—Loada sea esa criatura salvaje, quienquiera que sea —dijo la Mujer enderezando la espalda—, porque esta mañana he estado muy ocupada y me ha prestado un buen servicio.

En ese mismísimo instante, querido mío, la piel de caballo que estaba colgada con la cola hacia abajo a la entrada de la cueva cayó al suelo… ¡Como así!… porque la cortina recordaba el trato, y cuando la Mujer fue a recogerla… ¡hete aquí que el Gato estaba confortablemente sentado dentro de la cueva!

—Oh, enemiga mía, esposa de mi enemigo y madre de mi enemigo —dijo el Gato—, soy yo, porque has dicho una palabra elogiándome y ahora puedo quedarme en la cueva por los siglos de los siglos. Pero sigo siendo el Gato que camina solo y a quien no le importa estar aquí o allá.

Muy enfadada, la Mujer apretó los labios, cogió su rueca y comenzó a hilar.

Pero el Bebé rompió a llorar en cuanto el Gato se marchó; la Mujer no logró apaciguarlo y él no cesó de revolverse ni de patalear hasta que se le amorató el semblante.

—Oh, enemiga mía, esposa de mi enemigo y madre de mi enemigo —dijo el Gato—, coge una hebra del hilo que estás hilando y átala al huso, luego arrastra este por el suelo y te enseñaré un truco que hará que tu Bebé ría tan fuerte como ahora está llorando.

—Voy a hacer lo que me aconsejas —comentó la Mujer—, porque estoy a punto de volverme loca, pero no pienso darte las gracias.

Ató la hebra al pequeño y panzudo huso y empezó a arrastrarlo por el suelo. El Gato se lanzó en su persecución, lo empujó con las patas, dio una voltereta y lo tiró hacia atrás por encima de su hombro; luego lo arrinconó entre sus patas traseras, fingió que se le escapaba y volvió a abalanzarse sobre él. Viéndole hacer estas cosas, el Bebé terminó por reír tan fuerte como antes llorara, gateó en pos de su amigo y estuvo retozando por toda la cueva hasta que, ya fatigado, se acomodó para descabezar un sueño con el Gato en brazos.

—Ahora —dijo el Gato— le voy a cantar al Bebé una canción que lo mantendrá dormido durante una hora.

Y comenzó a ronronear subiendo y bajando el tono hasta que el Bebé se quedó profundamente dormido. Contemplándolos, la Mujer sonrió y dijo:

—Has hecho una labor estupenda. No cabe duda de que eres muy listo, oh, Gato.

En ese preciso instante, querido mío, el humo de la fogata que estaba encendida al fondo de la cueva descendió desde el techo cubriéndolo todo de negros nubarrones, porque el humo recordaba el trato, y cuando se disipó, hete aquí que el Gato estaba cómodamente sentado junto al fuego.

—Oh, enemiga mía, esposa de mi enemigo y madre de mi enemigo —dijo el Gato—, aquí me tienes, porque me has elogiado por segunda vez y ahora podré sentarme junto al cálido fuego del fondo de la cueva por los siglos de los siglos. Pero sigo siendo el Gato que camina solo y a quien no le importa estar aquí o allá.

Entonces la Mujer se enfadó mucho, muchísimo, se soltó el pelo, echó más leña al fuego, sacó la ancha paletilla de cordero y comenzó a hacer un conjuro que le impediría elogiar al Gato por tercera vez. No fue un Conjuro Cantado, querido mío, sino un Conjuro Silencioso; y, poco a poco, en la cueva se hizo un silencio tan profundo que un Ratoncito diminuto salió sigilosamente de un rincón y echó a correr por el suelo.

—Oh, enemiga mía, esposa de mi enemigo y madre de mi enemigo —dijo el Gato—, ¿forma parte de tu conjuro ese Ratoncito?

—No —repuso la Mujer, y, tirando la paletilla al suelo, se encaramó a un escabel que había frente al fuego y se apresuró a recoger su melena en una trenza por miedo a que el Ratoncito trepara por ella.

—¡Ah! —exclamó el Gato, muy atento—, entonces ¿el Ratón no me sentará mal si me lo zampo?

—No —contestó la Mujer, trenzándose el pelo—; zámpatelo ahora mismo y te quedaré eternamente agradecida.

El Gato dio un salto y cayó sobre el Ratón.

—Un millón de gracias, oh, Gato —dijo la Mujer—. Ni siquiera Primer Amigo es lo bastante rápido para atrapar Ratoncitos como tú lo has hecho. Debes de ser muy inteligente.

En ese preciso instante, querido mío, el cántaro de leche que estaba junto al fuego se partió en dos pedazos... ¿Cómo así?... porque recordaba el trato, y cuando la Mujer bajó del escabel... ¡hete aquí que el Gato estaba bebiendo a lametazos la leche blanca y tibia que quedaba en uno de los pedazos rotos!

—Oh, enemiga mía, esposa de mi enemigo y madre de mi enemigo —dijo el Gato—, aquí me tienes, porque me has elogiado por tercera vez y ahora podré beber leche blanca y tibia tres veces al día por los siglos de los siglos. Pero sigo siendo el Gato que camina solo y a quien no le importa estar aquí o allá.

Entonces la Mujer rompió a reír, puso delante del Gato un cuenco de leche blanca y tibia y comentó:

—Oh, Gato, eres tan inteligente como un Hombre, pero recuerda que ni el Hombre ni el Perro han participado en el trato y no sé qué harán cuando regresen a casa.

—¿Y a mí qué más me da? —exclamó el Gato—. Mientras tenga un lugar reservado junto al fuego y leche para beber tres veces al día, me da igual lo que puedan hacer el Hombre o el Perro.

Aquella noche, cuando el Hombre y el Perro entraron en la cueva, la Mujer les contó de cabo a rabo la historia del acuerdo, y el Hombre dijo:

—Está bien, pero el Gato no ha llegado a ningún acuerdo conmigo ni con los Hombres cabales que me sucederán.

Se quitó las dos botas de cuero, cogió su pequeña hacha de piedra (y ya suman tres) y fue a buscar un trozo de madera y su cuchillo de hueso (y ya suman cinco), y colocando en fila todos los objetos, prosiguió:

—Ahora vamos a hacer un trato. Si cuando estás en la cueva no atrapas Ratones por los siglos de los siglos, arrojaré contra ti estos cinco objetos siempre que te vea, y todos los Hombres cabales que me sucedan harán lo mismo.

—Ah —dijo la Mujer, muy atenta—. Este Gato es muy listo, pero no tan listo como mi Hombre.

El Gato contó los cinco objetos (todos parecían muy contundentes) y dijo:

—Atraparé Ratones cuando esté en la cueva por los siglos de los siglos, pero sigo siendo el Gato que camina solo y a quien no le importa estar aquí o allá.

—No será así mientras yo esté cerca —concluyó el Hombre—. Si no hubieras dicho eso, habría guardado estas cosas (por los siglos de los siglos), pero ahora voy a arrojar contra ti mis dos botas y mi pequeña hacha de piedra (y ya suman tres) siempre que tropiece contigo, y lo mismo harán todos los Hombres cabales que me sucedan.

—Espera un momento —terció el Perro—, yo todavía no he llegado a un acuerdo con él —se sentó en el suelo, lanzando terribles gruñidos y enseñando los dientes, y prosiguió—: Si no te portas bien con el Bebé por los siglos de los siglos mientras yo esté en la cueva, te perseguiré hasta atraparte, y cuando te coja te morderé, y lo mismo harán todos los Perros cabales que me sucedan.

—¡Ah! —exclamó la Mujer, que estaba escuchando—. Este Gato es muy listo, pero no es tan listo como el Perro.

El Gato contó los dientes del Perro (todos parecían muy afilados) y dijo:

—Me portaré bien con el Bebé mientras esté en la cueva por los siglos de los siglos, siempre que no me tire del rabo con demasiada fuerza. Pero sigo siendo el Gato que camina solo y a quien no le importa estar aquí o allá.

—No será así mientras yo esté cerca —dijo el Perro—. Si no hubieras dicho eso, habría cerrado la boca por los siglos de los siglos, pero ahora pienso perseguirte y hacerte trepar a los árboles siempre que te vea, y lo mismo harán los Perros cabales que me sucedan.

A continuación, el Hombre arrojó contra el Gato sus dos botas y su pequeña hacha de piedra (que suman tres), y el Gato salió corriendo de la cueva perseguido por el Perro, que lo obligó a trepar a un árbol; y desde entonces, querido mío, tres de cada cinco Hombres cabales siempre han arrojado objetos contra el Gato cuando se topaban con él y todos los Perros cabales lo han perseguido, obligándolo a trepar a los árboles.

Pero el Gato también ha cumplido su parte del trato. Ha matado Ratones y se ha portado bien con los Bebés mientras estaba en casa, siempre que no le tirasen del rabo con demasiada fuerza. Pero una vez cumplidas sus obligaciones y en sus ratos libres, es el Gato que camina solo y a quien no le importa estar aquí o allá, y si miras por la ventana de noche lo verás meneando su salvaje rabo y andando sin más compañía que su salvaje soledad… como siempre lo ha hecho.

LA PRINCESA RANITA

Siempre son las ranas las que, después de un beso enamorado, se convierten en príncipes azules, pero ahora os voy a contar un cuento algo más especial.

Hace mucho, mucho tiempo, en un lejano país, había una Reina que tenía dos hijos que eran mellizos. Uno se llamaba Sigfrido y el otro Raimundo. Cuando fueron mayores, la Reina no sabía a cuál de los dos dejar el reino, pues cuando nacieron nadie anotó cuál de los dos nació primero y era el mayor.

Un buen día, después de mucho pensar, llamó a los dos y les dijo:

—Hijos míos, es la hora de que busquéis esposa y os caséis. Salid por el reino y buscad novia.

Raimundo cogió su caballo y salió por su país a buscar a su novia, pero era muy vago y enseguida se cansaba. Así que, cuando pasó por la primera casa y vio a una chica, se la llevó al palacio.

Sigfrido, sin embargo, recorrió todo el reino buscando y buscando una chica que le gustara para ser su novia, pero no encontraba ninguna que fuera de su agrado.

Cansado, una tarde se sentó a la orilla de un lago a mirar cómo se ocultaba el sol:

—¡Oh! No voy a encontrar nunca a ninguna chica que quiera ser mi novia —se quejaba mientras miraba el horizonte.

De repente, sintió que una ranita subía a su rodilla.

—No llores, príncipe Sigfrido. Si no te importa, yo seré tu novia. Ten confianza en mí —le dijo la ranita.

Sigfrido miró a la ranita, y como era muy bonita, no se pudo negar, y se volvió con ella al palacio.

Cuando llegó, se encontró a su hermano Raimundo, que, mirándole atónito, exclamó:

—Sigfrido, ¡mira que eres tonto! ¡Sólo has podido encontrar a una rana como novia! —dijo entre carcajadas.

Los dos hermanos fueron a ver a su madre, la Reina, que les dijo:

—Todavía no quiero conocer a vuestras novias. Antes tendrán que pasar tres pruebas para saber a cuál de las dos elijo como "Princesa Real". Lo primero que tendrán que hacer es un tapiz para mi habitación, y el que más me guste ganará.

Los dos príncipes volvieron con sus novias y les explicaron los planes de la Reina y la primera prueba.

A Blanca, que así se llamaba la novia de Raimundo, nunca le había gustado tejer. Así que, aunque le trajeron los mejores hilos, perlas y piedras preciosas, se le hicieron nudos, enganchones, rotos... y al final no quedó un tapiz demasiado bonito.

La ranita, en cambio, buscó en el jardín hojas, flores, ramitas, juncos... y con ellas tejió su tapiz.

Cuando los dos príncipes llevaron los tapices a la Reina, le gustó tanto el de la ranita que lo colocó en el mejor sitio de su habitación. Volviéndose a Sigfrido, le dijo:

—Has tenido que elegir a una muchacha muy primorosa, pues su trabajo es muy original y por eso ha ganado esta prueba. Pero aún quedan dos más.

Raimundo se acercó a su hermano y le susurró:

—No importa. Cuando nuestra madre vea a tu novia, me hará rey.

Al día siguiente, la Reina Madre volvió a llamar a sus hijos:

—En la siguiente prueba, vuestras novias tendrán que regalarme un perro para que me haga compañía en las largas tardes de invierno.

Blanca le regaló el primer chucho que encontró, y como no se fijó bien, era un perro muy viejo que ya no tenía ganas de nada más que dormir.

La ranita, en cambio, buscó un cachorro muy juguetón, al que le gustaba que lo acariciaran detrás de las orejas y dormir enroscado a los pies.

La Reina volvió a decir a sus hijos:

—Otra vez ha ganado tu novia, Sigfrido. Ahora sólo queda la tercera prueba: vuestras novias tendrán que pasar montadas a caballo por delante de mí cuando esté en el jardín.

Los dos príncipes se marcharon a buscarlas. Sigfrido estaba muy triste.

Raimundo seguía riéndose de él:

—Ahora sí que no tienes nada que hacer. Cuando nuestra madre vea a tu novia rana, creerá que estás loco y me nombrará rey a mí.

Blanca subió a un caballo vestida con un hermoso traje de color celeste que hacía que pareciera un ángel, pero como nunca había querido aprender a montar, le dio demasiado fuerte al caballo y este salió galopando tan deprisa que, cuando pasó frente a la Reina, no le dio ni tiempo a verla.

La ranita, viendo lo triste que estaba Sigfrido, le dijo:

—Tráeme una rosa blanca del jardín y deja que se la lleve a la Reina como regalo.

Cuando Sigfrido volvió con la rosa, la ranita se hizo una herida al cogerla con sus frágiles manitas. Sigfrido le dijo:

—¡Pobre ranita mía! Te curaré con mi pañuelo.

Pero cuando levantó la vista, la ranita se había convertido en una hermosa muchacha que llevaba la rosa blanca a la Reina.

Esa misma tarde, la Reina anunció a todos los habitantes de su país que tendrían dos nuevos reyes:

—El príncipe Sigfrido y la Princesa Ranita.

Y colorín colorado, este cuento ya se ha acabado. Y como a mí me lo contaron, te lo he contado.

PIEL DE ASNO

Érase una vez un rey tan famoso, tan amado por su pueblo, tan respetado por todos sus vecinos, que de él podía decirse que era el más feliz de los monarcas. Su dicha se confirmaba aún más por la elección que hizo de una princesa tan bella como virtuosa; y estos felices esposos vivían en la más perfecta unión. De su casto matrimonio había nacido una hija dotada de encantos y virtudes tales que no lamentaban tan corta descendencia.

La magnificencia, el buen gusto y la abundancia reinaban en su palacio. Los ministros eran hábiles y prudentes; los cortesanos, virtuosos y leales; los servidores, fieles y laboriosos. Sus caballerizas eran grandes y albergaban los más hermosos caballos del mundo, ricamente enjaezados. Pero lo que asombraba a los visitantes que acudían a admirar esas hermosas cuadras era que, en el sitio más destacado, un señor asno exhibía sus grandes y largas orejas. No era por capricho, sino con razón, que el rey le había reservado ese lugar de honor. Las virtudes de este extraño animal merecían semejante distinción, pues la naturaleza lo había dotado de manera tan extraordinaria que su pesebre, en vez de suciedades, amanecía cada día cubierto con hermosos escudos y luises* de todos los tamaños, que eran recogidos a su despertar.

Pues bien, como las vicisitudes de la vida alcanzan tanto a los reyes como a los súbditos, y como los bienes siempre están mezclados con males, el cielo permitió que la reina fuera aquejada repentinamente de una penosa enfermedad para la cual, pese a la ciencia y la habilidad de los médicos, no se encontró remedio.

La desolación fue general. El rey, sensible y enamorado —a pesar del famoso proverbio que dice que el matrimonio es la tumba del amor—, sufría sin consuelo, hacía fervientes votos en todos los templos del reino y ofrecía su vida a cambio de la de su esposa tan querida. Pero dioses y hadas eran invocados en vano.

La reina, sintiendo que se acercaba su última hora, dijo a su esposo —que estaba deshecho en llanto—:

—Permíteme, antes de morir, exigirte una sola cosa, si algún día decidieras volver a casarte...

A estas palabras, el rey, con quejas lastimosas, tomó las manos de su mujer, las bañó en lágrimas, y le aseguró que no tenía sentido hablarle de un segundo matrimonio.

—No, no —dijo por fin—, mi amada reina, háblame mejor de seguirte.

—El Estado —repuso la reina, con una firmeza que aumentaba las lamentaciones del príncipe—, el Estado exige sucesores. Y como solo te he dado una hija, te verás obligado a tener otros hijos que se te parezcan. Pero te ruego, por todo el amor que me has tenido, que no cedas a los ruegos de tus súbditos sino hasta que encuentres una princesa más bella y mejor que yo. Quiero tu promesa, y entonces moriré contenta.

Es de presumir que la reina, que no carecía de amor propio, había exigido esta promesa convencida de que nadie en el mundo podría igualarla, y de este modo se aseguraba que el rey jamás volviera a casarse.

Finalmente, ella murió. Nunca un marido hizo tanto alarde de dolor: llorar, sollozar día y noche —ese frecuente derecho que otorga la viudez— fue su única ocupación.

Pero los grandes dolores son efímeros. Los consejeros del Estado se reunieron y, en conjunto, fueron a pedirle al rey que volviera a casarse.

Esta proposición le pareció cruel y le hizo derramar nuevas lágrimas. Invocó la promesa hecha a la reina, y desafió a todos a encontrar una princesa más hermosa y más perfecta que su difunta esposa, seguro de que eso era imposible.

El consejo consideró tal promesa una trivialidad y opinó que poco importaba la belleza, con tal de que la nueva reina fuera virtuosa y fértil; que el Estado exigía príncipes por su tranquilidad y su paz; que, si bien la infanta tenía todas las cualidades para ser una buena reina, debía casarse con un príncipe extranjero; y que entonces, o ese príncipe la llevaría consigo o, si reinaba con ella, sus hijos no serían considerados del mismo linaje. Además, al no haber un príncipe de la dinastía, los pueblos vecinos podrían provocar guerras que acabarían arruinando el reino. El rey, movido por estas consideraciones, prometió pensarlo.

Efectivamente, comenzó a buscar entre las princesas casaderas cuál podría convenirle. A diario le llevaban retratos encantadores, pero ninguno exhibía los encantos de la difunta reina. De ese modo, no tomaba ninguna decisión.

Por desgracia, empezó a notar que la infanta, su hija, no solo era hermosa y bien formada, sino que sobrepasaba largamente a la reina su madre en inteligencia y gracia. Su juventud, la frescura luminosa de su piel, inflamaron al rey de un modo tan violento que no pudo ocultárselo a la princesa. Le confesó que había resuelto casarse con ella, pues era la única que podía desligarlo de la promesa hecha a la reina.

La joven princesa, llena de virtud y pudor, creyó desmayar ante semejante horror. Se arrojó a los pies del rey, su padre, y le suplicó con toda su alma que no la obligara a cometer un crimen tan espantoso.

El rey, empecinado con ese proyecto insensato, consultó a un anciano druida para tranquilizar la conciencia de la joven. Este druida, más ambicioso que virtuoso, sacrificó la causa de la inocencia por el honor de ser confidente del poderoso monarca. Se insinuó con tal destreza en el espíritu del rey, suavizó de tal manera el crimen que este iba a cometer, que llegó a persuadirlo de que casarse con su hija era casi un acto de piedad.

El rey, halagado por tal discurso, abrazó al malvado druida y salió más obstinado que nunca en su intención. Ordenó a la infanta que se preparara para obedecerlo.

La princesa, sobrecogida de espanto, decidió recurrir a su madrina, el hada de las Lilas. Partió esa misma noche en un delicado cochecito tirado por un cordero que conocía todos los caminos. Llegó con toda felicidad. El hada, que la amaba tiernamente, le dijo que ya sabía lo que venía a contarle, pero que no se preocupara: nada le pasaría si ejecutaba con exactitud lo que ella le indicaría.

—Porque, mi amada niña —le dijo—, sería una falta gravísima casarte con tu padre. Pero sin necesidad de contradecirlo, puedes evitarlo. Dile que, para satisfacer un capricho que tienes, te regale un vestido color del tiempo. Jamás, por más amor y poder que tenga, logrará conseguirlo.

La princesa agradeció a su madrina, y a la mañana siguiente dijo al rey lo que el hada le había aconsejado. Reiteró que no podría consentir en el matrimonio hasta tener un vestido color del tiempo.

El rey, encantado con esa esperanza, reunió a los más famosos costureros y les encargó el vestido bajo amenaza de muerte si no lo conseguían.

No fue necesario llegar a tanto: a los dos días, trajeron el vestido. El firmamento no tiene un azul más bello, cuando lo circundan nubes de oro, que el de aquel traje al desplegarse. La infanta se sintió acongojada y no sabía cómo salir del paso. El rey apremiaba la decisión. Hubo que recurrir de nuevo a la madrina, que, asombrada de que su idea no hubiera surtido efecto, dijo:

—Pide entonces un vestido color de luna.

El rey, que nada podía negarle, hizo venir a los más diestros artesanos. Les encargó la prenda con tal urgencia que, en menos de veinticuatro horas, la trajeron. La infanta, más deslumbrada por este nuevo traje que por el anterior, se afligió desmedidamente. Lloró con sus damas y su nodriza.

El hada de las Lilas, que todo lo sabía, vino en su ayuda:

—O me equivoco mucho —le dijo— o, si pides un vestido color del sol, lograremos desanimar al rey. Jamás podrán hacer uno así.

La infanta siguió su consejo. El rey entregó sin reparo todos los diamantes y rubíes de su corona para la confección de tan maravillosa obra, con la orden de no escatimar nada. Y cuando el vestido apareció, todos los que lo vieron desplegarse tuvieron que cerrar los ojos: era deslumbrante.

¡Qué impresión le causó a la infanta! Jamás se había visto algo tan hermoso y tan artísticamente trabajado. Se sintió confundida y, con el pretexto de que el brillo le había afectado los ojos, se retiró a su aposento, donde el hada la esperaba, llena de vergüenza. Fue peor aún, porque al ver el vestido color del sol, se puso roja de ira.

—¡Oh, como último recurso, hija mía —le dijo— vamos a someter el indigno amor de tu padre a una prueba terrible! Creo que está resuelto a casarse contigo, pero vamos a ver si puede soportar esto: pídele como último deseo la piel del asno que tanto ama, ese animal que financia tan generosamente todos sus gastos. Ve, y no dejes de decirle que eso es lo que quieres.

La princesa, encantada de encontrar una nueva manera de eludir un matrimonio que detestaba, y pensando que su padre jamás se resignaría a sacrificar su asno, fue a verlo y le expuso su deseo de tener la piel de aquel bello animal.

Aunque extrañado por este capricho, el rey no vaciló en satisfacerlo. El pobre asno fue sacrificado y su piel galantemente llevada a la infanta, quien, no viendo ya ningún otro modo de esquivar su desgracia, iba a caer en la desesperación cuando su madrina acudió.

—¿Qué haces, hija mía? —dijo, viendo a la princesa arrancándose los cabellos y golpeándose sus hermosas mejillas—. Este es el momento más hermoso de tu vida. Cúbrete con esta piel, sal del palacio y parte hasta donde la tierra pueda llevarte: cuando se sacrifica todo a la virtud, los dioses saben recompensarlo. ¡Parte! Yo me encargo de que todo tu tocador y tu guardarropa te sigan a todas partes; dondequiera que te detengas, tu cofre conteniendo vestidos y alhajas seguirá tus pasos bajo tierra. Y he aquí mi varita, que te doy: al golpear con ella el suelo cuando necesites tu cofre, este aparecerá ante tus ojos. Pero apresúrate en partir, no tardes más.

La princesa abrazó mil veces a su madrina, le rogó que no la abandonara, se revistió con la horrible piel luego de haberse restregado con hollín de la chimenea y salió de aquel suntuoso palacio sin que nadie la reconociera.

La ausencia de la infanta causó gran revuelo. El rey, que había hecho preparar una magnífica fiesta, estaba desesperado e inconsolable. Hizo salir a más de cien guardias y más de mil mosqueteros en busca de su hija; pero el hada, que la protegía, la hacía invisible a los más hábiles rastreos. De modo que al fin hubo que resignarse.

Mientras tanto, la princesa caminaba. Llegó lejos, muy lejos, todavía más lejos. En todas partes buscaba un trabajo. Pero, aunque por caridad le daban de comer, la encontraban tan sucia que nadie la tomaba.

Andando y andando, entró a una hermosa ciudad, a cuyas puertas había una granja. La granjera necesitaba una sirvienta para lavar la ropa de cocina y limpiar los pavos y las pocilgas de los puercos. Esta mujer, viendo a aquella viajera tan sucia, le propuso entrar a servir en su casa, lo que la infanta aceptó con gusto, tan cansada estaba de todo lo que había caminado.

La pusieron en un rincón apartado de la cocina donde, durante los primeros días, fue el blanco de las groseras bromas de la servidumbre, tal era la repugnancia que inspiraba su piel de asno.

Al fin se acostumbraron; además, ella ponía tanto empeño en cumplir con sus tareas que la granjera la tomó bajo su protección. Estaba encargada de los corderos, los metía al redil cuando era preciso, llevaba a los pavos a pacer, todo con una habilidad como si nunca hubiese hecho otra cosa. Así pues, todo fructificaba bajo sus bellas manos.

Un día estaba sentada junto a una fuente de agua clara, donde deploraba a menudo su triste condición. Se le ocurrió mirarse: la horrible piel de asno que constituía su peinado y su ropaje la espantó. Avergonzada de su apariencia, se restregó hasta que se sacó toda la mugre de la cara y de las manos, las que quedaron más blancas que el marfil, y su hermosa tez recuperó su frescura natural.

La alegría de verse tan bella le provocó el deseo de bañarse, lo que hizo; pero tuvo que volver a ponerse la indigna piel para regresar a la granja. Felizmente, al día siguiente era día de fiesta; así que tuvo tiempo para sacar su cofre, arreglar su apariencia, empolvar sus hermosos cabellos y ponerse su precioso traje color del tiempo. Su cuarto era tan pequeño que no se podía extender la cola de aquel magnífico vestido. La linda princesa se miraba y se admiraba a sí misma con razón, de modo que, para no aburrirse, decidió ponerse por turno todas sus hermosas tenidas los días de fiesta y los domingos, lo que hacía puntualmente. Con un arte admirable, adornaba sus cabellos mezclando flores y diamantes; a menudo suspiraba pensando que los únicos testigos de su belleza eran sus corderos y sus pavos, que la amaban igual con su horrible piel de asno, la cual había dado origen al apodo con que la nombraban en la granja.

Un día de fiesta en que Piel de Asno se había puesto su vestido color del sol, el hijo del rey —a quien pertenecía esta granja— hizo allí un alto para descansar al volver de caza. El príncipe era joven, hermoso y apuesto; era el amor de su padre y de la reina su madre, y su pueblo lo adoraba. Ofrecieron a este príncipe una colación campestre, que él aceptó; luego se puso a recorrer los gallineros y todos los rincones.

Yendo así de un lugar a otro entró por un callejón sombrío al fondo del cual vio una puerta cerrada. Llevado por la curiosidad, puso el ojo en la cerradura. ¿Pero qué le pasó al divisar a una princesa tan bella y ricamente vestida, que por su aspecto noble y modesto, él tomó por una diosa? El ímpetu del sentimiento que lo embargó en ese momento lo habría llevado a forzar la puerta, a no mediar el respeto que le inspiraba esta persona maravillosa.

Tuvo que hacer un esfuerzo para regresar por ese callejón oscuro y sombrío, pero lo hizo para averiguar quién vivía en ese pequeño cuartito. Le dijeron que era una sirvienta que se llamaba Piel de Asno, a causa de la piel con que se vestía, y que era tan sucia que nadie la miraba ni le hablaba, y que la habían tomado por lástima para que cuidara los corderos y los pavos.

El príncipe, no satisfecho con estas referencias, se dio cuenta de que esas gentes rudas no sabían nada más y que era inútil hacerles más preguntas. Volvió al palacio del rey su padre, indeciblemente enamorado, teniendo constantemente ante sus ojos la imagen de esa diosa que había visto por el ojo de la cerradura. Se lamentó de no haber golpeado a la puerta y decidió que no dejaría de hacerlo la próxima vez.

Pero la agitación de su sangre, causada por el ardor de su amor, le provocó esa misma noche una fiebre tan terrible que pronto decayó hasta el más grave extremo. La reina su madre, que tenía a este único hijo, se desesperaba al ver que todos los remedios eran inútiles. En vano prometía las más suntuosas recompensas a los médicos; estos empleaban todas sus artes, pero nada mejoraba al príncipe. Finalmente, adivinaron que un sufrimiento mortal era la causa de todo este daño; se lo dijeron a la reina, quien, llena de ternura por su hijo, fue a suplicarle que contara la causa de su mal; y aunque se tratara de que le cedieran la corona, el rey su padre bajaría de su trono sin pena para hacerlo subir a él; que si deseaba a alguna princesa, aunque estuvieran en guerra con el rey su padre y hubiese justos motivos de agravio, sacrificarían todo para darle lo que deseaba; pero le suplicaba que no se dejara morir, puesto que de su vida dependía la de sus padres. La reina terminó este conmovedor discurso no sin antes derramar un torrente de lágrimas sobre el rostro de su hijo.

—Señora —le dijo por fin el príncipe con una voz muy débil—, no soy tan desnaturalizado como para desear la corona de mi padre. ¡Quiera el cielo que él viva largos años y me acepte durante mucho tiempo como el más respetuoso y fiel de sus súbditos! En cuanto a las princesas que me ofreces, aún no he pensado en casarme, y bien sabes que, sumiso como soy a sus voluntades, los obedeceré siempre, a cualquier precio.

—¡Ay, hijo mío! —repuso la reina—. Ningún precio es muy alto para salvarte la vida. Pero, querido hijo, salva la mía y la del rey tu padre, diciéndome lo que deseas, y ten la plena seguridad de que te será concedido.

—¡Pues bien, señora! —dijo él—, si tengo que descubrirte mi pensamiento, te obedeceré. Me sentiría un criminal si pongo en peligro dos cabezas que me son tan queridas. Sí, madre mía, deseo que Piel de Asno me haga una torta y, tan pronto como esté hecha, me la traigan.

La reina, sorprendida ante este extraño nombre, preguntó quién era Piel de Asno.

—Es, señora —replicó uno de sus oficiales que por casualidad había visto a esa niña—, la sabandija más vil después del lobo; una mugrienta que vive en la granja de usted y que cuida sus pavos.

—No importa —dijo la reina—, mi hijo, al volver de caza, ha probado tal vez su pastelería; es una fantasía de enfermo. En una palabra, quiero que Piel de Asno, puesto que de Piel de Asno se trata, le haga ahora mismo una torta.

Corrieron a la granja y llamaron a Piel de Asno para ordenarle que hiciera con el mayor esmero una torta para el príncipe.

Algunos autores sostienen que Piel de Asno, cuando el príncipe puso sus ojos en la cerradura, con los suyos lo había visto; y que enseguida, mirando por su ventanuco, contempló a aquel príncipe tan joven, tan hermoso y bien plantado, que no pudo olvidar su imagen y que, a menudo, ese recuerdo le arrancaba suspiros.

Como sea, si Piel de Asno lo vio o había oído decir de él muchos elogios, encantada de hallar una forma para darse a conocer, se encerró en su cuartucho, se quitó su fea piel, se lavó manos y rostro, peinó sus rubios cabellos, se puso un corselete de plata brillante, una falda igual, y se puso a hacer la torta tan apetecida: usó la más pura harina, huevos y mantequilla fresca. Mientras trabajaba, ya fuera adrede o de otra manera, un anillo que llevaba en el dedo cayó dentro de la masa y se mezcló con ella. Cuando la torta estuvo cocida, se colocó su horrible piel y fue a entregar la torta al oficial, a quien le preguntó por el príncipe; pero este hombre, sin dignarse contestar, corrió donde el príncipe a llevarle la torta.

El príncipe la arrebató de manos de aquel hombre y se la comió con tal avidez que los médicos presentes no dejaron de pensar que ese furor no era buen signo. En efecto, el príncipe casi se ahogó con el anillo que encontró en uno de los pedazos, pero se lo sacó diestramente de la boca; y el ardor con que devoraba la torta se calmó al examinar esta fina esmeralda montada en un junquillo de oro cuyo círculo era tan estrecho que, pensó él, solo podía caber en el dedo más hermoso del mundo.

Besó mil veces el anillo, lo puso bajo sus almohadas y lo sacaba cada vez que sentía que nadie lo observaba. Se atormentaba imaginando cómo hacer venir a aquella a quien ese anillo le calzara; no se atrevía a creer, si llamaba a Piel de Asno que había hecho la torta, que le permitieran hacerla venir; no se atrevía tampoco a contar lo que había visto por el ojo de la cerradura, temiendo ser objeto de burla y tomado por un visionario. Acosado por todos estos pensamientos simultáneos, la fiebre volvió a aparecer con fuerza. Los médicos, sin saber ya qué hacer, declararon a la reina que el príncipe estaba enfermo de amor. La reina acudió junto a su hijo acompañada del rey, que se desesperaba.

—Hijo mío, hijo querido —exclamó el monarca afligido—, nómbranos a la que quieres. Juramos que te la daremos, aunque fuese la más vil de las esclavas.

Abrazándolo, la reina le reiteró la promesa del rey. El príncipe, enternecido por las lágrimas y caricias de sus padres, les dijo:

—Padre y madre míos, no me propongo hacer una alianza que les disguste. Y en prueba de esta verdad —añadió, sacando la esmeralda que escondía bajo la cabecera—, me casaré con aquella a quien le venga este anillo; y no parece que quien tenga este precioso dedo sea una campesina ordinaria.

El rey y la reina tomaron el anillo, lo examinaron con curiosidad y pensaron, al igual que el príncipe, que este anillo no podía quedarle bien sino a una joven de alta alcurnia. Entonces el rey, abrazando a su hijo y rogándole que sanara, salió, hizo tocar los tambores, los pífanos y las trompetas por toda la ciudad, y anunció por los heraldos que no tenían más que venir al palacio a probarse el anillo; y aquella a quien le cupiera justo se casaría con el heredero del trono.

Las princesas acudieron primero, luego las duquesas, las marquesas y las baronesas; pero por mucho que se hubieran afinado los dedos, ninguna pudo ponerse el anillo. Hubo que pasar a las modistillas que, aunque bonitas, tenían los dedos demasiado gruesos. El príncipe, que se sentía mejor, hacía él mismo probar el anillo.

Al fin les tocó el turno a las camareras, que no tuvieron mejor resultado. Ya no quedaba nadie que no hubiese intentado infructuosamente la joya, cuando el príncipe pidió que vinieran las cocineras, las ayudantes, las cuidadoras de rebaños. Todas acudieron, pero sus dedos regordetes, cortos y enrojecidos no dejaron pasar el anillo más allá de la uña.

—¿Hicieron venir a esa Piel de Asno que me hizo una torta hace unos días? —preguntó el príncipe.

Todos se echaron a reír y le dijeron que no, que era demasiado inmunda y repulsiva.

—¡Que la traigan en el acto! —dijo el rey—. No se dirá que yo haya hecho una excepción.

La princesa, que había escuchado los tambores y los gritos de los heraldos, se imaginó muy bien que su anillo era lo que provocaba ese alboroto. Ella amaba al príncipe y, como el verdadero amor es tímido y carece de vanidad, continuamente la asaltaba el temor de que alguna dama tuviera el dedo tan menudo como el suyo. Sintió, pues, una gran alegría cuando vinieron a buscarla y golpearon su puerta.

Desde que supo que buscaban un dedo adecuado para su anillo, no se sabe qué esperanza la había llevado a peinarse cuidadosamente y a ponerse su hermoso corselete de plata con la falda llena de adornos de encaje del mismo color, salpicados de esmeraldas. Tan pronto como oyó que golpeaban a su puerta y que la llamaban para presentarse ante el príncipe, se cubrió rápidamente con su piel de asno, abrió su puerta y aquellas gentes, burlándose de ella, le dijeron que el rey la llamaba para casarla con su hijo. Luego, en medio de estruendosas risotadas, la condujeron ante el príncipe, quien, sorprendido él mismo por el extraño atavío de la joven, no se atrevió a creer que era la misma que había visto tan elegante y bella. Triste y confundido por haberse equivocado, le dijo:

—¿Eres tú la que habita al fondo de ese callejón oscuro, en el tercer gallinero de la granja?

—Sí, su señoría —respondió ella.

—Muéstrame tu mano —dijo él temblando y dando un hondo suspiro.

¡Señores! ¿Quién quedó asombrado? Fueron el rey y la reina, así como todos los chambelanes y los grandes de la corte, cuando de adentro de esa piel negra y sucia se alzó una mano delicada, blanca y sonrosada, y el anillo entró sin esfuerzo en el dedito más lindo del mundo. Y, mediante un leve movimiento que hizo caer la piel, la infanta apareció con una belleza tan deslumbrante que el príncipe, aunque todavía estaba débil, se puso a sus pies y le estrechó las rodillas con un ardor que a ella la hizo enrojecer. Pero casi no se dieron cuenta, pues el rey y la reina fueron a abrazar a la princesa, pidiéndole si quería casarse con su hijo.

La princesa, confundida con tantas caricias y ante el amor que le demostraba el joven príncipe, iba, sin embargo, a darles las gracias, cuando el techo del salón se abrió, y el hada de las Lilas, bajando en un carro hecho de ramas y flores de su nombre, contó, con infinita gracia, la historia de la infanta.

El rey y la reina, encantados al saber que Piel de Asno era una gran princesa, redoblaron sus muestras de afecto. Pero el príncipe fue más sensible ante la virtud de la princesa, y su amor creció al saberlo. La impaciencia del príncipe por casarse con la princesa fue tanta que a duras penas dio tiempo para los preparativos apropiados a este augusto matrimonio.

El rey y la reina, que estaban locos con su nuera, le hacían mil cariños y siempre la tenían abrazada. Ella había declarado que no podía casarse con el príncipe sin el consentimiento del rey su padre. De modo que fue el primero a quien le enviaron una invitación, sin decirle quién era la novia; el hada de las Lilas, que supervigilaba todo, como era natural, lo había exigido por prudencia.

Vinieron reyes de todos los países; unos en silla de manos, otros en calesa, unos más distantes montados sobre elefantes, sobre tigres, sobre águilas. Pero el más imponente y magnífico de los ilustres personajes fue el padre de la princesa, quien, felizmente, había olvidado su amor descarriado y contraído nupcias con una viuda muy hermosa que no le había dado hijos.

La princesa corrió a su encuentro; él la reconoció en el acto y la abrazó con gran ternura, antes de que ella tuviera tiempo de echarse a sus pies. El rey y la reina le presentaron a su hijo, a quien colmó de amistad. Las bodas se celebraron con toda la pompa imaginable. Los jóvenes esposos, poco sensibles a esas magnificencias, solo tenían ojos para ellos mismos.

El rey, padre del príncipe, hizo coronar a su hijo ese mismo día y, besándole la mano, lo puso en el trono, pese a la resistencia de aquel hijo bien nacido; pero había que obedecer.

Las fiestas de esta ilustre boda duraron cerca de tres meses y el amor de los dos esposos todavía duraría si los dos no hubieran muerto cien años después.

EL MAGO DE OZ

Dorothy vivía en medio de las extensas praderas de Kansas, con su tío Henry, que era granjero, y su tía Em, la esposa de éste. La casa que los albergaba era pequeña, pues la madera necesaria para su construcción debió ser transportada en carretas desde muy lejos. Constaba de cuatro paredes, piso y techo, lo cual formaba una habitación, y en ella había una cocina algo herrumbrada, un mueble para los platos, una mesa, tres o cuatro sillas y las camas. El tío Henry y la tía Em tenían una cama grande situada en un rincón, y Dorothy ocupaba una pequeñita en otro rincón. No había altillo ni tampoco sótano, salvo un hueco cavado en el piso, y al que llamaban refugio para ciclones, donde la familia podía cobijarse en caso de que se descargara un huracán lo bastante fuerte como para barrer con cualquier edificio que hallara en su camino. A este hueco —pequeño y oscuro— se llegaba por medio de una escalera y una puerta trampa que había en medio del piso.

Cuando Dorothy se detenía en el vano de la puerta y miraba a su alrededor, no podía ver otra cosa que la gran pradera que los rodeaba. Ni un árbol ni una casa se destacaba en la inmensa llanura que se extendía en todas direcciones hasta parecer juntarse con el cielo. El sol había calcinado la tierra arada hasta convertirla en una masa grisácea con una que otra rajadura aquí y allá. Ni siquiera la hierba era verde, pues el sol había quemado la parte superior de sus largas hojillas hasta teñirlas del mismo gris predominante en el lugar.

En un tiempo la casa estuvo pintada, pero el calor del astro rey había levantado ampollas en la pintura y las lluvias se llevaron a ésta, de modo que la vivienda tenía ahora la misma tonalidad grisácea y opaca que todo lo que la circundaba.

Cuando la tía Em fue a vivir allí, era una mujer joven y bonita; pero el sol y los vientos también la habían cambiado, robando el brillo de sus ojos, que quedaron de un gris plomizo, y borrando el rubor de sus labios y mejillas, los que poco a poco fueron adquiriendo la misma tonalidad imperante en el lugar. Ahora era demasiado enjuta y jamás sonreía. Cuando Dorothy quedó huérfana y fue a vivir con ella, la tía Em solía sobresaltarse tanto de sus risas que lanzaba un grito y se llevaba la mano al corazón cada vez que llegaba a sus oídos la voz de la pequeña, y todavía miraba a su sobrina con expresión de extrañeza, preguntándose qué era lo que la hacía reír.

Tampoco reía nunca el tío Henry, quien trabajaba desde la mañana hasta la noche e ignoraba lo que era la alegría. Él también tenía una tonalidad grisácea, desde su larga barba hasta sus rústicas botas, su expresión era solemne y dura.

Era Toto el que hacía reír a Dorothy y el que la salvó de tornarse tan opaca como el medio ambiente en que vivía. Toto no era gris; era un perrito negro, de largo pelaje sedoso y negros ojillos que relucían alegres a ambos lados de su cómico hocico. Toto jugaba todo el día y Dorothy le acompañaba en sus juegos y lo quería con todo su corazón.

Empero, ese día no estaban jugando. El tío Henry se hallaba sentado en el umbral y miraba al cielo con expresión preocupada, notándolo más gris que de costumbre. De pie a su lado, con Toto en sus brazos, Dorothy también observaba el cielo. La tía Em estaba lavando los platos.

Desde el lejano norte les llegaba el ronco ulular del viento, y tío y sobrina podían ver las altas hierbas inclinándose ante la tormenta. Desde el sur llegó de pronto una especie de silbido agudo, y cuando volvieron los ojos en esa dirección vieron que también allí se agitaban las hierbas.

El viejo se levantó de pronto.

—Viene un ciclón, Em —le gritó a su esposa—. Iré a ocuparme de los animales.

Y echó a correr hacia los cobertizos donde estaban las vacas y caballos.

La tía Em dejó su trabajo para salir a la puerta, desde donde vio con una sola ojeada el peligro que corrían.

—¡Aprisa, Dorothy! —chilló—. ¡Corre al sótano!

Toto saltó de entre los brazos de la niña para ir a esconderse bajo la cama, y Dorothy se dispuso a seguirlo, mientras que la tía Em, profundamente atemorizada, abría la puerta trampa y descendía al oscuro refugio bajo el piso. Al fin logró Dorothy atrapar a Toto y se volvió para seguir a su tía; pero cuando se hallaba a mitad de camino, arreció de pronto el vendaval y la casa se sacudió con tal violencia que la niña perdió el equilibrio y tuvo que sentarse en el suelo.

Entonces ocurrió algo muy extraño. La vivienda giró sobre sí misma dos o tres veces y empezó a elevarse con lentitud hacia el cielo. A Dorothy le pareció como si estuviera ascendiendo en un globo.

Los vientos del norte y del sur se encontraron donde se hallaba la casa, formando allí el centro exacto del ciclón. En el vórtice o centro del ciclón, el aire suele quedar en calma, pero la gran presión del viento sobre los cuatro costados de la cabaña la fue elevando cada vez más, y en lo alto permaneció, siendo arrastrada a enorme distancia y con tanta facilidad como si fuera una pluma.

Reinaba una oscuridad muy densa y el viento rugía horriblemente en los alrededores, pero Dorothy descubrió que la vivienda se movía con suavidad. Luego de las primeras vueltas vertiginosas, y después de una oportunidad en que la casa se inclinó bastante, tuvo la misma impresión que debe sentir un bebé al ser acunado.

A Toto no le gustaba todo aquello y corría de un lado a otro de la habitación, ladrando sin cesar; pero Dorothy quedóse quieta en el piso, aguardando para ver qué iba a suceder.

En una oportunidad el perrillo se acercó demasiado a la puerta abierta del sótano y cayó por ella. Al principio pensó la niña que lo había perdido; pero a poco vio una de sus orejas que asomaba por el hueco, y era que la fuerte presión del huracán lo mantenía en el aire, de modo que no podía caer. La niña se arrastró hasta el agujero, atrapó a Toto por la oreja y lo arrastró de nuevo a la habitación después de cerrar la puerta trampa a fin de que no se repitiera el accidente.

Poco a poco fueron pasando las horas y Dorothy se repuso gradualmente del susto; pero se sentía muy solitaria, y el viento aullaba a su alrededor con tanta fuerza que la niña estuvo a punto de ensordecer. Al principio habíase preguntado si se haría pedazos cuando la casa volviera a caer; mas a medida que transcurrían las horas sin que sucediera nada terrible, dejó de preocuparse y decidió esperar con calma para ver qué le depararía el futuro. Al fin se arrastró hacia la cama y acostóse en ella, mientras que Toto la imitaba e iba a tenderse a su lado...

A pesar del balanceo de la cabaña y de los aullidos del viento, la niña terminó cerrando los ojos y se quedó profundamente dormida.

CAPÍTULO 2: LA CONFERENCIA CON LOS MUNCHKINS

A Dorothy la despertó una sacudida tan fuerte y repentina que, si no hubiera estado tendida en la cama, podría haberse hecho daño. Así y todo, el golpe le hizo contener el aliento y preguntarse qué habría sucedido, mientras que Toto, por su parte, le pasó el hocico sobre la cara y lanzó un lastimero gemido. Al sentarse en el lecho, la niña notó que la casa ya no se movía; además, ya no estaba oscuro, pues la radiante luz del sol penetraba por la ventana, inundando la habitación con sus áureos resplandores. Saltó del lecho y, con Toto pegado a sus talones, corrió a abrir la puerta.

En seguida lanzó una exclamación de asombro al mirar a su alrededor, mientras que sus ojos se agrandaban cada vez más ante la vista maravillosa que se le ofrecía.

El ciclón había depositado la casa con bastante suavidad en medio de una región de extraordinaria hermosura. Por doquier veíase el terreno cubierto de un césped del color de la esmeralda, y en los alrededores se elevaban majestuosos árboles cargados de sabrosos frutos maduros. Abundaban extraordinariamente las flores multicolores, y entre los árboles y arbustos revoloteaban aves de raros y brillantes plumajes. A cierta distancia corría un arroyuelo de aguas resplandecientes que acariciaban al pasar las verdosas orillas, susurrando en su marcha con un son cantarino que resultó una delicia para la niña procedente de las áridas planicies de Kansas.

Mientras observaba entusiasmada aquel extraño y maravilloso espectáculo, notó que avanzaba hacia ella un grupo de las personas más raras que viera en su vida. No eran tan grandes como los adultos a los que conocía, pero tampoco eran muy pequeñas. En verdad, parecían tener la misma estatura de Dorothy, que era bastante alta para su edad, aunque, a juzgar por su aspecto, le llevaban muchos años de ventaja.

Eran tres hombres y una mujer, todos vestidos de manera muy extraña. Estaban tocados de unos sombreros cónicos de unos treinta centímetros de altura en la copa, adornados por campanillas que tintineaban suavemente con cada uno de sus movimientos. Los de los hombres eran azules, y blanco el de la mujercita, quien lucía una especie de vestido también blanco que pendía en pliegues desde sus hombros casi hasta el suelo y estaba salpicado de estrellitas que el sol hacía brillar como diamantes. Los hombres vestían de azul claro y calzaban bien lustradas botas negras con adornos del mismo tono de sus ropas. Al observarlos, Dorothy calculó que eran casi tan viejos como su tío Henry, pues dos de ellos tenían barba. Pero la mujercita era sin duda mucho mayor; tenía el rostro cubierto de arrugas y el cabello casi blanco; además, caminaba con el paso propio de las personas de edad avanzada.

Cuando llegaron cerca de la casa a cuya puerta se hallaba parada la niña, se detuvieron y hablaron por lo bajo, como si no se atrevieran a seguir avanzando. Pero la viejecita llegó hasta Dorothy, hizo una profunda reverencia y dijo con voz muy dulce:

—Noble hechicera, bienvenida seas a la tierra de los Munchkins. Te estamos profundamente agradecidos por haber matado a la Maligna Bruja del Oriente y liberado así a nuestro pueblo de sus cadenas.

Dorothy la escuchó con gran extrañeza. ¿Por qué la llamaría hechicera, y qué quería significar al decir que había matado a la Maligna Bruja del Oriente? Ella era una niñita inocente e inofensiva a la que el ciclón había alejado de su hogar, y jamás en su vida mató a nadie.

Mas era evidente que la mujercita esperaba una respuesta, de modo que la pequeña contestó tras cierta vacilación:

—Es usted muy amable, pero debe tratarse de un error. Yo no he matado a nadie.

—Bueno, al menos lo hizo tu casa —rió la viejecita—, lo cual viene a ser lo mismo. Fíjate —continuó, indicando una esquina de la vivienda—, allí se ven sus pies que sobresalen por debajo de una de las tablas.

Al mirar hacia el lugar indicado, Dorothy dejó escapar un gritito de miedo. En efecto, precisamente debajo del rincón de la casa, veíase asomar dos pies calzados con puntudos zapatos de plata.

—¡Dios mío! ¡Dios mío! —exclamó la niña con gran desazón—. Le debe haber caído encima la casa. ¿Qué haremos ahora?

—Nada se puede hacer —fue la tranquila respuesta de la ancianita.

—¿Pero quién era? —quiso saber Dorothy.

—La Maligna Bruja del Oriente, como ya te dije. La que tenía esclavizados a los Munchkins desde hacía años, obligándolos a trabajar para ella noche y día. Ahora se han liberado, y te agradecen el favor.

—¿Quiénes son los Munchkins? —preguntó Dorothy.

—La gente que vive en esta tierra del Oriente, donde mandaba la Bruja Maligna.

—¿Y usted es una Munchkin?

—No, pero soy amiga de ellos, aunque vivo en las tierras del Norte. Cuando vieron que la Bruja del Oriente estaba muerta, los Munchkins me enviaron un mensajero a toda prisa y vine al instante. Yo soy la Bruja del Norte.

—¡Cielos! —exclamó Dorothy—. ¿Una bruja verdadera?

—En efecto —respondió la ancianita—. Pero soy una bruja buena y la gente me quiere. No soy tan poderosa como lo era la Bruja Maligna del Oriente, que gobernaba aquí, pues de otro modo yo misma habría liberado a la gente.

—Pero yo creía que todas las brujas eran malas —arguyó la niña, atemorizada al verse frente a una bruja.

—No, no, eso es un error. Había cuatro brujas en total en el País de Oz, y dos de ellas, las que viven en el Norte y el Sur, son brujas buenas. Las que vivían en el Oriente y el Occidente eran, en cambio, brujas malvadas; pero ahora que tú has matado a una de ellas, solo queda una mala en todo el País de Oz, y es la que vive en el Occidente.

—Pero —objetó Dorothy luego de un meditativo silencio—, tía Em me contó que todas las brujas murieron hace ya muchísimos años.

—¿Quién es la tía Em? —preguntó la ancianita.

—Es mi tía, la que vive en Kansas, la región de donde vengo.

La Bruja del Norte meditó un momento, con la cabeza gacha y los ojos fijos en el suelo.

Al fin levantó la vista y dijo:

—No sé dónde está Kansas, pues es la primera vez que la oigo mencionar. Pero dime, ¿es un país civilizado?

—Sí, claro.

—Entonces esa es la causa. Creo que en los países civilizados ya no quedan brujas ni brujos, magos o hechiceras. Pero el caso es que el País de Oz nunca fue civilizado, pues estamos apartados de todo el resto del mundo. Por eso es que todavía tenemos brujas y magos.

—¿Quiénes son los magos?

—El mismo Oz es el Gran Mago —manifestó la Bruja en voz mucho más baja—. Es más poderoso que todos los demás juntos, y vive en la Ciudad Esmeralda.

Dorothy iba a hacer otra pregunta; pero en ese momento los Munchkins, que habían escuchado en silencio, lanzaron un grito agudo y señalaron hacia la esquina de la casa bajo la cual yacía la Bruja del Oriente.

—¿Qué pasa? —preguntó la ancianita, y al mirar rompió a reír. Los pies de la Bruja muerta habían desaparecido por completo y no quedaban más que los zapatos de plata—. Era tan vieja que el sol la redujo a polvo. Así termina ella, pero los zapatos son tuyos y te los daré para que los uses.

Recogió los zapatos y, luego de quitarles el polvo, se los entregó a Dorothy.

—La Bruja del Oriente estaba orgullosa de esos zapatos plateados —comentó uno de los Munchkins—, y creo que tienen algo mágico, aunque nunca supimos cuál era su magia.

Dorothy los llevó al interior de la casa y los puso sobre la mesa. Cuando volvió a salir, dijo:

—Estoy ansiosa por volver al lado de mis tíos, pues es seguro que estarán preocupados por mí. ¿Pueden ayudarme a encontrar el camino?

Los Munchkins y la Bruja se miraron unos a otros y luego a Dorothy. Al fin menearon las cabezas.

—Hacia Oriente, no muy lejos de aquí —dijo uno—, está el gran desierto que nadie puede cruzar.

—Lo mismo que en el Sur —declaró otro—, pues yo he estado allí y lo he visto. El Sur es el país de los Quadlings.

—Y a mí me han dicho que en el Occidente es lo mismo —expresó el tercero—. Y ese país, donde viven los Winkies, es gobernado por la Maligna Bruja de Occidente, que te esclavizaría si pasaras por allí.

—En el Norte está mi país —dijo la ancianita—, y en su límite se ve el gran desierto que rodea el País de Oz. Querida mía, mucho temo que tendrás que quedarte a vivir con nosotros.

Al oír esto, Dorothy empezó a sollozar, pues se sentía muy sola entre aquella gente tan extraña. Sus lágrimas parecieron apenar a los bondadosos Munchkins, los que en seguida sacaron sus pañuelos y rompieron también a llorar. En cuanto a la Bruja buena, se quitó el gorro cónico y lo puso en equilibrio sobre la punta de la nariz mientras contaba hasta tres con voz solemne. Al instante, el gorro se convirtió en una pizarra sobre la que estaban escritas con tiza las siguientes palabras:

DEJEN QUE DOROTHY VAYA A LA CIUDAD ESMERALDA

La ancianita se quitó la pizarra de la nariz y, una vez que hubo leído el mensaje, preguntó:

—¿Te llamas Dorothy, queridita?

—Sí. —La niña levantó la vista y se enjugó las lágrimas.

—Entonces debes ir a la Ciudad Esmeralda. Puede que Oz quiera ayudarte.

—¿Dónde está esa ciudad?

—En el centro exacto del país, y la gobierna Oz, el Gran Mago de quien te hablé.

—¿Es un buen hombre? —preguntó Dorothy en tono ansioso.

—Es un buen Mago. En cuanto a si es un hombre o no, no podría decirlo, pues jamás lo he visto.

—¿Y cómo llegaré hasta allí?

—Tendrás que caminar. Es un viaje largo, por una región que tiene sus cosas agradables y sus cosas terribles. Sin embargo, emplearé mis artes mágicas para protegerte de todo daño.

—¿No irá usted conmigo? —suplicó la niña, que había empezado a considerar a la ancianita como su única amiga.

—No puedo hacer tal cosa; pero te daré un beso, y nadie se atreverá a hacer daño a una persona a quien ha besado la Bruja del Norte.

Acercóse a Dorothy y, con gran suavidad, la besó en la frente. La niña descubrió más tarde que sus labios le habían dejado una señal luminosa en el lugar donde rozaron su piel.

—El camino que va a la Ciudad Esmeralda está pavimentado con ladrillos amarillos —expresó la Bruja—, de modo que no podrás perderte. Cuando veas a Oz, no le tengas miedo; cuéntale lo que te ha pasado y pídele que te ayude. Adiós, querida mía.

Los tres Munchkins se inclinaron respetuosamente ante la niña y le desearon un agradable viaje, después de lo cual se alejaron por entre los árboles. La Bruja le hizo una amable inclinación de cabeza, giró tres veces sobre su tacón izquierdo y desapareció por completo, para gran sorpresa de Toto, el que empezó a ladrar a más y mejor ahora que ella se había ido, pues no se había atrevido a gruñir siquiera en su presencia.

Pero Dorothy, que sabía que era una bruja, estaba preparada para su brusca partida, de modo que no sintió la menor sorpresa.

CAPÍTULO 3: DE CÓMO SALVÓ DOROTHY AL ESPANTAPÁJAROS

Al quedar sola, Dorothy empezó a sentir apetito, de modo que fue a la alacena y cortó un pedazo de pan al que le puso manteca. Dio un poco a Toto, descolgó el cubo y se fue al arroyuelo para llenarlo con agua. Toto corrió hacia los árboles y empezó a ladrarle a los pajarillos. Cuando fue a buscarlo, la niña vio unas frutas tan deliciosas pendientes de las ramas que recogió algunas para completar su desayuno.

Volvió entonces a la casa, y luego de haber bebido un poco de agua, se dispuso para el viaje a la Ciudad Esmeralda.

Sólo tenía otro vestido, pero estaba muy limpio y colgaba de una percha al lado de su cama. Era de algodón, a cuadros blancos y azules, y aunque el azul estaba algo descolorido por los frecuentes lavados, la prenda le sentaba muy bien. La niña se lavó cuidadosamente, se puso el vestido limpio y se caló el sombrero rosado. Llenó con pan una cesta y la cubrió con una servilleta blanca. Luego se miró los pies y notó cuán viejos y gastados estaban sus zapatos.

—Seguro que no me van a servir para un viaje largo, Toto —dijo, y el perrillo la miró con sus ojos negros y meneó la cola para demostrar que entendía sus palabras.

En ese momento vio Dorothy los zapatos plateados que habían pertenecido a la Bruja del Oriente y que reposaban sobre la mesa.

—¿Me calzarán bien? —dijo—. Serían lo más apropiado para una caminata prolongada, pues no creo que se gasten.

Quitóse los viejos zapatos de cuero y se probó los otros, viendo que le calzaban como si se los hubieran hecho de medida. Después recogió su cesta.

—Vamos, Toto —ordenó—. Iremos a la Ciudad Esmeralda y preguntaremos al Gran Oz cómo podemos regresar a Kansas.

Cerró la puerta, le echó llave y se guardó ésta en el bolsillo. Luego, mientras que Toto la seguía pegado a sus talones, emprendió su viaje.

Había varios caminos en las cercanías, pero no tardó mucho en hallar el que estaba pavimentado con ladrillos amarillos. Poco después marchaba a buen paso hacia la Ciudad Esmeralda, y sus zapatos de plata resonaban alegremente sobre el amarillo pavimento. El sol brillaba con todo su esplendor y los pájaros cantaban dulcemente, por lo que Dorothy no se sintió tan mal como era de esperar en una niña a la que de pronto sacan de su ambiente familiar y colocan en medio de una tierra extraña.

Mientras marchaba, le sorprendió ver lo bonita que era aquella región. A los costados del camino se extendían bien cuidadas cercas pintadas de celeste, y más allá de ellas vio campos en los que abundaban los cereales y verduras. Sin duda alguna, los Munchkins eran buenos labriegos y obtenían excelentes cosechas. De tanto en tanto pasaba frente a alguna casa cuyos ocupantes salían a mirarla y la saludaban con gran respeto, pues todos sabían que era ella quien había destruido a la Bruja Maligna, salvándolos así de la esclavitud. Las viviendas de los Munchkins eran muy extrañas, de forma circular y con una gran cúpula por techo. Todas estaban pintadas de azul, el color favorito de la región oriental.

Hacia el atardecer, cuando Dorothy sentíase ya cansada de tanto caminar y empezaba a preguntarse dónde pasaría la noche, llegó a una casa algo más grande que las otras, y en el jardincillo del frente vio a muchas personas que danzaban. Cinco violinistas tocaban sus instrumentos con gran entusiasmo, y todos los circunstantes reían y cantaban, mientras que una gran mesa cercana mostrábase cargada de deliciosas frutas, nueces, pasteles, tortas y otras viandas igualmente tentadoras.

Todos la saludaron con amabilidad y la invitaron a comer y pasar la noche con ellos, pues aquella era la residencia de uno de los Munchkins más ricos de la región, y sus amigos habíanse reunido allí para festejar su recién recuperada libertad.

La niña comió con muy buen apetito, siendo atendida personalmente por el dueño de casa, que se llamaba Boq.

Después fue a sentarse en un sillón y observó bailar a los invitados.

—Tú debes ser una gran hechicera —dijo Boq al ver sus zapatos de plata.

—¿Por qué? —preguntó la niña.

—Porque calzas zapatos de plata y has matado a la Bruja Maligna. Además, tienes algo de blanco en tu vestido, y sólo las brujas y hechiceras visten prendas blancas.

—Mi vestido es a cuadros azules y blancos —aclaró Dorothy, alisándose algunas arrugas.

—Eres bondadosa en ese detalle —dijo Boq—. El azul es el color de los Munchkins, y el blanco el de las brujas. Por eso sabemos que eres una bruja buena.

Dorothy no supo qué decir, pues todos parecían creerla una bruja, y ella sabía perfectamente bien que era sólo una niña común a la que un ciclón había arrebatado para depositarla allí por pura casualidad.

Cuando ella se cansó de observar a los bailarines, Boq la condujo a la casa, donde le destinó un bonito cuarto con una cama. Las sábanas eran de tela celeste, y Dorothy durmió entre ellas hasta la mañana, con Toto acurrucado a sus pies.

Comió entonces un abundante desayuno y se entretuvo observando a un diminuto niñito Munchkin que jugaba con Toto, le tiraba de la cola y reía a más y mejor. Toto era algo muy curioso para toda aquella gente, que jamás había visto un perro hasta entonces.

—¿Queda muy lejos la Ciudad Esmeralda? —preguntó la niña.

—No lo sé; nunca he estado allá —repuso Boq con gravedad—. No conviene que la gente se acerque a Oz, a menos que tenga algún asunto serio que tratar con él. Pero la Ciudad Esmeralda está muy lejos y el viaje te llevará muchos días, y aunque esta región es fértil y agradable, tendrás que pasar por lugares feos y peligrosos antes de llegar al final de tu viaje.

Esto preocupó un tanto a Dorothy, pero comprendió que sólo el Gran Oz podría ayudarla a volver a Kansas, de modo que tomó la valiente resolución de no volverse atrás.

Se despidió de sus amigos y de nuevo partió por el camino de ladrillos amarillos. Cuando hubo andado varios kilómetros pensó que debía detenerse a descansar, de modo que trepó a lo alto de la cerca que corría a la vera del camino y allí se sentó. Más allá de la valla se extendía un gran sembrado de maíz, y no muy lejos de donde se hallaba ella vio a un espantapájaros colocado sobre un poste a fin de mantener alejadas a las aves que querían comerse el grano maduro.

Apoyando la barbilla en la mano, la niña miró con interés al espantapájaros, observando que su cabeza era un saco pequeño relleno de paja, con ojos, nariz y boca pintados para representar la cara. Un viejo sombrero cónico, sin duda de algún Munchkin, descansaba sobre su cabeza, y el resto de su figura lo constituía un traje azul claro, viejo y descolorido, al que también habían rellenado de paja. Por pies tenía un par de viejas botas con adornos celestes, tal como las que usaban todos los hombres de la región, y todo el muñeco se elevaba por sobre el sembrado gracias al palo que le atravesaba la espalda.

Mientras Dorothy miraba con gran interés la extraña cara pintada del espantapájaros, se sorprendió al ver que uno de los ojos le hacía un lento guiño. Al principio creyó haberse equivocado, pues ningún espantapájaros de Kansas puede hacer guiñadas, pero a poco el muñeco la saludó amistosamente con un movimiento de cabeza. La niña descendió entonces de la cerca y fue hacia él, mientras que Toto daba vueltas alrededor del poste ladrando sin cesar.

—Buenos días —dijo el Espantapájaros con voz algo ronca.

—¿Hablaste? —preguntó la niña, muy extrañada.

—Claro. ¿Cómo estás?

—Muy bien, gracias —repuso cortésmente Dorothy—. ¿Y cómo estás tú?

—No muy bien —sonrió el Espantapájaros—; es muy aburrido estar colgado aquí noche y día para espantar a los pájaros.

—¿No puedes bajar?

—No, porque tengo el poste metido en la espalda. Si me hicieras el favor de sacar esta madera, te lo agradeceré muchísimo.

Dorothy levantó los brazos y retiró el muñeco del poste, pues, como estaba relleno de paja, no pesaba casi nada.

—Muchísimas gracias —le agradeció el Espantapájaros cuando ella lo hubo colocado sobre el suelo—. Me siento como un hombre nuevo.

La niña estaba intrigada; le parecía muy raro oír hablar a un muñeco de paja y verlo moverse y caminar a su lado.

—¿Quién eres? —preguntó el Espantapájaros una vez que se hubo desperezado a gusto—. ¿Y hacia dónde vas?

—Me llamo Dorothy y voy a la Ciudad Esmeralda para pedir al Gran Oz que me mande de regreso a Kansas.

—¿Dónde está la Ciudad Esmeralda? —inquirió él—. ¿Y quién es Oz?

—¿Cómo? ¿No lo sabes?

—De veras que no. No sé nada. Como ves, estoy relleno de paja, de modo que no tengo sesos —manifestó él en tono apenado.

—¡Oh! Lo siento por ti.

—¿Te parece que si voy contigo a la Ciudad Esmeralda, ese Oz me dará un cerebro? —preguntó él.

—No lo sé, pero puedes venir conmigo si quieres. Si Oz no te da un cerebro, no estarás peor de lo que estás ahora.

—Eso es verdad —asintió el muñeco, y en tono confidencial continuó—: Te diré, no me molesta tener el cuerpo relleno de paja, porque así no me hago daño con nada. Si alguien me pisa los pies o me clava un alfiler en el pecho, no tiene importancia porque no lo siento; pero no quiero que la gente me tome por tonto, y si mi cabeza sigue rellena de paja en lugar de tener sesos, como los tienes tú, ¿cómo voy a saber nunca nada?

—Te comprendo perfectamente —asintió la niña, que realmente lo compadecía—. Si me acompañas, pediré a Oz que haga lo que pueda por ti.

—Gracias.

Ambos marcharon hacia el camino, Dorothy le ayudó a saltar la cerca y juntos echaron a andar por la carretera amarilla en dirección a la Ciudad Esmeralda.

Al principio, a Toto no le agradó el nuevo acompañante. Dio vueltas alrededor del muñeco sin dejar de husmearlo como si sospechara que entre la paja había varios nidos de ratones, y a menudo gruñía de manera muy poco amistosa.

—No le hagas caso a Toto —dijo Dorothy a su nuevo amigo—. Nunca muerde.

—No tengo miedo —fue la respuesta—. A la paja no le puede hacer daño. Ahora permite que te lleve la cesta; no me molestará, pues nunca me canso. —Y mientras continuaban la marcha agregó—: Te confiaré un secreto: hay una sola cosa a la que temo en el mundo.

—¿Y qué puede ser? —preguntó Dorothy—. ¿Es el granjero Munchkin que te hizo?

—No —repuso el Espantapájaros—. Sólo le temo al fuego.

CAPÍTULO 4: EL CAMINO DEL BOSQUE

Luego de andar varias horas llegaron a una parte del camino que se hallaba en mal estado y les resultó tan difícil caminar que el Espantapájaros tropezaba a menudo contra los ladrillos que eran allí desiguales y estaban algo flojos. En ciertos sectores se los veía rotos y en otros faltaban totalmente, dejando en su lugar agujeros que Toto salvaba de un salto y a los que Dorothy esquivaba ágilmente. En cuanto al Espantapájaros, como no tenía cerebro, seguía marchando en línea recta, de modo que se metía en los agujeros y caía de bruces sobre los duros ladrillos. Empero, eso no le hacía daño, y Dorothy lo levantaba y lo ponía de nuevo en pie, mientras que él se reía de su propia torpeza.

Las granjas de aquellos lugares no estaban tan cuidadas como las del lugar del que habían partido. Había menos casas y menos árboles frutales, y cuanto más avanzaban tanto más lúgubre y solitaria se tornaba la región.

Al mediodía se sentaron a la vera del camino, cerca de un arroyuelo, y Dorothy abrió su cesta para sacar un poco de pan, ofreciendo un pedazo a su compañero, quien no lo aceptó.

—Nunca tengo hambre, y es una suerte que así sea, pues mi boca es sólo una raya pintada —expresó—. Si abriera en ella un agujero para poder comer, se me saldría la paja de que estoy relleno y eso arruinaría la forma de mi cabeza.

Comprendiendo lo acertado de tal razonamiento, la niña asintió y siguió comiendo su pan.

—Cuéntame algo de ti misma y del país del que vienes —pidió el Espantapájaros cuando ella hubo finalizado su comida.

Dorothy le habló entonces de Kansas, de lo gris que era todo allí, y de cómo el ciclón la había llevado hasta ese extraño País de Oz.

—No comprendo por qué deseas irte de este hermoso país y volver a ese lugar tan seco y gris al que llamas Kansas —dijo él después de haberla escuchado con gran atención.

—No lo comprendes porque no tienes sesos —repuso ella—. Por más triste y gris que sea nuestro hogar, la gente de carne y hueso prefiere vivir en él y no en otro sitio, aunque ese otro sitio sea muy hermoso. No hay nada como el hogar.

—Claro que no puedo comprenderlo —suspiró de repente el Espantapájaros—. Si las personas tuvieran la cabeza rellena de paja, como lo está la mía, probablemente vivirían todas en lugares hermosos y entonces no habría nadie en Kansas. Es una suerte para Kansas que tengan ustedes cerebro.

—¿No quieres contarme un cuento mientras descansamos? —pidió la niña.

Él la miró con expresión de reproche.

—Mi vida ha sido tan breve que en realidad no sé nada de nada. Fíjate que me hicieron antes de ayer, nada más. Así que desconozco todo lo que pasó en el mundo antes de ese día. Por suerte, cuando el granjero formó mi cabeza, una de las primeras cosas que hizo fue pintarme las orejas, de modo que pude oír lo que se hablaba a mi alrededor. Había otro Munchkin con él; y lo primero que oí fue al granjero que decía:

"—¿Qué te parecen estas orejas?"

"—No están parejas —contestó el otro."

"—No importa —dijo el granjero—. De todos modos, son orejas." Lo cual era muy cierto.

"—Ahora le haré los ojos —agregó."

Me pintó el ojo derecho, y no bien estuvo terminado me encontré mirándolo a él y a todo lo que me rodeaba, y te aseguro que mi curiosidad fue enorme, pues era la primera vez que veía el mundo.

"—Ese ojo no está del todo mal —comentó el Munchkin que observaba a mi amo—. El azul es el color indicado."

"—Creo que el otro lo haré un poco más grande —respondió el granjero."

Y cuando estuvo listo el otro ojo pude ver mucho mejor que antes. Después me hizo la nariz y la boca. Pero no hablé, pues en ese momento ignoraba para qué me servía la boca. Tuve el gusto de verlos hacer mi cuerpo, mis brazos y piernas. Y cuando al fin me colocaron encima la cabeza, me sentí muy orgulloso, pues pensé que era tan hombre como cualquiera.

"—Este muñeco asustará de veras a los pájaros —opinó el granjero—. Parece un hombre."

"—En verdad que es un hombre —declaró el otro, y yo estuve de acuerdo con él."

El granjero me llevó entonces al sembrado y me puso sobre ese poste donde me encontraste, luego de lo cual se fueron ambos, dejándome solo.

No me agradó que me abandonaran así, de modo que traté de seguirlos; pero mis pies no tocaban el suelo y tuve que quedarme colgado del poste. Realmente, era una vida muy solitaria, ya que no tenía nada en qué pensar, porque hacía tan poco que me habían hecho.

Muchos cuervos y otras aves llegaron volando al sembrado; pero no bien me veían se alejaban de nuevo, creyendo que yo era un Munchkin, lo cual me agradó y me hizo sentir muy importante. Después, un viejo cuervo se fue acercando poco a poco y, luego de observarme con gran atención, se posó sobre mi hombro y dijo:

"—¿Habrá querido ese granjero engañarme de manera tan torpe? Cualquier cuervo con un poco de sentido común se daría cuenta de que estás relleno de paja."

Después saltó a tierra y comió todo el maíz que quiso. Los otros pajarracos, al ver que yo no le hacía daño al primero, también se acercaron a comer, de modo que en pocos minutos me rodeaba una gran bandada de ellos.

Esto me entristeció, pues indicaba que, al fin y al cabo, no era yo gran cosa como espantapájaros, pero el viejo cuervo me consoló con estas palabras:

"—Si tuvieras cerebro, serías tan hombre como cualquiera de ellos. El cerebro es lo único que vale la pena tener en este mundo, sea uno cuervo u hombre."

Después que se fueron los cuervos, me puse a pensar en esto y decidí esforzarme por conseguir un cerebro. Por suerte para mí, llegaste tú y me sacaste del poste y, por lo que dices, estoy seguro de que el Gran Oz me dará un cerebro no bien lleguemos a la Ciudad Esmeralda.

—Así lo espero —asintió Dorothy con fervor—, ya que estás tan ansioso por tenerlo.

—Sí que lo estoy —dijo el Espantapájaros—. Es feísimo saberse tonto.

—Bueno, sigamos —decidió la niña, dando la cesta a su compañero.

Ahora no había vallas bordeando el camino; y el terreno estaba descuidado y lleno de malezas. Hacia el atardecer llegaron a un bosque donde los árboles eran tan grandes y crecían tan juntos uno de otro que sus ramas se unían por sobre el sendero amarillo. Aquello estaba muy oscuro, pues las hojas impedían el paso de la luz del día, pero los viajeros siguieron adelante sin temor, internándose en el bosque.

—Si el camino entra allí, por algún sitio ha de salir —dijo el Espantapájaros—, y como la Ciudad Esmeralda está al extremo del camino, tendremos que seguirlo dondequiera que nos lleve.

—Cualquiera se daría cuenta de ello —repuso Dorothy.

—Claro, es por eso que lo sé. Si se necesitara cerebro para adivinarlo, jamás me habría percatado de ello.

Al cabo de una hora o dos terminó de oscurecer y ambos se encontraron marchando a tientas y tropezando a cada momento. Dorothy no veía nada, pero Toto sí, pues algunos perros ven bien en la oscuridad, y el Espantapájaros afirmó que podía ver tan bien como si fuera de día. Así, pues, la niña se tomó de su brazo y pudo continuar sin mayores inconvenientes.

—Si ves alguna casa donde podamos pasar la noche, dímelo —pidió a su acompañante—; resulta muy molesto esto de marchar a tientas.

Poco después se detuvo el Espantapájaros.

—A nuestra derecha veo una casita de troncos —anunció—. ¿Vamos allá?

—Sí —respondió ella—. Estoy agotada.

Guiada por su compañero, la niña pasó por entre los árboles hasta llegar a la casita, en cuyo interior hallaron un lecho de ramillas y hojas secas. Dorothy se acostó en seguida, con Toto a sus pies, y no tardó ni un minuto en quedarse profundamente dormida. El Espantapájaros, que nunca se cansaba, quedóse parado en un rincón y allí esperó pacientemente hasta que llegó la mañana.

CAPÍTULO 5: EL LEÑADOR DE HOJALATA

Cuando despertó Dorothy, el sol filtraba su luz por entre los árboles y Toto hacía rato que correteaba persiguiendo a los pajaritos del bosque. El Espantapájaros, por su parte, se hallaba de pie en el rincón, esperándola pacientemente.

—Tenemos que ir a buscar agua —le dijo ella.

—¿Para qué la quieres?

—Para lavarme la cara y para beber, a fin de que este pan seco no se me atasque en la garganta.

—Debe ser molesto estar hecho de carne —comentó él en tono meditativo—, pues tienes que dormir, comer y beber. Claro que, por otra parte, tienes cerebro, y eso compensa todos los otros inconvenientes.

Salieron de la casita y marcharon por entre los árboles hasta hallar un manantial de agua dulce donde Dorothy pudo beber y asearse, luego de lo cual comió su desayuno. Al ver que no le quedaba mucho pan en la cesta, se alegró de que el Espantapájaros no tuviera necesidad de comer, ya que apenas tenía lo suficiente para ella y para Toto, y sólo para un día.

Cuando hubo terminado de comer y se disponía a regresar al camino amarillo, la sobresaltó un profundo gemido que se oyó muy cerca.

—¿Qué fue eso? —preguntó en voz baja.

—No lo sé —repuso el Espantapájaros—, pero podemos ir a ver.

En ese momento oyeron otro gemido, procedente de algún lugar a sus espaldas. Girando sobre sus talones, se internaron unos pasos en el bosque y Dorothy descubrió entonces algo que brillaba a los rayos del sol. Corrió en seguida hacia el lugar y se detuvo de pronto lanzando un grito de sorpresa.

Uno de los árboles tenía el tronco casi enteramente cortado a hachazos, y de pie a su lado, con un hacha en sus manos levantadas, se hallaba un hombre hecho por completo de hojalata. La cabeza, los brazos y las piernas se unían al cuerpo por medio de juntas articuladas, pero la figura estaba perfectamente quieta, como si no pudiera moverse en absoluto.

Dorothy lo contempló asombrada, lo mismo que el Espantapájaros, mientras que Toto lanzaba un ladrido y mordía una de las piernas de hojalata sin causar el menor efecto en ella.

—¿Gemiste tú? —preguntó la niña.

—Sí —repuso el hombre de hojalata—. He estado gimiendo por más de un año, y hasta ahora no me había oído nadie.

—¿Qué puedo hacer por ti? —murmuró Dorothy, muy conmovida ante el tono dolorido con que hablaba el hombre.

—Ve a buscar una lata de aceite y lubrícame las coyunturas —pidió él—. Están tan oxidadas que no puedo moverlas. Si me las aceitan, en seguida mejorará. Hallarás la aceitera en un estante de mi casita.

Dorothy corrió en seguida hacia la casita donde había pasado la noche, halló la lata de aceite y volvió con ella a toda prisa.

—¿Dónde tienes las coyunturas? —preguntó.

—Acéitame primero el cuello —respondió el Leñador de Hojalata.

Así lo hizo la niña, y como estaba muy oxidado, el Espantapájaros asió la cabeza de hojalata y la movió de un lado a otro hasta que la hubo aflojado y su dueño pudo hacerla girar.

—Ahora acéitame las articulaciones de los brazos —pidió el Leñador.

Así lo hizo Dorothy, y el Espantapájaros los dobló con gran cuidado hasta que quedaron libres de herrumbre y tan buenos como nuevos.

El Leñador lanzó un suspiro de satisfacción mientras bajaba su hacha y la apoyaba contra el árbol.

—¡Qué bien me siento! —dijo—. He estado sosteniendo el hacha desde que me oxidé y en verdad que me alegro de poder dejarla. Ahora, si me aceitan las articulaciones de las piernas, estaré completamente bien.

Le aceitaron las piernas hasta que pudo moverlas con entera libertad, sin dejar de darles las gracias una y otra vez por su liberación, pues parecía ser un personaje muy cortés y agradecido.

—Me hubiera quedado allí para siempre si no hubiesen venido ustedes —expresó—, así que en realidad me han salvado la vida. ¿Cómo es que pasaron por aquí?

—Vamos de camino hacia la Ciudad Esmeralda para ver al Gran Oz —contestó la niña—, y nos detuvimos en tu casita a pasar la noche.

—¿Para qué quieren ver a Oz?

—Yo deseo que me envíe de regreso a Kansas, y el Espantapájaros va a pedirle que le dé un cerebro.

El Leñador pareció meditar un momento. Luego dijo:

—¿Te parece que Oz podría darme un corazón?

—Supongo que sí —contestó Dorothy—. Sería tan fácil como darle un cerebro al Espantapájaros.

—Es cierto —concordó el Leñador de Hojalata—. Entonces, si me permiten unirme a ustedes, yo también iré a la Ciudad Esmeralda para pedir a Oz que me ayude.

—Acompáñanos —le invitó cordialmente el Espantapájaros, y Dorothy agregó que le encantaría tenerlo por compañero.

Así, pues, el Leñador se echó al hombro su hacha y los tres marcharon por el bosque hasta llegar al camino pavimentado con ladrillos amarillos.

El Leñador había pedido a Dorothy que llevara la aceitera en su cesta.

—Porque la voy a necesitar mucho si me sorprende la lluvia y vuelvo a oxidarme —explicó.

Fue una suerte que se les hubiera unido el Leñador, ya que poco después de reanudar el viaje llegaron a un sitio donde los árboles y las ramas crecían con tal profusión sobre el camino que los viajeros no pudieron pasar. Pero el Leñador se puso a trabajar con su hacha de manera tan empeñosa que muy pronto abrió un paso para todos ellos.

Dorothy iba tan distraída mientras marchaban que no se dio cuenta cuando el Espantapájaros tropezó con un hoyo y cayó rodando a un costado del camino mientras gritaba pidiendo que lo ayudaran.

—¿Por qué no esquivaste el hoyo? —le preguntó el Leñador.

—Me falta inteligencia —fue la alegre respuesta—. Tengo la cabeza llena de paja, ¿sabes?, y es por eso que voy a ver a Oz para que me dé un cerebro.

—¡Ah!, ya entiendo. Pero, al fin y al cabo, un cerebro no es lo mejor que hay en el mundo.

—¿Tú lo tienes?

—No, mi cabeza está enteramente vacía —contestó el Leñador—. Pero en un tiempo tuve cerebro, y también corazón, y, como he tenido ambos, prefiero el corazón.

—¿Y eso por qué? —quiso saber el Espantapájaros.

—Te contaré mi historia y entonces lo sabrás.

Y mientras marchaban por el bosque, el Leñador relató la siguiente historia:

—Soy hijo de un leñador que cortaba los árboles del bosque y vendía la madera. Cuando crecí, yo también me hice leñador, y después de morir mi padre me hice cargo de mi anciana madre hasta que la perdí. Entonces resolví que, en lugar de vivir solo, me casaría a fin de estar acompañado.

Había una joven Munchkin tan hermosa que pronto me enamoré de ella con todo mi corazón. Por su parte, ella prometió casarse conmigo no bien ganara yo lo suficiente para construir una casa mejor para ella. Para lograrlo, me puse a trabajar con más ahínco que antes.

Pero la muchacha vivía con una vieja que no deseaba que se casara con nadie, pues era tan holgazana que la necesitaba para los quehaceres domésticos. Esta vieja fue a ver a la Maligna Bruja del Oriente y le prometió dos ovejas y una vaca si evitaba el casamiento. La Bruja hechizó entonces mi hacha, y un día en que estaba yo trabajando a más y mejor, deseoso de ganar dinero pronto para casarme, el hacha se resbaló de mis manos y me cercenó la pierna izquierda.

Al principio me pareció esto una gran desgracia, pues comprendí que un cojo no sería muy buen leñador. Entonces fui a ver al hojalatero y me hice hacer una pierna de hojalata, la que me sirvió bastante bien una vez que me hube acostumbrado a ella. Pero mi proceder enfureció a la Bruja, que había prometido a la vieja que yo no me casaría con la bonita niña Munchkin. Cuando fui otra vez a trabajar, el hacha se me escapó de nuevo y me cortó la pierna derecha. Otra vez fui a ver al hojalatero y obtuve otra pierna de hojalata. Después de esto el hacha hechizada me cortó los brazos, pero, sin amilanarme en lo más mínimo, los reemplacé por otros de hojalata. Entonces la Bruja Maligna hizo que el hacha se deslizara nuevamente y me cortara la cabeza, y en el primer momento creí que allí terminaría mi vida; pero el hojalatero pasó entonces por casualidad y me hizo una cabeza nueva con hojalata.

Creí que ya había vencido a la Bruja Maligna, y trabajé con más entusiasmo que antes, pero poco imaginaba lo cruel que podía ser mi enemiga. Ideó un nuevo método para matar mi amor por la hermosa niña Munchkin e hizo deslizar otra vez mi hacha de modo que me cortara todo el cuerpo, dividiéndome en dos. De nuevo apareció el hojalatero, quien me hizo un cuerpo de hojalata, asegurando a él mis brazos, piernas y cabeza por medio de articulaciones, de modo que pude moverme tan bien como siempre. Pero, ¡ay!, ahora no tenía corazón, de modo que olvidé mi amor por la joven Munchkin y ya no me importó si me casaba con ella o no. Supongo que todavía sigue viviendo con la vieja y esperando que yo vaya a buscarla.

Mi cuerpo brillaba tanto al sol que me sentí orgulloso de él, y ahora no importaba que se me deslizara el hacha, porque ya no podía cortarme. El único peligro era que se me oxidaran las articulaciones. Pero en mi casita tenía a mano una lata de aceite y siempre me lubricaba cuando era necesario hacerlo. Sin embargo, llegó un día en que me olvidé de este detalle y me sorprendió una lluvia. Antes de darme cuenta plena del peligro, mis articulaciones se habían herrumbrado y quedé de pie en el bosque hasta que llegaron ustedes a ayudarme. Fue terrible mi sufrimiento, pero durante el año que pasé allí tuve tiempo para pensar que la pérdida más grande que había soportado era la carencia de corazón. Mientras estaba enamorado fui el hombre más feliz de la tierra; pero el que no tiene corazón no puede amar, y por eso decidí ir a pedir a Oz que me dé uno. Si lo hace, volveré a buscar a la niña Munchkin y me casaré con ella.

Tanto Dorothy como el Espantapájaros habían escuchado con gran interés el relato del Leñador, y ahora comprendían por qué estaba tan deseoso de obtener un nuevo corazón.

—Sin embargo —dijo el Espantapájaros—, yo pediré un cerebro en vez de un corazón, pues un tonto sin sesos no sabría qué hacer con su corazón si lo tuviera.

—Yo prefiero el corazón —replicó el Leñador—, porque el cerebro no lo hace a uno feliz, y la felicidad es lo mejor que hay en el mundo.

Dorothy guardó silencio; ignoraba cuál de sus dos amigos tenía la razón, y se dijo que si sólo podía regresar al lado de su tía Em, poco importaría que el Leñador no tuviera cerebro y el Espantapájaros careciera de corazón, o que cada uno obtuviera lo que deseaba.

Lo que más la preocupaba era que ya quedaba muy poco pan, y una comida más para ella y para Toto lo agotaría por completo. Claro que el Leñador y el Espantapájaros no necesitaban alimento, pero ella no estaba hecha de hojalata ni de paja, y no podía vivir sin comer.

CAPÍTULO 6: EL LEÓN COBARDE

Dorothy y sus compañeros continuaban marchando por el tupido bosque. El camino seguía pavimentado con ladrillos amarillos, pero en aquellos lugares estaba casi enteramente cubierto por ramas secas y hojas muertas caídas de los árboles, de manera que no resultaba fácil caminar. Había pocos pájaros en los alrededores, porque a las aves les gusta el cielo abierto, donde el sol brilla sin obstáculos. Pero de tanto en tanto oíase algún rugido proveniente de la garganta de animales salvajes ocultos entre la arboleda. Estos ruidos hicieron acelerar los latidos del corazón de la niña, pues ignoraba de qué se trataba, pero Toto lo sabía, y marchaba muy cerca de Dorothy, sin atreverse a contestar con sus ladridos.

—¿Cuánto tardaremos en salir del bosque? —preguntó ella al Leñador.

—No lo sé —fue la respuesta—. Nunca he ido a la Ciudad Esmeralda, aunque mi padre fue una vez, cuando yo era pequeño, y dijo que había tenido que viajar mucho tiempo, a través de regiones peligrosas, aunque cerca de Oz cambia el paisaje y se hace muy hermoso.

Pero yo no temo a nada mientras lleve conmigo mi lata de aceite, y nada puede hacer daño al Espantapájaros, mientras que tú llevas en la frente la marca del beso de la Bruja Buena, que te protegerá de todo mal.

—¿Pero y Toto? —inquirió la niña en tono ansioso—. ¿Qué puede protegerlo?

—Lo protegeremos nosotros si corre peligro —respondió el Leñador.

Cuando así hablaba, se oyó un terrible rugido, y un momento después saltó al camino un león enorme. De un solo zarpazo lanzó rodando al Espantapájaros hacia un costado del sendero, y luego asestó un golpe con sus agudas garras al Leñador. Pero, para su gran sorpresa, no hizo la menor mella en la hojalata, aunque el Leñador se desplomó en el suelo y allí se quedó inmóvil.

El pequeño Toto, ahora que debía enfrentarse a un enemigo, corrió ladrando hacia el león, y la enorme bestia había abierto ya sus fauces para matar al can cuando la niña, temerosa por la vida de Toto, y sin prestar atención al peligro, avanzó corriendo y golpeó con fuerza la nariz de la fiera al tiempo que exclamaba:

—¡No te atrevas a morder a Toto! ¡Deberías avergonzarte! ¡Tan grande y queriendo abusarte de un perro tan chiquito!

—No lo mordí —protestó el León, mientras se acariciaba la nariz dolorida.

—No, pero lo intentaste —repuso ella—. No eres otra cosa que un cobarde.

—Ya lo sé —contestó el León, muy avergonzado—. Siempre lo he sabido. ¿Pero cómo puedo evitarlo?

—No me lo preguntes a mí. ¡Pensar que atacaste a un pobre hombre relleno de paja como el Espantapájaros!

—¿Está relleno de paja? —inquirió el León con gran sorpresa, mientras la observaba levantar al Espantapájaros, ponerlo de pie y darle forma de nuevo.

—Claro que sí —dijo Dorothy, todavía enfadada.

—¡Por eso cayó tan fácilmente! —exclamó el León—. Me asombró verlo girar así. ¿Este otro también está relleno de paja?

—No; está hecho de hojalata —contestó Dorothy, ayudando al Leñador a ponerse de pie.

—Por eso fue que casi me desafilo las garras. Cuando rasqué esa lata, me estremecí todo. ¿Qué animal es ese que tanto quieres?

—Es Toto, mi perro.

—¿Es de hojalata o está relleno de paja?

—Ninguna de las dos cosas. Es un... un... perro de carne y hueso.

—¡Vaya! Es un animalito raro y, ahora que lo miro bien, bastante pequeño. Sólo a un cobarde como yo se le ocurriría morder a un animalito tan pequeño —manifestó el León con acento apenado.

—¿Y por qué eres cobarde? —preguntóle Dorothy, mirándole con extrañeza, pues era tan grande como una jaca.

—Es un misterio —fue la respuesta—. Supongo que nací así. Como es natural, todos los otros animales del bosque esperan que sea valiente, pues en todas partes saben que el león es el Rey de las Bestias. Me di cuenta de que si rugía con bastante fuerza, todo ser viviente se asustaba y se apartaba de mi camino. Siempre que me he encontrado con un hombre he tenido un miedo pánico, pero no tenía más remedio que lanzar un rugido para ponerlo en fuga. Si los elefantes, los tigres y los osos hubieran tratado alguna vez de pelear conmigo, yo habría salido corriendo, por lo cobarde que soy... pero en cuanto me oyen rugir, todos tratan de alejarse de mí y, por supuesto, yo los dejo ir.

—Pero eso no está bien —objetó el Espantapájaros—. El Rey de las Bestias no debería ser un cobarde.

—Ya lo sé. —El León se enjugó una lágrima con su zarpa—. Es mi pena más grande, y lo que me produce mi mayor desdicha. Pero cuando quiera que hay algún peligro, se me aceleran los latidos del corazón.

—Puede ser que lo tengas enfermo —aventuró el Leñador.

—Podría ser —asintió el León.

—Si es así, deberías alegrarte, pues ello prueba que tienes corazón —manifestó el hombre de hojalata—. Por mi parte, yo no lo tengo, de modo que no se me puede enfermar.

—Quizá si tuviera corazón, no sería tan cobarde.

—¿Tienes cerebro? —le preguntó el Espantapájaros.

—Supongo que sí —dijo el León—. Nunca me he mirado para comprobarlo.

—Yo voy a ver al Gran Oz para pedirle que me dé un cerebro, pues tengo la cabeza rellena de paja —expresó el Espantapájaros.

—Y yo voy a pedirle un corazón —terció el Leñador.

—Y yo a pedirle que me mande con Toto de regreso a Kansas —añadió Dorothy.

—¿Les parece que Oz podría darme valor? —preguntó el León Cobarde.

—Con tanta facilidad como podría darme sesos a mí —dijo el Espantapájaros.

—A mí un corazón —manifestó el Leñador.

—O mandarme a mí de regreso a Kansas —terminó Dorothy.

—Entonces, si no tienen inconveniente, iré con ustedes —expresó el León—, pues ya no puedo seguir soportando la vida sin valor.

—Encantados de tenerte con nosotros —aceptó Dorothy—. Tú nos ayudarás a mantener alejadas a las otras fieras. Me parece que deben de ser más cobardes que tú si te permiten asustarlas con tanta facilidad.

—De veras que lo son —asintió el León—; pero eso no me hace más valiente, y mientras sepa que soy un cobarde me sentiré muy desdichado.

Y así, una vez más, el grupito partió de viaje, con el León marchando majestuosamente al lado de Dorothy. Al principio, a Toto no le agradó este nuevo compañero, porque no podía olvidar lo cerca que había estado de ser víctima de las enormes fauces del felino; pero al cabo de un tiempo se sintió más tranquilo y al fin se hizo muy buen amigo del León Cobarde.

Durante el resto de ese día no hubo otras aventuras que turbaran la paz del viaje. Eso sí, en una oportunidad, el Leñador pisó un escarabajo que se arrastraba por el camino y lo mató, lo cual le apenó mucho, pues se cuidaba siempre de no hacer daño a ningún ser viviente, y mientras continuaba marchando empezó a llorar con gran pesar. Las lágrimas se deslizaron lentamente por su cara hasta las articulaciones de su quijada, y allí oxidaron la hojalata. Poco después, cuando Dorothy le hizo una pregunta, el Leñador no pudo abrir la boca, porque tenía herrumbrada la articulación. Muy asustado por esto, le hizo señales a la niña para que lo socorriera, mas ella no le entendió. El León tampoco podía comprender qué le pasaba. Pero el Espantapájaros tomó la aceitera de la cesta de Dorothy y echó aceite en la quijada del Leñador, y al cabo de pocos minutos el hombre de hojalata pudo volver a hablar como siempre.

—Esto me enseñará a mirar por dónde camino —dijo entonces—. Si llegara a matar a otro bicho, es seguro que volvería a llorar, y las lágrimas me oxidan la mandíbula de tal manera que me es imposible hablar.

De allí en adelante marchó con gran cuidado, fijos los ojos en el camino, y al ver alguna hormiga u otro insecto que se arrastraba por tierra, se apartaba con rapidez a fin de no hacerle daño. El Leñador de Hojalata sabía muy bien que no tenía corazón, razón por la cual se esforzaba más que todos por no ser cruel con nada ni con nadie.

—Ustedes, los que poseen corazón, tienen algo que los guía y no necesitan equivocarse —manifestó—; pero yo no lo tengo y por eso debo cuidarme mucho. Cuando Oz me dé un corazón, entonces ya no me preocuparé tanto.

CAPÍTULO 7: EN BUSCA DEL GRAN OZ

Aquella noche se vieron obligados a acampar en medio del bosque, debajo de un árbol gigantesco, pues no se veía vivienda alguna por los alrededores. El árbol los protegió muy bien del rocío, y el Leñador cortó una buena cantidad de madera con su hacha, mientras que Dorothy hizo una espléndida fogata que la calentó bastante, haciéndola sentirse menos sola. Ella y Toto comieron los últimos restos del pan, y la niña se dio cuenta ahora de que no habría desayuno para ellos.

—Si quieres, me adentraré en el bosque y mataré un ciervo para ti —ofreció el León—. Puedes asarlo con este fuego, ya que tienes esa costumbre tan rara de cocinar las viandas, y así tendrás un buen desayuno por la mañana.

—¡No! ¡Por favor, no! —rogó el Leñador—. Seguro que me pondría a llorar si mataras a un pobre ciervo, y entonces se me oxidaría de nuevo la mandíbula.

Pero el León se internó en el bosque a buscar su propia cena, y nadie supo nunca qué comió esa noche, porque no lo dijo. Y el Espantapájaros halló un árbol lleno de nueces que puso en la cesta de Dorothy a fin de que no pasara hambre por un largo tiempo. A la niña le agradó mucho esta atención tan bondadosa del Espantapájaros, aunque rió a más y mejor al ver su torpe manera de recoger las nueces. Sus manos rellenas eran tan poco ágiles y las nueces tan pequeñas que dejó caer tantas como tantas puso en la cesta; pero al Espantapájaros no le preocupó el tiempo que le llevara llenar el recipiente, ya que esto lo mantenía alejado del fuego, pues la verdad es que temía que saltara una chispa y lo consumiera por completo. Por ello se mantuvo a buena distancia de las llamas, y sólo se acercó a Dorothy para cubrirla con hojas secas cuando la niña se acostó a dormir, lo cual la mantuvo abrigada y cómoda hasta la mañana.

Al amanecer, Dorothy se lavó la cara con el agua de un arroyo cantarino y poco después partieron de nuevo hacia la Ciudad Esmeralda.

El día iba a ser muy ajetreado para los viajeros. No habían caminado más de una hora cuando vieron ante ellos una gran zanja que cruzaba el camino y parecía dividir el bosque en dos partes hasta donde la vista alcanzaba. Era muy ancha y, cuando se acercaron cautelosamente hasta el borde, observaron su gran profundidad y las numerosas piedras afiladas que salpicaban el fondo. Sus costados eran tan empinados que ninguno de ellos podría deslizarse hasta abajo o subir de nuevo por la parte opuesta, y por el momento pareció que allí iba a terminar el viaje.

—¿Qué hacemos ahora? —suspiró Dorothy.

—No tengo la menor idea —dijo el Leñador, mientras que el León agitaba su melenuda cabeza y parecía sumirse en profundas meditaciones.

—Es seguro que no podemos volar —dijo por su parte el Espantapájaros—. Tampoco podemos bajar al fondo de este zanjón tan profundo. Por lo tanto, si no podemos saltarlo, tendremos que quedarnos donde estamos.

—Yo creo que puedo saltarlo —expresó el León Cobarde luego de medir la distancia con la mirada.

—Entonces estamos salvados —aprobó el Espantapájaros—; tú puedes llevarnos sobre tu lomo a todos nosotros, por una vez.

—Bien, lo intentaré —asintió el León—. ¿Quién irá primero?

—Yo —se ofreció el hombre de paja—, porque si no lograras salvar esa distancia, Dorothy podría matarse o el Leñador se abollaría todo contra las piedras de abajo; pero si me llevas a mí eso no importaría mucho, ya que la caída no me haría daño alguno.

—Yo mismo tengo un miedo terrible de caer —confesó el felino—. Pero supongo que no queda otra alternativa que intentarlo, así que monta sobre mi lomo y haremos la prueba.

El Espantapájaros se instaló sobre el lomo del León, y la enorme fiera fue hasta el borde del barranco y se agazapó.

—¿Por qué no tomas impulso para saltar? —preguntó el hombre de paja.

—Porque los leones no lo hacemos así —fue la respuesta.

Después dio un tremendo envión, voló por el aire y fue a posarse con gran suavidad en el otro lado del zanjón. Todos se sintieron encantados de ver la facilidad con que lo había hecho, y después que el Espantapájaros se apeó de su lomo, el León volvió a saltar sobre la fisura.

Como decidió ser la próxima, Dorothy tomó a Toto en sus brazos y se instaló sobre el lomo del León, agarrándose fuertemente de la melena con una mano. Un momento después le pareció como si volaran por el aire, y luego, antes de darse cuenta de nada más, ya estaban a salvo en el otro lado. El León volvió por tercera vez para trasladar al Leñador, y después se sentaron un rato a fin de dejar descansar a la fiera, pues sus grandes saltos le habían cortado el aliento y jadeaba como un enorme perro que hubiera corrido demasiado.

De ese otro lado el bosque se presentaba muy tupido, oscuro y bastante lúgubre. Después que el León hubo descansado, continuaron su marcha por el camino amarillo preguntándose cada uno de ellos si alguna vez saldrían de aquella espesura para volver a ver la luz del sol. Para colmo de males, empezaron a oír ciertos ruidos misteriosos procedentes de lo profundo del bosque, y el León les susurró que era en aquella región donde vivían los Kalidahs.

—¿Qué son los Kalidahs? —preguntó Dorothy.

—Unas fieras monstruosas con cuerpos de osos y cabezas de tigres —contestó el León—. Sus garras son tan largas y filosas que podrían abrirme en dos con tanta facilidad como podría yo matar a Toto. Les tengo un miedo terrible a los Kalidahs.

—Y no me extraña —dijo Dorothy—. Deben ser bestias horribles.

El León estaba por contestar cuando llegaron a otro barranco, pero este era tan ancho y profundo que el felino comprendió al instante que no podría salvarlo de un salto.

Se sentaron entonces a pensar en lo que podrían hacer, y luego de mucho meditar dijo el Espantapájaros:

—Allí hay un árbol muy alto que crece a un costado del abismo. Si el Leñador puede cortarlo de manera que su parte superior caiga del otro lado, podría servirnos de puente.

—¡Espléndida idea! —aprobó el León—. Casi sospecharía que tienes sesos en la cabeza en lugar de paja.

El Leñador puso manos a la obra sin perder tiempo, y tan filosa era su hacha que no tardó en cortar casi todo el tronco. El León apoyó entonces sus fuertes garras contra el árbol y empujó con gran energía, logrando inclinar poco a poco al gigante del bosque y hacerlo caer ruidosamente hacia el otro lado del barranco, donde quedó apoyada su copa.

Habían empezado a cruzar por este puente improvisado cuando oyeron un tremendo gruñido que les hizo volverse y, para su gran horror, vieron dos bestias enormes con cuerpo de oso y cabeza de tigre.

—¡Son los Kalidahs! —exclamó el León Cobarde, empezando a temblar.

—¡Rápido! —les urgió el Espantapájaros—. Terminemos de cruzar.

Dorothy marchó adelante, con Toto en sus brazos, seguida por el Leñador y, luego, por el Espantapájaros. Aunque tenía mucho miedo, el León se volvió para enfrentar a los Kalidahs, y entonces lanzó un rugido tan terrible y ensordecedor que Dorothy dejó escapar un grito y el Espantapájaros cayó hacia atrás, mientras que aquellas bestias espantosas se detuvieron y miraron sorprendidas al felino.

Pero al darse cuenta de que eran más grandes que el León y, por añadidura, llevaban la ventaja del número, los Kalidahs reanudaron su avance. Por su parte, el León cruzó por el árbol y volvióse para ver qué hacían sus enemigos. Sin detenerse un instante, las terribles fieras empezaron a cruzar también.

—Estamos perdidos —dijo el León a Dorothy—. Seguro que nos harán pedazos con esas garras que tienen. Pero quédate detrás de mí y te defenderé de ellas mientras me dure la vida.

—¡Espera un momento! —intervino el Espantapájaros.

El hombre de paja había estado pensando qué convendría hacer, y ahora pidió al Leñador que cortara la parte del árbol que reposaba sobre ese lado del barranco. El Leñador empezó a usar su hacha sin demora y, cuando los dos Kalidahs estaban a punto de llegar a ellos, el árbol cayó estrepitosamente al fondo, llevándose consigo a las dos rugientes fieras, las que se hicieron pedazos al dar contra las filosas rocas de abajo.

—Bueno —suspiró aliviado el León Cobarde—. Veo que vamos a vivir un poco más, y me alegro de ello, porque debe ser muy incómodo eso de no estar vivo. Esos animales me asustaron tanto que todavía me salta el corazón en el pecho.

—¡Ah! —exclamó apenado el Leñador—. ¡Ojalá tuviera yo un corazón que me saltara en el pecho!

Esta última aventura hizo que los viajeros se sintieran más ansiosos que antes por salir del bosque, y marcharon con tanta rapidez que Dorothy se cansó y tuvo que cabalgar sobre el lomo del León. Para gran alegría de todos, los árboles se fueron tornando cada vez más escasos a medida que avanzaban, y en la tarde llegaron de pronto a la orilla de un ancho río de corriente muy rápida. Del otro lado del agua pudieron ver el camino amarillo que se extendía por una hermosa región de verdes praderas salpicadas de flores y llenas de árboles cargados de frutos deliciosos. Grande fue la alegría de todos al contemplar tanta belleza.

—¿Cómo cruzaremos el río? —preguntó Dorothy.

—Muy fácil —respondió el Espantapájaros—. El Leñador nos construirá una balsa para que lleguemos a la otra orilla.

El hombre de hojalata tomó su hacha y se puso a derribar algunos árboles pequeños con los cuales construir la balsa, y mientras él se ocupaba de esto, el Espantapájaros descubrió en la orilla un árbol cargado de sabrosos frutos, lo cual complació mucho a Dorothy, que no había comido más que nueces durante todo el día, y ahora tuvo un buen almuerzo de fruta madura.

Pero lleva mucho tiempo hacer una balsa, aun cuando uno es tan trabajador e incansable como el Leñador de Hojalata, y al llegar la noche todavía no estaba terminado el trabajo. Por consiguiente, buscaron un lugar cómodo bajo un árbol donde pasaron la noche, y Dorothy soñó con la Ciudad Esmeralda y con el buen Mago de Oz que muy pronto la mandaría de regreso al hogar.

CAPÍTULO 8: EL CAMPO DE AMAPOLAS

Nuestro grupito de viajeros despertó la mañana siguiente muy descansado y con grandes esperanzas, y Dorothy comió un principesco desayuno constituido por duraznos y ciruelas de los árboles próximos al río. A sus espaldas quedaba el oscuro bosque que acababan de cruzar sin mayores males, aunque con tantos inconvenientes; pero ante ellos se presentaba la hermosa y soleada región que parecía llamarlos hacia la Ciudad Esmeralda.

Claro que el ancho río los separaba de aquella tierra tan hermosa, pero la balsa estaba casi lista, y luego que el Leñador hubo cortado algunos troncos más y los unió con trozos de madera aguzada, ya estuvieron listos para cruzar. Dorothy se sentó en el centro de la balsa con Toto en sus brazos. Cuando subió el León Cobarde, la embarcación se inclinó bastante, pues el felino era grande y pesado, pero el Leñador y el Espantapájaros se pararon sobre el otro extremo para equilibrarla y pudieron partir sin inconveniente alguno.

El hombre de paja y el Leñador impulsaban la balsa con dos largas varas y al principio todo marchó bien; pero cuando llegaron al centro del río la fuerte corriente empezó a arrastrar a la embarcación, alejándola cada vez más del camino amarillo. Además, la profundidad era allí tan grande que las varas no llegaban a tocar el fondo.

—Esto es malo —dijo el Leñador—. Si no podemos llegar a tierra, la corriente nos llevará a la región de la Maligna Bruja de Occidente, que nos esclavizará con sus hechizos.

—Y entonces yo no conseguiría cerebro —dijo el Espantapájaros.

—Ni yo valor —gruñó el León Cobarde.

—Ni yo un corazón —gimió el Leñador.

—Y yo no volvería más a Kansas —terminó Dorothy.

—Tenemos que tratar por todos los medios de llegar a la Ciudad Esmeralda —continuó el Espantapájaros.

Así diciendo, empujó su vara con tanta fuerza que se le quedó hundida en el barro del fondo. Luego, antes de que pudiera sacarla o soltarla, la balsa fue arrastrada por la corriente y el pobre hombre de paja se quedó colgado de su vara en medio del río.

—¡Adiós! —les gritó.

Todos lamentaron mucho dejarlo. El Leñador empezó a llorar; pero por suerte se acordó de que podía oxidarse y se secó las lágrimas con el delantal de Dorothy.

Naturalmente, lo ocurrido era terrible para el Espantapájaros.

—Ahora estoy peor que cuando conocí a Dorothy —se dijo—. Entonces estaba clavado en un poste en el maizal, donde por lo menos podía fingir que asustaba a los pájaros; pero seguramente que de nada sirve un espantapájaros clavado en medio de un río. Mucho me temo que ya no conseguiré un cerebro.

Mientras tanto, la balsa se iba río abajo, dejando muy atrás al pobre Espantapájaros.

—Tenemos que hacer algo para salvarnos —dijo de pronto el León—. Creo que puedo nadar hasta la costa y llevar conmigo la balsa si ustedes se agarran bien fuerte de mi cola.

Acto seguido se lanzó al agua y el Leñador se asió de su cola mientras que el felino nadaba con gran energía en dirección a la orilla. No era tarea sencilla, a pesar de su fortaleza, pero poco a poco salieron de la parte más fuerte de la corriente y entonces Dorothy tomó la larga vara del Leñador y ayudó a impulsar la balsa hacia tierra.

Estaban agotados cuando al fin llegaron a la costa y pusieron pie sobre la verde hierba. También sabían que la corriente los había llevado muy lejos del camino amarillo que iba hacia la Ciudad Esmeralda.

—¿Qué hacemos ahora? —preguntó el Leñador cuando el León se tendió sobre la hierba para secarse al calor del sol.

—De algún modo tenemos que volver al camino —dijo Dorothy.

—Lo mejor será marchar por la orilla hasta que lo hallemos —opinó el León.

Luego, cuando hubieron descansado, Dorothy recogió su cesta y partieron por la herbosa orilla en busca del camino que tan atrás habían dejado. La región era hermosa y había abundancia de flores y árboles frutales que relucían al sol como para alegrar a los viajeros, mas todos ellos estaban apenados por la pérdida del pobre Espantapájaros.

Marcharon lo más rápido que pudieron, deteniéndose Dorothy sólo para recoger una bonita flor, y al cabo de un tiempo exclamó el Leñador:

—¡Miren!

Al mirar hacia el río vieron al Espantapájaros, muy solitario y triste, colgado de su vara en medio del agua.

—¿Qué podemos hacer para salvarlo? —preguntó Dorothy.

El León y el Leñador menearon la cabeza sin saber qué responder. Después se sentaron en la orilla y miraron con pena al Espantapájaros hasta que pasó volando una cigüeña, la que se detuvo al verlos y se posó a descansar al borde del agua.

—¿Quiénes son ustedes y adónde van? —preguntó el ave.

—Yo soy Dorothy —contestó la niña—, y estos son mis amigos, el Leñador de Hojalata y el León Cobarde. Todos vamos hacia la Ciudad Esmeralda.

—Este no es el camino —manifestó la cigüeña, mientras curvaba el largo cuello para mirar con interés al extraño grupo.

—Ya lo sé —asintió Dorothy—, pero hemos perdido al Espantapájaros y no sabemos cómo rescatarlo.

—¿Dónde está?

—Allá en el río.

—Si no fuera tan grande y pesado, yo podría ir a buscarlo —dijo la cigüeña.

—No pesa casi nada, pues está relleno de paja. Si nos lo traes aquí te estaremos muy agradecidos.

—Bueno, lo intentaré —dijo la cigüeña—. Pero si me resulta demasiado pesado, tendré que dejarlo caer de nuevo al agua.

Así diciendo, levantó vuelo sobre el agua hasta llegar donde se hallaba el Espantapájaros colgado de su vara. Una vez allí, asió al hombre de paja por los brazos y lo llevó de vuelta a tierra, donde Dorothy y sus amigos lo esperaban.

Cuando el Espantapájaros se encontró de nuevo entre ellos, se sintió tan feliz que los abrazó a todos, aun al León y a Toto. Y mientras reanudaban su marcha empezó a cantar con gran alegría.

—Pensé que iba a quedarme para siempre en el río —dijo—, pero me salvó esa cigüeña tan bondadosa. Si llego a obtener mi cerebro volveré a buscarla para pagarle este gran favor.

—No tiene importancia —manifestó la cigüeña, que volaba cerca de ellos—. Me agrada ayudar a quien lo necesita. Pero ahora tengo que irme porque me aguardan mis pichones en el nido. Espero que encuentren la Ciudad Esmeralda y que Oz les ayude.

—Gracias —respondió Dorothy cuando el ave se elevaba más en el aire y partía rauda por los cielos.

Siguieron su marcha entretenidos con el canto de los pájaros y el bello espectáculo de las flores, ahora tan abundantes que formaban una tupida alfombra sobre el terreno. Eran pimpollos grandes, amarillos, blancos, azules y purpúreos, y entre ellos crecían profusos montones de amapolas tan rojas que su brillo enceguecía casi a Dorothy.

—¿No son hermosas? —dijo la niña, aspirando la fragancia embriagadora de aquellas flores.

—Supongo que sí —contestó el Espantapájaros—. Cuando tenga cerebro es probable que me gusten más.

—Si yo tuviera corazón sabría apreciarlas —dijo por su parte el Leñador.

—A mí siempre me gustaron las flores —terció el León—, sobre todo porque parecen tan frágiles e indefensas. Pero en el bosque no las hay tan coloridas como estas.

Cada vez eran más abundantes las amapolas y más escasas las otras flores, y a poco se hallaron en medio de una pradera completamente cubierta de amapolas. Ahora bien, todos saben que cuando hay una gran cantidad de estas flores, el aroma es tan fuerte que cualquiera que lo aspire se queda dormido, y si el durmiente no es trasladado lejos de ese perfume, lo más fácil es que siga durmiendo para siempre. Dorothy ignoraba esto; además, no podía alejarse de las brillantes flores rojas que había por doquier, de modo que no tardó en sentir caer sus párpados y tuvo la urgente necesidad de sentarse a descansar y dormir.

Mas el Leñador no quiso permitírselo.

—Tenemos que darnos prisa y volver al camino amarillo antes de que oscurezca —recomendó, y el Espantapájaros estuvo de acuerdo con él.

Siguieron caminando hasta que Dorothy ya no pudo permanecer de pie. Se le cerraron los ojos sin que pudiera impedirlo, olvidó todo lo que la rodeaba y cayó dormida entre las amapolas.

—¿Qué hacemos ahora? —exclamó el Leñador.

—Si la dejamos aquí se morirá —dijo el León—. El olor de las flores nos está matando a todos. Yo mismo apenas si puedo mantener los ojos abiertos, y el perro ya se ha dormido.

Era verdad; Toto había caído junto a su amita. Pero como el Espantapájaros y el Leñador no eran de carne y hueso, no se sentían molestos por el aroma de las flores.

—Echa a correr —dijo el Espantapájaros al León—. Sal de entre estas flores lo más pronto que puedas. Nosotros nos llevaremos a la niña, pero si te duermes tú, no habrá forma de cargarte, pues eres muy pesado.

Así, pues, el León hizo un esfuerzo por despertar totalmente y echó a correr a todo lo que daban sus patas, perdiéndose de vista en pocos segundos.

—Hagamos una silla con las manos para llevarla —propuso entonces el Espantapájaros.

Sin perder tiempo, recogieron a Toto y lo pusieron sobre el regazo de Dorothy. Luego formaron una silla con sus manos y entre ambos se llevaron a la niña. Marcharon y marcharon sin que pareciera que la gran alfombra de aquellas peligrosas flores terminara nunca. Siguieron la curva del río y al fin encontraron a su amigo el León que yacía dormido entre las amapolas. Las flores habían resultado demasiado potentes para la enorme bestia, la que terminó por rendirse y caer a poca distancia de donde terminaba aquel jardín fatal.

—Nada podemos hacer por él —respondió el Leñador con mucha pena—. Pesa demasiado para levantarlo. Tendremos que dejarlo que duerma aquí para siempre, y quizá sueñe que al fin ha encontrado el valor que tanto ansiaba.

—Lo siento mucho —suspiró el Espantapájaros—. A pesar de ser tan cobarde, era un buen camarada. Pero sigamos adelante.

Llevaron a la dormida Dorothy hasta un bonito sitio junto al río, lo bastante lejos del campo de amapolas como para evitar que siguiera aspirando el fatal perfume. Allí la tendieron con suavidad sobre la hierba y esperaron que la fresca brisa la despertara.

CAPÍTULO 9: LA REINA DE LOS RATONES

—No creo que estemos muy lejos del camino amarillo —comentó el Espantapájaros mientras se hallaba de pie al lado de la niña—. Hemos caminado casi la misma distancia que nos arrastró el río.

El Leñador estaba por responder cuando oyó un gruñido y, volviendo la cabeza, vio a una bestia extraña que avanzaba a saltos hacia ellos. Se trataba de un gran gato montés, y al Leñador le pareció que debía estar persiguiendo a una presa, pues tenía las orejas echadas hacia atrás y su fea boca mostraba una doble hilera de horribles dientes, mientras que sus ojos rojizos relucían como bolitas de fuego. Cuando el animal se acercó más, el hombre de hojalata vio que huía de él un pequeño ratón gris, y aunque carecía de corazón comprendió que estaba mal que el gato montés quisiera matar a un animalito tan inofensivo como aquél.

Por este motivo levantó su hacha y, al pasar el gato por su lado, le asestó un rápido tajo que le cercenó limpiamente la cabeza.

Al verse libre de su enemigo, el ratón se detuvo de pronto, giró sobre sí mismo y marchó hacia el Leñador, diciéndole con voz aflautada:

—¡Gracias! ¡Muchas gracias por salvarme la vida!

—Por favor, ni lo menciones siquiera —repuso el Leñador—. La verdad es que no tengo corazón y por eso me preocupo de ayudar a todos los que necesitan amigos, aunque sólo sean ratones.

—¿Sólo ratones? —exclamó indignado el animalito—. ¡Te diré que soy la Reina de todos los ratones del campo!

—¡Vaya, vaya! —dijo el Leñador, haciendo una reverencia.

—Por lo tanto, al salvarme la vida has hecho algo muy importante —añadió la Reina.

En ese momento vieron a varios ratones que llegaban corriendo, y que al ver a su Reina exclamaron:

—¡Oh, Majestad, creíamos que te iban a matar! ¿Cómo pudiste esquivar a ese gato salvaje?

Todos ellos se inclinaron tan ceremoniosamente ante su soberana que casi se pararon de cabeza.

—Este extraño hombre de hojalata mató al gato y me salvó la vida —exclamó la Reina—. Por eso, de ahora en adelante deberán ustedes servirlo y obedecer todos sus deseos.

—¡Así lo haremos! —exclamaron a coro los ratones.

Acto seguido se desbandaron en todas direcciones, pues Toto acababa de despertar, y al ver tantos ratones a su alrededor, lanzó un ladrido de júbilo y saltó en medio del grupo. Siempre le había gustado cazar ratones cuando vivía en Kansas y no veía nada malo en ello.

Pero el Leñador lo tomó entre sus brazos y lo contuvo mientras decía a los ratones:

—¡Vuelvan aquí! Toto no les hará daño.

Al oír esto, la Reina asomó la cabeza por debajo de unas hierbas y preguntó con timidez:

—¿Estás seguro de que no nos va a morder?

—No se lo permitiré —dijo el Leñador—. No tengan miedo.

Uno por uno fueron regresando los ratones y Toto no volvió a ladrar, aunque trató de saltar de los brazos del Leñador y lo habría mordido si no hubiera sabido muy bien que era demasiado duro para sus dientes. Al fin habló uno de los ratones más grandes:

—¿Podemos hacer algo para demostrarles nuestro agradecimiento por haber salvado la vida de nuestra Reina?

—No se me ocurre nada —respondió el Leñador.

Por su parte, el Espantapájaros, que había estado tratando de pensar sin conseguirlo debido a que tenía la cabeza rellena de paja, dijo rápidamente:

—¡Ah, sí! Pueden salvar a nuestro amigo el León Cobarde que se quedó dormido en el campo de amapolas.

—¿Un león? —exclamó la Reina—. ¡Vamos, si nos comería a todos!

—Nada de eso —afirmó el Espantapájaros—. Este León es un cobarde.

—¿De veras? —preguntó uno de los ratones.

—Él mismo lo afirma —fue la respuesta del Espantapájaros—. Además, no haría daño a un amigo nuestro. Si nos ayudan a salvarlo, les aseguro que los tratará bondadosamente.

—Muy bien, confiaremos en ustedes —dijo la Reina—. ¿Pero qué hacemos?

—¿Son muchos tus súbditos y te obedecen todos?

—Claro que sí —le contestó ella.

—Entonces hazlos venir lo antes posible y que cada uno traiga un trozo de cuerda.

La Reina se volvió hacia su séquito y ordenó que partieran en seguida en busca de todos sus súbditos. No bien oyeron la orden, los ratones se dispersaron a toda prisa.

—Ahora ve tú hacia esos árboles que crecen junto al río y construye un carro que sirva para cargar al León —dijo el Espantapájaros al Leñador.

El hombre de hojalata puso manos a la obra sin la menor demora, y muy pronto tuvo listo un carro fabricado con troncos de árboles a los que cortó las ramas y hojas. Aseguró los troncos con clavijas de madera aguzada e hizo las cuatro ruedas con rodajas de un tronco muy grueso. Trabajó con tal diligencia que el vehículo estaba listo cuando empezaron a llegar los ratones.

Venían desde todas direcciones y eran millares, grandes, medianos y pequeños, y cada uno traía en la boca un trozo de cuerda. Fue más o menos entonces cuando Dorothy despertó de su largo sueño y abrió los ojos, asombrándose al encontrarse tendida en la hierba y rodeada por miles de ratones que la miraban con timidez. Pero el Espantapájaros la puso al tanto de todo y luego, volviéndose hacia la Reina, agregó:

—Permíteme que te presente a Su Majestad, la Reina de los ratones.

La niña saludó con gran dignidad y la Reina hizo una reverencia, después de lo cual se acercó afablemente a Dorothy.

El Espantapájaros y el Leñador empezaron a atar los ratones al carro, empleando las cuerdas que estos habían traído. Un extremo se ataba al cuello de cada ratón y el otro extremo al carro. Claro que el improvisado vehículo era mil veces más grande que cualquiera de los ratones que iba a arrastrarlo, pero cuando estuvieron atados todos ellos, pudieron moverlo con toda facilidad. Tanto es así que el Espantapájaros y el Leñador se sentaron encima y fueron trasladados rápidamente hasta el sitio donde dormía el León.

Luego de muchísimo trabajo —porque el felino pesaba mucho— lograron ponerlo sobre el carro. Después se apresuró la Reina a ordenar a sus súbditos que partieran, pues temía que los ratones se quedaran dormidos si permanecían demasiado tiempo entre las amapolas.

Al principio, a pesar de su gran número, los animalitos casi no podían mover el pesado vehículo, pero empezaron a hacer progresos cuando el Leñador y el Espantapájaros los ayudaron empujando desde atrás, y poco después lograron sacar al León del campo de amapolas en dirección a terreno abierto, donde el felino pudiera respirar de nuevo el aire puro en lugar de la mortal fragancia de las flores.

Dorothy les salió al encuentro y les agradeció sinceramente que hubieran salvado de la muerte a su amigo. Había llegado a tener tanto aprecio al León que se alegraba mucho de que lo hubieran rescatado.

Luego desengancharon a los ratones, los que se alejaron rápidamente en dirección a sus hogares. La Reina fue la última en irse.

—Si alguna vez vuelves a necesitarnos, ven al campo y llámanos —dijo—. Nosotros te oiremos y acudiremos en tu auxilio. ¡Adiós!

—¡Adiós! —respondieron los amigos, y la Reina partió corriendo, mientras que Dorothy sostenía con fuerza a Toto para que no fuera tras ella y la asustara.

Después se sentaron todos al lado del León a esperar que este despertara. Por su parte, el Espantapájaros fue a arrancar algunas frutas de un árbol cercano para que comiera Dorothy.

CAPÍTULO 10: EL GUARDIÁN DE LA PUERTA

Pasó bastante tiempo antes de que despertara el León Cobarde, pues había estado mucho rato entre las flores, respirando su venenosa fragancia. Al fin, cuando abrió los ojos y salió del carro, se mostró muy contento de estar vivo todavía.

—Corrí lo más rápido que pude —dijo mientras se sentaba y bostezaba—, pero las flores resultaron demasiado potentes para mí. ¿Cómo me sacaron?

Sus amigos le contaron cómo le habían salvado los ratones del campo, y el León lanzó una carcajada.

—Siempre he creído ser muy grande y terrible. Sin embargo, esas florecillas tan pequeñas estuvieron a punto de matarme y unos animalitos diminutos como son los ratones me salvaron la vida. ¡Qué cosa extraordinaria! Pero, amigos míos, ¿qué hacemos ahora?

—Debemos seguir nuestro viaje hasta hallar de nuevo el camino amarillo —dijo Dorothy—. Después continuaremos la marcha hacia la Ciudad Esmeralda.

Así, pues, una vez que el León se sintió completamente restablecido, reiniciaron su viaje, y tan agradable les resultó marchar por aquellas verdosas praderas cubiertas de césped que casi sin darse cuenta llegaron al camino amarillo y de nuevo tomaron rumbo hacia la Ciudad Esmeralda donde vivía el Gran Oz.

El camino presentábase ahora liso y bien pavimentado, y la región que lo rodeaba era hermosísima, lo cual hizo que los viajeros se alegraran de dejar atrás el bosque y con él los numerosos peligros que habían encontrado en sus umbrosas profundidades. Una vez más vieron cercas construidas a lo largo del sendero, aunque estas estaban pintadas de verde, como verde era también la primera casita que observaron a su paso. Durante la tarde vieron varias casas más, y a veces salía gente a la puerta para mirarlos como si quisieran hacerles preguntas, pero nadie se acercó ni les dirigió la palabra porque todos temían al enorme León. Aquellos habitantes de la región vestían ropas de color verde esmeralda y lucían sombreros cónicos muy similares a los de los Munchkins.

—Este debe ser el País de Oz —dijo Dorothy—. Sin duda nos acercamos ya a la Ciudad Esmeralda.

—Sí —respondió el Espantapájaros—. Aquí todo es verde, mientras que en el país de los Munchkins el color favorito es el azul. Pero la gente no parece tan amistosa como los Munchkins, y temo que no podremos hallar un sitio donde pasar la noche.

—Me gustaría comer alguna otra cosa que no fuera fruta —manifestó la niña—, y estoy segura de que Toto tiene mucha hambre. Detengámonos en la próxima casa para hablar con sus ocupantes.

Poco después, cuando llegaron a una granja bastante grande, Dorothy fue hasta la puerta y llamó con los nudillos. Una mujer abrió apenas lo suficiente para mirar hacia afuera y le dijo:

—¿Qué deseas, pequeña? ¿Y por qué te acompaña ese León tan grande?

—Queremos pasar la noche aquí, si nos lo permiten —repuso Dorothy—. El León es mi amigo y no te haría ningún daño.

—¿Es manso? —preguntó la mujer, abriendo un poco más la puerta.

—¡Claro que sí! Además, es un tremendo cobarde. Te tendrá más miedo a ti del que tú le tengas a él.

—Bueno... —murmuró la mujer después de pensarlo y mirar de nuevo al León—... si es así, pueden entrar y les daré algo de comer y un lugar donde dormir.

Entraron entonces en la casa, donde estaban también un hombre y dos niños. El hombre habíase lastimado una pierna y yacía tendido en un sofá del rincón. Todos ellos se sorprendieron bastante al ver al extraño grupo.

Mientras la mujer se ocupaba de tender la mesa, el hombre preguntó:

—¿Dónde van ustedes?

—A la Ciudad Esmeralda para ver al Gran Oz —respondió Dorothy.

—¿De veras? —exclamó el hombre—. ¿Estás segura de que Oz los recibirá?

—¿Por qué no habría de hacerlo?

—Pues, se dice que nunca deja a nadie llegar hasta él. Yo he estado muchas veces en la Ciudad Esmeralda, y les aseguro que es tan bonita como maravillosa; pero jamás me permitieron ver al Gran Oz, y no conozco a ningún ser viviente que lo haya visto.

—¿Nunca sale? —preguntó el Espantapájaros.

—Jamás. Se pasa los días en el gran Salón del Trono de su palacio, y aun los que le sirven jamás le ven cara a cara.

—¿Qué aspecto tiene? —quiso saber la niña.

—No sabría decírtelo —expresó el hombre en tono meditativo—. Verás, Oz es un Gran Mago y puede adoptar la forma que desee, de modo que algunos dicen que parece un pájaro, otros afirman que es como un elefante y los demás que tiene la forma de un gato. Para otros es un hermoso duende o trasgo o cualquier otra cosa... Pero ningún ser viviente podría decir quién es el verdadero Oz cuando adopta su forma natural.

—¡Qué extraño! —exclamó Dorothy—. Pero de algún modo tendremos que intentar verlo, ya que, de lo contrario, habremos hecho nuestro viaje en vano.

—¿Para qué desean ver a Oz? —quiso saber el granjero.

—Yo quiero que me dé un cerebro —manifestó ansioso el Espantapájaros.

—Eso puede hacerlo con toda facilidad —declaró el dueño de casa—. Tiene más cerebros de los que necesita.

—Y yo deseo un corazón —dijo el Leñador.

—No le resultará difícil —fue la respuesta—. Oz tiene una gran colección de corazones de todos los tamaños y formas imaginables.

—Y yo quiero que me dé valor —dijo el León Cobarde.

—Oz tiene una gran caldera llena de valor en su Salón del Trono —le dijo el granjero—. La cubre con un plato de oro para evitar que se derrame. Con mucho gusto te dará un poco.

—Y yo deseo que me mande de regreso a Kansas —expresó Dorothy.

—¿Dónde está Kansas? —preguntó el granjero en tono sorprendido.

—No lo sé —dijo Dorothy con cierta pena—, pero es mi lugar de origen y estoy segura de que está en alguna parte.

—Sin duda alguna. Bueno, el caso es que Oz puede hacer cualquier cosa, así que podrá localizar a Kansas para ti. Pero primero tendrás que verlo, lo cual será una tarea difícil, porque al Gran Mago no le gusta ver a nadie... Pero, ¿qué deseas tú? —preguntó luego, dirigiéndose a Toto.

El perro no hizo más que menear la cola, pues, aunque parezca extraño, no sabía hablar. La mujer avisó entonces que estaba servida la cena y todos se sentaron a la mesa.

Dorothy comió una sopa deliciosa, huevos revueltos y varios trozos de pan muy bien hecho. El León tomó un poco de sopa, aunque no le agradó mucho, diciendo que tenía cebada y que la cebada era para caballos y no para leones. El Espantapájaros y el Leñador no comieron nada, y Toto engulló un poco de todo, muy contento de poder gozar de nuevo de una buena cena.

La dueña de casa indicó a Dorothy una cama en la que podría dormir con Toto, mientras que el León se puso de guardia a la puerta del dormitorio para que nadie los molestara. El Espantapájaros y el Leñador se pararon en un rincón y estuvieron quietos y silenciosos toda la noche, aunque, claro está, no durmieron en absoluto.

La mañana siguiente, no bien hubo salido el sol, reanudaron su viaje y poco después observaron en el cielo un agradable resplandor verdoso.

—Debe ser la Ciudad Esmeralda —dijo Dorothy.

A medida que avanzaban, el resplandor verdoso se fue tornando cada vez más brillante, lo cual les indicó que estaban llegando al fin de su viaje. Sin embargo, llegó la tarde antes de que llegaran frente a la gran muralla que rodeaba la ciudad. La pared era alta, muy gruesa y de un brillante color verde.

Frente a ellos, donde finalizaba el camino amarillo, veíase una gran puerta doble tachonada de esmeraldas que relucían tanto al sol que hasta los ojos pintados del Espantapájaros quedaron encandilados.

Junto a la puerta había un botón que Dorothy apretó con el dedo, oyendo en seguida un tintineo proveniente del interior. Se abrió con lentitud una hoja de la enorme puerta y al pasar los viajeros se hallaron en una amplia estancia sobre cuyas paredes relucían montones de esmeraldas.

Ante ellos se hallaba un hombrecillo del tamaño de los Munchkins que vestía de pies a cabeza con prendas verdes y hasta la piel tenía de un tinte verdoso. A su lado veíase una gran caja de aquel mismo color.

Al ver a Dorothy y a sus acompañantes, el hombrecillo preguntó:

—¿Qué desean en la Ciudad Esmeralda?

—Hemos venido a ver al Gran Oz —contestó Dorothy.

Tanto sorprendió esto al individuo que tuvo que sentarse para pensar un momento.

—Hace muchísimos años que nadie me pide ver a Oz —expresó al fin, meneando la cabeza con gran perplejidad—. Es poderoso y terrible, y si vienen ustedes a molestar con alguna tontería las profundas reflexiones del Gran Mago, es posible que se enfade y los destruya en un abrir y cerrar de ojos.

—Pero no se trata de ninguna tontería —replicó entonces el Espantapájaros—. Es algo importante, y nos han dicho que Oz es un buen Mago.

—Eso es cierto, y gobierna la Ciudad Esmeralda de manera prudente y sabia —manifestó el hombrecillo verde—. Pero para los que no son honrados o quieren verlo por pura curiosidad, es terrible, y son pocos los que han pedido ver su cara. Yo soy el guardián de la puerta, y como piden ver al Gran Oz, tendré que llevarlos a su palacio, pero primero deberán ponerse los anteojos.

—¿Por qué? —preguntó Dorothy.

—Porque si no se pusieran anteojos, el brillo y la gloria de la Ciudad Esmeralda podría cegarlos. Aun los que viven aquí tienen que usar anteojos noche y día. Se los aseguran con llave, pues así lo ordenó Oz cuando se construyó la ciudad, y yo tengo la única llave para abrir las cerraduras.

Abrió la espaciosa caja y Dorothy vio que estaba llena de anteojos de todo tamaño y forma... y todos ellos tenían vidrios verdes. El guardián halló uno apropiado para la niña y se lo puso. Estaba asegurado por dos bandas doradas que rodeaban la cabeza, donde se aseguraba con una cerradura cuya llave llevaba el hombrecillo colgada del cuello. Cuando los tuvo puestos, Dorothy comprobó que no podría sacárselos de ningún modo; pero, claro está, no deseaba que la cegara el resplandor de la Ciudad Esmeralda, razón por la cual no dijo nada.

El hombrecillo puso otros anteojos al Leñador, el Espantapájaros y el León, y aun al pequeño Toto, y aseguró todos ellos con su llavecita.

Después se puso los suyos y les dijo que estaba listo para llevarlos al palacio. Con una llave de oro que descolgó de la pared, abrió una puerta interior y los hizo pasar a las calles de la Ciudad Esmeralda.

CAPÍTULO 11: LA CIUDAD ESMERALDA

Aun con los ojos protegidos por los anteojos verdes, la brillantez de la maravillosa ciudad encandiló al principio a Dorothy y sus amigos. Bordeaban las calles hermosas casas construidas de mármol verde y profusamente tachonadas con esmeraldas relucientes. El grupo de visitantes marchaba sobre un pavimento del mismo mármol verde formado por grandes bloques a los que unían hileras de aquellas mismas piedras preciosas que resplandecían a la luz del sol. Los vidrios de las ventanas eran todos del mismo color verde, y aun el cielo sobre la ciudad tenía un tinte verdoso y los mismos rayos del sol parecían saturados de ese color.

Los transeúntes eran numerosos, tanto hombres como mujeres y niños, y todos vestían de verde y tenían la piel verdosa. Al pasar miraban a Dorothy y a su extraño grupo con expresión asombrada, mientras que los niños corrían a ocultarse detrás de sus madres al ver al León. Pero nadie les dirigió la palabra. Dorothy observó que eran verdes las mercancías exhibidas en las numerosas tiendas de la calle. Se ofrecía en venta golosinas verdosas así como también zapatos, sombreros y ropas de toda clase y de aquel mismo color. En un comercio, un hombre vendía limonada verde, y cuando los niños iban a comprarla, Dorothy vio que la pagaban con monedas del mismo color.

Parecía no haber caballos ni animales de ninguna clase. En cambio, los hombres trasladaban objetos en pequeñas carretillas verdes que empujaban ante sí. Todos parecían felices, satisfechos y prósperos.

El guardián de la puerta los condujo por las calles hasta que llegaron a un gran edificio situado en el centro exacto de la ciudad, y que era el Palacio de Oz, el Gran Mago. Ante la puerta se hallaba de guardia un soldado vestido con uniforme verde y luciendo una larga barba del mismo color.

—Aquí traigo a unos forasteros que quieren ver al Gran Oz —anunció el guardián de la puerta.

—Pasen —invitó el soldado—. Le llevaré el mensaje.

Entraron por la puerta del Palacio y fueron conducidos a una gran estancia alfombrada de verde y con hermosos muebles de ese color tachonados con esmeraldas. El soldado les hizo limpiarse los pies en un felpudo verde antes de que entraran. Cuando se hubieron sentado, les dijo en tono afable:

—Pónganse cómodos mientras voy a la puerta del Salón del Trono y los anuncio a Oz.

Tuvieron que esperar largo tiempo hasta que regresó el soldado, y cuando este llegó al fin, Dorothy preguntó:

—¿Has visto a Oz?

—No —fue la respuesta—. Jamás lo he visto. Pero hablé con él mientras se hallaba detrás de su biombo y le di vuestro mensaje. Dijo que les concederá una audiencia si así lo desean, pero que cada uno de ustedes deberá entrar solo y únicamente recibirá a uno por día. Por consiguiente, como han de permanecer un tiempo en el Palacio, los conduciré a las habitaciones donde podrán descansar cómodamente después de vuestro viaje.

—Gracias —dijo la niña—. Es una amable atención por parte de Oz.

El soldado hizo sonar un pito verde y en seguida se presentó en la estancia una joven que lucía un bonito vestido de seda verde y tenía cabellos y ojos de ese color. La joven se inclinó ceremoniosamente ante Dorothy al decirle:

—Sígueme y te llevaré a tu habitación.

La niña despidióse de todos sus amigos, excepto de Toto, cargó a este en sus brazos y siguió a la joven por siete corredores y tres tramos de escaleras hasta llegar a una habitación situada al frente del palacio. Era un dormitorio agradabilísimo, con una cómoda cama de extraordinaria blandura y sábanas de seda verde. En el centro del cuarto había una diminuta fuente que lanzaba al aire un chorro de perfume verde, el que caía luego en un tazón de mármol maravillosamente labrado. Había bonitas florecillas verdes en las ventanas y un estante lleno de libros de ese mismo color. Cuando tuvo tiempo de abrirlos, vio que estaban llenos de extrañas figuras verdosas que le causaron mucha risa por lo cómicas.

En el guardarropa vio numerosos vestidos de la misma tonalidad imperante en la ciudad, todos de seda, satén y terciopelo, y todos de su medida exacta.

—Ponte cómoda —dijo la jovencita—, y si deseas algo haz sonar la campanilla. Oz te mandará llamar mañana.

Dejó sola a Dorothy y se fue a buscar a los otros, a los que también condujo a diferentes dormitorios, y cada uno de ellos se encontró alojado en una parte muy agradable del palacio. Claro que tanta amabilidad no hizo efecto alguno en el Espantapájaros, pues al hallarse solo en su cuarto se quedó parado tontamente a pocos pasos de la puerta, donde esperó hasta que lo llamaron. De nada le serviría acostarse, y no podía cerrar los ojos, de modo que estuvo toda la noche mirando a una araña que tejía su tela en un rincón del cuarto, tal como si no fuera una de las habitaciones más encantadoras del mundo.

En cuanto al Leñador, se echó en la cama por la fuerza de la costumbre, pues recordaba la época en que había sido de carne y hueso; pero como era incapaz de dormir, se pasó la noche moviendo los brazos y piernas a fin de mantenerlos en buenas condiciones de funcionamiento. Por su parte, el León habría preferido un lecho de hojas secas en lo profundo del bosque y no le agradó estar encerrado en una habitación; pero como tenía demasiado sentido común para dejar que esto le preocupara, saltó sobre la cama, se hizo un ovillo y en menos de un minuto se puso a ronronear y, ronroneando, se quedó dormido.

La mañana siguiente, después del desayuno, la doncella verde se presentó a buscar a Dorothy y la ayudó a ponerse uno de los vestidos más bonitos, confeccionado con satén verde mar. La niña se puso también un delantal de seda verde y ató una cinta verde al cuello de Toto, luego de lo cual partieron hacia el Salón del Trono del Gran Oz.

Primero llegaron a una gran sala en la que se hallaban muchos caballeros y damas de la corte, todos vestidos con prendas muy lujosas. Estas personas no tenían otra cosa que hacer que hablar entre sí, pero siempre iban a esperar ante el Salón del Trono, aunque nunca se les permitía ver a Oz.

Cuando entró Dorothy, la miraron con curiosidad, y uno de ellos inquirió en voz baja:

—¿De veras vas a mirar la cara de Oz el Terrible?

—Claro que sí —contestó la niña—. Si me recibe.

—Te recibirá —dijo el soldado que había llevado al Mago el mensaje de Dorothy—, aunque no le gusta que la gente pida verlo. Te diré, en un principio se mostró enfadado y me ordenó que te despidiera. Después me preguntó cómo eras tú, y cuando le mencioné tus zapatos de plata pareció muy interesado. Después le hablé de la marca que tienes en la frente y entonces decidió recibirte.

En ese momento sonó una campanilla y la doncella verde dijo a Dorothy:

—Es la señal. Deberás entrar sola en el Salón del Trono.

Así diciendo, abrió una puerta pequeña por la que pasó Dorothy sin vacilar para hallarse en seguida en un lugar maravilloso. Se trataba de una estancia muy amplia, circular, con techo abovedado y muy alto, y con las paredes y el piso profusamente tachonados de grandes esmeraldas. En el centro del techo había una tan brillante como el sol y sus reflejos hacían brillar las gemas en todo su esplendor.

Pero lo que más interesó a Dorothy fue el gran trono de mármol verde que se hallaba en el centro de la sala. Tenía la forma de un sillón y estaba lleno de piedras preciosas, como todo lo demás. Sobre el sillón reposaba una enorme cabeza sin cuerpo ni miembros que la sostuvieran. No tenía cabello, pero sí ojos, nariz y boca, y era mucho más grande que la cabeza del más enorme de los gigantes.

—Yo soy Oz el Grande y Terrible. ¿Quién eres tú y por qué me buscas?

La voz no era tan tremenda como era de esperar en una cabeza tan enorme. Por eso la niña cobró valor y contestó:

—Y yo soy Dorothy, la pequeña y humilde. He venido a pedirte ayuda.

Los ojos la miraron meditativamente durante un minuto. Después dijo otra vez:

—¿De dónde provienen los zapatos de plata?

—De la Maligna Bruja del Oriente —repuso ella—. Mi casa cayó sobre ella y la mató.

—¿Y esa marca que tienes sobre la frente?

—Allí me besó la Bruja Buena del Norte cuando se despidió de mí al mandarme a verte a ti —repuso la niña.

De nuevo la miraron los ojos con fijeza, viendo que decía la verdad. Luego preguntó Oz:

—¿Qué deseas de mí?

—Envíame de regreso a Kansas, donde están mi tía Em y mi tío Henry —respondió ella en tono ansioso—. No me gusta tu país, aunque es muy bonito. Y estoy segura de que tía Em debe estar muy preocupada por mi ausencia.

Los ojos se abrieron y se cerraron tres veces seguidas, luego miraron hacia lo alto y después al piso, moviéndose de manera tan curiosa que parecían ver todo lo que había en la sala. Al fin se fijaron de nuevo en Dorothy.

—¿Por qué habría de hacer esto por ti? —preguntó Oz.

—Porque tú eres fuerte y yo débil. Porque eres un Gran Mago y yo sólo una niñita.

—Pero fuiste lo bastante fuerte para matar a la Maligna Bruja de Oriente —objetó Oz.

—Eso fue casualidad. No pude evitarlo.

—Bien, te daré mi respuesta. No tienes derecho a esperar que te mande de regreso a Kansas si a cambio de ello no haces algo por mí. En este país todos deben pagar por lo que reciben. Si deseas que use mis poderes mágicos para mandarte de regreso a tu casa, primero deberás hacer algo por mí. Ayúdame y yo te ayudaré a ti.

—¿Qué debo hacer? —preguntó la niña.

—Matar a la Maligna Bruja de Occidente —fue la respuesta.

—¡Pero no podría hacerlo! —exclamó Dorothy, muy sorprendida.

—Mataste a la Bruja de Oriente y calzas los zapatos de plata que tienen un poder maravilloso. Ahora no queda más que una sola Bruja Maligna en toda esta tierra, y cuando me digas que ha muerto te mandaré de regreso a Kansas... pero no antes.

La niña rompió a llorar ante tal desengaño, y los ojos volvieron a abrirse y cerrarse, para mirarla luego con ansiedad, como si el Gran Oz pensara que ella lo ayudaría si pudiera.

—Jamás maté nada a sabiendas —sollozó ella—. Aunque quisiera hacerlo, ¿cómo podría matar a la Bruja Maligna? Si tú, que eres el Grande y Terrible, no puedes matarla, ¿cómo esperas que lo haga yo?

—No lo sé —contestó la gran cabeza—. Sin embargo, esa es mi respuesta, y hasta que no haya muerto la Bruja Maligna, no volverás a ver a tus tíos. Recuerda que la Bruja es malvada, y mucho, y debería ser eliminada. Ahora vete y no pidas verme de nuevo hasta que hayas cumplido tu tarea.

Muy acongojada, Dorothy salió del Salón del Trono y regresó adonde sus amigos la esperaban para saber lo que le había dicho Oz.

—No hay esperanza para mí —suspiró—, pues Oz no me mandará a casa hasta que haya matado a la Maligna Bruja de Occidente... y eso jamás podría hacerlo.

Sus amigos se mostraron muy contritos, mas nada podían hacer por ella, de modo que Dorothy se fue a su cuarto y, tendiéndose en la cama, lloró hasta quedarse dormida.

La mañana siguiente, el soldado de la barba verde fue a buscar al Espantapájaros y le dijo:

—Ven conmigo; Oz te manda llamar.

El hombre de paja lo siguió hasta el Salón del Trono, donde vio a una hermosa dama sentada en el sillón de esmeraldas. La dama lucía un vestido de gasa verdosa y tenía una corona sobre sus verdes cabellos. De su espalda nacían dos alas de hermosos colores y tan delgadas que parecían vibrar con cada movimiento del aire ambiente.

Cuando el Espantapájaros se hubo inclinado con tanta gracia como lo permitía su relleno de paja, la hermosa dama lo miró con dulzura.

—Soy Oz, la Grande y Terrible. ¿Quién eres tú y por qué me buscas?

Ahora bien, el Espantapájaros, que había esperado ver la gran cabeza de que le hablara Dorothy, se sintió profundamente asombrado, no obstante lo cual respondió sin desmayo:

—No soy más que un Espantapájaros relleno de paja. Por consiguiente, no tengo cerebro y he venido a verte para rogarte que pongas sesos en mi cabeza para que pueda llegar a ser tan hombre como los otros que viven en tus dominios.

—¿Por qué habría de hacer tal cosa por ti? —preguntó la dama.

—Porque eres sabia y poderosa, y nadie más podría ayudarme.

—Nunca concedo favores sin que me den algo a cambio —manifestó Oz—. Pero puedo prometerte esto: si matas a la Maligna Bruja de Occidente, te daré un gran cerebro, y tan bueno que serás el hombre más sabio de todo el País de Oz.

—Creí que habías pedido a Dorothy que matara a la Bruja —dijo con gran sorpresa el Espantapájaros.

—Así es. No me importa quién la mate; lo que importa es que no te concederé tu deseo hasta que ella haya desaparecido. Vete ahora y no vuelvas a buscarme hasta que te hayas ganado ese cerebro que tanto ansías.

Muy desalentado, el Espantapájaros regresó al lado de sus amigos y les repitió lo que había dicho Oz. Dorothy sintióse muy sorprendida al saber que el Gran Mago no era una cabeza, como la había visto ella, sino una dama encantadora.

—Aunque lo sea —dijo el Espantapájaros—, tiene tan poco corazón como el Leñador.

La mañana siguiente, el soldado de la barba verdosa fue a buscar al Leñador y le anunció:

—Oz te manda llamar. Sígueme.

Y el Leñador lo siguió hasta el gran Salón del Trono.

Ignoraba si vería en Oz a una dama encantadora o a una cabeza, pero esperaba que fuera lo primero. "Porque" —se dijo— "si es la cabeza, seguro que no me dará un corazón, ya que las cabezas no tienen corazón propio y por lo tanto no sentirá lo que yo siento. Pero si es la dama encantadora, le rogaré con todas mis fuerzas que me dé un corazón, pues dicen que todas las damas son bondadosas."

Pero cuando entró en el gran Salón del Trono, no vio ni la cabeza ni la dama, porque Oz había tomado la forma de una bestia terrible. Era casi tan grande como un elefante, y el trono verde parecía resistir apenas su peso. La bestia tenía la cabeza de un rinoceronte, aunque con cinco ojos; de su cuerpo salían cinco largos brazos y sus patas eran también cinco, y muy delgadas. Lo cubría un pelaje muy espeso y no podría imaginarse un monstruo más espantoso. Fue una suerte que el Leñador careciera de corazón, porque el terror le habría acelerado muchísimo sus latidos. Claro que, como era sólo de hojalata, no tuvo nada de miedo.

—Soy Oz, el Grande y Terrible —manifestó la bestia con voz que era un rugido—. ¿Quién eres y por qué me buscas?

—Soy el Leñador de Hojalata. Por eso no tengo corazón y no puedo amar. Vengo a rogarte que me des un corazón para poder ser como otros hombres.

—¿Por qué habría de hacerlo? —preguntó la bestia.

—Porque yo te lo pido y sólo tú puedes conceder mi deseo.

Al oírle, Oz lanzó un ronco gruñido y agregó:

—Si de veras deseas un corazón, tienes que ganarlo.

—¿Cómo?

—Ayuda a Dorothy a matar a la Maligna Bruja de Occidente. Cuando haya muerto la Bruja, ven a verme y te daré el corazón más grande, más bondadoso y más lleno de amor de todo el País de Oz.

Y, así, el Leñador se vio obligado a volver donde estaban sus amigos y hablarles de la terrible bestia que había visto. A todos les maravilló que el Gran Mago pudiera adoptar tantas formas diferentes.

—Si es una bestia cuando vaya a verlo yo —declaró el León—, rugiré con tal fuerza y lo asustaré tanto que tendrá que darme lo que deseo. Y si es una dama encantadora, fingiré echarme sobre ella para obligarla a obedecerme. Si es una gran cabeza, la tendré a mi merced, pues la haré rodar por todo el salón hasta que prometa concedernos lo que deseamos. Así que alégrense todos, porque las cosas saldrán bien.

La mañana siguiente el soldado de la barba verdosa condujo al León hasta el gran Salón del Trono y le hizo pasar para que viera a Oz.

Una vez que hubo pasado por la puerta, el León miró a su alrededor y, para su gran sorpresa, vio que frente al trono pendía una bola de fuego tan brillante que casi no podía mirarla. Su primera impresión fue que Oz se había incendiado y estaba ardiendo. Empero, cuando trató de acercarse, el intenso calor le chamuscó los bigotes y, temblando de miedo, tuvo que retroceder de nuevo hacia la puerta.

Acto seguido oyó una voz tranquila que salía de la bola de fuego y le decía:

—Soy Oz, el Grande y Terrible. ¿Quién eres tú y por qué me buscas?

—Soy el León Cobarde, temeroso de todo —respondió el felino—. He venido a rogarte que me des valor para que pueda ser realmente el rey de las fieras, como me consideran los hombres.

—¿Por qué he de darte valor?

—Porque entre todos los magos tú eres el más grande y el único que tiene poder para conceder mi deseo.

La bola de fuego ardió con fiereza durante un rato, y al fin dijo la voz:

—Tráeme pruebas de que ha muerto la Bruja Maligna y en seguida te daré valor. Pero mientras viva la Bruja seguirás siendo un cobarde.

El León se enfureció al oír esto, mas no pudo responder nada, y mientras se quedaba mirando en silencio a la bola de fuego, ésta se hizo tan caliente que la fiera debió volver grupas y salir corriendo de la estancia. Al salir se alegró de ver que sus amigos lo esperaban, y les relató su entrevista con el Mago.

—¿Qué hacemos ahora? —preguntó Dorothy en tono pesaroso.

—Una sola cosa podemos hacer —replicó el León—, y es ir a la tierra de los Winkies, buscar a la Bruja Maligna y destruirla.

—¿Y si no podemos hacerlo? —dijo la niña.

—Entonces jamás tendré valor —dijo el León.

—Ni yo un cerebro —expresó el Espantapájaros.

—Ni yo un corazón —intervino el Leñador.

—Y yo jamás volveré a ver a mis tíos —dijo Dorothy, rompiendo a llorar.

—¡Ten cuidado! —le advirtió la doncella verde—. Las lágrimas mancharán tu vestido de seda.

Dorothy se enjugó las lágrimas.

—Supongo que debemos intentarlo —manifestó luego—. Pero la verdad es que no deseo matar a nadie, ni siquiera para volver a ver a mi tía Em.

—Yo iré contigo, pero soy demasiado cobarde para matar a la Bruja —declaró el León.

—Yo también iré —terció el Espantapájaros—, pero no podré servirte de mucho, pues soy demasiado tonto.

—Yo no tengo corazón ni siquiera para hacerle mal a una Bruja —comentó el Leñador—, pero si ustedes van, yo también iré.

Decidieron entonces partir de viaje la mañana siguiente, y el Leñador afiló su hacha en una piedra verde y se hizo aceitar debidamente todas las coyunturas. El Espantapájaros se rellenó con paja nueva y Dorothy le pintó otra vez los ojos para que viera mejor. La doncella verde, que era muy amable con ellos, llenó de viandas la cesta de Dorothy y colgó una campanilla del cuello de Toto.

Esa noche se acostaron temprano y durmieron profundamente hasta el amanecer, cuando los despertó el canto de un gallo y el cacareo de una gallina que había puesto un huevo verde en el patio del Palacio.

CAPÍTULO 12: EN BUSCA DE LA BRUJA MALIGNA

El soldado de la barba verde los condujo por las calles de la Ciudad Esmeralda hasta que llegaron a la casita donde vivía el guardián de la puerta. Este funcionario les quitó los anteojos, los puso de nuevo en la gran caja y después les abrió la puerta de salida.

—¿Qué camino nos llevará hasta la Maligna Bruja de Occidente? —preguntó Dorothy.

—No hay ningún camino —respondió el guardián—. Nadie desea ir a buscarla.

—¿Entonces cómo vamos a encontrarla? —inquirió la niña.

—No será difícil —repuso el hombre—, pues cuando ella sepa que están en el país de los Winkies, los hallará a ustedes y los hará sus esclavos.

—Quizá no, porque tenemos la intención de matarla —dijo el Espantapájaros.

—¡Ah!, eso es diferente —exclamó el guardián—. Hasta ahora no la ha matado nadie, por eso pensé que ella los esclavizaría como a todos los demás. Pero tengan cuidado; es malvada y feroz, y quizá no permita que la maten. Marchen hacia Occidente, donde se pone el sol, y es seguro que la hallarán.

Le dieron las gracias, se despidieron y echaron a andar hacia el oeste por los campos herbosos salpicados de florecillas. Dorothy aún tenía puesto el bonito vestido de seda verde que le dieran en el Palacio; pero ahora, para su gran sorpresa, descubrió que ya no era verde, sino blanco. La cinta que rodeaba el cuello de Toto también había perdido su tono verdoso y era tan blanca como el vestido de la niña.

Pronto dejaron muy atrás a la Ciudad Esmeralda, y a medida que avanzaban iban entrando en terrenos más quebrados y poco productivos, pues no había granjas ni casas en la región del oeste, y nadie trabajaba la tierra.

El sol de la tarde les dio de lleno en la cara, ya que no había allí árboles que los protegieran con su sombra, y al llegar la noche, Dorothy, Toto y el León estaban muy cansados y se echaron a dormir sobre la hierba, mientras que el Espantapájaros y el Leñador montaban la guardia.

Ahora bien, la Maligna Bruja de Occidente poseía un solo ojo, mas era tan potente como un telescopio y podía ver en todas partes. Sucedió entonces que, mientras se hallaba sentada a la puerta de su castillo, lanzó una mirada a su alrededor y vio a Dorothy durmiendo en la hierba con sus amigos. Se hallaban muy lejos, pero a la Bruja Maligna le disgustó que estuvieran en su país. Por eso hizo sonar un silbato de plata que tenía colgado del cuello.

En seguida llegó corriendo desde todas direcciones una manada de lobos enormes, de largas patas, ojos feroces y dientes agudísimos.

—Vayan donde están esas personas y háganlas pedazos —ordenó la Bruja.

—¿No vas a esclavizarlas? —preguntó el jefe de la manada.

—No —repuso ella—. Uno es de hojalata, otro de paja, una es una chica y el cuarto un león. Ninguno de ellos sirve para el trabajo, así que pueden hacerlos pedazos.

—Muy bien —dijo el lobo, y se alejó velozmente, seguido por los otros.

Fue una suerte que el Leñador y el Espantapájaros estuvieran despiertos, pues oyeron acercarse a los lobos.

—Esta pelea es para mí —dijo el Leñador—. Pónganse detrás de mí y yo los iré enfrentando a medida que lleguen.

Tomó su hacha, que había afilado muy bien, y cuando se le echó encima el jefe de la manada, el Leñador le cercenó la cabeza limpiamente, dejándolo muerto. No bien pudo levantar de nuevo el hacha llegó otro lobo, el que también cayó bajo el cortante filo del arma. Había cuarenta lobos, y cuarenta veces bajó el hacha para matar a uno, de modo que al fin quedaron todos muertos frente al Leñador.

Entonces bajó su hacha y fue a sentarse junto al Espantapájaros, quien le dijo:

—Buena pelea, amigo.

Esperaron hasta que Dorothy despertó a la mañana siguiente. La niña se asustó mucho al ver el montón de peludos lobos, pero el Leñador le contó lo ocurrido y ella le dio las gracias por haberlos salvado. Luego la niña se sentó a desayunarse y después reanudaron su peregrinación.

Esa misma mañana salió la Bruja Maligna a la puerta de su castillo y miró con ese terrible ojo que tan lejos veía. Descubrió entonces a sus lobos muertos y a los forasteros que continuaban viajando por su país, lo cual la enfadó mucho más que antes. En seguida dio dos pitadas con su silbato de plata.

Al conjuro del sonido llegó volando una bandada de cuervos tan numerosa que oscurecieron el cielo. La Bruja Maligna dijo al rey de aquellas aves:

—Vuelen en seguida hacia los forasteros, arránquenles los ojos y destrócenlos.

Los cuervos volaron velozmente hacia donde se hallaban Dorothy y sus amigos. Al verlos llegar, la niña sintió muchísimo miedo.

—Esto me toca a mí —dijo el Espantapájaros—. Acuéstense a mi lado y no sufrirán daño alguno.

Todos se tendieron en el suelo, salvo el Espantapájaros, quien se quedó de pie con los brazos extendidos. Cuando lo vieron los cuervos, todos se asustaron —como les ocurre siempre que ven un espantapájaros— y no se atrevieron a acercarse más. Pero el rey les dijo:

—No es más que un hombre relleno de paja. Le arrancaré los ojos a picotazos.

Y voló directamente hacia el Espantapájaros, el que lo tomó de la cabeza y le retorció el cuello hasta matarlo. Entonces se le echó encima otro cuervo, y el Espantapájaros también lo mató. Eran cuarenta, y cuarenta veces retorció un cuello hasta que al fin quedaron todos muertos a su alrededor. Entonces dijo a sus compañeros que se levantaran y de nuevo emprendieron su viaje.

Cuando la Bruja Maligna volvió a asomarse y vio muertos a todos sus cuervos, le dio un ataque de furia e hizo sonar tres veces su silbato de plata. Al instante se oyó un silbido ensordecedor y por el aire se acercó un enjambre de abejas negras.

—¡Vayan donde están los forasteros y mátenlos a aguijonazos! —ordenó la Bruja.

Las abejas se alejaron velozmente hasta llegar al sitio por donde marchaban Dorothy y sus amigos. Pero ya las habían visto y el Espantapájaros había decidido lo que debía hacerse.

—Sácame toda la paja y cubre con ella a la chica, al perro y al León —dijo al Leñador—. Así las abejas no podrán picarlos.

Así lo hizo el Leñador, y mientras Dorothy se tendía al lado del León, sosteniendo a Toto entre sus brazos, la paja los cubrió por completo.

Al llegar las abejas, no hallaron más que al Leñador, de modo que se lanzaron sobre él y rompieron sus aguijones contra la hojalata sin hacer el menor daño a su víctima, y como las abejas no pueden vivir sin su aguijón, así terminaron todas, yendo a caer diseminadas alrededor del Leñador en pequeños montones oscuros.

Entonces se levantaron Dorothy y el León, y la niña ayudó al Leñador a rellenar de nuevo al Espantapájaros hasta dejarlo tan bien como siempre. Hecho esto, otra vez emprendieron su viaje.

Tanto se enfureció la Bruja Maligna al ver muertas a sus abejas que pateó el suelo, hizo rechinar los dientes y se arrancó el cabello. Después llamó a una docena de sus esclavos, que eran los Winkies, les dio unas lanzas muy agudas y les dijo que fueran a destruir a los forasteros.

Los Winkies no eran personas valientes, pero estaban obligados a obedecer, de modo que echaron a andar hasta que llegaron cerca de Dorothy. Entonces el León lanzó un tremendo rugido al tiempo que saltaba hacia ellos, y los pobres Winkies se asustaron tanto que se alejaron a todo correr.

Cuando llegaron al castillo, la Bruja Maligna los golpeó con una correa y los mandó de regreso al trabajo, tras de lo cual se sentó a pensar en lo que podría hacer. No podía entender por qué fallaban todas sus tentativas de destruir a aquellos forasteros. Empero, era una Bruja tan poderosa como malvada, y pronto decidió lo que debía hacer.

En un armario tenía un Gorro de Oro rodeado por un círculo de brillantes y rubíes, y este gorro era mágico. Quienquiera lo poseyera podría llamar tres veces a los Monos Alados, los que obedecerían las órdenes que se les dieran, mas nadie podía disponer de aquellos extraños seres más de tres veces. La Bruja Maligna había usado ya dos veces el encanto del gorro: una cuando esclavizó a los Winkies y se erigió en gobernante de su país, cosa en que la ayudaron los Monos Alados. La segunda vez fue cuando luchó contra el mismísimo Oz y lo arrojó de la tierra de Occidente, cosa en la que también la ayudaron los simios. Sólo una vez más podía usar el poder del Gorro de Oro, razón por la cual no le agradaba hacerlo hasta que se hubieran agotado todos sus otros poderes. Pero ahora que había perdido a sus feroces lobos, a sus cuervos y a las abejas negras, y que el León Cobarde había espantado a sus esclavos, comprendió que sólo le quedaba un último recurso para eliminar a Dorothy y sus amigos.

Así, pues, la Bruja Maligna sacó el Gorro de Oro del armario y se lo puso en la cabeza, hecho lo cual se paró sobre su pie izquierdo y dijo lentamente:

—¡Epe, pepe, kake!

Después se paró sobre el pie derecho y agregó:

—¡Jilo, jolo, jalo!

Acto seguido se plantó bien sobre ambos pies y gritó a toda voz:

—¡Zizi, zuzi, zik!

Y el encanto mágico empezó a dar sus frutos, pues se oscureció el cielo y empezó a oírse un extraño zumbido. Era el batir de muchas alas al que siguieron charlas y risas, y el sol brilló de nuevo al aclararse el cielo, mostrando a la Bruja Maligna rodeada por una multitud de monos, todos ellos dotados de un par de enormes y poderosas alas.

El más grande de todos, que parecía ser el jefe, voló cerca de la Bruja y le dijo:

—Nos has llamado por tercera y última vez. ¿Qué nos ordenas?

—Vayan a buscar a los forasteros que han entrado en mi tierra y elimínenlos a todos salvo al León —ordenó la Bruja—. Tráiganme la bestia, porque quiero ponerle los arreos de un caballo y hacerla trabajar.

—Tu orden será obedecida —contestó el jefe.

Luego, sin dejar de parlotear y hacer ruido, los Monos Alados volaron hacia el sitio donde se hallaban Dorothy y sus amigos.

Algunos de los monos asieron al Leñador y se lo llevaron por el aire hasta hallarse sobre una región salpicada de rocas muy agudas, y allí dejaron al pobre hombre de hojalata, el que cayó desde muy alto sobre las aguzadas piedras y quedó tan abollado y maltrecho que no pudo moverse ni gemir siquiera.

Otros se apoderaron del Espantapájaros y con sus largos dedos le arrancaron toda la paja del cuerpo y la cabeza; con el sombrero, las botas y el traje hicieron un atadito que arrojaron sobre las ramas de un árbol muy alto.

Los otros simios arrojaron unas cuerdas muy fuertes sobre el León y le ataron con innumerables vueltas hasta que no le fue posible arañar ni morder a ninguno. Después lo alzaron por el aire y se lo llevaron volando al castillo de la Bruja, donde lo pusieron en un patio reducido al que rodeaba una alta cerca de hierro, de modo que no le sería posible escapar.

Mas a Dorothy no le hicieron el menor daño. Con Toto entre sus brazos, se quedó observando el triste destino de sus camaradas mientras pensaba que pronto le llegaría el turno a ella. El jefe de los Monos Alados se le acercó volando, con los largos brazos tendidos y una mueca terrible en su fea cara, pero entonces vio la marca del beso de la Bruja Buena en la frente de la niña y se detuvo de pronto, haciendo señas a los otros para que no la tocaran.

—No podemos hacer daño a esta niñita —les dijo—. Está protegida por el Poder del Bien, que es mucho más fuerte que el Poder del Mal. Lo único que podemos hacer es llevarla al castillo de la Bruja Maligna y dejarla allí.

Con gran suavidad, levantaron a Dorothy y se la llevaron volando velozmente hasta llegar al castillo, donde la posaron sobre el escalón de entrada.

—Te hemos obedecido hasta donde nos fue posible hacerlo —dijo el jefe a la Bruja—. El Leñador y el Espantapájaros han sido eliminados, y el León está atado en tu patio. No nos hemos atrevido a hacer daño a la niña ni al perrito que lleva en sus brazos. Ha cesado el poder que tenías sobre nosotros y no volverás a vernos.

Acto seguido, sin dejar de reír y chacharear, los monos levantaron vuelo y se perdieron de vista en contados segundos.

La Bruja Maligna se sintió tan sorprendida como preocupada al ver la marca en la frente de Dorothy, pues sabía muy bien que ni los Monos Alados ni ella misma podrían dañar en absoluto a la niña. Observó los pies de su prisionera, y al ver los zapatos de plata empezó a temblar de miedo, porque conocía perfectamente el mágico poder que tenían. Al principio se sintió tentada de huir de Dorothy, mas al mirar los ojos de ésta vio reflejado en ellos la sencillez de su alma, comprendiendo que la pequeña desconocía el poder de aquel calzado mágico. De modo que rió para sus adentros y pensó: "Todavía puedo hacerla mi esclava, porque no sabe cómo usar su poder".

En voz alta dijo a Dorothy con gran brusquedad:

—Ven conmigo y no dejes de hacer lo que te mande. Si no obedeces, terminaré contigo como terminé con el Leñador y el Espantapájaros.

La niña la siguió por muchas de las hermosas salas del castillo hasta llegar a la cocina, donde la Bruja le ordenó lavar las cacerolas y platos, limpiar el piso y mantener el fuego encendido.

Dorothy se puso a trabajar con toda humildad, dispuesta a cumplir en todo lo posible, porque se alegraba de que la Bruja Maligna hubiera decidido no matarla.

Mientras la pequeña estaba ocupada en su trabajo, a la Bruja se le ocurrió ir al patio y poner los arneses al León Cobarde. Estaba segura de que la divertiría mucho hacerle tirar de su carruaje cuando saliera a pasear. Mas al abrir la puerta oyó tal rugido y vio al León saltar hacia ella con tal fiereza que tuvo miedo y volvió a salir corriendo, sin olvidarse de cerrar de nuevo.

—Si no puedo ponerte los arneses, al menos podré matarte de hambre —le dijo al León por entre los barrotes de la cerca—. No te daré nada de comer hasta que te haya domesticado.

Y de ahí en adelante no le llevó alimentos al felino prisionero, pero cada día que iba a preguntarle si estaba dispuesto a dejarse poner los arneses, el León respondía:

—No. Si entras en este patio te morderé.

La razón de que el León no tuviera que obedecer a la Bruja era que todas las noches, mientras la malvada mujer estaba dormida, Dorothy le llevaba alimentos de la alacena. Después de comer, la fiera se tendía en su lecho de pajas, y Dorothy se acostaba a su lado, y conversaban de sus penurias al tiempo que intentaban idear algún plan para escapar. Mas no podían hallar el medio de salir del castillo, porque las puertas estaban guardadas por los Winkies y estos hombrecillos le temían demasiado a la Bruja como para desobedecerla.

La niña trabajaba mucho durante el día, y a menudo la amenazaba la Bruja con golpearla con el viejo paraguas que llevaba siempre en la mano; pero en realidad no se atrevía a castigarla debido a la marca que tenía Dorothy en la frente. La pequeña ignoraba esto y temía por sí misma y por Toto. En una oportunidad la Bruja golpeó a Toto con el paraguas y el valeroso perrito se defendió mordiéndola en la pierna. Claro que la malvada mujer no sangró por la herida, pues era tan mala que la sangre se le había secado hacía muchos años.

La vida de Dorothy se fue tornando muy triste a medida que comprendía lo difícil que le sería regresar al lado de su tía Em.

A veces lloraba durante horas enteras, con Toto tendido a sus pies y mirándola fijamente mientras gemía apenado para demostrar lo mucho que sufría por su amita. Al perrito no le importaba realmente si nunca volvían a Kansas o al País de Oz siempre que Dorothy estuviera con él, pero se daba cuenta de que la niña se sentía desdichada, lo cual lo apenaba muchísimo.

Ahora bien, la Bruja Maligna anhelaba profundamente ser la dueña de los zapatos de plata que calzaba siempre la niña. Sus abejas, sus cuervos y sus lobos yacían muertos, y ya había agotado todo el poder del Gorro de Oro. Si podía apoderarse de los zapatos de plata, estos le darían más poder que todo lo otro que había perdido. En todo momento vigilaba atentamente a Dorothy para ver si alguna vez se quitaba los zapatos y robárselos entonces. Mas la niña estaba tan orgullosa de su bonito calzado que se lo quitaba sólo de noche y cuando iba a tomar su baño. La Bruja le tenía demasiado miedo a la oscuridad para atreverse a entrar de noche en el cuarto de Dorothy a robar los zapatos, y su temor al agua era mayor que su miedo a la oscuridad, de modo que jamás se acercaba cuando la niña se estaba bañando. La verdad es que la vieja Bruja nunca tocaba el agua ni dejaba que el agua la tocara a ella.

Pero la malvada mujer era muy astuta, y al fin ideó una treta para obtener lo que ansiaba. Colocó un trozo de hierro en medio del piso de la cocina y luego, por medio de sus artes mágicas, hizo el hierro invisible para los ojos humanos. Y ocurrió que cuando Dorothy cruzó la cocina, tropezó con el hierro invisible y cayó de bruces. No se hizo mucho daño, pero en la caída se le salió uno de los zapatos de plata, y antes de que pudiera recuperarlo, la Bruja logró tomarlo y ponerlo en su huesudo pie.

La mujer se sintió muy complacida por el éxito de su treta, pues mientras tuviera uno de los zapatos era dueña de la mitad de su poder y Dorothy nada podría hacer contra ella, aunque hubiera sabido cómo dañarla.

Al ver que había perdido uno de sus bonitos zapatos, la niña se encolerizó mucho y dijo a la Bruja:

—¡Devuélveme mi zapato!

—Nada de eso —fue la respuesta—. Ahora es mío y no tuyo.

—¡Eres una malvada! —exclamó Dorothy—. No tienes derecho a robarme el zapato.

—Lo retendré de todas maneras —repuso la Bruja, riéndose de ella—. Y algún día te quitaré también el otro.

Esto enfadó tanto a Dorothy que, tomando el cubo lleno de agua que tenía cerca, arrojó su contenido sobre la Bruja, mojándola de pies a cabeza.

Al instante lanzó la mujer un agudo grito de terror, y luego, mientras Dorothy la miraba asombrada, empezó a encogerse.

—¡Mira lo que has hecho! —chillaba—. En un momento me derretiré toda.

—Lo lamento de veras —murmuró Dorothy, muy asustada al ver que la Bruja se estaba derritiendo realmente ante sus ojos.

—¿No sabías que el agua sería mi fin? —preguntó la Bruja en tono lastimero.

—Claro que no. ¿Cómo podía saberlo?

—Bueno, en pocos minutos dejaré de existir y tú tendrás el castillo para ti. He sido muy mala, pero jamás creí que una niñita como tú sería capaz de derretirme y terminar con mis maldades. Ten cuidado... ¡aquí me voy!

Así diciendo, cayó formando un montón de cenizas oscuras que poco a poco empezó a extenderse sobre las tablas del piso. Al ver que realmente no quedaba nada de ella, Dorothy llenó otro cubo de agua y lo arrojó sobre las cenizas, las que barrió luego hacia afuera. Hecho esto, recogió el zapato de plata, que era todo lo que quedaba de la vieja, lo limpió y secó bien y volvió a ponérselo. Después, al comprender que estaba en libertad de hacer lo que deseara, salió corriendo al patio para contar al León que la Maligna Bruja de Occidente había llegado a su fin y que ya no eran prisioneros en una tierra extraña.

CAPÍTULO 13: EL RESCATE

El León Cobarde se sintió muy complacido al saber que la Bruja Maligna se había derretido al entrar en contacto con el agua, y Dorothy abrió en seguida la puerta y lo dejó libre. Juntos marcharon hacia el castillo, donde lo primero que hizo la niña fue reunir a todos los Winkies y anunciarles que ya no eran esclavos.

Fue inmensa la alegría de los liberados, pues la Bruja Maligna los había obligado a trabajar duramente durante muchísimos años, tratándolos siempre con extrema crueldad. Ese día lo declararon feriado para entonces y el futuro, y siempre lo dedicaron a bailar y divertirse.

—¡Ah! —suspiró el León—. Sería feliz si estuvieran con nosotros el Espantapájaros y el Leñador.

—¿No crees que podríamos rescatarlos? —preguntó la niña.

—Podemos intentarlo —repuso el felino.

Llamaron entonces a los Winkies y les preguntaron si los ayudarían a rescatar a sus amigos, a lo cual respondieron todos que con mucho gusto harían cualquier cosa por Dorothy, a quien consideraban su salvadora. La niña eligió a un grupo de Winkies que parecían más inteligentes que los otros y partieron en seguida. Viajaron todo ese día y parte del siguiente hasta llegar a la llanura rocosa donde yacía el Leñador completamente abollado y retorcido. Su hacha se hallaba cerca, pero la hoja se había oxidado y el mango estaba roto.

Los Winkies lo levantaron con gran cuidado y lo llevaron de regreso al castillo, mientras que Dorothy derramaba algunas lágrimas por su amigo y el León se mostraba profundamente afligido.

Cuando llegaron al castillo la niña preguntó a los Winkies:

—¿Hay hojalateros entre ustedes?

—Claro que sí, y bastante hábiles —le contestaron.

—Entonces vayan a buscarlos —ordenó ella. Y cuando llegaron los hojalateros con todas sus herramientas, les preguntó:

—¿Pueden arreglar esas abolladuras del Leñador, darle nuevamente su forma y soldar las partes que tiene rotas?

Los hojalateros examinaron a la víctima con gran atención y respondieron que creían poder arreglarlo para que quedara tan bueno como nuevo. Acto seguido se pusieron a trabajar en uno de los grandes salones del castillo y no cesaron de hacerlo durante cuatro días con sus noches, martillando, torciendo, moldeando, soldando y puliendo el cuerpo, los miembros y la cabeza del Leñador hasta que al fin le hubieron dado su antigua forma y sus coyunturas funcionaron como antes. Claro que le quedaron algunos remiendos, pero los obreros hicieron un buen trabajo, y como el paciente no era vanidoso, no le molestaron en absoluto aquellos remiendos.

Cuando al fin fue al cuarto de Dorothy y le dio las gracias por haberlo rescatado, se sentía tan contento que lloró de alegría, y la niña tuvo que enjugarle cada una de las lágrimas con su delantal para que no se oxidara de nuevo. Al mismo tiempo lloraba ella también por la felicidad de ver de nuevo a su amigo, pero estas lágrimas no tuvo necesidad de enjugarlas. En cuanto al León, se secó los ojos tan a menudo con la punta de la cola que se le humedeció por completo y tuvo que salir al patio y ponerla al sol hasta que se le hubo secado.

—Me sentiría feliz del todo si el Espantapájaros estuviera de nuevo con nosotros —dijo el Leñador cuando Dorothy le relató todo lo sucedido.

—Debemos tratar de encontrarlo —declaró ella.

Acto seguido llamó a los Winkies para que la ayudaran, y marcharon todo ese día y parte del siguiente hasta llegar al árbol en cuyas ramas habían arrojado los Monos Alados la ropa del Espantapájaros.

Era un árbol muy alto y de tronco demasiado liso, de modo que nadie podía treparlo, pero el Leñador dijo en seguida:

—Lo echaré abajo para que podamos recobrar las ropas.

Ahora bien, mientras los hojalateros habían estado remendando al Leñador, uno de los Winkies, que era orfebre, había hecho un mango de oro puro para el hacha a fin de reemplazar al que estaba roto. Otros pulieron la hoja hasta eliminar todo el óxido, de manera que ahora relucía como si fuera de plata.

Sin perder tiempo, el Leñador empezó a golpear con su hacha, derribando en poco tiempo el árbol, y de entre sus ramas cayeron las ropas del Espantapájaros.

Dorothy las recogió e hizo que los Winkies las llevaran de regreso al castillo, donde las rellenaron con paja limpia... y he aquí que apareció otra vez el Espantapájaros, tan bueno como nuevo, y dándoles profusas gracias por haberlo salvado.

Ahora que estaban todos reunidos, Dorothy y sus amigos pasaron unos días maravillosos en el castillo, donde había todo lo necesario para que estuvieran cómodos.

Pero llegó el momento en que la niña volvió a pensar en su tía Em y dijo:

—Tenemos que volver adonde está Oz y pedirle que cumpla su promesa.

—Sí —asintió el Leñador—. Al fin conseguiré mi corazón.

—Y yo mi cerebro —agregó alegremente el Espantapájaros.

—Y yo valor —dijo el León en tono meditativo.

—Y yo regresaré a Kansas —exclamó Dorothy, batiendo palmas—. ¡Vamos mañana a la Ciudad Esmeralda!

Así lo decidieron, y la mañana siguiente reunieron a los Winkies para despedirse. Todos lamentaron muchísimo que se fueran, y tanto se habían encariñado con el Leñador que le rogaron que se quedara con ellos para gobernar toda la tierra de Occidente. Al convencerse de que se iban realmente, regalaron a Toto y al León un collar de oro para cada uno. A Dorothy le dieron un hermoso brazalete tachonado de brillantes. Al Espantapájaros le obsequiaron un bastón con puño de oro para que no tropezara al caminar, y al Leñador le ofrecieron una aceitera de plata repujada, con adornos de oro y piedras preciosas.

Cada uno de los viajeros respondió a estos regalos con un bonito discurso de agradecimiento, y estrecharon la mano de todos con tal entusiasmo que les dolieron los dedos. Dorothy abrió la alacena de la Bruja a fin de llenar su cesta con provisiones para el viaje, y allí vio el Gorro de Oro. Se lo probó por curiosidad, descubriendo que le sentaba perfectamente bien. Ignoraba el poder del Gorro, pero vio que era bonito, y decidió llevarlo puesto y guardar su sombrero en la cesta.

Después, cuando ya estuvieron preparados para el viaje, partieron hacia la Ciudad Esmeralda, mientras que los Winkies se despedían de ellos con grandes demostraciones de afecto.

CAPÍTULO 14: LOS MONOS ALADOS

Recordarán los lectores que no había camino, ni siquiera un senderillo, entre el castillo de la Bruja Maligna y la Ciudad Esmeralda. Cuando los cuatro viajeros iban en busca de la Bruja, ésta los vio llegar y mandó a los Monos Alados a capturarlos. Así, pues, resultaba mucho más difícil hallar el rumbo entre los campos salpicados de flores de lo que lo era viajando por el aire. Claro, sabían que debían marchar hacia el este, en dirección al sol naciente, y al partir lo hicieron de manera acertada. Pero al mediodía, cuando el sol brillaba directamente sobre sus cabezas, no pudieron saber dónde estaba el este y dónde el oeste, razón por la cual se extraviaron en aquellos campos. No obstante, siguieron marchando hasta que llegó la noche y salió la luna. Entonces se acostaron entre las perfumadas flores y durmieron profundamente hasta la mañana... todos ellos menos el Espantapájaros y el Leñador.

La mañana siguiente amaneció nublado, pero partieron de todos modos, como si estuvieran seguros de su derrotero.

—Si caminamos lo suficiente, alguna vez llegaremos a alguna parte —dijo Dorothy.

Pero pasaron los días sin que vieran ante ellos otra cosa que los campos cubiertos de flores. El Espantapájaros empezó a refunfuñar.

—Es seguro que nos hemos extraviado —dijo—, y a menos que encontremos el rumbo a tiempo para llegar a la Ciudad Esmeralda, jamás conseguiré mi cerebro.

—Ni yo mi corazón —declaró el Leñador—. Estoy impaciente por ver de nuevo a Oz, y la verdad es que este viaje se está haciendo muy largo.

—Por mi parte —gimió el León Cobarde—, no tengo valor para seguir caminando sin llegar a ninguna parte.

Al oír esto, Dorothy perdió el ánimo, se sentó en la hierba y miró a sus compañeros, los que también se sentaron a su alrededor. En cuanto a Toto, por primera vez en su vida estaba demasiado cansado para perseguir a una mariposa que pasó rozándole la cabeza. El pobre perrito sacó la lengua, se puso a jadear y miró a su amita como preguntándole qué podrían hacer.

—¿Y si llamáramos a los ratones? —dijo ella—. Probablemente conozcan el camino que lleva a la Ciudad Esmeralda.

—Seguro que sí —exclamó el Espantapájaros—. ¿Cómo no se nos ocurrió antes?

Dorothy hizo sonar el silbato que le había regalado la Reina de los Ratones, y en pocos minutos se oyó el ruido de muchísimas patitas, luego de lo cual vieron una multitud de ratones. Entre ellos estaba la Reina, quien preguntó con su vocecita aflautada:

—¿En qué podemos servirles, amigos míos?

—Nos hemos perdido —le dijo Dorothy—. ¿Puedes decirnos dónde está la Ciudad Esmeralda?

—Claro que sí —fue la respuesta—. Pero está muy lejos; ustedes han viajado en dirección contraria todo el tiempo. —Entonces la Reina observó el Gorro de Oro que tenía puesto Dorothy y agregó—: ¿Por qué no empleas la magia del Gorro y llamas a los Monos Alados? Ellos los llevarán a la Ciudad de Oz en menos de una hora.

—Ignoraba que el Gorro fuera mágico —contestó Dorothy, muy sorprendida—. ¿Cómo es esa magia?

—Está escrita dentro del Gorro de Oro —le informó la Reina—. Pero si vas a llamar a los Monos Alados tendremos que huir, pues son muy traviesos y les divierte molestarnos.

—¿No me harán daño a mí? —preguntó la niña en tono preocupado.

—No. Deben obedecer a quien tiene puesto el Gorro. ¡Adiós!

Así diciendo, salió a escape, seguida por todos sus vasallos.

Al mirar el interior del Gorro, Dorothy vio algunas palabras escritas en el forro. Como supuso que serían la fórmula mágica, las leyó con gran atención y volvió a ponérselo.

—¡Epe, pepe, kake! —dijo, parada sobre su pie izquierdo.

—¿Qué dijiste? —preguntó el Espantapájaros, quien ignoraba lo que la niña estaba haciendo.

—¡Jilo, jolo, jalo! —continuó Dorothy, parada ahora sobre su pie derecho.

—¡Vaya! —exclamó el Leñador.

—¡Zizi, zuzi, zik! —agregó Dorothy, quien se hallaba al fin sobre sus dos pies.

Con esto terminó la fórmula mágica y enseguida oyeron un gran batir de alas al aparecer sobre ellos los Monos Alados.

El Rey se inclinó profundamente ante la niña y le dijo:

—¿Qué nos ordenas?

—Deseamos ir a la Ciudad Esmeralda y nos hemos extraviado —replicó Dorothy.

—Los llevaremos nosotros —manifestó el Rey.

No había acabado de hablar cuando ya dos de los monos tomaron a Dorothy en sus brazos y se alejaron volando con ella. Otros se apoderaron del Espantapájaros, del Leñador y del León, y uno más pequeño tomó a Toto y voló tras los otros, aunque el perro se esforzaba por morderlo.

El Espantapájaros y el Leñador se asustaron un poco al principio, porque recordaban lo mal que los habían tratado antes los Monos Alados; pero luego vieron que no pensaban hacerles daño, de modo que se tranquilizaron y empezaron a gozar del viaje y de la magnífica vista que se presentaba ante sus ojos asombrados.

Dorothy se encontró viajando cómodamente entre dos de los Monos más grandes, uno de ellos el mismísimo Rey. Ambos habían formado una sillita con los dedos entrelazados y la llevaban con gran suavidad.

—¿Por qué tienen que obedecer a la magia del Gorro de Oro? —preguntó ella.

—Es largo de contar —contestó el Rey, soltando una risita—. Pero como el viaje también será largo, ocuparé el tiempo en relatarte la historia si así lo deseas.

—La escucharé con mucho gusto.

—En otra época éramos un pueblo libre —comenzó el Rey—. Vivíamos felices en el bosque, saltando de rama en rama, comiendo nueces y frutas y haciendo lo que nos venía en gana sin tener que obedecer a ningún amo. Quizás algunos de nosotros éramos un poco traviesos y bajábamos para tirar de la cola a los animales sin alas, o perseguíamos a los pájaros y arrojábamos nueces a las personas que caminaban por el bosque. Pero vivíamos felices y contentos, y gozábamos de cada minuto de nuestros días. Esto ocurrió hace muchísimos años, mucho antes de que Oz llegara por entre las nubes para gobernar esta tierra.

En aquel entonces vivía en el Norte una hermosa princesa que era también poderosa hechicera, pero usaba su magia para ayudar a la gente y jamás hizo daño a nadie que fuera bueno. Se llamaba Gayelette y vivía en un hermoso palacio construido con grandes bloques de rubí. Todos la amaban, pero su mayor pena era que no podía hallar a nadie a quien amar a su vez, ya que todos los hombres eran demasiado estúpidos y feos para casarse con una mujer tan hermosa y sabia. Empero, al fin halló a un joven muy apuesto y mucho más sabio que otros de su edad. Gayelette decidió que cuando se hiciera hombre lo convertiría en su esposo, de modo que lo llevó a su palacio de rubí y empleó todos sus poderes mágicos para hacerlo tan gallardo, bueno y amable como pudiera desearlo cualquier mujer. Cuando llegó a la madurez, Quelala, como se llamaba el joven, había llegado a ser el hombre más sabio de toda la tierra, mientras que su belleza era tan grande que Gayelette lo amaba con locura, por lo cual se apresuró a prepararlo todo para la boda.

Mi abuelo era por aquel entonces el Rey de los Monos Alados que vivían en el bosque próximo al palacio de Gayelette, y al viejo le gustaban más las bromas que darse un buen banquete. Un día, poco antes de la boda, mi abuelo estaba volando con su banda cuando vio a Quelala caminando por la orilla del río. El mozo vestía un lujoso traje de seda rosada y terciopelo púrpura, y a mi abuelo se le ocurrió ver cómo reaccionaba a sus bromas, así que bajó con su banda, se apoderó de Quelala, lo llevó consigo hasta el centro del río y allí lo dejó caer al agua.

—Nada un poco, amigo —le gritó mi abuelo—, y fíjate si el agua te ha manchado las ropas.

Quelala era demasiado prudente como para no nadar, y en nada le había afectado su buena fortuna. Se echó a reír al sacar la cabeza a la superficie y fue nadando hasta la costa.

Pero cuando Gayelette fue corriendo hacia él, vio que el agua le había arruinado sus lujosos ropajes.

La princesa se puso furiosa, y, por cierto, no ignoraba quién era el culpable, de modo que hizo presentarse ante ella a todos los Monos Alados y dijo al principio que se les deberían atar las alas y arrojarlos al río, tal como ellos lo habían hecho con Quelala. Pero mi abuelo rogó con gran humildad que los perdonara, pues sabía que los Monos se ahogarían en el río con las alas atadas. Por su parte, Quelala intercedió en favor de ellos, de modo que Gayelette les perdonó al fin, con la condición de que los Monos Alados deberían de allí en adelante obedecer por tres veces al poseedor del Gorro de Oro. Este Gorro se había confeccionado como regalo de bodas para Quelala, y se comentaba que había costado a la princesa un equivalente a la mitad de su reino. Claro que mi abuelo y todos sus súbditos accedieron sin vacilar, y es así como ocurre que somos tres veces esclavos del poseedor del Gorro de Oro, sea éste quien fuere.

—¿Y qué fue de ellos? —preguntó Dorothy, que le había escuchado con profundo interés.

—Como Quelala fue el primer dueño del Gorro de Oro —contestó el Mono—, también fue el primero en imponernos sus deseos. Debido a que su esposa no podía soportarnos cerca, después que se hubieron casado, él nos llamó al bosque y nos ordenó que nos mantuviéramos siempre alejados de Gayelette, cosa que nos alegramos mucho de hacer, pues todos le temíamos.

Esto fue todo lo que tuvimos que hacer hasta que el Gorro de Oro cayó en manos de la Maligna Bruja de Occidente, quien nos obligó a esclavizar a los Winkies y después a arrojar al mismísimo Oz de la tierra de Occidente. Ahora el Gorro es tuyo, y por tres veces tienes el derecho de imponernos tu voluntad.

Al terminar el Mono su relato, Dorothy miró hacia abajo y vio los relucientes muros verdosos de la Ciudad Esmeralda. Aunque se maravilló por lo veloz del viaje, le alegró también que éste hubiera finalizado. Los extraños simios bajaron suavemente a los viajeros frente a la puerta de la ciudad, el Rey se inclinó ante Dorothy y luego se alejó volando a toda velocidad, seguido por todo su grupo.

—Ha sido un magnífico paseo —comentó la niña.

—Sí, y una forma muy rápida de salir de apuros —dijo el León—. Fue una suerte que te llevaras contigo ese Gorro maravilloso.

CAPÍTULO 15: LA IDENTIDAD DE OZ EL TERRIBLE

Los cuatro viajeros avanzaron hacia la puerta de la Ciudad Esmeralda e hicieron sonar la campanilla. Luego de un momento les abrió el mismo guardián de la vez anterior.

—¡Cómo! —exclamó sorprendido—. ¿Están de regreso?

—¿Acaso no nos ves? —preguntó el Espantapájaros.

—Pero es que creí que habían ido a visitar a la Maligna Bruja de Occidente.

—Y la visitamos —afirmó el Espantapájaros.

—¿Y ella les dejó libres de nuevo? —se maravilló el guardián.

—No pudo evitarlo, pues se derritió —explicó el hombre de paja.

—¿Se derritió? ¡Vaya, qué buena noticia! ¿Y quién consiguió hacer tal cosa?

—Fue Dorothy —dijo el León en tono grave.

—¡Dios mío! —exclamó el guardián, haciendo una profunda reverencia a la niña.

Después los condujo a su sala de recepción, les puso los anteojos verdes, tal como lo había hecho la vez anterior, y luego los hizo pasar a la Ciudad Esmeralda. Cuando la gente se enteró por él de que Dorothy había derretido a la Maligna Bruja de Occidente, todos se apiñaron alrededor de los viajeros y los siguieron en su camino hacia el Palacio de Oz.

El soldado de la barba verde seguía de guardia ante la puerta, y él fue quien los hizo pasar en seguida. De nuevo les salió al encuentro la bonita joven verde, quien los condujo a sus respectivos dormitorios a fin de que descansaran hasta que el Gran Oz estuviera dispuesto a recibirlos.

El soldado hizo avisar directamente a Oz que Dorothy y los otros viajeros estaban de regreso luego de haber eliminado a la Bruja Maligna, pero Oz no envió ninguna respuesta. Los cuatro amigos creyeron que el Gran Mago los haría llamar en seguida, mas no fue así, y no tuvieron noticias de él durante varios días. La espera se les hizo pesada y turbadora, hasta el punto de encolerizarlos el hecho de que Oz los tratara tan mal después de haberles mandado a sufrir tantas penurias. Al fin el Espantapájaros pidió a la joven verde que llevara otro mensaje a Oz, diciéndole que, si no los recibía inmediatamente, llamarían a los Monos Alados para que los ayudaran y descubrieran si el Mago cumplía sus promesas o no. Cuando Oz recibió este mensaje, se asustó tanto que avisó que se presentaran en el Salón del Trono la mañana siguiente, a las nueve y cuatro minutos. Ya una vez habíase enfrentado a los Monos Alados en la tierra de Occidente y no deseaba verlos de nuevo.

Los cuatro viajeros pasaron una noche de insomnio, pensando cada uno en el don que Oz había prometido hacerles. Dorothy se durmió solo por un rato, y soñó entonces que estaba en Kansas donde su tía Em le decía lo mucho que le agradaba tenerla de regreso en su hogar.

La mañana siguiente, a las nueve en punto, el soldado de la barba verde fue a buscarlos, y cuatro minutos más tarde se hallaban todos en el Salón del Trono.

Naturalmente, cada uno de ellos esperaba ver al Mago adoptar la forma de la vez anterior, y todos se sorprendieron muchísimo al mirar a su alrededor y no ver a nadie en la gran estancia. Permanecieron cerca de la puerta y muy juntos uno de otro, pues el silencio era más inquietante que cualquiera de las formas en que se presentara Oz anteriormente.

Al fin oyeron una voz solemne que parecía proceder de un sitio cercano al punto superior de la bóveda.

—Soy Oz el Grande y Terrible. ¿Por qué me buscan?

De nuevo miraron hacia todos los rincones del salón, y luego, al no ver a nadie, Dorothy preguntó:

—¿Dónde estás?

—En todas partes —respondió la voz—, pero soy invisible para los ojos de los mortales comunes. Ahora iré a sentarme en mi trono para que puedan conversar conmigo.

En efecto, la voz pareció llegar ahora desde el trono, de modo que todos marcharon hacia allí y se pararon formando fila ante el gran sillón.

—He venido a pedirte que cumplas tu promesa, Gran Oz —dijo Dorothy.

—¿Qué promesa? —preguntó Oz.

—Dijiste que me enviarías de regreso a Kansas cuando estuviera muerta la Bruja Maligna.

—Y a mí me prometiste un cerebro —intervino el Espantapájaros.

—Y a mí un corazón —dijo el Leñador.

—Y a mí valor —terció el León Cobarde.

—¿De veras ha muerto la Bruja Maligna? —inquirió la voz, y a Dorothy le pareció que el tono era un poco tembloroso.

—Sí —repuso—. La derretí con un cabo de agua.

—¡Cielos, qué súbito! —dijo la voz—. Bien, ven a verme mañana, pues necesito tiempo para pensarlo.

—Ya has tenido tiempo de sobra —declaró en tono airado el Leñador.

—No queremos esperar más —dijo el Espantapájaros.

—¡Debes cumplir tus promesas! —exclamó Dorothy.

Al León le pareció que no estaría mal dar un susto al Mago, de modo que dejó escapar un tremendo rugido, tan feroz y espantoso que Toto saltó alarmado y fue a dar contra el biombo que había en el rincón, haciéndolo caer. Al oír el estrépito, los amigos miraron hacia allí y enseguida se sintieron profundamente asombrados al ver, en el sitio que hasta entonces ocultaba el biombo, a un viejecillo calvo y de arrugado rostro que parecía tan sorprendido como ellos. Levantando su hacha, el Leñador corrió hacia él, gritándole:

—¿Quién eres tú?

—Soy Oz, el Grande y Terrible —contestó el hombrecillo con voz temblona—. Pero no me mates, por favor, y haré lo que me pidan.

Nuestros amigos lo miraron sin saber qué hacer.

—Creí que Oz era una gran cabeza —dijo Dorothy.

—Y yo pensé que era una hermosa dama —manifestó el Espantapájaros.

—Y yo lo vi como una bestia terrible —dijo el Leñador.

—Y a mí me pareció que era una bola de fuego —exclamó el León.

—No, todos estaban equivocados —manifestó con humildad el hombrecillo—. Los estuve engañando.

—¿Engañando? —exclamó Dorothy—. ¿Acaso no eres un Gran Mago?

—Más bajo, querida —pidió él—. Si hablas tan alto te oirán, y eso me arruinaría. Todos suponen que soy un Gran Mago.

—¿Y no lo eres? —preguntó ella.

—En absoluto, queridita. No soy más que un hombre común.

—Eres más que eso —declaró el Espantapájaros en tono quejoso—. Eres un farsante.

—¡Exacto! —reconoció el hombrecillo, restregándose las manos como si aquello le complaciera—. Soy un farsante.

—¡Pero esto es terrible! —intervino el Leñador—. ¿Cómo voy a conseguir mi corazón?

—¿Y yo mi valor? —dijo el León.

—¿Y yo mi cerebro? —gimió el Espantapájaros, enjugándose las lágrimas con la manga.

—Queridos amigos, les ruego que no hablen de esas cosas sin importancia —pidió Oz—. Piensen en mí y en el terrible aprieto en que me encuentro ahora que me han descubierto.

—¿Nadie más sabe que eres un farsante? —preguntó Dorothy.

—Nadie lo sabe, excepto ustedes cuatro... y yo —respondió Oz—. He engañado a todos durante tanto tiempo que creí que jamás me descubrirían. Fue un error muy grave eso de haberles permitido entrar en el Salón del Trono. Por lo general no suelo ver siquiera a mis vasallos, y por eso creen que soy algo terrible.

—Pero, no lo entiendo —objetó Dorothy—. ¿Cómo fue que te apareciste como una gran cabeza?

—Fue una de mis tretas. Hagan el favor de venir por aquí y se lo explicaré.

Los condujo a una habitación pequeña en la parte trasera del Salón del Trono. Una vez allí, señaló hacia un rincón donde descansaba una gran cabeza fabricada con cartón y con la cara muy bien pintada.

—La colgué del techo con un alambre —explicó Oz—. Me quedé detrás del biombo y manipulé un piolín para hacer mover los ojos y abrir la boca.

—¿Pero y la voz?

—Es que soy ventrílocuo —explicó el hombrecillo—. Puedo dirigir mi voz hacia cualquier sitio y por eso te pareció que provenía de la cabeza. Aquí están las otras cosas que usé para engañarlos.

Así diciendo, mostró al Espantapájaros el vestido y la máscara que había usado cuando se presentó como la hermosa dama, y el Leñador vio que la bestia terrible no era más que un montón de pieles unidas entre sí y mantenidas separadas interiormente por medio de tablillas a fin de darles forma. En cuanto a la bola de fuego, el falso Mago la había colgado del techo, y en realidad era una gran bola de algodón que ardía con fiereza al encenderse el combustible de que estaba empapada.

—Francamente, deberías estar avergonzado de ser tan farsante —dijo el Espantapájaros.

Se sentaron todos y le escucharon mientras les contaba el siguiente relato:

—Nací en Omaha...

—¡Vaya, Omaha no está muy lejos de Kansas! —exclamó Dorothy.

—No, pero está más lejos de aquí —manifestó él, meneando la cabeza con gran pesar—. Cuando crecí me hice ventrílocuo y me enseñó muy bien un gran maestro. Por eso puedo imitar el grito de cualquier ser de la naturaleza. —Maulló como un gato y Toto levantó las orejas al tiempo que miraba por todas partes, muy intrigado. Luego continuó Oz—: Al cabo de un tiempo me cansé de eso y me hice aeronauta.

—¿Y eso qué es? —quiso saber Dorothy.

—Se llama así a los que vuelan en globo los días de feria a fin de atraer a la gente y conseguir que compren entradas para el circo —explicó él.

—¡Ah, sí, ya sé!

—Pues bien, un día subí en un globo y se enredaron las cuerdas, de modo que no pude volver a bajar. El globo subió más arriba de las nubes, y tan alto estaba que lo atrapó una corriente de aire que lo llevó a muchísimos kilómetros de distancia. Durante un día y una noche viajé por el aire, y en la mañana del segundo día desperté y vi que el globo se hallaba sobre un país extraño y hermoso.

Fui bajando poco a poco y sin sufrir el menor daño; pero me encontré en medio de una extraña multitud, la que, al verme bajar de las nubes, pensó que yo era un Gran Mago. Claro que les dejé creer tal cosa, porque vi que me temían y por ello prometieron hacer lo que yo les ordenara.

Sólo para entretenerme y tenerlos ocupados, les ordené construir esta ciudad y mi palacio, y lo hicieron de buen grado y con mucha habilidad. Después, como la región era tan verde y hermosa, se me ocurrió llamarla la Ciudad Esmeralda, y para que el nombre fuera apropiado les puse anteojos verdes a todos los habitantes, de modo que todo lo que vieran fuera de ese color.

—¿Pero no es todo verde? —preguntó Dorothy.

—No más que en cualquier otra ciudad —repuso Oz—. Pero cuando uno se pone anteojos verdes... bueno, pues, todo lo que uno ve parece verde. La Ciudad Esmeralda fue construida hace muchísimos años, pues yo era un hombre joven cuando me trajo el globo y ahora soy muy viejo. Pero mis súbditos han usado anteojos verdes durante tanto tiempo que la mayoría de ellos creen que realmente están en una ciudad de esmeraldas, y por cierto que es un lugar hermoso, donde abundan las gemas y los metales preciosos, así como todas las cosas buenas que se requieren para hacerlo a uno feliz. Yo he sido bondadoso con mis vasallos y todos me quieren; pero desde que se construyó este palacio vivo encerrado en él y no los veo.

Uno de mis temores más grandes era hacia las brujas, porque mientras yo no tenía poderes mágicos, descubrí muy pronto que las brujas poseían el don de hacer cosas extraordinarias. Había cuatro en el país, y gobernaban a los pobladores del Norte, el Sur, el Este y el Oeste. Por fortuna, las brujas del Norte y el Sur eran buenas, y sabía yo que no me harían daño; pero las de Oriente y Occidente eran terriblemente malvadas, y de no haber pensado que yo era más poderoso que ellas, seguramente me habrían destruido. Por eso viví temiéndolas durante muchos años, y ya imaginarás lo contento que me puse cuando me enteré de que tu casa había caído sobre la Maligna Bruja de Oriente. Cuando viniste a verme, estaba dispuesto a prometerte cualquier cosa si eliminabas a la otra Bruja, y ahora que la has derretido me avergüenza reconocer que no puedo cumplir mis promesas.

—Me parece que eres un hombre muy malo —dijo Dorothy.

—¡No, no, querida! En realidad soy un hombre muy bueno, aunque admito que soy un Mago bastante malo.

—¿No puedes darme un cerebro? —preguntó el Espantapájaros.

—No lo necesitas; día a día vas aprendiendo algo nuevo. Los bebés tienen cerebro, pero no saben mucho. La experiencia es lo único que trae consigo el conocimiento, y cuanto más tiempo estés en la tierra tanta más experiencia has de adquirir.

—Eso podrá ser cierto —repuso el Espantapájaros—, pero yo me sentiré muy desdichado si no me das un cerebro.

El falso mago lo miró con atención.

—Bien —suspiró al fin—, tal como dije, no soy muy hábil como mago; pero si vienes mañana por la mañana, te llenaré la cabeza de sesos. Eso sí, no podré enseñarte a usarlos, pues lo tendrás que aprender por tu cuenta.

—¡Gracias, gracias! —exclamó el Espantapájaros—. Te aseguro que aprenderé a usarlos.

—¿Y mi valor? —intervino el León en tono ansioso.

—Estoy seguro de que te sobra valor —respondió Oz—. Lo único que necesitas es tener confianza en ti mismo. No hay ser viviente que no sienta miedo cuando se enfrenta al peligro. El verdadero valor reside en enfrentarse al peligro aun cuando uno está asustado, y esa clase de valor la tienes de sobra.

—Puede que así sea, pero, así y todo, me domina el miedo —declaró el León—. En realidad me sentiré muy desdichado si no me das el valor que le hace olvidar a uno que tiene miedo.

—Muy bien, mañana te daré esa clase de coraje —replicó Oz.

—¿Y mi corazón? —preguntó el Leñador.

—Bueno, en cuanto a eso, creo que te equivocas al querer tener corazón. Lo hace a uno muy desdichado. Te aseguro que eres afortunado al no tenerlo.

—Cada uno opina lo que quiere —replicó el Leñador—. Por mi parte, soportaré en silencio todas mis desdichas si me das un corazón.

—Muy bien —admitió Oz con humildad—. Ven a verme mañana y tendrás tu corazón. He desempeñado el papel de Mago tantos años que bien puedo seguir haciéndolo un poco más.

—Y ahora —intervino Dorothy—, ¿cómo regresaré yo a Kansas?

—Eso tendremos que pensarlo —contestó el hombrecillo—. Dame dos o tres días para estudiar el asunto y trataré de hallar el medio de llevarte por sobre el desierto. Ahora, todos ustedes serán mis huéspedes, y mientras vivan en el Palacio, mis súbditos los atenderán y satisfarán sus más íntimos deseos. Sólo una cosa les pido a cambio de mi ayuda: tendrán que guardar mi secreto y no decir a nadie que soy un farsante.

Los amigos prometieron no decir nada de lo que acababan de saber y, muy animados, regresaron a sus respectivos dormitorios. Hasta Dorothy abrigaba la esperanza de que "El Grande y Terrible Farsante", como lo llamaba, pudiera hallar el medio de enviarla de regreso a Kansas. Si lo hacía, estaba dispuesta a perdonarle todo.

CAPÍTULO 16: LA MAGIA DEL GRAN FARSANTE

La mañana siguiente el Espantapájaros dijo a sus amigos:

—Felicítenme; al fin voy a ver a Oz para que me dé mi cerebro. Cuando regrese seré como todos los demás.

—Siempre me has gustado como eres —declaró Dorothy.

—Eres bondadosa al querer a un Espantapájaros —repuso él—. Pero seguramente me apreciarás más cuando te enteres de los maravillosos pensamientos que saldrán de mi nuevo cerebro.

Después se despidió de todos con gran alegría y fue hacia el Salón del Trono.

—Adelante —respondió Oz a su llamado.

Al entrar, el Espantapájaros vio al hombrecillo sentado junto a la ventana, sumido en profundas reflexiones.

—Vengo a buscar mi cerebro —dijo con cierta vacilación.

—Sí, sí. Haz el favor de sentarte en esa silla —repuso Oz—. Tendrás que perdonarme por sacarte la cabeza, pero lo haré a fin de poner tu cerebro en su sitio apropiado.

—Está bien. Puedes sacarme la cabeza, ya que me la habrás mejorado cuando vuelvas a ponérmela.

Y el Mago le quitó la cabeza y le vació la paja de que estaba rellena. Después fue a otra habitación y tomó una medida de afrecho que mezcló con gran cantidad de alfileres y agujas. Una vez que hubo mezclado bien todo esto, puso la mezcla en la parte superior de la cabeza del Espantapájaros y terminó de rellenarla con paja para mantenerla en su lugar.

Cuando volvió a poner la cabeza sobre los hombros del paciente, le dijo:

—De aquí en adelante serás un gran hombre, pues acabo de ponerte un cerebro de primera.

El Espantapájaros se sintió tan complacido como orgulloso ante el cumplimiento de su gran deseo, y una vez que hubo agradecido debidamente a Oz, regresó al lado de sus amigos.

Dorothy lo miró con curiosidad al ver su cabeza que parecía haberse agrandado en la parte superior.

—¿Cómo te sientes? —preguntó.

—Muy sabio, por cierto —contestó él con gran seriedad—. Cuando me acostumbre a mi cerebro, lo sabré todo.

—¿Por qué te sobresalen de la cabeza todos esos alfileres y agujas? —preguntó el Leñador.

—Esa es la prueba de que es agudo —comentó el León.

—Bien, ahora me toca a mí —dijo el Leñador, y fue a llamar a la puerta del Salón del Trono.

—Adelante —le invitó Oz.

—Vengo en busca de mi corazón —anunció el hombre de hojalata.

—Muy bien. Pero tendré que abrirte un agujero en el pecho para colocar el corazón en su sitio adecuado. Espero que no te haga daño.

—En absoluto. No sentiré nada.

Oz fue a buscar un par de tijeras de hojalatero e hizo un orificio rectangular en el costado izquierdo del pecho del Leñador. Después abrió un cajón de la cómoda y sacó un bonito corazón hecho de seda roja y relleno de aserrín.

—¿Verdad que es hermoso? —preguntó.

—Lo es de veras —repuso el Leñador, muy complacido—. ¿Pero es un corazón bondadoso?

—Muchísimo. —Oz puso el corazón en el pecho del paciente y volvió a colocar la tapa del orificio, soldando las coyunturas con gran cuidado—. Ya está. Ahora tienes un corazón del que cualquiera se sentiría orgulloso. Lamento haber tenido que ponerte un remiendo en el pecho, pero fue inevitable.

—El remiendo no importa —exclamó el feliz Leñador—. Te estoy muy agradecido y jamás olvidaré tu bondad.

—Ni lo menciones —dijo el Mago.

El Leñador volvió al lado de sus amigos, los que lo felicitaron sinceramente por su gran fortuna.

El León fue entonces a llamar a la puerta del salón.

—Adelante —invitó Oz.

—Vengo en busca de mi valor —anunció el felino al entrar.

—Muy bien, iré a buscarlo —contestó el hombrecillo.

Fue hacia un armario y del estante más alto retiró una botella rectangular cuyo contenido vertió en un tazón de oro verdoso muy bien trabajado. Poniéndolo delante del León Cobarde —que lo olió como si no le agradara— le dijo:

—Bebe.

—¿Qué es?

—Verás —fue la respuesta—, si lo tuvieras en tu interior sería valor. Naturalmente, ya sabes que el valor está siempre dentro de uno, de modo que a esto no se le puede llamar realmente coraje hasta que lo hayas bebido. Por lo tanto, te aconsejo que lo bebas lo antes posible.

Sin vacilar un momento más, el León bebió hasta vaciar el contenido del tazón.

—¿Cómo te sientes ahora? —preguntó Oz.

—Lleno de coraje —repuso el León, y regresó muy contento al lado de sus amigos para hacerles partícipes de su gran alegría.

Una vez solo, Oz sonrió al pensar en el éxito que acompañó a su tentativa de dar al Leñador, al Espantapájaros y al León exactamente lo que cada uno creía desear.

—¿Cómo puedo evitar ser un farsante cuando toda esta gente me hace creer cosas que todos saben que son imposibles? —dijo—. Fue fácil satisfacer los deseos del Espantapájaros, el León y el Leñador, porque ellos imaginan que soy omnipotente. Pero se necesitará algo más que imaginación para llevar a Dorothy de regreso a Kansas, y estoy bien seguro de que no sé cómo puede hacerse.

CAPÍTULO 17: LA PARTIDA DEL GLOBO

Pasaron tres días sin que Dorothy tuviera noticias de Oz, y fueron días muy tristes para la niñita, aunque sus amigos se sentían felices y contentos. El Espantapájaros se afanaba con las ideas que bullían en su cabeza. Al andar de un lado a otro, el Leñador sentía el corazón que le golpeaba el pecho, y dijo a Dorothy que había descubierto que era un corazón más bondadoso y tierno que el que tenía cuando era de carne y hueso. El León afirmaba no tener miedo a nada en la tierra y estar dispuesto a enfrentarse a un ejército de hombres o a una docena de los feroces Kalidahs. De modo que todos estaban satisfechos, excepto Dorothy, quien anhelaba más que nunca regresar a Kansas.

Para su gran júbilo, el cuarto día la mandó llamar Oz, y cuando entró en el Salón del Trono la saludó afablemente.

—Siéntate, queridita. Creo que he hallado el modo de sacarte de este país.

—¿Y de regresar a Kansas? —inquirió ella ansiosamente.

—Bueno, no estoy seguro respecto de Kansas —fue la respuesta—, pues no tengo la menor idea del rumbo a tomar; pero lo principal es cruzar el desierto, y entonces ha de ser fácil hallar el camino de regreso al hogar.

—¿Cómo puedo cruzar el desierto?

—Te diré lo que pienso —expresó el hombrecillo—. Cuando vine a este país lo hice en un globo. Tú también viniste por el aire, ya que te trajo un ciclón. Por eso creo que la mejor manera de cruzar el desierto ha de ser por el aire. Ahora bien, para mí es imposible hacer un ciclón, pero he estado pensando en el asunto y creo que puedo hacer un globo.

—¿Cómo?

—Los globos se hacen con seda a la que se recubre de goma para que no escape el gas. En el Palacio tengo seda de sobra, de modo que no será difícil fabricar un globo. Pero en todo este país no hay gas para llenar el globo a fin de que se eleve.

—Si no se eleva no nos servirá de nada —puntualizó Dorothy.

—Verdad —contestó Oz—. Pero hay otra manera de hacerlo volar, y es llenándolo de aire caliente. No es tan bueno como el gas, pues si el aire se enfriara el globo caería en el desierto y los dos estaríamos perdidos.

—¿Los dos? —exclamó la niña—. ¿Irás conmigo?

—Sí, claro. Estoy cansado de ser tan farsante. Si saliera del Palacio, mis súbditos descubrirían muy pronto que no soy un Mago, y entonces se enfadarían conmigo por haberlos engañado. Por eso tengo que permanecer encerrado en estos salones todo el día, lo cual es cansador. Más me gustaría irme a Kansas contigo y volver a trabajar en el circo.

—Con gusto acepto tu compañía —dijo ella.

—Gracias. Ahora, si me ayudas a coser las piezas de seda, empezaremos a confeccionar el globo.

Dorothy tomó aguja e hilo y, tan pronto como Oz cortaba las piezas de seda de la forma adecuada, ella las iba uniendo. Primero colocó una tira de seda verde clara, luego una verde oscura y después otra verde esmeralda, pues Oz quería dar al globo diversos matices de su color preferido. Tardó tres días en unir las piezas, pero cuando hubo terminado tenían un gran globo de seda verde de más de seis metros de largo.

Oz le pasó una mano de goma líquida por la parte interior a fin de hacerlo hermético, y luego anunció que el aeróstato estaba listo.

—Pero necesitamos la canasta para ir nosotros —manifestó.

Dicho lo cual envió al soldado de la barba verde en busca de un gran canasto de ropa, el que aseguró con muchas cuerdas a la parte inferior del globo.

Cuando todo estuvo listo, Oz hizo anunciar a sus vasallos que iba a visitar a un gran Mago colega que vivía en las nubes. La noticia cundió rápidamente por la ciudad y todos salieron a ver el maravilloso espectáculo.

Oz ordenó que llevaran el globo frente al Palacio y la gente lo miró con gran curiosidad. El Leñador había cortado un gran montón de leña que ahora encendió, y Oz mantuvo la boca inferior del globo sobre el fuego a fin de que el aire caliente que se elevaba del mismo fuera llenando la gran bolsa de seda. Poco a poco se fue hinchando el aeróstato y se elevó en el aire hasta que el canasto apenas si tocaba el suelo. Oz saltó entonces al interior del canasto y anunció en alta voz:

—Me voy a hacer una visita. Mientras falte yo, el Espantapájaros los gobernará, y les ordeno que lo obedezcan como me obedecerían a mí.

Ya para entonces el globo tiraba con fuerza de la cuerda que lo retenía sujeto al suelo, pues el aire en su interior estaba muy caliente, lo cual lo hacía mucho más liviano que el aire exterior.

—¡Ven, Dorothy! —llamó el Mago—. Apúrate, antes que se vuele el globo.

—No encuentro a Toto —respondió Dorothy, quien no quería dejar a su perrito.

Toto habíase alejado por entre la gente para ir a ladrarle a un gatito, y la niña lo halló al fin, lo tomó en sus brazos y corrió hacia el globo. Estaba a pocos pasos del mismo y Oz le tendió la mano para ayudarla a subir, cuando se cortaron las cuerdas y el aeróstato se elevó sin ella.

—¡Vuelve! —gritó—. ¡Yo también quiero ir!

—No puedo volver, queridita —respondió Oz desde lo alto—. ¡Adiós!

—¡Adiós! —gritaron los presentes, y todos los ojos se alzaron hacia el Mago que cada vez se alejaba más y más hacia el cielo.

Aquella fue la última vez que vieron a Oz, el Mago Maravilloso, aunque es posible que haya llegado a Omaha con toda felicidad y se encuentre allí ahora. Pero sus vasallos lo recordaron siempre con mucho cariño.

—Oz fue siempre nuestro amigo —se decían uno a otro—. Cuando estuvo aquí construyó para nosotros esta maravillosa Ciudad Esmeralda, y ahora que se ha ido nos dejó al Sabio Espantapájaros para que nos gobierne.

Así y todo, durante mucho tiempo lamentaron la pérdida del Gran Mago y nada podía consolarlos.

CAPÍTULO 18: EN VIAJE AL SUR

Dorothy lloró amargamente al desvanecerse sus esperanzas de regresar a su hogar, mas cuando pudo pensarlo con calma se alegró de no haberse ido en el globo, y ella, tanto como sus compañeros, lamentó perder a Oz.

—En verdad sería un ingrato si no llorara al hombre que me dio este hermoso corazón que tengo —le dijo el Leñador—. Quisiera llorar un poco la pérdida de Oz, si es que me haces tú el favor de enjugarme las lágrimas para que no me oxide.

—Con gusto —respondió ella, y fue a buscar una toalla.

El Leñador lloró durante varios minutos mientras ella observaba sus lágrimas con gran atención y se las secaba. Cuando él hubo terminado, le dio las gracias y se aceitó minuciosamente con su enjoyada aceitera a fin de no correr riesgos.

El Espantapájaros era ahora el gobernante de la Ciudad y, aunque no era un Mago, la gente se mostraba orgullosa de él.

—Porque no hay ninguna otra ciudad del mundo gobernada por un hombre relleno de paja —decían.

Y, que ellos supieran, estaban en lo cierto.

Un día después que el globo se hubo llevado a Oz, los cuatro amigos se reunieron en el Salón del Trono para hablar de la situación. El Espantapájaros sentóse en el gran sillón y los otros, muy respetuosos, permanecieron de pie ante él.

—No estamos tan mal —dijo el nuevo gobernante—, pues este Palacio y la Ciudad Esmeralda nos pertenecen y podemos hacer lo que nos plazca. Cuando recuerdo que no hace mucho estaba clavado en un poste en medio de un maizal y que ahora soy el gobernante de esta hermosa ciudad, me siento muy satisfecho con mi suerte.

—Yo también estoy contento con tener un corazón —manifestó el Leñador—, y en realidad era lo único que ansiaba en el mundo.

—Por mi parte me alegra saber que soy tan valiente como cualquier otra fiera... si es que no lo soy más —dijo el León con gran modestia.

—Si Dorothy se contentara con vivir en la Ciudad Esmeralda, todos podríamos ser felices —agregó el Leñador.

—Pero es que no quiero vivir aquí —protestó la niña—. Quiero regresar a Kansas y vivir con mi tía Em y mi tío Henry.

—Bien, entonces, ¿qué se puede hacer? —preguntó el Leñador.

El Espantapájaros decidió meditar al respecto, y tanto pensó que los alfileres y agujas empezaron a sobresalirle por la coronilla. Al fin dijo:

—¿Por qué no llamas a los Monos Alados y les pides que te lleven por sobre el desierto?

—¡Jamás se me ocurrió! —exclamó Dorothy con gran alegría—. Es lo más indicado. Iré a buscar el Gorro de Oro.

Poco después regresó con el Gorro al Salón del Trono y dijo las palabras mágicas que en muy poco tiempo atrajeron a la banda de Monos Alados, los que entraron volando por la ventana abierta y se detuvieron frente a ella.

—Es la segunda vez que nos llamas —dijo el Rey, inclinándose ante la niñita—. ¿Qué deseas de nosotros?

—Quiero que me lleven volando a Kansas —pidió Dorothy. Pero el Mono Rey meneó la cabeza.

—Eso es imposible —contestó—. Sólo pertenecemos a este país y no podemos dejarlo. Aún no ha habido ningún Mono Alado en Kansas, y supongo que jamás lo habrá, pues no pertenecemos a ese lugar. Con mucho gusto te serviremos en lo que esté a nuestro alcance, pero no podemos cruzar el desierto. Adiós.

Y, haciendo otra reverencia, el Mono Rey extendió sus alas y se fue por la ventana con sus súbditos a la zaga.

Dorothy estuvo a punto de llorar a causa del desengaño sufrido.

—He malgastado el encanto del Gorro de Oro para nada, pues los Monos Alados no pueden ayudarme —dijo.

—Es doloroso de veras —murmuró el bondadoso Leñador.

El Espantapájaros estaba pensando de nuevo, y su cabeza se agrandaba tanto que Dorothy temió que estallara.

—Llamemos al soldado de la barba verde y pidámosle consejo —dijo al fin el hombre de paja.

Llamaron al soldado, quien entró en el Salón del Trono con gran timidez, pues mientras Oz estaba allí, jamás se le permitió que pasara de la puerta.

—Esta niñita desea cruzar el desierto —le dijo el Espantapájaros—. ¿Cómo puede hacerlo?

—No sabría decirlo porque nadie ha cruzado el desierto, salvo el Gran Oz —contestó el soldado verde.

—¿No hay nadie que pueda ayudarme? —preguntó Dorothy en tono ansioso.

—Glinda podría ayudarte —sugirió el soldado.

—¿Quién es Glinda? —quiso saber el Espantapájaros.

—La Bruja del Sur. Es la más poderosa de todas y gobierna a los Quadlings. Además, su castillo se halla al borde del desierto, de modo que tal vez ella sepa cómo cruzarlo.

—Glinda es una Bruja Buena, ¿verdad? —dijo la niña.

—Los Quadlings la quieren mucho, y ella es buena con todos —contestó el soldado—. Me han dicho que es una mujer hermosa que sabe mantenerse joven a pesar de los años que ha vivido.

—¿Cómo puedo llegar a su castillo?

—El camino va directo al sur, pero dicen que está lleno de peligros para los viajeros. En el bosque hay bestias salvajes y una raza de hombres extraños a quienes no les gusta que los forasteros crucen sus tierras. Por esta razón, nunca viene ninguno de los Quadlings a la Ciudad Esmeralda.

El soldado se retiró entonces, y el Espantapájaros manifestó:

—A pesar de los peligros, parece que lo más conveniente es que Dorothy viaje a las tierras del Sur y pida a Glinda que la ayude, porque de otro modo jamás podrá volver a Kansas.

—Seguro que has estado pensando otra vez —comentó el Leñador.

—Así es —repuso el Espantapájaros.

—Yo iré con Dorothy —declaró el León—. Estoy cansado de la ciudad y extraño el bosque y los campos. Ya saben que soy una fiera salvaje. Además, Dorothy necesitará a alguien que la proteja.

—Eso es verdad —concordó el Leñador—. Mi hacha podría serle útil, de modo que iré con ella a la tierra del Sur.

—¿Cuándo partimos? —preguntó el Espantapájaros.

—¿Tú también vas? —preguntaron sorprendidos.

—Claro que sí. De no ser por Dorothy, no tendría cerebro. Ella me sacó del poste en el maizal y me trajo a la Ciudad Esmeralda, así que le debo mi buena suerte y jamás la dejaré hasta que haya partido hacia Kansas de una vez por todas.

—Gracias —agradeció Dorothy—. Son muy bondadosos conmigo, y me gustaría partir lo antes posible.

—Nos iremos mañana por la mañana —dijo el Espantapájaros—. Ahora vamos a prepararnos; el viaje será largo.

CAPÍTULO 19: EL ATAQUE DE LOS ÁRBOLES BELICOSOS

La mañana siguiente Dorothy se despidió con un beso de la bonita doncella verde y después saludaron todos al soldado de la barba que los había acompañado hasta la puerta. Cuando el guardián volvió a verlos, se extrañó mucho de que quisieran salir de la hermosa ciudad para correr nuevas aventuras; pero en seguida les quitó los anteojos, que volvió a guardar en la caja verde, y les deseó muy buena suerte.

—Ahora eres nuestro gobernante —dijo al Espantapájaros—. Así que debes volver lo antes posible.

—Lo haré si puedo —fue la respuesta—. Pero primero debo ayudar a Dorothy a regresar a su hogar.

Al despedirse del bondadoso guardián, la niña le dijo:

—Me han tratado muy bien en tu bonita ciudad, y todos han sido muy buenos conmigo. No sé cómo agradecerles.

—No lo intentes siquiera, querida —repuso él—. Nos gustaría conservarte con nosotros, pero, ya que deseas regresar a Kansas, espero que encuentres el camino.

Abrió entonces la puerta exterior y los amigos salieron por ella para emprender su viaje. El sol brillaba con todo su esplendor cuando nuestros amigos se volvieron hacia el Sur; estaban todos muy animados y reían y charlaban alegremente. A Dorothy la alentaba de nuevo la esperanza de regresar al hogar, y el Espantapájaros y el Leñador se alegraban de poder serle útiles. En cuanto al León, aspiró el aire libre con deleite y agitó la cola fuertemente, lleno de alegría al hallarse de nuevo en campo abierto. Toto, por su parte, corría alrededor de todos ellos y se alejaba a veces persiguiendo mariposas, sin dejar de ladrar en ningún momento.

—La vida de la ciudad no me sienta —comentó el León mientras iban marchando a paso vivo—. He perdido kilos mientras estuve allá, y ahora estoy ansioso por demostrar a las otras fieras lo valiente que soy.

Se volvieron entonces para lanzar una última mirada a la Ciudad Esmeralda, y todo lo que pudieron ver fue el perfil de las torres y campanarios detrás de los muros verdes y, muy por encima de todo, la cúpula enorme del Palacio de Oz.

—La verdad es que Oz no era malo como mago —dijo el Leñador al sentir que el corazón le golpeteaba dentro del pecho.

—Supo darme un cerebro, y muy bueno por cierto —manifestó el Espantapájaros.

—Si él hubiera tomado la misma dosis de valor que me dio a mí —terció el León—, habría sido un hombre muy valiente.

Dorothy no dijo nada. Oz no había cumplido la promesa que le hiciera, aunque hizo todo lo posible, de modo que lo perdonaba. Como él mismo decía, era un buen hombre, aunque de mago no tuviera nada.

El primer día de viaje los llevó a través de los verdes campos salpicados de flores que se extendían alrededor de la Ciudad Esmeralda. Aquella noche durmieron sobre la hierba, sin otra manta que las estrellas que brillaban en el cielo; sin embargo, descansaron muy bien.

En la mañana continuaron andando hasta llegar a un espeso bosque al que parecía imposible rodear, pues se extendía a izquierda y derecha tan lejos como alcanzaba la vista. Además, no se atrevían a desviarse de la ruta directa por temor de extraviarse. De modo que empezaron a buscar un punto por el cual fuera fácil entrar en el bosque.

El Espantapájaros, que iba a la cabeza del grupo, descubrió al fin un corpulento árbol dotado de ramas tan extendidas hacia los costados que por debajo podrían pasar todos ellos. Al observar el espacio libre, encaminóse hacia el árbol, mas cuando llegaba debajo de las primeras ramas, éstas se inclinaron y se enroscaron en su cuerpo, levantándolo acto seguido para arrojarlo con fuerza hacia donde se hallaban sus compañeros de viaje.

Aunque esto no le hizo daño, no dejó de sorprenderlo, y el pobre hombre de paja parecía un tanto atontado cuando Dorothy lo ayudó a levantarse.

—Allí hay otro espacio entre los árboles —anunció el León.

—Déjenme probar a mí primero —pidió el Espantapájaros—, pues no me hace daño que me arrojen a tierra.

Así hablando, encaminóse hacia el otro árbol, pero las ramas lo apresaron inmediatamente y volvieron a arrojarlo al suelo.

—Es muy extraño —dijo Dorothy—. ¿Qué podemos hacer?

—Parece que los árboles han decidido luchar contra nosotros para impedir nuestro viaje —comentó el León.

—Creo que ahora voy a probar yo —dijo el Leñador.

Se echó el hacha al hombro y fue hacia el primero de los árboles que tan mal había tratado al Espantapájaros. Cuando una gruesa rama descendió para apoderarse de él, el hombre de hojalata le asestó un tajo tan feroz que la cortó en dos. En seguida empezó el árbol a sacudir todas sus otras ramas como si estuviera muy dolorido, y el Leñador pudo pasar por debajo sin ninguna dificultad.

—¡Vamos! —les gritó a los otros—. ¡Aprisa!

Todos se adelantaron a la carrera y pasaron debajo del árbol sin sufrir el menor daño, salvo Toto, al que apresó una rama pequeña que lo sacudió hasta hacerlo aullar, pero el Leñador la cortó sin demora, liberando así al perrito.

Los otros árboles del bosque no hicieron nada para impedir su paso, razón por la cual los viajeros comprendieron que sólo la primera hilera podía doblar sus ramas hacia abajo, y probablemente eran los guardianes del bosque, dotados de aquel maravilloso poder a fin de mantener alejados a los intrusos.

Los cuatro amigos marcharon tranquilamente por entre los árboles hasta llegar al otro lado del bosque, y allí, para su gran sorpresa, se hallaron frente a un alto muro que parecía de porcelana blanca. Era tan pulido como la superficie de un plato y se elevaba muy por encima de las cabezas de todos ellos.

—¿Qué hacemos ahora? —preguntó Dorothy.

—Fabricaré una escalera —manifestó el Leñador—, pues no cabe duda de que debemos pasar por sobre ese muro.

CAPÍTULO 20: EL DELICADO PAÍS DE PORCELANA

Mientras el Leñador hacía la escalera con troncos delgados que halló en el bosque, Dorothy acostóse a dormir, pues la larga caminata la había fatigado. El León también se echó a descansar y Toto se acurrucó a su lado.

El Espantapájaros se quedó mirando al Leñador mientras éste trabajaba.

—No se me ocurre por qué razón está aquí este muro ni de qué está hecho —le dijo.

—No canses tu cerebro ni pienses en el muro —repuso entonces el Leñador—. Cuando lo hayamos salvado, ya sabremos lo que hay detrás de él.

Al cabo de un tiempo estuvo lista la escalera, que parecía un tanto rústica, aunque el Leñador afirmó que era fuerte y serviría para lo que la necesitaban. El Espantapájaros despertó a los durmientes y les dijo que ya tenían los medios para subir a lo alto del muro. Él mismo subió primero, pero lo hizo con tanta torpeza que Dorothy tuvo que seguirlo de cerca a fin de evitar que se cayera. Cuando su cabeza sobrepasó la parte superior de la pared, el hombre de paja exclamó:

—¡Cielos!

Siguió subiendo y se sentó en lo alto del muro, mientras que Dorothy ascendía tras él y exclamaba también:

—¡Cielos!

Después subió Toto y enseguida empezó a ladrar, pero Dorothy le hizo callar al instante.

Después subió el León y el último fue el Leñador, y ambos exclamaron "¡Cielos!", como los otros, no bien hubieron mirado por encima del muro. Cuando se hallaban todos sentados en lo alto, formando una hilera, miraron hacia abajo y vieron un espectáculo sumamente extraño.

Ante ellos se extendía una región cuyo suelo era tan suave, reluciente y blanco como la superficie de un gran plato. Diseminadas por los alrededores había numerosas casas de porcelana pintadas de los colores más vivos que pueda uno imaginar. Las viviendas eran pequeñas, y el techo de la más alta difícilmente podría llegar a la cintura de Dorothy. Veíanse también bonitos graneros rodeados por cercas de porcelana, y abundaban las vacas, ovejas, caballos, cerdos y gallinas, todos del mismo material.

Pero lo más extraño de todo eran las personas que vivían en aquella región de maravillas. Había jovencitas que cuidaban las vacas y otras encargadas de las ovejas, todas ataviadas con vestidos de brillantes colores salpicados de lunares dorados, y princesas de vistosos ropajes de plata, oro y púrpura, y pastores con calzones hasta las rodillas, pintados de rosa, amarillo y azul, y príncipes tocados de coronas enjoyadas y luciendo capas de armiño y jubones de satén, y cómicos payasos de raras vestimentas, mejillas pintadas y extraños gorros cónicos. Pero lo más extraño era que toda aquella gente estaba hecha de porcelana, y el más alto de ellos apenas si alcanzaba a la altura de la rodilla de Dorothy.

Al principio ninguno prestó atención a los viajeros, salvo un diminuto perro de porcelana púrpura que se acercó al muro y les ladró con voz apenas audible, luego de lo cual se alejó corriendo.

—¿Cómo bajamos? —preguntó Dorothy.

La escala era tan pesada que no pudieron levantarla, de modo que el Espantapájaros se dejó caer a tierra y los otros saltaron sobre él a fin de que el duro suelo no les dañara los pies. Cuando estuvieron todos abajo, levantaron al Espantapájaros, que estaba completamente aplastado, y le dieron forma de nuevo.

—Tenemos que cruzar este lugar tan extraño si queremos llegar al otro lado —dijo Dorothy—. No sería prudente tomar otro rumbo que no sea el más directo hacia el sur.

Empezaron a marchar por el país de porcelana y lo primero con que se encontraron fue una delicada jovencita de porcelana que estaba ordeñando una vaca. Cuando se acercaron, la vaca coceó de pronto y derribó el banquillo, el balde y aun a la joven, y todo ello cayó al piso de porcelana con gran estrépito.

A Dorothy le dolió mucho ver que la vaca habíase roto una pata, y que el balde estaba hecho añicos, mientras que la pobre doncella tenía roto el codo izquierdo.

—¡Ea! —exclamó la joven en tono indignado—. ¡Mira lo que has hecho! A mi vaca se le ha roto una pata y tendré que llevarla al remendón para que se la pegue. ¿Cómo te atreves a venir aquí y asustar así a mi animal?

—Lo siento muchísimo —contestó Dorothy—. Te ruego que nos perdones.

Pero la bonita doncella estaba demasiado enfadada para responder. Levantó la pata rota y, sin decir palabra, se llevó a su vaca que cojeaba sobre sus tres patas restantes. Al alejarse lanzó varias miradas de reproche por sobre el hombro a los torpes forasteros.

Dorothy se sintió bastante apenada por el accidente.

—Tendremos que ser muy cuidadosos en este país —dijo el bondadoso Leñador—. De otro modo podríamos lastimar sin remedio a sus bonitos habitantes.

Un poco más adelante Dorothy se encontró con una princesa maravillosamente vestida, la que se detuvo de pronto al ver a los intrusos y luego empezó a alejarse aprisa.

Como quería verla un poco mejor, Dorothy echó a correr tras ella. Pero la jovencita de porcelana se puso a gritar:

—¡No me persigas! ¡No me persigas!

Su vocecilla denotaba tanto temor que Dorothy se detuvo y le preguntó:

—¿Por qué no?

—Porque si corro podría caerme y hacerme pedazos —respondió la princesa, deteniéndose también, aunque a cierta distancia.

—¿Pero no podrían remendarte?

—Sí, pero una nunca queda tan bonita como es después que la componen.

—Supongo que no —admitió Dorothy.

—Ahí tienes al señor Bromista, uno de nuestros payasos —continuó la princesa de porcelana—. Siempre trata de pararse sobre su cabeza y se ha roto el cuerpo tantas veces que está remendado en cien lugares diferentes, y ahora ya no es nada bonito. Allí lo tienes, puedes verlo con tus propios ojos.

En efecto, acercábase a ellos un gracioso payaso en miniatura, y al observarlo bien, Dorothy notó que, a pesar de sus bonitas ropas de vistosos colores, estaba cubierto de rajaduras que corrían en todos sentidos e indicaban que había sido remendado muchísimas veces.

El payaso se puso las manos en los bolsillos y, luego de inflar las mejillas y saludarles con varias inclinaciones de cabeza, declamó:

—Hermosa damita, ¿por qué miras así al pobre señor Bromista? ¿Acaso tragaste una vara que estás tan dura y erguida?

—¡Calle usted, señor! —ordenó la princesa—. ¿No ve que son forasteros y merecen ser tratados con respeto?

—Bueno, yo respeto, yo respeto —repuso el Payaso, y enseguida se paró sobre su cabeza.

—No le hagas caso —pidió la princesa a Dorothy—. Se ha golpeado mucho la cabeza y eso lo tiene atontado.

—No le haré caso —dijo Dorothy—. Pero tú eres tan hermosa que creo que podría llegar a quererte muchísimo. ¿Me permitirías llevarte a Kansas y ponerte sobre la repisa de la chimenea de mi tía Em? Podría llevarte en mi cesta.

—Lo cual me haría muy desdichada —respondió la princesa—. Te diré, aquí en nuestro país vivimos bien y podemos hablar y movernos a voluntad. Pero cuando nos sacan de esta región se nos endurecen las coyunturas y lo único que podemos hacer es permanecer rígidos y mostrarnos bonitos. Claro que es lo único que se espera de nosotros cuando estamos sobre repisas, mesas y en vitrinas, pero en nuestro propio país vivimos mucho mejor.

—¡Por nada del mundo querría hacerte desdichada! —exclamó Dorothy—. Así que me limitaré a decirte adiós.

—Adiós —contestó la princesa.

Los cuatro amigos marcharon con gran cuidado por el país de porcelana. Los diminutos animales y todos los pobladores se apartaron a toda prisa de su camino, temerosos de que aquellos forasteros los rompieran, y al cabo de una hora o más, los viajeros llegaron al límite de la región y se encontraron con otro muro de porcelana.

Empero, éste no era tan elevado como el primero y, parándose sobre el lomo del León, todos pudieron llegar a lo alto de la pared. Después el felino encogió sus patas y dio un tremendo salto para salvar el obstáculo. Al hacerlo, derribó con la cola una hermosa iglesia de porcelana y la hizo pedazos.

—Es una lástima —dijo Dorothy—, pero en realidad creo que tuvimos suerte en no haber causado otros males que la pata rota de una vaca y una iglesia hecha añicos. ¡Esta gente es tan frágil!

—Así es, en efecto —concordó el Espantapájaros—, y yo me alegro de estar hecho de paja y a prueba de golpes. En el mundo hay destinos peores que el ser un Espantapájaros.

CAPÍTULO 21: EL LEÓN LLEGA A SER EL REY DE LAS BESTIAS

Luego de bajar del muro de porcelana, los viajeros se hallaron en una región desagradable, llena de pantanos y cubierta de altas hierbas malolientes. Resultaba difícil caminar sin caer en hoyos llenos de barro, pues las malezas eran tan tupidas que ocultaban el suelo. Sin embargo, como observaron las mayores precauciones, pudieron pasar sin accidentes hasta llegar a terreno sólido.

Allí parecía la región más silvestre que nunca, y al cabo de una larga y cansadora caminata por entre las malezas, entraron en una selva donde los árboles eran mucho más grandes y añosos que los que habían visto hasta entonces.

—Esta selva es encantadora —declaró el León, mirando en torno suyo con gran placer—. Jamás he visto un lugar más atractivo.

—Parece un poco tétrico —observó el Espantapájaros.

—Nada de eso —repuso el León—. Me gustaría pasar aquí el resto de mi vida. Fíjate en lo mullidas que son las hojas secas y en lo verde que es el musgo que se adhiere a esos viejos árboles. Ninguna bestia salvaje podría desear un hogar mejor que éste.

—Quizás haya animales salvajes —comentó Dorothy.

—Supongo que los hay —contestó el León—, pero no veo a ninguno.

Marcharon por el bosque hasta que la oscuridad les impidió continuar andando. Dorothy, Toto y el León se tendieron a dormir, mientras que el Leñador y el Espantapájaros montaron guardia como de costumbre.

Al llegar la mañana, partieron de nuevo, y antes de haber avanzado mucho empezaron a oír un sonido sordo como el gruñir de muchos animales salvajes. Toto lanzó un gemido bajo, pero los otros no se atemorizaron, y siguieron por una senda bien marcada hasta llegar a un claro en el que se hallaban reunidos centenares de animales salvajes de todas las especies imaginables. Había tigres y elefantes, osos y lobos y zorros, así como todos los otros ejemplares que solemos ver en la Historia Natural, y por un momento sintió Dorothy que la dominaba el temor.

Pero el León explicó que las bestias estaban en reunión, agregando que, a juzgar por sus gruñidos, parecían verse en grandes dificultades.

Mientras así hablaba el felino, varios de los animales se fijaron en él y enseguida se hizo el silencio entre los presentes.

El más grande de los tigres adelantóse hacia el León, le hizo una reverencia y le dijo:

—¡Bienvenido, Rey de las Bestias! Llegas a tiempo para luchar contra nuestro enemigo y brindar tranquilidad a todos los animales de la selva.

—¿Qué les pasa? —preguntó el León con voz tranquila.

—Nos amenaza un feroz enemigo que hace poco ha llegado a esta selva —replicó el tigre—. Es un monstruo tremendo, semejante a una gran araña, con el cuerpo tan grande como el de un elefante y patas tan largas como el tronco de un árbol. Tiene ocho patas, y al arrastrarse por la selva apresa animales y se los lleva a la boca, comiéndoselos como se come la araña a las moscas. Corremos gran peligro mientras esa bestia feroz siga con vida, y nos hemos reunido aquí para idear la forma de salvarnos.

El León meditó un momento.

—¿Hay otros leones en la selva? —preguntó.

—No; había algunos, pero el monstruo se los comió. Además, ninguno de ellos era tan grande y valeroso como tú.

—Si termino con vuestro enemigo, ¿me reconocerán y obedecerán como al Rey de la Selva? —preguntó el León.

—Lo haremos con mucho gusto —contestó el tigre.

—¡Así lo haremos! —aullaron a coro todas las otras bestias.

—¿Dónde está ahora esa gran araña? —inquirió el León.

—Allá, entre aquellos robles —dijo el tigre, señalando con una de sus patas.

—Cuiden a estos amigos míos y yo iré ahora mismo a luchar contra el monstruo —manifestó el León.

Dicho esto, saludó a sus compañeros y se alejó orgullosamente a presentar batalla al enemigo.

La gran araña estaba dormida cuando la halló el León, y era tan fea que el felino arrugó la nariz con profundo desagrado. Sus patas eran tan largas como había dicho el tigre, y su cuerpo estaba cubierto de un espeso vello áspero y negro. Poseía unas fauces tremendas, con una doble hilera de dientes agudísimos, limosos y extraordinariamente largos; pero su gran cabeza estaba unida al cuerpo por medio de un cuello tan delgado como la cintura de una avispa, lo cual dio al León una idea de cuál sería el mejor método de ataque.

Como sabía que era más fácil atacar al monstruo mientras dormía, dio un gran brinco y cayó de lleno sobre el lomo del enemigo. De un solo zarpazo feroz, separó la cabeza del cuerpo y, saltando de nuevo a tierra, quedóse mirando mientras las largas patas se agitaron un poco hasta quedar inmóviles, lo cual le indicó que el monstruo había muerto.

Regresó entonces al claro donde lo esperaban las fieras y anunció con gran orgullo:

—Ya no tienen que temer más al enemigo.

Todas las bestias se inclinaron ante él, proclamándolo su Rey, y el León prometió regresar a gobernarlos una vez que Dorothy hubiera partido de regreso a Kansas.

CAPÍTULO 22: EL PAÍS DE LOS QUADLINGS

Los cuatro viajeros pasaron sin inconvenientes por el bosque, y al salir de sus umbrías profundidades vieron ante ellos una empinada colina salpicada desde arriba hasta abajo por grandes rocas.

—Será una subida difícil —comentó el Espantapájaros—, pero tendremos que hacerlo.

Así diciendo, encabezó la marcha seguido por los otros, y habían llegado casi a la primera roca cuando oyeron una voz áspera que gritaba:

—¡Atrás!

—¿Quién eres? —preguntó el Espantapájaros.

Asomó entonces una cabeza por sobre la roca y la misma voz replicó:

—Esta colina nos pertenece y no permitimos pasar a nadie.

—Pero es que debemos pasar —objetó el Espantapájaros—. Vamos al país de los Quadlings.

—¡No pasarán! —declaró la voz, y desde detrás de la roca salió a la vista el hombre más extraño que jamás hubieran visto los viajeros.

Era bajo y robusto, y poseía una enorme cabeza algo chata y sostenida por un grueso cuello lleno de arrugas. Mas no tenía brazos, y al ver esto, el Espantapájaros no temió que un ser tan indefenso pudiera impedirles ascender por la colina. Por eso dijo:

—Lamento no hacer lo que deseas, pero, te guste o no, tendremos que pasar por tu colina.

Y se adelantó con gran decisión.

Tan rápida como el rayo, la cabeza del otro partió hacia adelante y su cuello se estiró hasta que su coronilla, que era chata, golpeó el pecho del Espantapájaros y lo arrojó dando tumbos cuesta abajo. Casi con la misma rapidez volvió la cabeza al cuerpo, y el hombre rió con aspereza al tiempo que decía:

—¡No les será tan fácil como piensan!

Un coro de ruidosas risas partió de las otras rocas y Dorothy vio entonces a centenares de los Cabezas de Martillo que se hallaban diseminados por la cuesta.

El León se puso furioso al oír la risa con que festejaban la caída del Espantapájaros y, lanzando un rugido atronador, echó a correr cuesta arriba.

De nuevo salió una cabeza a gran velocidad y el enorme León cayó rodando por la colina como si le hubiera golpeado una bala de cañón.

Dorothy corrió para ayudar al Espantapájaros a levantarse, y el León fue hacia ella, sintiéndose dolido y molesto, al tiempo que decía:

—Es inútil combatir con gente que dispara la cabeza como si fuera una bala. Nadie podría enfrentarlos.

—¿Qué hacemos entonces? —preguntó ella.

—Llama a los Monos Alados —sugirió el Leñador—. Todavía puedes darles una orden más.

—Muy bien —repuso ella y, poniéndose el Gorro de Oro, pronunció las palabras mágicas.

Los Monos fueron tan puntuales como siempre, y en pocos momentos estuvo toda la banda frente a ella.

—¿Qué nos ordenas? —preguntó el Rey, haciendo una reverencia.

—Llévanos por sobre esta colina hasta el país de los Quadlings —pidió la niña.

—Así se hará —repuso el Rey.

Acto seguido, los Monos Alados se apoderaron de los cuatro viajeros y de Toto y se alejaron volando con ellos. Cuando pasaron por sobre la colina, los Cabezas de Martillo aullaron de furia y lanzaron sus cabezas hacia lo alto, mas no pudieron alcanzar a los simios voladores, quienes se llevaron a Dorothy y sus amigos al otro lado de la montaña y los bajaron en el hermoso país de los Quadlings.

—Esta es la última vez que nos llamas —dijo el jefe a Dorothy—. Así que adiós y buena suerte.

—Adiós y muchísimas gracias —respondió la niña, y los Monos levantaron vuelo y se perdieron de vista en un abrir y cerrar de ojos.

El país de los Quadlings parecía muy próspero. Abundaban los cereales en sus campos, los caminos estaban bien pavimentados y por doquier veíanse murmurantes arroyos de agua clara cruzados por puentes muy bien construidos. Las cercas, casas y puentes estaban pintados de rojo vivo, tal como eran amarillos en el país de los Winkies y azules en el de los Munchkins. Los mismos Quadlings, que eran bajos, regordetes y bienhumorados, vestían todos de rojo, destacándose así contra el fondo verde del césped y el amarillo oro de los granos maduros.

Los Monos habían dejado a los viajeros cerca de una granja y los cuatro amigos marcharon ahora hacia la casa y llamaron a la puerta, la que abrió la esposa del granjero. Cuando Dorothy le pidió algo de comer, la mujer les brindó a todos una buena comida, con tres clases de pastel y cuatro clases de bizcochos, así como un tazón de leche para Toto.

—¿Queda lejos el castillo de Glinda? —preguntó la niña.

—No mucho —fue la respuesta—. Tomen el camino del Sur y pronto llegarán a él.

Luego de dar gracias a la buena mujer, partieron de nuevo y marcharon por entre los campos sembrados y los bonitos puentes hasta que vieron ante ellos un castillo muy hermoso. Ante las puertas se hallaban tres mujeres jóvenes que vestían vistosos uniformes rojos con adornos dorados.

Al acercarse Dorothy, una de ellas le preguntó:

—¿Por qué vienen al País del Sur?

—Queremos ver a la Bruja Buena que gobierna aquí —contestó la niña—. ¿Nos llevarán ante ella?

—Denme sus nombres y preguntaré a Glinda si quiere recibirlos.

Le dijeron quiénes eran y la joven soldado entró en el castillo para regresar poco después y anunciarles que podían pasar.

CAPÍTULO 23: GLINDA OTORGA A DOROTHY SU DESEO

Empero, antes de que pudieran ver a Glinda, los condujeron a una estancia del castillo donde Dorothy se lavó la cara y peinó, el León se sacudió el polvo de la melena, el Espantapájaros mejoró su forma y el Leñador lustró su cuerpo y aceitó sus coyunturas.

Cuando estuvieron presentables, marcharon con la joven soldado a una amplia sala donde la Bruja Glinda se hallaba sentada en un trono de rubíes.

Era joven y hermosa, de abundosos cabellos rojos que caían en ondas sobre sus hombros, y estaba ataviada con un vestido de un blanco inmaculado. Sus ojos azules miraron bondadosos a la niñita.

—¿Qué puedo hacer por ti, pequeña? —preguntó.

Dorothy le relató su historia, explicándole cómo el ciclón la había llevado al País de Oz, cómo había hallado a sus compañeros y de qué modo hicieron frente a los peligros que les salieron al paso.

—Lo que más deseo ahora es regresar a Kansas —finalizó—, pues mi tía Em debe temer que me ha sucedido algo terrible, lo cual la hará ponerse luto y, a menos que las cosechas hayan sido mejores que el año pasado, estoy segura de que tío Henry no podrá hacer ese gasto.

Glinda se inclinó hacia adelante para besar el dulce rostro de la niñita.

—¡Bendita seas! —dijo—. Claro que puedo indicarte el modo de regresar a Kansas... Pero si lo hago tendrás que darme el Gorro de Oro.

—¡Con gusto! —exclamó Dorothy—. La verdad es que ya no me sirve, y cuando lo tengas tú,

solo podrás dar tres órdenes a los Monos Alados.

—Y creo que necesitaré sus servicios solo esas tres veces —respondió Glinda con una sonrisa.

La niña le entregó entonces el Gorro de Oro y la Bruja preguntó al Espantapájaros:

—¿Qué harás cuando Dorothy se haya ido?

—Volveré a la Ciudad Esmeralda, pues Oz me nombró su gobernante y la gente me quiere

—fue la respuesta—. Lo único que me preocupa es la manera de cruzar por la colina de los Cabezas de Martillo.

—Por medio del Gorro de Oro ordenaré a los Monos Alados que te lleven a las puertas de la Ciudad Esmeralda —declaró Glinda—, pues sería una lástima privar a sus ciudadanos de un gobernante tan maravilloso.

—¿Lo soy de veras? —preguntó el hombre de paja.

—Eres poco común —repuso ella.

Volviéndose hacia el Leñador, le preguntó:

—¿Qué será de ti cuando Dorothy se vaya de este país?

Él se apoyó en su hacha mientras meditaba un momento. Al fin dijo:

—Los Winkies fueron muy bondadosos conmigo y, cuando murió la Bruja Maligna, me pidieron que fuera su gobernante. Si pudiera regresar a la región de Occidente, nada me gustaría más que regir sus destinos.

—Mi segunda orden para los Monos Alados será que te lleven a la tierra de los Winkies —prometió Glinda—. Tu cerebro quizá no sea tan grande como aparenta el del Espantapájaros, pero en realidad eres más brillante que él... cuando estás bien pulido... y estoy segura de que sabrás gobernar a los Winkies con sabiduría y bondad.

Entonces se volvió la Bruja hacia el enorme y peludo León, y le preguntó:

—¿Qué será de ti cuando Dorothy haya regresado a su hogar?

—Al otro lado de la colina de los Cabezas de Martillo se extiende una selva muy grande y añosa —respondió el felino—, y todos los animales que viven en ella me han nombrado su Rey. Si pudiera regresar allá, viviría feliz el resto de mis días.

—Mi tercera orden para los Monos Alados será que te lleven a la selva —manifestó Glinda—. Luego, cuando haya agotado el poder del Gorro de Oro, lo devolveré al Rey de los Monos a fin de que él y sus súbditos queden libres para siempre.

El Espantapájaros, el Leñador y el León agradecieron a la Bruja Buena toda su bondad.

Luego exclamó Dorothy:

—¡Por cierto eres tan buena como hermosa! Pero todavía no me has dicho cómo puedo regresar a Kansas.

—Tus zapatos de plata te llevarán por sobre el desierto —contestó Glinda—. De haber conocido su poder, podrías haber regresado a casa de tu tía Em el mismo día que llegaste a este país.

—¡Pero entonces no habría obtenido yo mi maravilloso cerebro! —exclamó el Espantapájaros—. Me habría pasado toda la vida en el maizal.

—Y yo no tendría mi bondadoso corazón —intervino el Leñador—. Todo oxidado, habría permanecido en el bosque hasta el fin de los siglos.

—Y yo sería por siempre un cobarde —declaró el León—, y ninguna bestia de la selva podría decir nada bueno de mí.

—Todo eso es verdad, y me alegro de haber sido útil a estos buenos amigos —manifestó Dorothy—. Pero ahora, todos ellos tienen lo que más anhelaban y, además, cada uno posee un reino para gobernar. Por eso creo que me gustaría regresar ya a Kansas.

—Los zapatos de plata tienen un poder maravilloso —le explicó la Bruja Buena—, y una de sus cualidades más curiosas es que pueden llevarte a cualquier parte del mundo con solo tres pasos, y cada paso se da en un abrir y cerrar de ojos. Todo lo que tienes que hacer es unir los tacones tres veces seguidas y ordenar a los zapatos que te lleven donde desees ir.

—Si es así —dijo la niña con gran alegría—, les pediré que me lleven de regreso a Kansas inmediatamente.

Echó los brazos al cuello del León y lo besó al tiempo que le palmeaba la cabeza con gran cariño. Después besó al Leñador, el que lloraba de manera muy peligrosa para sus coyunturas. Al Espantapájaros lo abrazó con fuerza en lugar de besar su cara pintada, y descubrió que ella también lloraba al despedirse así de sus queridos camaradas.

Glinda la Bondadosa descendió de su trono de rubíes para dar a la niña el beso de despedida, y Dorothy le agradeció por los beneficios que había concedido a ella y a sus amigos.

Después tomó a Toto en sus brazos y, habiendo dicho adiós una vez más, unió los talones tres veces seguidas.

—¡Llévenme de regreso a casa de tía Em!

Al instante se encontró girando en el aire, tan velozmente que no pudo ver nada ni sentir otra cosa que el viento que silbaba en sus oídos. Los zapatos de plata dieron tres pasos y se detuvieron luego con tal brusquedad que la niña rodó varias veces sobre la hierba antes de descubrir dónde estaba.

Luego, al fin, se sentó para mirar a su alrededor.

—¡Dios bendito! —exclamó.

Pues se encontraba sentada en medio de la extensa llanura de Kansas, y frente a ella veíase la nueva casa que el tío Henry había construido después que el ciclón se llevó la otra vivienda. El mismo Henry se hallaba ordeñando las vacas en el corral, y Toto se había alejado de Dorothy y corría hacia el granero ladrando a más y mejor.

Al ponerse de pie, la niña descubrió que solo calzaba medias, pues los zapatos de plata se le habían caído durante el vuelo y estaban perdidos para siempre en el desierto.

CAPÍTULO 24: DE NUEVO EN CASA

La tía Em acababa de salir de la casa para regar los repollos cuando levantó la vista y vio a Dorothy que corría hacia ella.

—¡Querida mía! —exclamó, tomándola en sus brazos y cubriéndola de besos—. ¿De dónde vienes?

—Del País de Oz —contestó Dorothy con gravedad—. Y aquí está Toto también... Y, ¡oh, tía Em, cuánto me alegro de estar de nuevo en casa!

CONTENIDO